徳間文庫

激流 [下]

柴田よしき

徳間書店

目次

第五章　流れ

1

新幹線の揺れのせいで、手元のプラスチックコップから水がこぼれた。ウィスキーのミニチュアボトルをそのコップの中に一気にあけ、デリカシーのかけらもない水割りを作る。せっかくのスコッチなのに、と、豊は苦笑いした。スコッチを本当に楽しむならば、酒と同量の良質な水で割るのがいいと、行きつけのバーで教わったことがある。スコッチの香りはストレートの時よりも水で薄めた時の方がたつのだそうだ。オン・ザ・ロックは酒の温度を下げてしまうので香りがたたず、あまりいい飲み方ではないらしい。しかし水割りが最適、というのはあくまで、質のいいミネラルウォーターに、しっかりと磨かれたグラスを用意し、それなりの場所と雰囲気の中で楽しんだ場合だろう。禁煙席が満席で、仕方なく座った喫煙席は、思っていた以上にひどい匂いに満ちていた。昔は煙草も喫っていたのでその香り自体は嫌いではないのだが、狭い電車の中でみんなが一斉に、それもまちまちの銘柄の煙草を喫うと、混ざった煙りと吐き出す息の臭さで、耐えられない悪臭が満ち満ちてしまう。新神戸から東京まで、この中にじっとしていると、スーツにも髪の毛にも悪臭が染み込んでいく。離婚した元の妻は匂いに敏感な女だった。喫煙席に座って帰った晩は、シャワーを浴びてからでないとダイニングテーブルに座らせてもくれなかった。

結婚生活について思い出すと、洪水のように嫌な思い出が溢れて来る。元の妻の悪口ならば、一晩中でも言えるような気がする。が、その洪水のあとから湧いて来るなんだかもやもやとした、生暖かい、妙に懐かしい感覚。濁って悪臭を放つ記憶の下に、甘く切ない幸せの記憶が隠れていて、それがふいにこぼれて来るのが辛いから、できるだけ思い出さないようにしているのだ。

恋愛結婚だった。愛していた。彼女のことが、この地上で何より大切だと思った時が、確かにあった。

すべては、過ぎ去ってしまった時間の彼方だ。

電車の揺れと仕事の疲れで、もっと早く酔って眠ってしまえると思ったのに、名古屋が近づいてもまだ、目が冴えていた。

このところ、出張と言えば何かを謝りに行く仕事ばかり、今日も始発の新幹線で出かけて、関西の営業支社をいくつも駆け回って謝り続けた。先月発売された商品の生産が間に合わず、予約した客からクレームの嵐が押し寄せているのだ。だが商品の生産計画も、在庫管理も、今の豊の部署とは直接関係していない。それなのに、豊を名指しで土下座にまわらせる。まるで虐めだ。こんなことの為に青春時代を受験勉強に捧げ、学生時代も就職のことを第一に考えて暮していたのか。そう考えると、これまでの人生の大半が無意味だったように思えて来る。だから、考えない。考えても仕方がないのだ。いずれにしても、今はまだ、会社にしがみついているしかない。

耕司はあまり変わっていないな。

豊は、ここひと月くらいの間に、昔のように連絡をとり合うようになった東萩耕司のことを思った。

中学の頃から、あいつがいちばんつき合いやすかった。何より裏表がなく、誰に対しても飄々（ひょうひょう）と対していた。正義感は強い人間だったが、その正義を他人に無理に押し付けたりはしない。鉄道模型の話になると何時間でも飽きずにふたりして喋っていられた。そうしたものに夢中になる気持ちを、あいつだけはわかってくれていた。他の男子生徒はみな部活のことばかり考えていて、部活での人間関係以外は尊重する気がないような連中ばかりだったし、女子はおしなべてお高くとまり、男子全般を馬鹿にしていた。それなのに、運動部のスターにだけは黄色い声をあげて尻尾を振る。好きだと思った女がいなかったわけではないけれど、告白だとかデートだとか、考えただけで面倒で、耕司と二人で模型をいじくっている方が遥かに楽しかった。

要するに、俺たちは、今で言うところの「おたく」だったのだろう。そして今でも、俺は基本的に「おたく」だ。元の妻が俺に愛想をつかして出て行く時、投げつけて来た捨てゼリフがまさにそれを指摘していた。

あなたって人は、ほんとは人間に興味がないのよ。家庭なんて持つより、給料を全部、鉄道模型に注ぎ込める生活がしたいんでしょ！

結婚する時に、それまで集めていた鉄道模型は実家に送り、物置きにしまって貰った。新婚で借りたマンションは二ＬＤＫで、収納スペースが少なかったので、一部屋は妻の衣類や二人の本などで埋まってしまったのだ。残りの部屋を寝室に使うと、もう、模型など広げるスペースはどこにもなかった。

それからずっと、模型のことなど考えていない振りをして来たのに、元の妻はしっかり見抜いていたわけだ。雑誌やカタログを集めて眺めては、自分だけの世界にはまりこんでしまう俺のことを、彼女はいつも、冷めた目で見ていた……

解禁だよな。俺は水割りを飲み干して声を出さずに笑う。

もう解禁だ。俺には妻はいない。家庭なんかない。

仕事に対する情熱もとっくに消えた。勤めを続けているのは、もう少し貯金がしたいからだ。金が貯まったら会社を辞めて、前々から考えていた商売を始める。

鉄道模型は解禁。

そう思った途端、鼻歌が出そうになった。明日、さっそく模型屋に行こう。車で実家に寄って、物置きに入れてあるコレクションを全部運んで来よう。そうだ、耕司も誘ってみよう。あいつももう、模型なんていじるのはやめているだろうが、今抱えているらしい殺人事件が解決したら、きっと懐かしがって見に来るに違いない。

一向に眠くならないので、豊は閉じていた目を開け、マンションに戻ってから食べるつもりでいた駅弁を取り出した。食欲があるわけではないが、このまま部屋まで弁当を持ち帰っても、酒を飲んでしまうと食べるのが面倒になる。

神戸牛を使ったとでかでかと書いてある弁当だった。甘辛く煮たすき焼きのでき損ないと飯を、ぬるくなった缶の緑茶で流し込む。まずくもないがうまいとも思わない。最近、食べ物の味があまりわからなくなった。

弁当と一緒に買った夕刊を片手に広げた。

また殺人事件か……この男……殺されたのか。

被害者の名前は大林隆之（おおばやしたかゆき）、三十八歳。この若さで、資産総額が数十億あると言われていた。学生時代にはじめたパソコンソフトのベンチャービジネスが当たり、今ではIT産業界をリードする人間のひとりと呼ばれているらしい。経済誌のインタビューでは顔写真を何度も見たことがあるし、若手事業家向けの講演会に二度ほど行ったこともある。自分とそう歳が違わないのに、これだけの成功を収めた人間。豊は、大林隆之の名を目にするたび、むなしい嫉妬で苛々とした気分を味わっていた。

その男が、昨夜ホテルで殺された。そう言えば、今朝は時間がなくて朝刊を読まずに家を出たんだったっけ。夕刊の記事はあまり詳しくないが、その後に判明した事実として、大林が女性と共にチェックインしたと書かれている。

死者をあざ笑うつもりはなかったが、力のない失笑が豊の口から漏れた。

あれだけ成功していた男、前途洋々、人生の勝利者として前進していた男が、人目をはばかるホテルでの密会の末に殺される。

人生なんだ。これも。人生。

東京駅には遅れなく着いた。まだ八時を少し過ぎたところだったが、豊は寄り道など考えていなかった。丸の内口まで足早に歩き、地下鉄に乗り換える。腹に飯が入ったせいか今頃になって酔いもまわり出し、満腹と酔いとでとても眠くなった。離婚していちばん楽になったのは通勤かも知れない。もう二度と、郊外に住む気はなかった。やはり都内がいい。

地下鉄の階段をあがって地上に出ると、見慣れたコンビニのあかりが目に入った。酒類も扱っている店で、最近はその店での買い物で、生活の大部分を成り立たせてしまっている気がする。徒歩で十分も行けばもっと安く食品や日用雑貨が買えるスーパーもあるが、出張がない日は残業、という生活では、午後八時には閉まってしまう店での買い物は難しい。

冷蔵庫にはまだビールが残っている。それでも、豊は習性のようにコンビニのドアを押していた。

手に下げたカゴの中に、ビールの缶、それにウーロン茶とミネラルウォーターを入れる。ずっしりと重くなった。何かつまみも買っておこう。自炊することはほとんどないので、冷蔵庫はいつもからっぽに近い。包丁を使わないで食べられる個別包装のチーズ、パックのキムチ。電子レンジで温めるだけの鶏の空揚げ。朝食はいつも、会社近くのコンビニでパンを買って済ませていたが、出かける前に牛乳だけは飲むことにしている。不経済だが、一回ずつ飲みきれるパックをひとつ。出張が続くかも知れないので、傷む食品は余分に買えない。

今週も予定外の出張が三日も入った。デスクワークは溜まる一方で、来週は休日出勤しなければ穴埋めできないだろう。毎朝会社に行くたび、机の上に出張命令書が載っていないかを真っ先に確認する。まるで豊が会社所有のロボットか何かで、私生活などまったく持っていないかのような臨時出張の命令。やっぱりこれは虐めなんだろう。ひと昔前のように、仕事を取り上げて狭い部屋に閉じ込めたり、まったく畑違いの職場に理由もなく飛ばしたり、といった遣り口は、労働組合から激しい突き上げを喰う。鼻のきくマスコミに嗅ぎつけられたら企業イメージを損ねる醜聞にもなりかねない。しかし今の豊の労働状況ならば、会社は豊に期待している、第一線で仕事をして貰っている、と開き直れるのだ。しかも、出張が多い場合には実際の労働時間を把握するのは難しいので、過重労働を強いていると証明することも困難だ。

この程度なら耐えられるさ。

豊は支払いを済ませ、わざと陽気な鼻歌を歌いながらマンションへ向かった。

こんなことで負けるわけにはいかないのだ。今の会社で保証されている年収を簡単に諦めることはできない。それに、もう第二の人生に向かう準備は整いつつある。社内派閥闘争に巻き込まれ、敗者の烙印(らくいん)を押された瞬間から決めていた転身に向かって、とにかく前進するしかない。

郵便受けを覗き、配達されていた夕刊を手にエレベーターに乗って六階で降りた。右手に廊下を曲がるとすぐ自分の部屋がある。

曲がった途端に、その姿に気づいた。

豊は、突然沸騰しそうになった怒りをかろうじて抑えつけ、自分の部屋の前に蹲(うずくま)っている女に向かって言った。

「何してるんだ、ここで」

留美。桑野留美だった。

留美はゆっくりと頭を上げた。

「あ、お帰りなさい」

豊は、怒鳴り声にならないよう、拳をきつく握り締めた。

「何って、待ってたのよ。ねえ豊、おかしいんだ、あたしの鍵、使えなくなってる」

留美は指先にぶら下げた鍵をくるくると回して見せた。一昨日、業者を呼んで鍵を付け替えさせたのだ。ディンプルキーにしたので高くついた。

豊は薄く笑った。

「この前、返してくれたはずなのに、なんで持ってるんだ、鍵」

「あら」留美はしれっと言う。「コピーとっといたの、忘れてたのよ。ごめんね。これも返す」

突き出された指を見つめた。この女を今、めちゃくちゃに殴ってこの指を一本ずつへし折ってやりたい。

「そんなもの好きにしろ。鍵は取り替えた。そこをどいてくれ」

留美は立ち上がった。まるで招待でもされたかのように、豊がドアを開けるのをにこにこしながら待っている。

「ドアの前からどけ」

豊は言った。

「このマンションは居住者と居住者が許可した者以外の立ち入りは禁止だ。すぐに出て行かないと、家宅侵入で警察を呼ぶぞ」

「あらだって、豊が許可してくれればいいわけでしょ？」

「帰れ」

豊はドアを開けた。素早くからだをすべり込ませようとした留美の肩を摑み、思いきって廊下の反対側へと突き飛ばした。

「帰れ」

振り向かずに言って、豊は中に入りドアを閉めた。

「ちょっと、何よ、開けてよ！　ここ、開けて！」

留美がドアを叩き出す。

「開けないと朝まででもここで喚くわよ！」

豊は無視した。リビングに駆け込み、ドアを閉める。完全ではないが生活騒音程度は防げる防音ドアになっているので、留美がドアを叩く音はかすかにしか聞こえなくなる。

まったく、なんて女だ。エントランスはオートロックなのに……きっと、住人のような振りをして誰かの後ろについて入ったのだろう。家賃は少し高いが、騒音防止仕様のマンションを選んでおいて良かった。右隣りはレンタルのトランクルームで人は住んでいないし、左隣りは確か、イラストレーターだかデザイナーだかが、昼間だけ仕事場として使っていたはずだ。仮に今、部屋にいたとしても、隣室との間の壁はしっかりと厚いのでそんなに心配はない。

豊は管理人室をセキュリティコールで呼び出した。夜間でも警備会社の警備員が常駐している。

「六〇一の鯖島です。本当に申し訳ないのですが、わたしの部屋の前に、ここの住人ではない人物がいて騒ぎを起こしています。おはずかしい話なのですが……以前に知り合いだった女性からストーカー行為を受けていまして。わたしが顔を出すと騒ぎが大きくなりますので、善処していただけませんでしょうか」

「すぐに参ります」

警備員は言ってくれた。

豊は、ホッと溜息をついてネクタイを緩めた。

2

睡眠薬で無理に眠ったので、恭子からのモーニングコールを受けた時、頭が重く痛んでいた。わざと水シャワーを浴び、意識をはっきりさせる。全身の鳥肌が、手を触れるとぶるぶると震えた。

美弥はジーンズとトレーナーを適当に選んだ。今日は台本の読み合わせだけ。全シーンの通し読みなので夕方までかかるだろうが、それでも、五時にはからだが空くはずだ。

番号をコールすると、すぐに母が出た。

「美弥ちゃん？　まあ、どうしたの、こんなに朝早く！」

「おかあさんは起きてると思ったから」

「そりゃ起きてるわよ、お父さんのお弁当を作らないとならないんだもの。まあ、でもほんとにびっくり。何かあったの？　大丈夫？　美弥ちゃん」

美弥は思わず笑った。

「そんなに心配そうな声を出さないでよ。またあたしが何かやらかしたかと思った？」

「笑い事じゃないわよ、美弥ちゃん。あなたがどうしてるだろう、ちゃんと食事してるのか、体調は悪くないのかって、おかあさんもおとうさんも、毎日心配してるのよ。お仕事は順調なの？　あなたが映画に出るって週刊誌に出ていたけど」

「うん、仕事は大丈夫。けっこう忙しくしてる。映画も今、やってる最中。おかあさん、今日の夕方、そっちに行っていい？」

「あら、来る？　もちろんいいわよ、夕飯用意しておく？」

「うん。それともうひとつ、探しておいて欲しいものがあるんだけど。中学の同窓会名簿って、そっちに送られてるでしょ？」

「……中学の？　ああ……えっと、あると思うけど」

「おかあさん、同窓会費は払ってるって言ってたじゃない」

「ええ、払ってるわ。地元だものね、払わないわけにもいかないし」

「だったら名簿が来てると思うの。それ、探して出しておいて」

「いいけど、何かに使うの？」

「ちょっとね。とにかく、あとでね。あたし、もう出かけないとならないんだ」

「そう。わかった、じゃあ夕方、楽しみにしてるから。おとうさんにも電話して早く帰って来てもらうわ」

「いいわよ、そんなことしなくても。映画が完成したら、またゆっくり帰るから。じゃあね」

　電話を切ったとたん、泣きたくなった。

どうして母は、いつも変わらないのだろう。あの声、あの話し方。何も変わっていない。昔から、何も。

いつまで経っても、自分はあの人たちの子供なのだ、と思った。あの人たちの心の中で、すべては連続したひとつの物語なのだ。産院ではじめてあたしを抱いた時から始まった、長い長いひとつの物語。それは途切れたりちぎれたりすることなく、自分ではすっかり大人になって昔とは別人になったと思い込んでいても、彼らの心の中ではあたしはずっと、彼らの子供であって、それ以外のものではない。

三十分ほどで恭子が迎えに来た。事務所のワゴン車に乗って映画会社のビルに向かう間、恭子が渡してくれた朝刊を読んだ。六本木の殺人事件について載っていたが、事件の発覚が昨夜だったので、ほとんど情報らしい情報はない。被害者の氏名と経歴が簡単に出ていた。かなりの資産家、ベンチャー企業を起こして成功した、いわゆるＩＴ成り金のひとりらしい。貴子に繋がるようなことは何も出ていなかった。

美弥は目眩を感じて何度もあたまを振った。貴子のこと、殺されたあの男のこと、冬葉のこと。あまりにもいろいろ考え過ぎて眠れず、薬で無理に寝たので、全身もだるく、頭痛は次第に強くなって来る。

「美弥ちゃん、大丈夫？」

恭子が信号待ちの間に、後ろの席に向かって手を突き出した。その掌に薬が三粒載っている。鎮痛剤だ。

「また頭痛でしょ。ゆうべ、飲んだの？」

「お酒はほとんど飲んでない。ただ……寝られなくて」

美弥は薬を受け取り、後部座席に取り付けられた小さな冷蔵庫から、ミネラルウォーターのペットボトルを取り出した。

「ところでね、あなたさ、あのギタリストの子、どうするつもり？」

恭子は運転しているので前を向いたままだった。

「ギタリストって、友紀哉のこと？」

「ゆうべ、事務所に電話あったのよ。あなたの携帯が繋がらないから、って」

「ああ……ずっとバッグの中に入れてて、マナーモードだったから」

「約束していたんでしょ？」

「うん。彼の友達がライヴハウスに出るんで」

「すっぽかしたんだ」

「確約していたわけじゃないのよ。できるだけ行く、って言っただけ。たまたまね、買い物していたら……佐原研二に逢って」

「佐原研二？」

バックミラー越しに、恭子が少し険しい目つきになった。

「この間、言ってたわね。同じマンションに住んでるって。ほんとに偶然会ったの？」

「ほんとよ。六本木だったから……仕事の会合の帰りだとか言ってた。それで……カクテルに誘われて、少しだけ飲んで、お腹空いたんでラーメン食べて帰って来たの。で、友紀哉のこと、ついうっかり」

「佐原研二、ねぇ」

恭子は含みのある返事をした。

「まあ、あの人は独身だから、噂が出てもイメージはマイナスにならないけど。ただ、ああいう実業家に転身して成功しました、ってのとくっつくってのは、美弥の持ってるアナーキーな雰囲気が好きってファンには裏切りに思えるかもね。なんだ結局、おまえも金かよ、みたいな」

「何の話をしてるのよ。佐原研二とは何もないわよ。ただ同じマンションに住む人、住民自治会のメンバー、ってだけよ」

「自治会の仕事なんてしたことないくせに」

「でも会費は払ってるもん。いずれにしても、あの人とは何でもない。おかしなこと言わないで」

「何もなかろうと何かあろうと、佐原研二だったらわたしは放置する気よ。ああいう大人の男なら、榎の時みたいなみっともないことにはならないでしょ。あ、そう言えばあの榎一之のことで、妙な噂が流れてるんだけど」

「妙な噂って？」

「世田谷の方であった主婦殺人の犯人だって。それでサイパンからアジアに逃げた、っていうの。そう言えば、あなたの中学の同級生とかいう刑事が、ちょっと前に事務所に来たよね。榎のこと訊かれたとか言ってなかった？」

「……どこにいるか知らないか、とは訊かれた。でも本当に知らないんだから、知らないとしか答えようがないよね」

「それって、やっぱり、世田谷の主婦殺人と関係あるの？」

恭子に嘘をついてもすぐに見破られるだろうし、榎のことで恭子に嘘をつく必要もないと思った。

「関係あるみたい」

「ほんと！　じゃ、やっぱり」

「ううん、榎が犯人だとは言ってなかったわよ。ただ、榎がサイパンから消えてしまったので……」

「そろそろ週刊誌も嗅ぎつけているわね。今までは、長期休暇を海外で楽しんでるってことになっていたみたいだけど。来週あたり、一斉に書かれるんじゃないかな。まったくいい迷惑よね。どうせあなたのとこにも、取材させろって言ってくる」

「断ってよ！」

美弥は思わず叫んだ。

「榎とのことなんて、蒸し返されるのはまっぴらなんだから！」

「もちろんわかってるわよ。事務所にしたって、今頃になってあの事件のことを取り上げられるのはすごく迷惑なんだから。うーん、ここは考えどころかもね」

「考えどころって？」

「佐原研二よ。もし榎のことであなたがいろいろ書かれる事態になって、しかも榎が殺人犯かも、ってことになったら、絡めて騒がれるのは映画の成功にとっても良くないわ。いっそ佐原研二とつき合ってるって公表しちゃった方がいいかも知れない。榎と比較すれば佐原研二は、俳優としても一流だったし実業家としても成功者、イメージは断然、上だもの」

「そういう余計なことはしないで！」

美弥は乱暴に言った。

「わかってると思うけど、あたしはそういうの、だいっきらいなのよ！　自分の身を守るために、関係ない佐原さんを巻き込んで迷惑かけるなんて、絶対に嫌だからね！」

「わかってるわよ」

恭子の声には抑揚がなかった。

「でもこれだけは忘れないでね。うちの事務所もボランティアであなたの面倒をみてるんじゃない。あなたがだらしない生活してる間につくった借金の大部分を肩代わりしたのだって、あなたに同情して施したかったからじゃないのよ。あなたなら、投資した分の何倍かを事務所に儲けさせてくれる、そう計算したからよ。今度の映画で無事に主役を務めて、話題を作って、主題歌のＣＤが売れる。それがまず、最初のハードルなの。そのハードルを無難に飛び越えて貰わないと、後の戦略がたたない。この大事な時に、殺人犯なんかと今でも関係があるなんて噂を流されたら致命的なの。あなたの為じゃなく、事務所の為に、佐原研二を利用する可能性はある。あなたがどんなに嫌がってもね」

美弥はむくれたが、反論はできなかった。自己破産しかないと覚悟したほどの借金を事務所が肩代わりしてくれたから、こんなに呑気にしていられる、それは確かなのだ。もちろん事務所にはギャラから天引きされるが、本の印税は事務所に関係なく直接入って来る。映画化決定のおかげで本の売れ行きが伸びていることで、手元のお金にも余裕が出て来た。結局、自分は事務所に買われた身なのだ。借金を返してしまうまでは、自由も何もない。文句も言えない。いくら恭子が親身になってくれていても、その事実に変わりはない。

それにしても、本当に榎一之は殺人事件と関係しているのだろうか。彼は今、どこにいるのだろう。

榎のことを考えると、どうしてもあの写真のことを思い出さないわけにはいかない。ナガチに似ている男と、ジャズ・フルート奏者のナオミ。あれが本当にナガチなら……そして榎が殺人事件に関与しているとしたら。ナガチもまた、殺人事件に関係があるということに……なるかも知れない。

美弥は、次第に弱まっていく頭痛の波の中に目を閉じて身をゆだねた。なぜなのかわからないが、強く激しい水の流れが自分を押し流そうとしているように感じる。運命の流れ。激流が迫っている。その音が、気配が聞こえる。

冬葉が失踪したあの日に、その流れはあたしに向かって、いや、あの時冬葉を見失った仲間たちすべてに向かって、スタートしたのだ。そして二十年の歳月をかけて、今、それが届こうとしている。

3

窓の外がすっかり明るくなるまで待ってから、美弥はベッドを出た。テレビは点けないでおく。正直、点けるのが怖かった。画面に貴子の顔写真がいきなり大写しになる瞬間を想像してしまう。

昨日は結局、台本読みの時間が長引いた上に打ち合わせが重なって、実家にたどり着いたのは夜も遅くなってからだった。それでも母は、夜食を温めて待っていてくれたし、いつもは早寝の父さえまだ起きていて、何の用事もないのに美弥が夜食を食べるのを眺めてにこにこしていた。この歳になってようやく、美弥も、親の存在の大きさがわかって来ている。まだ十代の内から音楽と小説で経済的に自立してしまい、親なんていない方がめんどくさくなくていいや、という、青臭くて生意気な考え方からまったく脱皮できないままで人生を突っ走り、躓(つまず)いた。何もかも失った気になって呆然と周囲を見回した時、自分の帰る場所はもう、両親のところしか残っていなかった。

親は、永遠に親。子は永遠に子。

美弥が四十になっても五十になっても、生きている限り、両親は美弥を見て、自分たちの子供だ、と感じるのだろう。それがどれほどに凄いことなのか、最近になってやっと、理解するようになった。

自分の書く小説は、いいにつけ悪いにつけ、そのことによっていくらか変化するのだろうな、と、美弥はぼんやりと感じている。

コーヒーを入れ、食欲はなかったのでトマトだけ冷蔵庫から取り出した。コーヒーメーカーのランプが消えるまでの間にトマトを齧る。半分齧って気分がしゃっきりとしたところで、実家から持ち帰った名簿をバッグから取り出した。美弥が卒業した中学の同窓会名簿だ。美弥自身は、同窓会に現住所の連絡もしていないが、実家の住所が載っている。同窓会費も実家で支払い続けている。下町の公立中学だったので、通っていたのはほぼ全員が地元の子供たちだった。賃貸マンションなどに住んでいた者は卒業後、家族ごと引っ越ししていることもあるが、半分近くは実家の住所が変わっていない。みなずっと同じところに住み続けているのだ。

小野寺冬葉の実家の、昔の電話番号は、もう使われていなかった。同窓会名簿にも冬葉の名前はない。同窓会費を払っていないので会員ではないということだ。が、年度毎に卒業生の氏名が羅列されているページには名前があった。正確に言えば冬葉は卒業できなかったわけだが、恩情なのか、名前が印刷されている。

今、美弥の目的は小野寺冬葉の名前ではなかった。美弥は自分の卒業年度の名簿、会費を払い続けて現住所がはっきりしている人々の欄を注意深く見た。さらに、古い卒業名簿も開いて、住所欄を対比させる。

目指す名前を見つけてホッとした。沢村幸恵。旧姓は川手。現住所は昔住んでいたのと同じ町内だが、マンションだ。昔は商店街の真ん中にあった和菓子屋の娘だった。その和菓子屋で売っていたみたらし団子はとてもおいしくて、学校の帰りにこっそり買い食いすることがあった。川手幸恵とはそんなに親しくしていたわけではないが、一緒に帰ることがあれば、いつもみたらし団子を食べて帰った。幸恵の母は、白い三角巾を頭にかぶって元気よく店で働いていた。みたらし団子一串を買うと、もう一串、あんこのついた団子もおまけしてくれた。

懐かしい。やっぱり懐かしい。中学時代なんて楽しいことなんてひとつもなくて、早く卒業したいってそればっかり思っていた気がするのに、思い出してみれば、小さな「楽しいこと」はいくつもあった。

時計を見て、まだ早いな、と思う。幸恵はサラリーマンと結婚したはずだ。母から聞いた話では、小学生の子供が二人いるらしい。朝の九時頃までは忙しいだろう。仕方なく、読みかけだった小説を手にしてソファに寝転がる。小説の筋を追えるほどの心のゆとりはなかったが、気持ちを落ち着ける役には立ちそうだった。そうやって、一時間近くじっと活字を眺めていた。その間に時計を何度も見て、九時になったのを確認して起き上がり、受話器を手にした。

「……秋芳……って、秋芳美弥、美弥なの？」

受話器の向こうで、幸恵の、記憶の中にあったのと少しも変わっていない甲高い声がした。

「美弥、美弥？　ほんとに美弥？」

「うん、本物よ。幸恵、お久しぶり」

「うわあ！　おっどろいたぁ！　美弥が電話くれるなんて……うわあ、どうしよう、有名人と話してるんだね、あたし、今！」

美弥は思わず笑った。幸恵は本当に変わっていない。今でも昔のまま、下町の和菓子屋の、みたらし団子がおいしい店の娘のままだ。

「やめてよ、有名人なんて」

「だってそうじゃん！　あたしらの学年でさあ、美弥ほど有名になった人はいないもんね！」

「政治家になった子がいたじゃない。ほら、遠藤くんだっけ？」

「遠藤、ああ、あいつね。だって区議会議員だよ、たかが」

「区議会から都議会に進むかも知れないわよ。いきなり参議院かも知れない」

「それだって、政治家なんてつまんないわよ。やっぱ小説家で芸能人だもん、美弥が最高！　嬉しいなあ、美弥が電話してくれるなんて。でもこの電話番号、よくわかったね」

「同窓会名簿。昨日実家に行って借りて来たの」

「ああ、そっかぁ。あれね、うちは商店街に店出してるから、同窓会費を払わないわけにいかないからさ。ほんとは名簿に名前とか電話番号とか載せるのって、今は流行らないでしょ、うちのダンナなんか、名簿なんか配らせるなよ、なんてブツブツ言ってる」

「お店、まだやってるのね」

「やってるやってる。細々と、だけどね。もう店員だって雇うのもったいないって、あたしが昼間、手伝いに行ってんのよ。今どき、うちのみたいな和菓子は売れないからさぁ」

「和菓子ってローカロリーだし、お豆はからだにいいから流行ってるって聞いたけど」

「それはデパ地下にあるみたいな、かわいらしいお菓子でしょ。下町は駄目なのよ、あんなちっちゃいお菓子作ったら、ケチくさいって言われるんだから。饅頭でも大福でも、とにかく大きく作らないと、昔から買ってくれてる地元の年寄りは納得しないわけ。あ、でもさ、味は変わってないと思うよ。まだあたしの父が頑張ってるから。弟があとつぐ予定なんだけど、赤坂の松栄堂で修行中なのよ、まだ」

「すごい、松栄堂なんて、老舗じゃない！」

「うん、実を言うとね、さっき話が出た遠藤の父親のコネなの」

幸恵は、決まり悪そうに笑った。

「遠藤くんの父親って、あの、ガソリンスタンド経営してる？」

「そう。あの人、地元の経済界の顔なのよ。うちの父親と中学、高校と一緒でさ、仲がいいらしいんだ。中学って、つまりあたしらの先輩ってことだけど。やだよねぇ、下町って。なんか部分的に時間が停止しちゃってんだから。人間関係が、五十年前と一緒だったりしてさ」

そこがいいんじゃない、と言いかけて、美弥は言葉を呑み込んだ。自分もそれが嫌であの町を離れたのだ。幸恵は離れたくても離れられない。あの、みたらし団子がおいしい和菓子屋に縛りつけられている。こうしてあの町を離れて勝手気儘に生きている人間が、簡単に幸恵の気持ちを慰めるなど傲慢だ。

「でもほんと、嬉しいなあ。美弥から電話もらえるなんて。週刊誌で読んだけど、映画、出るんでしょ？　あの原作、あたし読んだよ。本なんて一年に何冊も読まないんだけど、美弥の新作だけはちゃんと買ってんだから。ね、知ってる？　酒屋の隣りにあった本屋、あれ、潰れちゃったのよ。小さい町の本屋ってどんどん潰れてるんだってね。美弥の本だけは商店街のみんなが買うんで、いつも新刊の発売日に積んであってさ、便利だったんだけどねえ。今はさ、錦糸町まで自転車漕いでって、駅ビルの本屋で買ってんの」

「ありがとう……最近、新刊出てなくてごめんね」

「そのかわり映画と、CDも出るんでしょ？　CD、すごく楽しみにしてるんだ。やっぱあたしはさ、本とか読むより音楽の方が楽ちんだし。あ、で、美弥、ほんとにどうしたの？　あたしに何か用？　同窓会のことかなんか？」

「うん……あのさ、幸恵って、冬葉の親戚だって言ってなかった？　昔、そう聞いたような記憶があるんだけど」

「冬葉？　冬葉って……小野寺冬葉のこと？」

受話器の向こうで幸恵の声が固くなった。一秒、二秒……黙ってしまった幸恵の息遣いが耳に触る。やがて、幸恵は、無理に作ったような明るい声に戻して言った。

「うん、そう。親戚ったって、けっこう遠いけどね。あたしの母親のお姉さん、つまり伯母さんが嫁いでる家が早坂って言ってね、森下にあって、その早坂の伯父さんの妹が嫁いだ家が、菊川の須藤ってとこなの。で、須藤さんとこの、叔父さんの妹の旦那のお姉さんか何かが、冬葉のお母さんのお兄さんのお嫁さんなのよ。確か。あれぇ、それで良かったんだったかな。つまりあたしと冬葉って、どういう関係なんだろ。血は繋がってないんだよね。親戚って言えないのかな。縁戚、くらい？」

「冬葉のご両親、引っ越しされちゃってるでしょ」

「あ、うん……たぶん」

「今、どこに住んでいるかわからない？」

「うーん……あたしは知らないけど、でも調べれば、誰か知ってると思う。ね、どうしたの？　まさか、冬葉の骨とか、どっかで見つかった？」

冬葉の骨。幸恵も冬葉は既に死んでいると思っている。それが普通だろう。だが幸恵は冬葉のことを過去形では話していない。それも理解できる。あの時、冬葉のクラスメートだった者たちの心の中では、冬葉に関するすべての時間が、あの修学旅行で停まってしまっているのだ。誰も冬葉の葬式に出たわけではなく、その後の成長した冬葉に会っているわけでもない。だから過去形では語れない。意識の中で、冬葉は、あの時代に固定されていつまでも生き続けているようなものなのだ。

「そうじゃないの。じゃなくて……ちょっとね、知り合いの作家が冬葉のことを小説に書きたいらしいの。それであたしが関係者だってわかって、なんとか冬葉のご両親に話を聞くことができないかって相談されて、それで」

「えっ、誰かあの事件のこと小説に書くの！　誰？」

「ごめん、まだはっきりした形になってないみたいでね、内緒にしてって言われてるの」

「そう。でも冬葉のこと小説にするなら、美弥が書けばいいのに。他の作家に書かれるのって、悔しいなあ、あたしは」

「あたしは当事者だからね……あと二十年くらいしてからでないと、書けないよ」

「そんなもんかなぁ。ま、いいけど、うん、冬葉の親御さんの連絡先がわかればいいのね？　調べてみるよ。わかると思う。ただ……美弥、知ってた？　冬葉のご両親ってさ……離婚したんだよね」

「ほんと？　でもあの事件の後は……」

「うん、冬葉がいなくなってからもしばらくは離婚してなかったよ。でも……あれはいつ頃だろう。もうずーっと前だから、あたしらが高校出る前だと思うけど、確か、離婚してる。あたしと繋がってるのは冬葉のお母さんの側だから、今の連絡先がわかるとしてもお母さんの方だけかも」

「いいわ、お母さんの方だけで」

「わかった。で、どこに連絡すればいい？」

美弥は自宅の電話番号を教えた。ついでにメールアドレスも。幸恵はパソコンは持っていないが、携帯メールの愛用者だと言った。まだ名残り惜しそうな幸恵との会話を適当に切り上げて受話器を置くと、美弥は大きくひとつ、溜息をついた。

＊

自宅のパソコン宛に届いたメールを携帯に転送する設定をして事務所に向かったので、事務所で恭子と打ち合わせをしている最中にも、ひっきりなしに携帯にメールが着信していた。ほとんどがスパムだ。無音着信にして、一時間に一度、携帯を見た。幸恵の意気込みようからして、すぐにでも調べてくれそうな気がしていた。そしてその予想は当たった。午後三時過ぎ、打ち合わせを終えて、四時から収録予定のラジオ番組に合わせてＦＭ局に移動している最中に、待ち望んでいたメールが入った。仕事が終わるまでは自由になれないので、じりじりとしながらラジオの収録を終え、六時前にようやく、恭子と別れて地下鉄に乗った。夜の九時から新宿のスタジオで、アルバムに収録予定の曲のレコーディングがある。三時間しかなかった。メールに書かれていた住所は、幸いなことに東京近郊だったが、町田市になっている。新宿から小田急で四十分はかかる。しかも、町田に土地勘はまったくない。駅からタクシーで行けばなんとかなるだろうか。先に電話して来訪を告げておいた方がいいというのはわかっていたが、何となく、電話でアポイントメントを取ろうとしたら逃げられてしまう、という気がした。どうしてそう思うのか、根拠は自分でもわからない。だが、冬葉の母親が、あの事件で娘の失踪時に同じバスに乗っていた人間が二十年振りに連絡して来て、いい感情を抱くとは思えなかった。

不意打ちするしかない。美弥は腕時計を睨みながら新宿に向かった。

＊

町田駅に着いてみて、考えていたよりもずっと大きな駅だったことにまず、面喰らった。小田急の他にＪＲの駅も隣接している。横浜線、という名称はそう言えば聞いたことがあるが、こんなところを通っている路線だとは思っていなかった。美弥は、とにかく駅の外に出て、タクシーに飛び乗ってしまった。住所をメモした紙を手渡す時、少し不安になる。あまりにも近くて断られたらどうしようか。

が、運転手は愛想よく請け合って車をスタートさせた。芸能人兼作家とは言っても、美弥の場合、愛読者やファンは圧倒的に三十代以下の人たちだ。運転手が顔を知っている可能性はとても低い。それでも、サングラスをはずす勇気は湧かなかった。ぽつぽつと振られる世間話に適当に答えながら、早く目的地に着くことだけを願った。車はなかなか目的地に着かなかった。思ったよりずっと距離がある。やはりもより駅は町田ではなかったのかも知れない。土地勘がまるでないので、車窓の景色を見ていても、今、どこにいるのか、まるっきりわからない。

途中、道路が渋滞しているところもあった。町田市というのはなんとなく東京郊外の田舎町だという先入観があったのだが、車の多さやマンションが濫立する有り様など、思い込みとはかけ離れた「小さな都会」だった。それでも、中心部を離れたあたりになると、野菜が育っている畑が点々と姿を見せた。家々の庭も広くなる。二十分と少しかかって、やっと運転手が後ろを向いた。

「カーナビにこのメモの住所を指定してるんですけどね、どうやらこの辺りみたいですよ」

美弥は運転席の方に少し身を乗り出して、カーナビの画面を覗いてみた。確かに、今、車は目的地周辺にいる。

「ありがとう、ここで降りてみます」

「大丈夫ですか？　なんだったらメーター倒していいから、探しましょうか、その家」

「いいえ、ほんとに。適当に歩いて近所の人に訊いてみますから」

人のいい運転手に料金を払い、親切な言葉に対する御礼の気持ちでおつりを断って、美弥は車を降りた。町田市鶴間。通行量がけっこう多い道路に沿って、回転寿司店やコンビニなどが見えている。だが通りを入れば、整然とした住宅街になっているらしい。たぶん、昔はこのあたり一帯、のどかな農村だったのだろうな、と感じられるのは、唐突に商店の横が畑になっていたりするからだろう。

住所表記を眺めながら一ブロックずつ歩いた。通行人に道を訊ねる勇気はないし、第一、通行人がほとんどいない。住宅街というのはこんなものなのだろうか。やがて、メモしてあった住所と同じ番地にたどり着いた。どの家もこぢんまりとしているが、新しいデザインの建売住宅地、といった雰囲気だった。今度は一軒ずつ、表札を読みながら歩く。幸恵からのメールには、冬葉の母親の現在の名字も書かれていた。冬葉の母親は、冬葉の父親と離婚した後、再婚してこの地に住むようになったらしい。

田端（たばた）。

それが、冬葉の母親の現在の姓だった。そしてその文字は、思ったよりもすぐに見つかった。クリーム色の外壁にモスグリーンのスレート屋根が載った、可愛らしい家だった。二階の窓枠にはゼラニウムの鉢が並べられ、前庭には薔薇（ばら）の花が数輪、咲いている。郵便受けも門前の玄関柵も、すべてモスグリーンに塗られていた。

美弥は門の前で深呼吸してから呼び鈴を押した。返答がない、留守なのだ、と思った瞬間にスピーカーから声が聞こえて来た。

「どちら様でしょうか」

呼び鈴の上には小さなカメラが取り付けられている。美弥は、サングラスをはずした。

「あの、田端……裕子さんは御在宅でいらっしゃいますでしょうか。秋芳と申しますが」

「アキヨシ……さん？」

声に不審が滲む。

「あの……どちらのアキヨシさんで……？」

美弥はもう一度深呼吸してから答えた。

「墨田区立K中学で……冬葉さんと同級生だった秋芳美弥です。小野寺冬葉さんのお母さまと、お話がしたくて……突然押し掛けてしまって申し訳ありませんでした。たまたま仕事で町田まで来たものですから」

インターホンの向こうで、息を吸い込むような音がした。それから、声が言った。

「……どうぞお入りください。外の門は鍵をかけておりません」

「ありがとうございます」

美弥は言って、モスグリーンの門を開けた。数メートルほどの庭石の上を歩いて行くと、タイミングを計ったように玄関のドアが開いた。

そこに立っている初老の女性を、美弥は確かに知っていた。

冬葉の母親に間違いなかった。

「ご活躍は存じあげておりました。本当に……お久しぶりね」

紅茶が美弥の前に置かれる。美弥は深く頭を下げた。

「御無沙汰してしまいました」

「卒業式以来かしら……中学の。冬葉はあんなことで卒業式には出られませんでしたけれど、先生方のご恩情で、わたくしと冬葉の父親も出席させていただきました。あの時、確か、秋芳さんともご挨拶しましたわね」

「卒業後、わたしもすぐ親元を離れてしまったものですから」

「すごいわよねぇ、本当に。あなたみたいな、天才的な方と同級生だったなんて……冬葉も自慢に思っているでしょう、きっと」

田端裕子は、ほう、と溜息をひとつついて美弥の向い側のソファに座り、自分も紅茶をすすった。

「あの子が……冬葉がいなくなって、三年ほどしてからですわ、離婚して、ひとりで暮らすようになりました。わたしも冬葉の父親も、あの子の姿が突然消えてしまって途方に暮れたんです。どうしていいかわからなくて……情けないお話ですわよね。子供が突然いなくなる、って、実はそんなに珍しいことではないと、警察の人からも言われたんです。けっこうあるんですってね、行方不明って。十五歳になれば、自分の意志で失踪する可能性もあると言われて……考えて苦しんで、何日も眠れなくて。いつのまにか、わたしと冬葉の父親とは、会話を交わすのも苦痛に感じるようになっていました。世間では、そうした時こそ絆を深める夫婦もあるのに。でも正直、離婚して肩の荷がおりた気はしました。五年ほど、ひとりで暮らしていたんです。知り合いの建築事務所で事務員をさせて貰っていました。そこで今の主人と知り合って、十二年ほど前に再婚いたしました。主人も前の奥様と死別していて、中学生の子供がいたんですよ、女の子です。なんだかわたしにとっては、冬葉が戻って来てくれたみたいで嬉しくて。絵菜(えな)という名前のとても素直な子です。その子ももう、昨年ですけど、嫁(とつ)いでしまいました。子供の成長ってほんとに早い。あっという間に、中学生だった絵菜が女子大生になり、就職し、恋愛をして、あれよあれよと思っている間に結婚してしまいました。来年の春には初孫ができる予定なんです」

一気に言って、裕子は微笑んだ。

「冬葉も……もう秋芳さんと同じように、一人前の大人の女になっているんでしょうね。絵菜はまだ二十七歳なのに、もうお母さんになってしまうんですから。冬葉は……あの子は結婚しているのかしら。子供もいるのかしら。もしいるなら、絵菜の子はわたしにとって初孫ではないのね」

裕子は楽しそうに見えるほど屈託なく、笑った。

その言葉の上からは、冬葉が生存していることに何ら疑いは抱いていないように受け取れる。が、心底の部分では、裕子の中に今でも葛藤はあるだろう。冬葉が、もうこの世にはいないのではないか、という、悲しい疑い。それを懸命に打ち消しながら、これまでの二十年を裕子は耐えて来たのだ。

その裕子に向かって、何ひとつしっかりとした根拠もない話をするわけにはいかない。美弥の想像の中では、冬葉が、フルート奏者ナオミのマネージャーである日本人女性、佐伯、ではないか、という仮説がどんどん膨らんでいる。だが美弥はまだ、佐伯という女性の顔写真すら確認していないのだ。駄目だ、まだ佐伯のことは話せない。妙な期待を持たせてしまって、空振りに終わった時の裕子の落胆を考えると、話すことはできない。

美弥は、佐伯とナオミのことはひとまず胸にしまったままにすることにした。もうひとつ、確かめておきたいことがある。

「実は、今日、お伺いした理由なんですけど」

美弥が膝を揃えると、裕子も緊張するように表情をひき締めた。

「最近になって、誰かが悪質ないたずらを始めたようなんです」

「悪質な……いたずら？」

裕子の顔が強ばった。

「それは、まさか、冬葉に関係することですか？」

美弥は頷いた。

「あの時、冬葉さんと同じ班で行動していたわたしたちのところに、ぽつぽつと、おかしなメールが届いているんです」

「メール。あら……困ったわ。わたし、メールはやったことがなくて。パソコンとか苦手なんです。携帯電話も、メール機能は付いているけれど使ったことがないのよ。わたしが確認しなくてはならないのかしら」

「いえ、とても短いものですから、確認していただく必要はないと思います。それに自筆の手紙と違って筆跡のようなものは残りませんから、自分の正体を隠して送ることができるんです」

「それじゃ、誰かが自分の正体を隠してあなたたちにそのメールを送って来たわけね？　冬葉のことって、いったいどんな内容でしたの？」

「すごく短いものです。たったこれだけでした。……わたしを憶えていますか？」

「わたしを憶えていますか……それだけ？」

「はい。でも末尾に、冬葉、と名前が入っていたんです」

裕子は両手で口のあたりを覆った。美弥は慌てて、首を横に振った。

「ごめんなさい、突然こんなことをお知らせして。でも、今も言ったように、メールですから、誰でもそうした文章を送りつけることができます。たぶん……冬葉さんからのメールではないと思います」

「ええ、ええ」

裕子は大きく頷いた。

「わかります。そうでしょうね……先ほど、冬葉の父親と離婚するまであの事件から三年くらいあったと言いましたでしょう？　その間に随分と、似たようなことがあったんです。あの当時はメールなんてものはありませんでしたけど、若い女の子から、冬葉だと言って電話がかかって来たり、白紙の便せんの入った手紙が届いたり……」

「そんなことがあったんですか」

「ええ。電話の時なんて、いったいこの子はどういう神経をしているんだろうって、怒りというよりも怖さを感じましたよ。冬葉とはまったく違う声、似ていない話し方なのに、自分は冬葉なのだと言い張ったりするんです。でもそれがね、ひとりではないの。その内神経が参ってしまって電話番号を変えたりしましたけれど、そうねぇ、三、四人の女性からかかって来たかしら。冬葉の恋人だと名乗る男性もいましたね。最初はまともに信じてしまって、警察に調べて貰うために必死で向こうの言葉をメモしたりするんですけど、いろいろ話している内に辻褄が合わなくなるの。冬葉のことについてまるっきり何も知らなかったり、週刊誌なんかに出ていた、間違った情報を持ち出したり。どこかの週刊誌に、冬葉がわたしたちの本当の子ではない、なんていい加減な記事が出たことがあったんですけど、そういうのを信じこんでいて、冬葉から相談されたとかって言うんですよ。その週刊誌の記事っていうのが、夫の親戚に取材して、その親戚が冬葉のことと、冬葉の従妹のことを混同して話したのを真に受けて、それでそんな馬鹿みたいな記事を載せたんです。冬葉は正真正銘、わたしたちの娘です。……みんな妄想なんですね。テレビや週刊誌で冬葉の失踪を知って、どうしてなのか、自分の心の中にそうした妄想を育ててしまうんですね。あの頃はただの嫌がらせだと思って苛立たしかったけれど、今は、あれは病気だったのだ、とわかります。でもどうして……もうあれから二十年も経つのに」

「最近になって昔の事件について知った人間がやっていることだと思うんですけど、ただ不思議なのは、わたしだけではなく、他の同窓生にもそうしたメールが届いた点なんです。あの、御堂原さん、憶えていらっしゃいますか？」

「御堂原？　どんな子だったかしら」

「背のすらっと高い、とても綺麗な子です。美人です」

「とても綺麗な……あ、ええ、思い出せます。いましたわね、確かに、とても綺麗なお嬢さんが。確か……貴子さん」

「そうです。彼女のところにもまったく同じ文面のメールが届いたんです。わたしは世間に名前や顔の出る仕事をしていますから、何かの拍子にわたしと冬葉さんとの繋がり、あの事件について知った人が、そういういたずらを仕掛けて来た、というのもある程度はわかるんです。でも御堂原さんは、今はごく普通の専業主婦をしています。彼女はパソコンを持っていなくて、そのメールも、携帯電話に届いたものだったんです」

「随分、手のこんだいたずらなのね」

「ええ。多分、このメールを送って来た人は、冬葉さんと直接の繋がりはないと思います。昔の事件を知って、それをネタにして何かしようとしている、そう思います」

「……そうでしょうね。少なくとも、冬葉自身ではあり得ないわ。もしそうなら……わたしか父親のところに連絡して来ないわけはないですもの」

「はい」

美弥は、裕子が肩を落とす姿を見つめていた。この失望、あるいは諦めが、演技だなどとはとても思えない。たとえ佐伯が冬葉なのだとしても、それを裕子が知っていて隠している可能性はない、と思えた。とにかく、それが確認できたのだから、一歩前進だろう。

「お話はわかりました。でも、わたしの方に心当たりはないと思うわ。冬葉のことなんて、再婚してからは、ほとんど耳に入って来なくなったし。……恥ずかしいですよね、自分の子が行方不明になったのに、もう探そうともしていないなんて。でも、わたしには無理だったんです……あの子がいないという現実を抱えたままでいつまでも戦い続けることは……無理でした。そうだわ、冬葉の父親にも話を聞いてごらんになります？　連絡先だけはわかりますよ、自分から連絡することはありませんけれど」

裕子は立ち上がって、リビングキャビネットの引き出しから、備忘録のようなものを取り出した。

「電話番号だけでよろしいかしら」

「はい」

「それじゃ、これに書き写しますね」

裕子は立ったままで、電話機の横に置いてあるメモ用紙にさらさらと書き付け、その紙を美弥に手渡した。

「冬葉の父親も、五、六年前に再婚したんですよ。今は大阪に住んでいます。冬葉のことで何か新しい事実がわかったら必ず連絡し合う、という約束はしていますけれど、一度も電話が来たことはないし、こちらからもかけません。もし冬葉の消息がこのままわからなければ……死ぬまで電話しないかも知れませんね。でもね、お互い、憎み合っているわけではないんです。むしろお互い、同情し合っていると思います。ただ、二人で会話をすると、あの頃に……冬葉がいなくなった頃へと気持ちが逆戻りしてしまって……辛くなるから」

「わたしたちの問題でお心を煩わせてしまって、本当にごめんなさい」

美弥は立ち上がって頭を下げた。

「いいえ、あなたと御堂原さんにとっては、今現在、誰かからそんなメールを貰うという嫌がらせを受けているわけですもの。気にしないでくださいな。それにたとえ嘘でも、冬葉の名前が使われているわけですからね、わたしにも無関係というわけではないのだし。あ、そうだわ」

裕子は不意に、美弥の腕を摑んだ。

「今、思い出したことがあるの。あの事件が起こった時に冬葉や秋芳さんの担任だった、旭村先生、憶えてらっしゃる？」

「はい」

「じゃ、あの方も、家を出られたきり行方知れずになっていることはお聞きかしら」

「いえ」

美弥は、驚いて首を横に振った。

「知りませんでした。わたし、同窓会にもほとんど出ないし……」

「あの人、事件の数年後に転任されたでしょう、わたしもすっかり忘れていたんですけれどね、あれはいつだったかしら……もう何年も前よ。でも再婚してここに越して来てからだから、十年くらい前？　刑事さんが来てね、家族から捜索願いが出ているけれど、消息を知らないかと訊かれたの。冬葉のことがあるんで、ずーっと連絡を取り合っているんじゃないかって思ったんでしょうね、警察も。でも残念なことに、旭村先生とは、まったく交渉がなくなっていたので、そうお答えしたの。まあでも、今度のこととはまるで関係がなさそうね。秋芳さんは、旭村先生とは……」

「まるっきり。転任されてから、一度も御会いしていないと思います」

「そうですか」

なぜか裕子は、満足げな笑みを顔に浮かべた。奇妙だ、と美弥は思った。どことなく、肌に感じ取れるものがある。裕子は旭村にあまりいい感情を抱いていない。

裕子はやはり、冬葉が行方不明になったのは担任だった旭村の責任だと思っているのかも知れない。誰かを憎まなければやりきれなかっただろう気持ちを、旭村を責めることで鎮めていたのかも。

それにしても旭村が……行方不明？

このこと、耕司は知っているのだろうか。なんとなく、知っている、という気がした。耕司は警察の人間だ。警察が捜査した事柄ならば、情報を手に入れるのは簡単だろう。

耕司に会わないと。会って確かめないと。

いとまを告げて立ち上がると、裕子は玄関先までおくって出てくれた。最後に頭を下げて田端宅を出る間際に、美弥はナオミの写真を取り出して裕子に見せた。

「この女性を御存じではありませんか？」

裕子は少しも驚いたふうではなく、ただ好奇心をその瞳にあらわにして写真を見つめた。

「……いいえ、知らない人だと思うわ。この人が……何か？」

「フルート奏者なんです。クラシックではなく、ジャズ・フルートです。冬葉さんもフルート、お上手でしたよね」

「ええ！」

裕子は嬉しそうに頷いた。

「とても好きでした。いつもフルートを手放さなかった。そう、フルートの演奏家の方なのね、この方。とてもお綺麗ね。でも日本人ではないみたい」

「国籍はアメリカですけれど、フィリピン系らしいです。あの……わたしのその、音楽に、この女性に参加して貰おうかなと思っているんですけれど……冬葉さんがお好きだった曲がわかれば、それをアレンジしてもいいかな、と」

「あら、素敵！」

裕子は子供のように手を叩いた。

「それは素晴らしいわ。ぜひ、お願いします。きっとどこかで冬葉がそれを聴いて、とても喜ぶはずよ。冬葉が好きだった曲ね、ええ、調べたらわかるわ。楽譜がとってあったと思うし。えっと、わかったらどうすればいいのかしら。どこに連絡すれば」

美弥は電話番号を告げ、自分のメモを取り出して書き付けて手渡した。

スタジオに入る予定まで、もう時間があまりなかった。美弥は、裕子に教えてもらったいちばん近い駅に向かって歩いた。やはり小田急線ではなく、東急田園都市線の南町田という駅らしい。国道を隔てたところに巨大なショッピングモールがあるのに、平日は急行が停まらない小さな駅だと裕子は笑っていた。田園都市線だと渋谷に出て山手線に乗り換えるのがいいか、それとも、青山一丁目で大江戸線という方法もある。ふだん、あまり電車は使わないので、乗り換えの便がよくわからない。

ようやく駅を見つけたが、駅員に訊いてみると、長津田という駅で急行に乗り換えた方が渋谷には早く着けると言われた。とにかく慣れていないので、乗り換え、と聞いただけで面倒になる。うんざりしながらホームで各駅停車を待っていると、反対側のホームに先に電車がすべり込んで来た。乗客が降りてホームを歩き、改札のある階に出るために階段を昇って行く。

美弥は、自分の目で見たものが信じられず、何度も瞬(まばた)きした。

どうして?

わけがわからない。なぜあの人があんなところを歩いている?

まるで都内に勤めているサラリーマンが家路を急いでいるという姿そのままに、少し背中を丸めてその男が階段を昇っている。

佐原だった。その姿は、どう見ても、佐原研二のものだった。

4

その背中を追いかけて行こうか、と迷った途端、目の前に電車がすべり込んで来た。自分の後ろに並んでいた男性が舌打ちするのが聞こえ、美弥は列を離れようと迷った気持ちを振り切って、そのまま電車に乗った。

見なれない町の風景は、夜景というにはいくらか寂しい。窓の外に続くのは住宅地ばかりで、光の帯が時々見えるのは、高速道路か何かだろうか。

佐原のことを考え出すと、想像が突拍子もない方向へと飛んでしまいそうだった。偶然にしてはでき過ぎているように思える。まさか、佐原はあたしのことをつけていたとか……？

が、冷静に考えてみれば、自分にとってはおよそ縁のない場所だったあの南町田の駅が、佐原にとっては日常的に利用している駅だという可能性はあるのだ。佐原はもう芸能人ではなく、実業家だ。確か、サンドイッチのチェーン店だったか、そんなようなファーストフード系の事業をしていると言っていた。あの南町田の駅には大きなショッピングモールがあるらしいというのは、駅に出ていた看板でわかった。それならば、そのショッピングモールに佐原の会社が経営している店があるのかも知れない。そう、きっとそんなところだ。佐原にとっては、南町田の駅にいた、ということなど珍しいことでも何でもないのだ。

美弥は無理にそう納得して、佐原のことを一時、頭から追い払った。それでなくても考えたいことは山ほどある。これ以上考える要素が増えて、混乱させられるのはたまらない。

綿密に計画を立てたわけではなかったので、冬葉の母親との会話はとりとめのないものになってしまった気がする。が、冬葉の母親が、少なくとも今はそれなりに幸せな生活をおくっていることはわかった。そして、自分や貴子のところにおかしなメールが届いたと聞いても、さほど強い関心を示したようには見えなかった。たぶん過去には、そうしたいたずらに随分と振り回されて苦い思いをしたことがあるのだろう。そして何度も失望し、そのたびに神経をズタズタにされて、今はもう、少しばかりの希望を目の前にちらつかせられても動じなくなってしまったに違いない。

時は流れたのだ。そして彼女には今の生活がある。たとえ希望を捨てたわけではないにしても、不確実な情報に一喜一憂して走り回るつもりはもう、ないのかも知れない。

それは当然のことだ、と美弥は思った。自分は母親になった経験がないから、子供を失った母親の心というのは想像することしか出来ないが、それはおそらく、極限に近い苦しみと暗黒を含む心の世界だろうと思う。その中にずっとひたっていると、自分の命まで失ってしまうほどの、暗い世界だ。しかしそれが「死」によってもたらされたものであれば、打撃は一度だけで、その後には時間という医師の否応のない手が、暗闇から少しずつ、母の心をひきずり出して救ってくれる。救いきれないほど闇に閉ざされてしまった心もあるかも知れないが、母親が生き続けていこうとするのならば、時は確実に闇の濃さを薄れさせてくれるのだ。

が、生死も居場所も不明、という状態で子を失った母親は、かすかに希望の光が遠く感じられる程度の闇の中に、いつまでもいつまでも、閉じ込められてしまう。それでも生きているかも知れないという可能性は残るのだから、死んでしまったよりはましじゃないか、と周囲は言うだろうが、その微かな可能性の為に、いつまでも同じところで足踏みしていなければならないというのは地獄だろう、と思う。冬葉の母親は、自分が生きていく為に当然の選択をしたのだ。冬葉が生きて戻って来る、という可能性は胸の奥にしまったまま、新しい家族を手に入れて前に踏み出した。自分が彼女の立場でも、結局はそうしたのではないか、と、美弥は思う。

けれど。

何か……表現できない違和感が美弥の脳裏にこびりついていた。

何か少し、違う。何が違う？

冬葉を名乗る人物からメールが届いた、という報告をしても、彼女がほとんど動揺を見せなかったことが意外だったのだろうか。それもあるかも知れない。やはり、もう少し驚く様を予想していたのは確かだ。だがそれだけならば、冬葉の失踪以来、そうした嫌がらせやいたずらに振り回されて来た、という話を聞けばそれで納得できるはずだ。

美弥は、多摩川を渡る電車の窓からきらきらと輝く川崎の夜景を見つめながら、冬葉の母親の顔、表情、仕種のひとつひとつを思い出そうとした。が、すぐに諦めた。やはり冬葉の母親と話をすることで興奮し、いくらかあがってしまっていたのだろう。会話の中身は憶えているものの、それを話している時の裕子の表情までは、じっくりと観察している余裕がなかったのだ。

父親にも会ってみよう。美弥は決心した。関西まで出向くのは億劫だったが、このままではもやもやとして気分が落ち着かない。

ただひとつだけ、裕子はナオミの顔にはまったく心当たりがないようだった。あの時の反応に嘘はないと思う。それが確認できただけでも前進だ。仮にナオミのマネージャーである女性が冬葉だという突拍子もない仮説が当たっていたとしても、それを冬葉の母親が知っている可能性はなくなったのだ。

電車が地下に潜り、窓の外に何も見えなくなると、美弥はようやく裕子のことを考えるのを中断した。今夜から新しいアルバムの録音が本格的に始まる。映画の主題歌になるシングルカット曲については譜面も歌詞もかなり前にできあがっていて、バックバンドのメンバーもすでにイメージを摑んでいるはずだが、それ以外の曲はまだ三分の一ほどが書けていない。オリジナルアルバムの前にサントラ盤が出るので、アルバムの発売は映画の封切りから一カ月ほど先の予定だが、映画の撮影と掛け持ちでアルバムを創るのはスケジュール的にかなりきつい。だらだらとやっていては間に合わなくなる。今夜は比較的まとめ易いバラード曲のオケ録りだった。

美弥はｉＰｏｄをバッグから取り出し、ヘッドホンを頭からかぶった。デジタルで打ち込んだイメージ演奏を流して、あたまの中で合わせて歌いながら、気になっている箇所をもう一度チェックする。そうして音楽にすっぽりとはまり込んでしまうと、もう、裕子のことも佐原のことも、冬葉のことさえも美弥の意識からは消えてしまった。

＊

録音が終わったのは明け方だった。夜食に菓子パンを食べていたので空腹はさほど感じていなかったが、タクシーで青山まで戻る間に、同乗していた恭子が、二十四時間営業のうどん屋に寄ろうと提案し、代々木にまわってうどん屋に入った。さぬきうどんのセルフサービスの店で、朝の六時前なのに混雑しているのには驚かされた。

「始発待ちの人たちなのかな」

「そんなところじゃない？」

恭子は腕時計を見た。

「もう出たけどね、始発。原宿とか新宿で朝まで仕事していた連中よ」

「恭子さん、今日、オフじゃないんでしょ。あたしの為に徹夜させちゃったね」

「これも仕事」

恭子はかけうどんの大盛りに、かき揚げとゆで卵の天ぷらまで皿に盛っていた。美弥は温玉の小がやっとだった。威勢よくうどんをすすりあげる恭子を見ていると、この細いからだのどこにこれだけのパワーがあるのだろう、と、不思議になる。

「今度のアルバムは美弥にとって、復活を決定づける大事な一撃になるんだから、事務所だって力、入ってるわよ」

美弥はうどんを口に入れ、つい、溜息をついた。

「何よ、元気ないじゃない」

「うん……なんだか、そんなに期待されると……怖くなっちゃうの」

「何言ってんのよ、今さら」

恭子は笑って、味見、と言いながら美弥の器からうどんを数本、箸でつまんで口に入れた。

「あ、これもイケる。いつも食べてみようかなと思うんだけど、かき揚げが汁に溶けることの感覚が捨て難くて、温玉は諦めちゃうのよね」

「小にして二つ食べればいいじゃない」

「あ、そっか。その手があったわね」

恭子はあどけなく笑った。笑顔が可愛らしい。この人は美人なんだな、と美弥は思った。恭子が美弥のマネージャーになってまだ一年足らず、こうして恭子の顔をまともに見つめたことなど数えるほどしかない。恭子について知っていることと言えば、十代の頃にアイドル歌手の卵としてデビューしたが鳴かず飛ばずで女優に転身。二十代前半までは、テレビドラマの少し目立ち気味な脇役、主人公の妹とか、主人公のライバルとか、まあそんな役を貰ってそれなりに活動していたが、テレビ局のプロデューサーと恋愛をして結婚、芸能界を引退。そして離婚して、三十代になってから芸能事務所でマネージャー業を始め、潰れかかったタレントを復活させる手腕で一躍名をとどろかせ、今では、名マネージャーとしていくつもの芸能事務所から引く手あまただ、ということくらいだ。今回、麻薬問題で事実上消えていた美弥を引き受けることになった事務所が、高い契約金を積んで恭子を連れて来た、ということは聞いている。そして今のところ、恭子は、支払われた契約金の分は充分に事務所に貢献しているのかはわからないが、彼女がマネージャーになった途端、美弥の原作の映画化が決まり、しかもその主役に自分で主演することや、主題歌まで歌うこと、新しいアルバムの制作までがとんとんと決まっていた。恭子にはおそらく、美弥の想像もつかないほど幅の広い人脈があるのだろう。

恭子にとって、自分は、将棋の駒のようなものなのだ。恭子という名の人生の勝負盤の上に、ぱちんぱちんと打ちつけられる、小さな駒。

「相変わらず、食が細いのね」

恭子はすっかり空になった器から、箸で、器用にかき揚げの天カスをすくいあげながら言った。

「もう少し食べて、体力をつけないとね。アルバムが出たらすぐ、ツアーの準備よ」

「ツアー？」

「あれ、話してなかった？　ミュージシャンとしての復活を印象づけるなら、ともかくツアーでしょう」

「だって今から準備したんじゃ」

「大きいとこではやらないのよ」

恭子はいたずらでも仕掛けた子供のような顔で言った。

「ライヴハウスだけでやるの。その代わり、札幌から博多まで、半年で制覇して、最後は東京。ライヴハウスのあがりじゃ立ち見まで出たって赤字だけどね、あなたの禊をイメージするにはいい企画じゃない？」

「禊……」

「よくやるでしょ、ミソのついた芸能人や政治家が、禊、って。ここは日本だからね、形ってのはすごく大事なのよ。あなたがちゃんと反省して、ファンに対して申し訳ないと思った、ってことを、形で示す必要はあるわけ。それにさ、本格的なツアーとなるとそれなりに物入りなのよ。今のうちの事務所の財政状態だと、前払いした上に万が一違約金でも払わされることになったら、もうおしまいなの。わかる？　違約金、つまり、あなたがちゃんと最後までツアーをやり遂げられなかった、って事態になると、って意味よ。要するに、あなたはまだ、それだけ信用がないってこと」

美弥は頷きながら、ぱちん、とまた盤の上に打ちつけられた自分をイメージした。

「ともかく忍耐なのよ。一度沈んだ人間がこの世界で浮かび上がる為には、忍耐忍耐、また忍耐。でも忍耐さえ続けば、復活できない芸能人なんていない。この国はそういうところよ。国民全部、健忘症。人殺しでもしない限りは、一度や二度、悪い評判や醜い烙印が押されちゃったってクサることはないの。むしろね、売れるかどうかわからない新人を売り出すより、泥沼に沈んでる元人気者を救い出して泥を洗って復活させる方が、効率はいいってわたしは思ってるくらい」

「泥沼に沈んで、か」

美弥はほとんど無意識に繰り返した。恭子は悪びれるふうもなく頷いた。

「そ。まあさ、美弥みたいに洗った途端に光るって人ばかりじゃないけどね。あなたはいいわよ、才能が多方向に向いてるんだもの。特に大きいのは小説が書けるって点でしょうね。作家って商売だけはさ、人殺しだろうと売春婦だろうとハンデにはならないんだから。ちょっとばかり麻薬を吸って借金にまみれたくらいは、むしろアドバンテージみたいなものよ。それはそうと、あなた、あれから佐原さんに会った？」

恭子の口から佐原、という名前が出た途端、美弥は、南町田の駅にいた佐原の姿を思い出した。

「ああ……うん」

「ちょっと調べてみたのよ」

恭子は冷めた茶を啜りながら、バッグから手帳を取り出した。

「佐原研二、実業家としての評判は悪くないわね。彼が代表を務めてる会社は、東証二部上場だけど、二部の中では堅実な動きをしてるって話。総資産は不動産を含めて三億ちょっとだから、青年実業家としてはそう多いわけじゃないけど、年収は一億以上ありそうよ」

「そんなことまで調べたの！」

「そんなことって、経済的問題がいちばん重要でしょ？　とにかく、お金に困ってる男ではないってことがわかれば、ひと安心じゃないの。あなたを利用してひと儲け企むような男だったらどうする？」

「どうする、って……だって別に、佐原研二とあたしとは」

「今は何もなくてもね、この先、何かあるかも知れないんだから、情報は得ておくのに越したことはないのよ。いずれにしても佐原はお金には困ってない。まあ佐原研二についてひっかかることは、離婚経験があることくらい。美弥ちゃん、あなたの恋のお相手として噂になるには、なかなかいい相手だと思うわ」

「お願いだから、そういうのはやめて。恭子さん、そんな手をつかわないとあたしが復活できないって思ってるなら……」

「まあまあ、そんな恐い顔、しない」

　恭子ははぐらかすように笑って、盆を持って立ち上がった。

「さ、わたし今日はお昼から東日本テレビの高松さんと打ち合わせの約束してるのよ。今からマンションに戻っても四時間ぐらいしか寝られないわ。急がないとね。あなたは夜のスタジオ入りまでオフね？　週末にはクランク・インだから、そろそろジムでも通って体調を整えておいてよ」

5

「今日は医者に診て貰えよ」

耳元で夫が囁く。

「家事なんてしなくていいからな。買い物は俺が帰りにして来るから」

「すみません」

「じゃ、行ってくる」

夫の気配が耳元から離れ、ドアが閉まって足音が遠ざかった。かすかに、一緒に家を出る娘に呼び掛ける夫の声が、聞こえて来る。貴子は、ほっと深く溜め息を漏らした。夫に顔色を読まれるのが怖いのだ。

家族の気配が完全に消えてから、貴子はベッドから起き上がった。

発熱は仮病ではなく、本物だった。電子体温計を耳の穴に押し当ててもう一度測ったが、デジタル表示は三十九度を超えている。電子体温計は高めに出る傾向があると聞いているが、それでも微熱とは言えないだろう。風邪をひいているという自覚症状はない。やはり、心労なのだろうか。

大林隆之は殺された。

なぜ？　誰に？

貴子の脳裏には、最後に見た隆之の顔が焼きついたままだった。事の最中に、部屋にかかって来た電話。受話器を手にした隆之は、ほんの一言かふた言、返事をしただけだった。だが、その顔が蒼ざめたのははっきりとわかった。すまないが、急用ができた。今夜はこれで帰ってくれないか。隆之は固い口調でそう言った。貴子には抗議する資格はない。あれは恋愛ではなく、貴子のからだは金で買われたものに過ぎない。ただ頷いて、慌ただしく服を着た。せめてシャワーを浴びて家に戻りたかったが我慢するしかなかった。部屋を出る間際に、それでも隆之は優しく貴子を抱き寄せ、必ずまた連絡するからね、と囁いた。そして貴子の上着のポケットに、何かを入れた。何を入れられたのかは確かめなかった。その場で確かめられるほど開き直ってはいなかったのかも知れない。ドアのところで隆之は微笑んでいた。その時の顔が、貴子のあたまから消えてくれない。

ホテルを出る時、思いもかけないことが起こった。美弥に、あの秋芳美弥に呼び止められたのだ。信じられなかった。あまりにも突然で驚いてしまって、何と返事をしたのかよく憶えていない。家に戻ってから焦ってメールで口止めを頼んだのだが……頼んでよかったのか、悪かったのか。それすら判断がつかない。冷静になって考えてみれば、秋芳美弥が六本木のホテルにいたからと言って、驚くようなことではないのだ。彼女は華やかな世界の住人であり、住まいも確か、青山あたりだった。六本木のホテルで食事をしたりお茶を飲んだりすることは、彼女にとって、ごく日常的なことなのかも知れない。むしろ驚くとすれば彼女のほうが驚いただろう。ただの専業主婦であるはずの女が、宵の口に入りかけた時刻にホテルになどいたのだから。口止めなどするよりも、適当にでっちあげた言い訳をしておいた方がずっと良かっただろう。大学の同窓会の幹事になっちゃって、その下見なの。そのくらいの嘘がどうして咄嗟に出なかったのか。

後悔しても遅かった。

隆之の死体があのホテルで発見されたニュースを美弥が見て、帰ってしまった自分とそのニュースとを結びつけて考えないという保証は、どこにもない。あの時点では隆之が殺されるなどとはまったく考えてもいなかったのだから、どうしてあれほど狼狽してしまったのか、自分で自分が情けなくなる。

この二日間、警察から連絡が来るのではないかとおびえて過ごした。けれど、まだ警察からは何も言って来ていない。美弥が警察に連絡していれば、もうとっくに接触があるだろう。美弥は黙っているのだ。そのまま忘れてくれれば……

吐き気がした。熱だけではなく、胃の調子もおかしい。もう限界だ。いっそ美弥に何もかも打ち明けてしまおうか。その方が気持ちが楽になるだろう。わたしは隆之を殺していないのだから。

殺していないのだから、本当に！

這うようにしてキッチンまで行き、冷蔵庫から冷えたミネラルウォーターのペットボトルを掴み出した。コップ一杯の冷たい水を時間をかけてゆっくりと喉に流し入れると、むかつきはおさまった。

天罰なのだろう。貴子は、ひとりで笑った。夫を裏切って売春をしていたのだから、天罰がくだるのも当然だ。自分は心のどこかで、その天罰を待っていた。誰かに罰して欲しい、そう思い続けて来た。ずっと……ずっと。

こんな形で、とは想像していなかったけれど。

もしこれが本当に天罰ならば、やがて警察がこの部屋を訪れ、自分は逮捕される。そして犯していない殺人の罪で世間にさらしものになり、刑務所に入れられる。そう考えると、それは自分にとってふさわしい結末なのではないか、そんな気がした。長い間、ずっと心の中に抱き続けて来た、誰かに罰して欲しいという願いが、今、まさに、叶うのだ。

どこからか、ブザーのような音が聞こえている。貴子は耳を澄ませた。どこからだろう？

音は、廊下のクローゼットから響いている。ああ、そうか。携帯電話だ。携帯のバッテリーが切れて警告音が鳴っているんだ。貴子はのろのろと廊下に出て、クローゼットを開けた。あの日、家に戻って来てから一度も外出していないので、上着のポケットに携帯電話を入れたままだった。取り出してみると、確かにバッテリー切れだ。貴子は沈黙してしまった携帯電話を掌に載せてしばらく見つめていた。が、もう二度と電源を入れなくてもいいような気がした。入れたくない。夫が万が一盗み見た時のことを考えて、着信や送信の履歴も、送受信したメールも、すべて毎回、削除している。その上でパスワードも設定してあったが、それでも携帯電話は常に不安の種だった。売春クラブ関連の電話番号や隆之の携帯番号は登録していない。手帳にメモをとって番号を保管しているが、そらでも憶えていた。登録してあるのは、娘の小学校関係の知人や、夫の携帯番号、他には、ごく当たり障りのない人々の連絡先だけだ。だが、こんな機械の中身がどうなっているかなど、自分にわかるわけがない。警察がこの携帯を押収して調べれば、メモリーの中に隆之の携帯にかけた記録が残っているかも知れない。いやそうでないとしても、しょせん、携帯電話は携帯電話会社の中継施設を経由しているのだから、送受信の記録などそこに残ってしまうのではないか？

天罰がくだったことに不思議な安堵を覚える一方で、やはり警察が怖い。逮捕されたり裁判にかけられるのが、とても怖い。

それでも貴子は、重い足取りでリビングに戻り、電話台の上にある充電器に携帯電話を立てた。充電中のランプが点く。そのまま倒れこむようにソファに腰掛け、震える指先で夫が投げ出したままの新聞をつまんだ。開こうとしてもまるで鉄板か何かでできたページであるかのように、指先に力が入ってなかなか開けない。それでも無理に社会面を開き、隆之の事件の続報を探した。続報は載っていたが扱いは小さかった。被害者が女性と一緒にチェックインしたことが判明した、と、淡々と書かれている。警察はその女性が何らかの事情を知っているものとみて、行方を追っている、とある。

思わず、大きな溜め息が漏れた。

隆之がチェックインする時、自分はそばにいた。ことさらにフロントマンに顔を憶えられるようなことをした記憶はないが、それでも相手はプロだ、客の顔を記憶する能力は普通の人より高いだろう。今頃はもう、あの時、隆之のチェックインを手続きしたフロントマンが警察に協力して、自分の似顔絵が作成されているのだろう。それに隆之の周辺を警察が探れば、カトレア会のことはすぐにでも探り出されてしまうのではないか。警察の圧力を受ければ、カトレア会のような非合法な組織はひとたまりもない。カトレア会の関係者が似顔絵を見せられれば、自分の罪を軽くする見返りとして、喜んで貴子の身元を話してしまうだろう。

貴子はいつのまにか、泣き出していた。自業自得だとわかっていても、どうしてこんな立場に追い込まれてしまったのだろう、と、理不尽さを感じている。とにかく自分は隆之を殺してはいない。あの部屋を出た時、隆之は生きていたのだ、間違いなく。

隆之のことが好きなわけではなかった。同じ客の相手は二度としないことにしていたから、どんな男が相手でも、特別な感情を抱いたことはない。自分から興味を示したこともない。ただ、夫の失業というアクシデントがあった。夫がどれだけ言い繕っても、希望条件を満たす就職先が見つからないという事実は変化しない。あのままでは、娘を公立に転校させるしかなくなるところだったのだ。自分は罰を受けてもいい。だが、娘だけは、いつも最高の場所に置いておきたい。いちばん素晴らしいものを与えてやりたい。

隆之にすがるしかなかった。夫だって、今の職場には満足しているはずだ。自分が隆之にすがらなければ、とてもあんなに条件のいい会社には入れなかっただろう。

ブルッと何かが振動した音がした。携帯だ。短い振動なのでメールの着信だろう。ずっとマナーモードにしていたことすら忘れていた。貴子は重いからだをひきずり上げて、充電器のところに戻った。やはりメール着信有りの表示。二つ折りの携帯を開いて着信メールのボックスを開ける。

『困ってるみたいね。助けてあげましょうか？　冬葉』

思わず悲鳴が口から漏れた。

冬葉！

あのメールのことなど忘れかけていたのに。小野寺冬葉を騙（かた）る何者かからのメール。

なぜ！

どうしてわたしが困っているってこと、知ってるのよ！

貴子は思わず携帯を壁に投げ付けた。そしてその場にくずおれ、両手と膝をフローリングの床につけたまま号泣した。泣いていないと恐怖であたまがおかしくなりそうだった。頭の芯が痛くなるまで泣いて、泣きつかれて眠気をもよおして来てから、貴子はやっと立ち上がった。壁に投げつけた携帯は、幸い、こわれてはいない。貴子は震えながら、もう一度さっきのメールを開いた。

パソコンから発信されたメールだ。アドレスはフリーメールだろう。たぶん、身元を偽っても手に入れられるメールアドレスだ。アドレスからその持ち主を突き止めるのは不可能かも知れない。

それでも、メールが届いたということは、このアドレスは「生きて」いるということだった。携帯ならばすぐにアドレスを変更できるが、パソコンではたして、さほど素早くアドレスを使えなくすることが可能だろうか？

貴子は奥歯を嚙み締めた。怯えてばかりいても事態は悪い方へと進んで行く気がした。とりあえず、相手はこちらの携帯メールアドレスを知っているのだから、返信しても今以上に不利な状況にはならない。

貴子は深呼吸をひとつして、親指をタッチボタンに押し当てた。

『あなたにわたしが助けられるの？』

送信する前にもう一度、呼吸を整える必要があった。それでも送信してしまうと、不思議な落ち着きが戻って来た。貴子は携帯をパジャマのポケットに入れ、冷蔵庫を開けた。相手はパソコンなのだから、返信があるとしてもどのくらいかかるかわからない。

水を飲むのもやっとだった悪心は消えて、空腹を感じ始めている。昨日はまったく食欲がなく、夫が作ってくれたパン粥を少し胃に入れただけだ。牛乳をパックごと取り出し、皿にドライフルーツの入ったグラハムフレークをざらざらとあけた。そこに牛乳を注ぎ、キッチンのテーブルについて慌ただしくかきこむ。皿のフレークがほとんどなくなった頃、ポケットの中で携帯が振動した。

『もちろんよ。大切な同級生の為だもの、何だってしてあげるわよ。　冬葉』

『あなたは誰？　小野寺冬葉なの？』

今度は返信が早いだろう。敵は、今、パソコンの前に座っている。

案の定、三分も経たずに返信があった。

『そうよ。あなたのまわりに、他に冬葉はいないでしょう？　冬葉』

『なぜ今頃になって連絡して来たの？　あれから二十年も経つのよ、今までどこにいたの？』

『あたしのことなんてどうでもいいじゃない。今はあなたの問題を解決しないとね。あたしに助けて欲しいんでしょ？　冬葉』

『あなたのこと、信用できないわ。わたしの味方だと、どうしたらわかるのよ』

『贅沢ばかり言わないでよ。あなた、殺人犯になるかも知れないのよ。あたしを信じるしかないでしょう?　冬葉』

『あたしは殺していない』

『警察がそれを信じるかしら。　冬葉』

『信じようと信じまいと、殺していないのよ』

貴子は怒りを感じていた。メールが返信されて来るスピードは二、三分ごとなので、敵がパソコンの前に陣取ってこちらからの返信を待ち受けているのがわかる。だが文面は、なんとなく自分をからかって遊んでいるように読めてしまう。敵ははっきりと、殺人犯、という言葉をつかった。つまり自分と隆之とのことも知っているということだ。苛ついてしまっては負けだ。

『そんな理屈が裁判で通るかしら。楽しみね。あなた、助けて欲しくないのね？　それならばいいのよ、無理にとは言わないから。　冬葉』

貴子は反射的に返事を返すのを思い留まった。今、もっとも重要なことは、相手の正体を突き止めること。

『ごめんなさい、助けて欲しい。でもあなたが本当に冬葉だってわからなければ、信じるのは無理よ。怖いの！　お願い、あなたが冬葉だとわたしに信じさせて。ねえ、あなたが冬葉なら、今でもフルートを吹いているんでしょう？　電話でその演奏だけでも聞かせてくれない？』

これである程度は化けの皮を剝ぐことができる。敵が、冬葉のことをどこかで聞き齧った程度だったとしたら、咄嗟にフルートの演奏を聞かせるなんて無理なはずだ。必ず何か言い訳を書いて断って来る。

貴子は、息をひそめるようにして返信を待った。

『わかったわ。今から五分後に、あなたの携帯に電話する。でも、あたしがフルートを吹くって憶えていてくれて、ありがとう。あなたはテニスばかりしていたから、音楽には興味がないのかと思ってた。
冬葉』

貴子は息をのみ、どくんどくんと激しくうち始めた心臓を掌で押さえ付けた。

そんな……本当なの？　本当にフルートを……

それにわたしがテニス部にいたことまで……

五分はあまりにも長く、貴子は気が遠くなりそうだった。それでも、壁に掛けられた時計の針がきっかり五分動いた瞬間に、携帯が振動した。今度は長い。電話の着信。

貴子は通話ボタンを押し、携帯電話を耳に押し付けた。

フルートの音だった。耳に流れこんで来たのは、演奏者の息遣いまではっきりと響く、フルートの音。そして……冬葉がいつも吹いていたこのメロディは……アルルの女……

「ふゆ……は」

貴子は、やっとそれだけ口にした。そして次の瞬間、気絶していた。

美弥は病室のドアをノックした。

「どうぞ」

中から男の声がした。

「失礼します」

ドアを開けると、ベッドの足下側が見え、その奥にサラリーマン・スーツ姿の男が立っていた。貴子の夫だろう。貴子の結婚式には招待されなかったし、その後も貴子とはまったく音信不通だったから、夫の顔を見るのはこれが初めてだった。

正直なところ、美弥はいくらか驚いていた。貴子の夫は、なんとも凡庸な、という形容詞がぴったりと似合ってしまうほど、ごくごく普通の男だった。身長もさほど高くはなく、どちらかと言えば背が高い貴子がハイヒールを履けば、夫より頭が上に出てしまうのではないだろうか。太っているというわけではないが、腹部のあたりはいくらか前に迫り出していて、いかにも中年といった体型だ。額もかなり後退し、いずれは禿げてしまうのが見てとれる。顔にしても、醜いというほどではないが、決してハンサムと呼べる造作ではなかった。もちろん、人間の価値は外見などにはない。芸能界の端っこで生きていると、そのことは身に染みて理解できる。顔の美しさはその人間の内面の何かを映しているなどということは、まったく、ない。むしろ、表面的な美が内側の腐敗をごまかしている場合の方が、圧倒的に多いだろう。

だが、貴子の夫、として想像した場合、今、目の前に立っている男はやはり、不釣り合いであり、アンバランスであるとしか思えなかった。貴子のような容姿に恵まれた女性の周囲にならば、外観も中身も上等な男だってたくさんいたのではないだろうか。それとも、この男は、他のどんな男よりも素晴らしい中身を持っているのだろうか。

きっと、そうなのだ。

美弥はひとり相撲(ずもう)の思考の中で、自分自身の心のあさましさに気づいて苦笑いした。数多くの男たちからの賛美に慣れていた貴子だからこそ、見てくれにごまかされるなどということはなかったはずだ。その点、自分はどうだ？　これまでつき合った男たちの見てくれにばかり騙(だま)されて来たじゃないの。

「秋芳さんですね？」

貴子の夫はにっこりした。

「お顔だけは一方的に存じ上げておりました。貴子の同級生だと聞いてはいたのですが、こうやって本物が目の前にいると、なんだか不思議です」

美弥は曖昧に頷いてから訊ねた。

「あの、それで貴子は？」

「まだ寝ています。看護師さんの話では、そろそろ目をさますのではないかと。本当に申し訳ありませんでした、お忙しいのにお呼びだてしてしまって」

「いいえ、どうせ寝ていただけですから。今日も仕事は夕方からだったんです」

「でも昨夜はずっとお仕事でいらしたんでしょう?」

貴子の夫の言葉に、美弥は赤面した。眠っていたところを貴子の夫からの電話で起こされて、腹がたち、電話の相手を勝手に友紀哉だと決めつけ、レコーディングで徹夜したって知ってるのに、なんでまっぴるまに電話なんかして来たのよ！　と怒鳴りつけてしまったのだ。

「……ほんとにごめんなさい。知人と間違えてしまって……」

「とんでもない。いきなり電話などさしあげたこちらの責任ですから」

「でもあの、どうしてわたしの……?」

「貴子が囈言(うわごと)で、あなたのことを呼び続けていたんです。ミヤを呼んで、ミヤを、……ああ失礼しました、呼び捨ててしまって。しかし貴子がそういうふうに言い続けたものですから。貴子の知り合いの中で、僕が知っているミヤ、という名前の人は、秋芳さんしか思い浮かばなくて……」

「じゃ、貴子さんは一度、意識を取り戻したんですね?」

「取り戻したと言うか……囈言でしたから、自分では何を言っているのかわかっていなかったと思います。ああ、えっと、とりあえずその椅子におすわりください」

美弥は、貴子の夫が掌で示した丸椅子に腰をおろした。

「ともかく僕にも、何がなんだかわからなかったわけです。娘の小学校から会社に電話があって、妻が倒れたと聞かされて慌ててここに駆けつけてみたら、貴子が囈言であなたのお名前を呼んでいて、何もわからないまま、貴子の携帯電話に登録してあったあなたの番号にお電話してしまったものですから」

あの奇妙な同窓会の夜、それぞれの連絡先を交換していたのを美弥は思い出した。

「救急車を呼んでくれたのは、隣室の奥さんでした。たまたま、まわって来た回覧板を持って来てくれたところで、ドアの前に立った時に部屋の奥から悲鳴のようなものが聞こえたらしいんですよ。ドア越しなので悲鳴だったのかどうかはっきりしないけれど、とにかく異様な声だった。で、呼び鈴を鳴らしても応答がないので、ノブに触れてみたところ、鍵がかかっていなくてノブが回ったそうなんです。実は今朝、貴子が風邪気味で起きられなかったので、娘と僕は自分たちで朝の仕度をして出かけました。で、僕が家を出る時、鍵をかけ忘れたんです。うっかりしていましたが、いつも僕が出る時は貴子が家にいるので、鍵は中から貴子がかける習慣なものですから、つい。考えたら貴子は寝ていたわけですから、僕がちゃんと鍵をかけておかないとならなかったんですが。とにかく隣室の奥さんが中に入ってみると、リビングで貴子が倒れていた。でも血も何も一切なかったので、警察のことは頭に浮かばなかったそうです。隣室の奥さんはご自分が数年前にクモ膜下出血で倒れた経験があって、その時のことを思い出してすぐに救急車を呼んでくれました。

結果的にはそれで助かりましたよ……警察を呼ばれていたら、面倒なことになっていたでしょう。隣室の奥さんは、貴子が入院するとすぐに娘の小学校に連絡してくれました。僕の会社の電話番号を知らなかったので、学校に連絡すればわかるだろうと考えたそうです。で、僕は担任から電話を貰いました」

「ほんとに事件性はまったくないんですか？　鍵が開いていたとすれば、誰かが入り込んで貴子さんに何かしようとした、とか」

「いいえ、部屋の中は朝、僕が出勤した時のままで、まったく荒れていませんでしたし、医師の話でも、貴子の症状は一種のヒステリーだろうと」

「……ヒステリー……」

「ええ。外傷はまったくありません。殴られたとかそんな痕跡も」

「でも悲鳴が」

「貴子が何かにショックを受けたのは事実だと思います。その原因は……たぶん、これです」

貴子の夫が目の前に突き出したものは、携帯電話だった。

「でもどうして……この携帯が貴子さんにショックを与えたとわかるんですか？」

美弥の質問に、貴子の夫は少し躊躇した。それから、周囲をさっと見回すようにして言った。

「この携帯をきつく握りしめたままで、貴子は倒れていたそうです。電力節約モードになっていたので、僕が受け取って開いた時には画面は消えていました。でもどれかひとつボタンを押せば、節約モードが解除されてまたバックライトが点きます。その点いた画面が……メールを開いた状態だったんです。たとえ妻であっても、携帯のメールを読むなどというのはルール違反なのはわかっていますが、貴子の状態も心配でしたし、何か手がかりはないかと……それであの……秋芳さんの方がきっと、僕より事情に通じていると思うので……読んでみてくれませんか、受信簿にある何通かのメールを」

「……よろしいんですか？」

貴子の夫は素早く頷いた。

「緊急事態ですから、貴子には後で僕から説明します」

美弥は今ひとつ気乗りがしなかったが、仕方なく頷いて貴子の携帯のボタンに触れた。美弥の持っている機種とは違っていたが、なんとなく勘でいじっている内に受信簿が開いた。

読み進むうちに、美弥は、自分の頬から血がひいて背中に冷たい汗が流れ落ちるのを感じていた。送信簿も開き、貴子の返信の内容も読む。貴子の夫にその許可を得るだけの心のゆとりも、もうなかった。

「……信じられない」

美弥は、やっと、口にした。

「冬葉、という名前に憶えがありました。何度か貴子から聞いたことがあった……確か、あなたたちが中学生の時の修学旅行で行方不明になった同級生の名前、でしたよね……」

貴子の夫がこころもとない口調で訊く。

「でもその少女は、それから行方不明のままではなかったんですか？」

美弥は、こくこくと何度も頷いた。

「……行方不明です。少なくとも……小野寺冬葉が見つかったなんて……どこかで生きているとも……」

「それじゃ、このメールを送って来たのは偽者だと？」

美弥はまた頷いた。

「いったい何の為に？　誰がこんなことを？」

貴子の夫の質問に、美弥が答えられるわけもなかった。美弥は首を横に振った。

「実を言うと……冬葉、と名乗る人からのメール……わたしのところにも来たんです。一度だけですが」

「秋芳さんのところにもですか？」

「ええ。わたしのところにはパソコンのアドレス宛でしたが。それでその……万一、本当の冬葉が現れたって可能性もあるかも知れないと思って……冬葉のお母さまにはお会いして来たんです。昨日」

「ああ……なるほど、それで貴子はあなたの名前を」

「いえ、貴子さんにはまだそのことは言ってません。昨日はそのあと仕事で徹夜でした。朝方に部屋に戻ってそれから眠ったところでしたから……でも今日にでも貴子さんや、他の人たちにも報告はするつもりでいましたけど」

「他の人たち、と言うと？」

「あ、同級生です。あの時の……中学の。貴子さんと同じ班で修学旅行の自由見学にまわったメンバーです。つまり……小野寺冬葉さんが失踪した時、一緒のバスに乗っていた」

「ああ」

貴子の夫は顔をしかめながら頷いた。

「そういうことでしたか。つまり……皆さんのところにこの、冬葉、と名乗る人からメールが届いたわけですね」

「いえ、メールはわたしと貴子さんのところだけだったんです」

「二人だけ？　どうして？」

美弥はまた、首を横に振った。貴子の夫はそれが癖なのか、どうして、なぜ、と質問を頻発する。だがそれに答えられるくらいならば、最初から悩むことなどないのだ。

美弥は、ふと、貴子の夫、という男の性格について、その一端を垣間見たような気がしていた。そこには、美弥であれば到底我慢できないような息苦しさがある、そう感じた。しかしそれが、誠実、ということなのかも知れない。貴子の夫は、生真面目そのものといった顔のままじっと美弥を見つめている。

美弥は、こういう人間に対してはごまかしなど通用しない、と思った。

「なぜわたしと貴子さんのところにだけメールが来たのか、は、みんなも不思議に思っている点です。同級生は他に四人いましたが、その内のひとりとは連絡がつかず、冬葉と名乗る人からのメールについて話し合ったのは残りの三人と合わせて五人でした。その内、パソコンを普段から使っていないのは貴子さんだけで、他の四人はみんなＥ－ｍａｉｌのアドレスを持っていますし、それぞれメールの打てる携帯電話も持っています。でもメールが届いたのはわたしと貴子さんの二人のところだけでした。結局、五人の誰にも心当りはなかったんです」

「そうですか……そう言えば、中学時代の友達と会うと、出かけたことがありましたね、最近」

「それでわたし、ふと思いついて、小野寺冬葉さんのご両親の消息をたどってみたんです。

と言ってもたいして難しいことではなくて、わたしたちの卒業した中学は下町にありましたから、卒業生の半分くらいは今でも地元に残って暮らしています。そんな中で、小野寺さんと遠縁にあたる知人がいたんで、その人に聞いてみたら、小野寺さんのご両親が離婚されて、お母さまの方は再婚されたことがわかったんです。再婚先のご住所も。で、昨日、お母さまを訪ねてみました。他の四人にも知らせた方がよかったんでしょうけど、ふと思いついたまま、たまたま近くに用事もあったので行ってみる気になって」

本当は、ナオミのマネージャー、佐伯という女性のことがあったから、その点をいちばん確認したかったのだが、貴子の夫にそこまで話しても話が広がり過ぎて理解しづらいだろう。

「では、その小野寺冬葉さんのお母さんは、冬葉と名乗る人に心当たりはないと？」

「ええ。もちろん、冬葉さん本人が現れたなんてことも言ってませんでした。お母さまの話では、二十年前に事件が起こってからしばらくの間は、冬葉さんを名乗るいたずら電話とか嫌がらせめいたことがけっこうあったんだそうです」

「嫌がらせ、って、娘さんが行方不明になったのにですか？　こういう表現が正しいのかどうかはわからないが、つまり、被害者の立場でしょう？」

「世間って……自分に関係がないことだといくらでも残酷になれるものですよ。そうじゃありませんか？」

美弥は皮肉を言ったつもりはないが、貴子の夫は一瞬だけ、美弥から目をそらした。美弥が麻薬と借金でどん底に落ちたことを知らないはずはなかった。

「そうかも知れませんね……他人の不幸を面白がれる人間というのは、決して少なくない」

貴子の夫は、溜め息をひとつ、ついた。

「いずれにしても……この冬葉、というメールの送り主が、本物の小野寺冬葉さんではないことは、確実というわけですね」

「たぶん。もし本物ならば、ご両親に隠れて今頃現れて、こんなわけのわからないことをする理由がありませんから。たとえば何かのトラブルにまきこまれて二十年間記憶喪失か何かにかかっていたとしても、記憶が戻れば、真っ先にご両親のところに連絡していたはずです」

「そうでしょうね……わかりました。誰なのか正体はわからないが、貴子のメールの相手は、あなたたちのことについてよく知っている人物らしい」

「少なくとも貴子さんについては、そうですね。貴子さんは確かに、テニス部にいましたから。彼女がテニスに夢中になっていたことは、わたしも憶えています」

「では、貴子は、この最後のやり取りで、実際に電話で何かを聞かされたということですかね」

「そうだと思います……きっと、フルートの演奏を。貴子さんはあまり突然のことだったので、驚いてしまったんだと」

「貴子のことや冬葉という少女のことをそれほどよく知っているとなると……やはりあなたたちと同じ中学の卒業生でしょうか」

「そうかも知れません。でも……」

美弥は、問題なのは冬葉と名乗っているこの相手が貴子に持ちかけている、ある種の取り引きについてではないか、と言おうとして言えなかった。

貴子の夫もそのことには充分に気づいていて、しかし黙っている。

このメールのやり取りからは、貴子が何かのっぴきならない状態に追い込まれていて、メールの相手は、それを助けてやろうかと申し出ているのだ。もちろん、貴子の窮状というのは、あの六本木のホテルで起こった殺人事件のことに間違いはない。が、そのことは絶対に、この男、貴子の夫に気づかれてはならない問題なのだ。

美弥は黙ったままでいた。貴子の夫がどう出るか、何と言い出すか待って対応しないと、迂闊なことを言えば貴子をますます窮地に追い込むことになる。

「それにしても」

やっと、貴子の夫は口を開いた。

「意味不明な部分もあるな……このやり取りからすると、まるで、貴子の弱味を相手が握っているように読めるんだが……」

ひとりごとなのか、それとも、美弥に対して仕掛けられた罠（わな）なのか。美弥は慎重に言葉を選んだ。

「これだけではよくわかりませんね。もしかすると、もっと前にやり取りがあって、その部分は貴子さんが削除してしまったのかも知れませんし。いずれにしても、貴子さんが目をさましてから直接訊いてみないと」

「そうですね。すみません、徹夜明けで寝ていらしたのに、無理にお呼びだてしたあげく、なんだかわけのわからないことに巻き込んでしまって」

「いいえ……もともと、わたしたちの共通な過去に関することですから」

「貴子は薬で眠っているので、あと二時間ほどで目覚めるらしいです。あの、秋芳さんの携帯番号を教えていただければ、貴子が目を覚ましたらまたご連絡いたしますが」

「あと二時間でしたら、カフェテリアで待ちます」

美弥は腕時計を見た。

「今日は夕方からの仕事ですから」

「でも、それでは」

「構わないんです。これを読んでいますから」

美弥は、肩から下げたままのトートバッグから台本を取り出して見せた。

＊

貴子が目覚めるまで、二時間はかからなかった。カフェテリアは混んでいたが、窓際にひとり分の空席を見つけ、コーヒーを二杯続けて飲みながらいつのまにか台本に没頭していて、貴子の夫の声に気づいたのは一時間ほど経った時だった。

「目が覚めました」

貴子の夫は、上から美弥を見下ろして言った。

「あなたがお見舞いに見えていると告げると、ぜひお会いしたいと」

美弥は頷き、貴子の夫と共に病室に戻った。

「じゃ、僕は行くから。また夜、来るよ。えっと、ここの夕飯は早いみたいだから、もしかしたら夕飯には間に合わないかも知れないけど」

貴子がひとしきり美弥に、来てくれてありがとう、ごめんなさいを繰り返したあとで貴子の夫はそう言った。てっきり仕事を休んだものと思っていた美弥は少し驚いたが、世の中のサラリーマンはみな、こうしたものなのだろう、と思い直した。実際、芸能界も音楽界もそういう点はよく似ている。芸能人は、自分自身が倒れない限りは、身内の者が病気で倒れたぐらいではスケジュールを変えられないし、ミュージシャンも、ステージの予定があれば同じことだ。ただ自分はそうした流れにはなじめなかった。美弥は思った。そう、あたしは、なじめない。あたしが貴子の夫ならば、どんなに大事な仕事があっても、今日は会社を休んだはずだ。

「夕飯なんていいのよ。本当にごめんなさい。ただ疲れていただけなのに……」

「母に電話したら、三時前には僕らの家に行っててくれるって言うから、あとのことは何も心配いらないよ。ほら、なんと言っても母は昔、小学校の教師だったからね、家事だけじゃなくて、宿題の面倒までみてくれる」

貴子の夫は言って、ぎこちない笑顔になった。さびしげな笑い方をする人だ、と美弥は思った。

「貧血もあるらしいし、この機会に徹底的に検査してもらおう。二、三日、休養だと思って入院すればいい。担当医師もその方がいいだろうって言ってた」

「すみません……ほんとに」

貴子は横になったままで頭を動かした。頭を下げているつもりなのかも知れない。まるで、テレビドラマに出て来るような夫婦の会話だ、と美弥は感じた。四六時中一緒にいる男女がこんな他人行儀な会話をしているなんて、小説で書いたら読者に笑われそうだ。それとも、世間にはこんな夫婦もたくさんいるんだろうか。

貴子の夫は美弥にも会釈して病室を出て行った。

「真面目そうな人ね」

美弥の感想に、貴子はひどく空虚に見える笑顔でこたえた。

「真面目よ……すごく。美弥ならわかるでしょ、小説家だものね、小説を書ける人って、人間のこと見抜くのが上手だから」

「それは一概には言えないわよ。人生経験なんかなくたって、人生経験が必要ない小説なら書けるもの。知ってるでしょ、あたしが作家になったのって、まだほんの子供の時よ。十代の終わりだったのよ」

「経験のことじゃないわ……むしろ、経験なんかない方が真実を掴むのにはいいのかも知れない。直感、みたいなものよ。人の心の中にあることを見抜く、直感」

貴子は、枕の上で天井を向いたまま、大きく息を吐き出した。

「あなたにもわかったでしょ？　主人は……真面目なだけが取り柄の人なのよ」

「そんな言い方したら……貴子のこと、すごく大事にしてるみたいなのに」

「大事にされてる」

貴子は言った。

「だから、感謝はしているの。本気で、とことん、有り難いと思ってる。わたしみたいな……わたしみたいな女を大事にしてくれるなんて……あの人は……馬鹿だわ」

貴子は笑った。それは、美弥が知っている貴子の笑い声ではなかった。まるで悪魔か何かがとりついた人間のように、冷たく乾いた笑いだった。

「やめて、貴子」

美弥は思わず、寝ている貴子の手を摑んだ。

「あなたまだ、起きているのは無理よ。ショックがとれてないんだわ。看護師さんを呼んで、精神安定剤をもう少しもらった方が……」

「薬なんていらない！」

貴子は手を振り、美弥の手をはじき飛ばした。

「薬なんかで寝てたって、何も、何も解決しやしないもの！　あなたは知ってる、知ってるんでしょ？　そうなんでしょ？　美弥、知ってるんでしょ！」

「おタカ！」

美弥は貴子の腕をもう一度摑んだ。

「いったい何の話なのよ！　あたしが何を知ってるって言うの？」

「だから！」

貴子は横になったままで美弥を睨んだ。その両目には涙が溢れていた。

「だから……あの夜、あそこで会ったじゃない……あのホテルで……」

「だから？　そのことが何だって言うの？　あたしは確かに、六本木のホテルであなたと会った。でもそれがいったいどうしたの？　なんでそんなに興奮しないとならないの？」

　貴子は、じっと美弥を見つめた。

　美弥は少しだけ、良心の痛みを感じていた。そう、自分は知っている。確かに。貴子はあの夜、不倫相手とホテルにいた。そしてその不倫相手は、まさにあの夜、殺されたのだ。だがどうしてあたしがそれを知っている、と貴子が思うのか。そこに根拠などないはずだ。貴子は混乱し、あたしが何も知らない可能性の方が本来ならば高い、ということに気づいていない。新聞に載っていたあの殺された男が貴子の不倫相手だなどと、あたしが気づいていない可能性が高いことを。

　美弥は、貴子がそれを望まないのならば、これ以上あの事件に深入りするつもりはなかった。いずれにしても警察は必ず、貴子が殺人事件の被害者と共にホテルにチェックインしたことを突き止めてしまうはずだ。そこから後のことは、警察と貴子との問題だった。美弥はもう、相手が耕司であってもそのことを自分から告げ口するつもりはなかった。口を開くなら貴子の方から。自分からは何も言わない。

「わたし」

　しばらくの沈黙のあとで、貴子がやっと口を開いた。

「わたし……わからないの。あたまがこんがらがってしまって……」

「いいのよ、無理に考えなくたって。とにかくあたしは、あの夜あなたに会ったけど、別にそれだけのことなんだから」

「美弥……でもわたし、主婦なのよ。働いてもいない、ただの主婦よ。なのにあんな時間に……あんなところにいたのよ」

「なんだ」

美弥は演技した。演じることは得意だった。

「そういうことか」

肩をすくめ、軽く微笑む。

「つまり、おタカ……誰かイイひとと、あそこにいたのね？　やだ、それをあたしがあなたの旦那さんに告げ口すると思ったの？　それを心配してたの？　そんなことするわけないじゃない。あたしは自分がワイドショーのネタになっちゃった人間なのよ、他人のことあれこれ詮索できるような、お気楽な立場じゃないわ」

貴子はまた黙った。貴子の心の中で、今、目の前にいる人間にすべて打ち明けてしまうか、それとも騙し通すか、その葛藤があるのだろう。

美弥は辛抱強く待った。どっちでもいい。巻き込まれてしまうならそれも運命なのだろうし、貴子がそう望まないならば、あの殺人事件になど一切、かかわる必要もない。

「美弥……あのね」

貴子は、手を伸ばした。美弥はその手を優しく握った。

「……聞いて欲しいことがあるの。でも……聞いたことを、絶対に、誰にも言わないって約束して欲しい」

すべて。

運命なのだ。

美弥は頷いて言った。

「約束するよ」

6

「あの晩、あのホテルで殺人事件があったの……美弥、知ってる？」

天井を向いたままの姿勢で、貴子が静かに訊いた。美弥は頷いたが、貴子の視界には入っていないことに気づいて、声に出した。

「うん……新聞で見た」

「被害者は大林隆之」

「知ってる人なの？」

しらじらしい、と思いながらも美弥は反射的に言っていた。貴子は上を向いたままで顎を動かし、肯定の仕種をして見せた。

「まだ三十代後半で、成功したITベンチャーの社長よ。学生の頃からインターネットサービスやパソコンソフトの業界に参入して、大金持ちになった人」

「そう。あたしはそっちの方面には興味なかったから。でもそんな人と、どこで知り合ったの？」

貴子はなぜか、くすくすと笑った。美弥は落ち着かない気分だった。さっきのあの冷たい笑いといい、今のこの、皮肉たっぷりのクスクス笑いといい、貴子のイメージからはほど遠い、ある種の下品さ、野蛮さを感じさせるものがある。

貴子の心が壊れかけている。美弥はそう思った。


「ホテルの部屋」

貴子が不意に言った。

「……え？」

意味がわからなかった。話が飛んでしまったのだろうか。

「だから、ホテルの部屋よ」

貴子はもう一度言って、またくすくすと笑った。

「西新宿のスカイヒル・ホテル。いつも使っているホテルなの。部屋の呼び鈴を押したらドアが中から開いて、そこに大林が立っていた。それが出逢い。二度目はないはずだった。同じ相手からの呼び出しには応じないのが会の基本方針だし、わたしもその方が良かったから。でも、仕方なかったの。大林は、会を通さないで自分とだけ逢うようにしてくれるなら……夫の就職先を見つけてあげるって言うんだもの。夫はリストラされて失業しちゃったのよ。でも前の会社と同じだけお給料が貰えるところなんて、いくら探してもなかった。あのままだったら、娘を私立の小学校に通わせ続けることができなくなる。それどころか、マンションのローンだって払い続けられなくなっていたかも知れないんだもの。……仕方なかった。会には内緒なの。会にわかったら制裁金を請求されちゃう。五百万円よ！　どうしよう……払わなければどんな報復をされるかわからない。カトレア会だってきっと裏には暴力団がついているに決まってるもの。そうじゃないって主宰者の女性は言ってたけど、あんなの嘘だわ……ああでも、それどころじゃないわね。警察がカトレア会のことを突き止めたら……わたしどうしたらいいんだろう。どうしたら……」

貴子は熱にうなされるように一気に喋った。美弥はただ瞬き(またた)して聞いていたが、意味のわからないことがたくさんあった。

「ねえ待って、もう少しわかるように話して」

美弥は貴子の手を握ったまま軽く振った。

「いい？　おタカ、あたしにわかるように説明してよ。ね、カトレア会って何？　誰が主宰してるって？」

「西園寺美奈って名前の人。でも本名のわけないわ。名前以外はよく知らないの。すごく綺麗な人で、昔は芸能界にいたらしいけど」

「その女性が主宰してるのね？　西園寺、美奈、ね？　で、そのカトレア会って何をする会なの？」

「何って」

貴子はやっと横を向いて美弥を見た。

「何って……男の人が電話をして、わたしが行くのよ。その男の人が泊まっているホテルに」

美弥は、それでも意味がわからず一瞬とまどったが、やがてその意味が頭の中に染みこんで来て、愕然となった。

それは、貴子からはいちばん遠い世界の出来事に思えた。世界中の女がみなその世界に堕ちても、貴子だけは別、この美しい女性、中学の頃から別格の美貌と天性の品の良さを持ち、それでもその美貌に流されることなく、男子生徒に媚を売ったりは決してしなかった、いつも文庫本を手にして美しい横顔を見せていた、この貴子からはもっとも遠い、もっとも縁のない世界の出来事に！

「……冗談……なんでしょう？」

美弥は、自分の声が驚きのあまり、かすれてしまったのに自分で驚いた。

「そんな……それってつまりデリヘルってこと？　そんなこと、あなたがするわけが……」

「デリヘルとは違うわ」

貴子はまた仰向けになり、冷たい声で続けた。

「デリヘルって、オーラルセックスしかしないんでしょ？　よく知らないけど。カトレア会はそうじゃないのよ。客が望めばだけど、ちゃんとセックスをするの。だから困るのよ……だから警察に存在を知られたら……」

「おタカ！」

美弥は思わず怒鳴った。

「そんな言い方しないで！　そんな、他人事みたいな言い方しないでよ！　あなた今、自分が何を言ってるのかわかってるの？　あなたは……あなたは……ば……」

「ええ。売春をしていたの。西園寺さんは、売春なんかじゃない、一晩限りでも恋愛なのだと思いなさいって言うけど、そんなのお笑いぐさよね。だってお金はちゃんと貰うんですもの。でもカトレア会に入れる男性客は、とびきり収入のある、社会的地位も高い人たちばかりなの。暴力団員だとか、いくらお金持ちでも何を仕事にしてるんだかわからない人たちは客として登録できないのよ。だから安全なんだと西園寺さんが言っていたわ。そういう社会的に地位のある人たちは、女を買った話をべらべらと他人に喋ったりしないし、何より、カトレア会が警察に調べられて顧客名簿を押収でもされたら、いちばん困るのはその人たちなんだから、って。そのかわり、そんなお客だから女の好みはうるさいのよ。カトレア会で仕事をしている女性はほとんどがファッションモデルか女優の卵よ。わたしも、モデルの仕事をしていた時に知り合った人からの紹介でカトレア会に入ったのよ。別にそんなに珍しい話でもないでしょう？　アメリカでも、スーパーモデルが所属している売春クラブの記事が雑誌に載って、騒ぎになっていたじゃない。顧客がハリウッド・スターだとか政財界のスーパーリッチマンたちばかりだったって。日本でだって、同じような商売を思いつく人がいた、それだけのことよ」

「そういう言い方はやめて！」

美弥は貴子の腕をまた振った。貴子はうるさそうにそれを払いのけ、上半身を起こした。美弥は反射的に、貴子の背中に枕を押しあてようとしたが、貴子の手がそれも拒否した。貴子はベッドの上にあるコントローラーのようなものを手にし、ボタンを操作した。ゆっくりとベッドの上部が傾いて、やがて貴子の背中に沿った。

「他にどんな言い方をすればいいの？　どんな言い方をしたところで、事実は変わらないのよ。わたしは売春をしていました。その事実は、変わらない」

美弥は思わず、嗚咽を漏らした。突然、美弥の心の中にあった何かが、壊れてしまった。貴子の口からどうしてこんな言葉が出るのか。自分が書いた小説の中の会話ではないのだ。こんなセリフを、なぜ、よりにもよって貴子が発しなければならないのか。あまりにも理不尽だった。信じたくなかった。自分が這いずりまわっていた最低の世界に、貴子までどうして、堕ちてしまわなければならなかったのか。

「どうして泣くの？」

貴子の声が少しだけやわらかくなった。

「美弥には理解できる世界でしょう？　美弥は誰よりも知っているはずよ、人間って、みんな醜いってことを」

「あなたは……あなたは醜くなんてなかったわ！」

「同じよ。わたしも他の女性も、みんな同じ。それだって、もしわたしにあなたくらい才能があれば、売春なんかしなくてもよかったでしょうけれどね。わたしには何の才能も特技もないのよ。お金に替えられるものが、他にないの。そしてわたしはお金が必要だった。夫には言えなかったけど、娘が生まれてからものすごくお金がかかったのよ。名の通った私立の小学校に入れる為には、それなりの教育をしてくれる幼稚園に入れないとならない。そういう幼稚園に入れるには、二歳になればもう、専門の塾に通わせないとならないの。そうした教育費に加えて、塾や幼稚園や小学校で保護者同士のつき合いもあるのよ。ちゃんとまともな服を着ていなければ馬鹿にされるし……夫はただのサラリーマンで、マンションのローンを払ってしまうと給料に余裕なんかない。でもわたしがパートに出たっていくら稼げる？　娘の塾だなんだって外出しないとならないことも多かったから、パートできる時間なんて限られてたわ。スーパーのレジ打ちじゃ、わたしが望む生活はできなかったのよ！　でも夫にそんなことを言えば、夫は即座に、だったら公立の小学校に通わせればいいじゃないか、と答えたはず。夫はもともと、私立の小学校に入れることに反対だったの。でもわたしは……わたしは妥協したくなかった。妥協はできなかったのよ！　絶対に……絶対に、出来なかった……」

はじめて、貴子は感情を剝き出しにした。両手の掌で顔を覆い、激しく首を横に振る。いったい貴子は、なぜこんなにも私立小学校にこだわるのだろう。

貴子は確かに、下町の公立中学に通っているのが似合うタイプの少女ではなかった。だが美弥の記憶にある限りでは、貴子の実家がさほど飛び抜けた財産家だったということはなかったはずだ。もちろん、二十年前でも東京ではすでに、少し成績のいい子や経済的にゆとりのある子は、私立中学を受験するのが当たり前、という風潮はあった。それは自分たちが生まれて育った下町でも変わりはない。だがそれも、山の手と呼ばれる地域に比べたらおだやかなものだったと思うし、金持ちの子でしかも成績が良かった場合でも、下手な私立にいくよりはレベルの高い都立高に進学した方が、結局、有名大学に合格する近道だという考え方もあって、公立中学に進学する子もけっこういたのだ。ましてや、小学校まで私立という考え方は、少なくとも貴子自身が親に押し付けられたものではないと思う。

それ以前に、美弥には、そんなことにこれほどこだわる心理がそもそも、理解できなかった。確かに、娘を将来苦労させたくない、受験戦争の中に放り込みたくないという気持ちはわかる。だが受験という経験が必ずしも地獄だというだけではないことは、実際に受験を体験した貴子にはわかっているはずだ。それを経ることでしか得られない達成感や充実感というのはあっただろうし、高校を中退してしまった美弥からすれば、むしろ、受験を体験して大学生になった人がうらやましいとさえ思えるほどだ。

そんな簡単なことではない、私立と公立とはまったく違うのだ、という世間の声を知らないわけではないけれど、売春してまで私立の小学校に通わせなければならない、というのはやはり、異常だ。

その異常さが、美弥の背筋に冷たい風を流しこんだ。

第一、と美弥は思う。それならばなぜ、貴子は、あの夫と結婚したのだ?

貴子ほどの容姿を持っている女ならば、経済的にもっとゆとりのある結婚はいくらでも可能だったのではないだろうか。世の中の男性が、女の容姿ばかりにこだわっているとまで言うつもりはないが、実際問題として結婚という制度が生活という経済活動と無関係ではいられない以上、経済的にゆとりがある男性は選ぶ側にまわることができるわけだ。そして選ぶ立場からすれば、他の条件がほぼ同じならば、容姿の優れた女性を選びたいと思うのはむしろ自然なことだろう。もちろん、容姿に対する好みは千差万別で、貴子のように完璧な美貌の持ち主だからといって、すべての男性を魅了できるわけではない。が、魅了される男性の数は、貴子の場合、他の女より明らかに多いはずなのだ。

貴子ならば、子供を何人でも私立の小学校に通わせておけるだけの経済力を持つ男と結婚することは、他の女より容易だったはず。それは確実だ。

では、貴子はあの、さっきまでここにいた夫と、熱烈な恋愛をしたのだろうか。もっと経済力のある男性からの求婚をすべて断ってまで、あの男との結婚を望んだのだろうか。その可能性がないとは言わない。言わないけれど……だったら売春なんてことが、どうしてできるの？

矛盾だらけだ。

貴子の言っていること、してしまったことは、すべてちぐはぐでいびつで……とても、信じられない！

「あたし」

美弥は手近にあった丸椅子を引き寄せて座った。

「あたし……なんだかまるで……理解できない。考えているんだけど……だめ、わからない。お夕カの考えてることが、ぜんぜん、わかんない」

「わかって貰えるとは思ってないわ」

貴子の声はまた、冷たく落ち着いたものになっていた。

「美弥には才能がある。音楽とか小説とか、演技とか……そういう才能って、欲しくて欲しくて追い求めても、生まれながらに持っている素質がなければどうしようもないものね。美弥は生まれつきそれを持っていた。そして順調にその才能を活かした。そんな人には……決してわからないと思うわ。わたしには何の能力もなかった。ねえ、美弥、わたしって中学の時、成績良かった方だと思う？　それとも悪かったと思う？」

「それは……お夕カは良かったじゃない？　だってほら、いつだったか、何かのテストで成績上位者の名前が廊下に張り出されていた時にお夕カの名前も」

「だったらどうして、わたしは都立高校に落ちて、偏差値の低い私立にしか受からなかったの？」

美弥は、貴子がどの高校に進んだのか憶えていなかった。そうしたことにまるで興味がなかったのだ。

「試験だもの、失敗することはあるわよ」

「違うのよ！」

貴子は強い口調で言った。

「もともと成績が悪かったの！　でもね、みんなわたしは成績がいいと思ってたでしょ？　わたし……ものすごく勉強していたの。ガリ勉、ってやつよ。ガリガリ、ガリガリ、学校から帰ったら勉強ばかりしていた。だってもし……もしわたしの成績が悪いってみんなが知ったら、何て言った？　あいつは……顔だけの女だ、顔はいいけどあたまはからっぽだ……そんなふうに言うでしょ？　絶対、言ったでしょ！」

貴子はまた笑った。ヒステリックな、哀しい笑い声だった。

「ただ成績が良くない、それだけだったら、そんな言い方はされない。でもわたしは……違ってた。小さい頃からいつも、顔のことばかり言われ続けていたのよ。だから必死だった。本当は私立中学に行きたくて四年生の頃から塾に通っていたのに、やっぱり落ちた……すべりどめのつもりで受けた中学まで。地元の中学に進んで、今度はもう失敗できない、そう思ったから懸命に勉強したの。でもね、ガリ勉だってことを知られるのもイヤだったのよ。それを知られたら、また顔のことを持ち出されて、嫌味な女だって言われるから。だからテニスに夢中になっているふりを続けた。クラブ活動を休んだことなんてなかった。でも家に帰れば、必死で勉強していた。なのに……今思えば、いくら勉強したって無駄だったのよね」

「無駄って、なんで？」

「普通の勉強の仕方じゃ、わたしの頭には入っていかないの。今は、発達の障害の一部として、そういう子がいるんだってことがわかって来ているけど。学習障害って言葉、美弥なら聞いたことあるでしょう？」

「ああ、ええ、知ってる。Learning Disabilities、ＬＤ児童と呼ばれる子供たちのことね」

「知能にも、視力や聴力にも何の問題もないのに、特定の部分について学習が困難、理解できない、認知できない障害。今考えてみると、わたしはそれだったんだと思う。娘が生まれてから母親教室ではじめてその言葉を知って、関連の本を何冊か読んでみてわかったの。ある特定の漢字の区別がどうしてもつかなかったり、12と21とか、１１０と１０１をどんなに注意しても書き間違えてしまったり。今なら、そういう子にも効果的に学習させる塾だとか参考書があるわ。でもあの頃はそんなものなかった。そんな子が世の中にいること自体、誰も知らなかった」

貴子はまた笑ったが、泣いているように聞こえるほど震えた声だった。

「あの頃のわたしの気持ちなんて、美弥、あなたには絶対にわからないと思う。……わたしは感じていた。二十年前に感じていたのよ。わたしには何もない。顔以外に、何も、取り柄がない、って」

「馬鹿なこと言わないでよ！」

美弥は叫んだ。

「あの頃、あなたに憧れていたのは男の子だけじゃないのよ。女子だって、みんなおタカのことが好きだった。こんなに綺麗な人が、わけへだてなく誰とでも親しくしてくれる、男の子に媚びたりしないで、いつでも同じ女子の味方になってくれる。あたしは……あたしははみ出しっ子だったからそんな輪には加わらなかったけど、あなたには、ファンクラブみたいなものまで出来ていた。あたしは……あたしは妬んですらいたわ。あなたみたいに綺麗な顔に生まれて、その上性格もこんなに良かったら、ほっといたって友達ができる。あたしはわざと、友達なんていらないって顔でひとりでいることが多かったけど、本当は……本当はあなたのことが羨ましかった。妬ましかった……そんなあなたに取り柄がないなんて……人に好かれるっていうのは立派な才能なのよ！　他のどんな取り柄より、本当は誰でもが欲しいと思っている才能じゃないの！」

貴子は黙っていた。興奮してしまった美弥の顔をじっと見つめ、ただ、黙っていた。

「そんなもの、才能なんかじゃない」

貴子は、しばらく経ってから、ぽつりと言った。

「誰にでも好かれるなんて……人間の社会の中ではそんなこと、あり得ないのよ。不自然なのよ」

「でも、だからって貴子」

「もういいの」

貴子は言って、何度か頷いた。

「もう、いい……二十年前のことなんていくら言い合っても、しょせん、遠い過去だわ。とにかくわたしにはお金が必要だった。娘だけは、完璧な環境の中で育てたかったし、わたしみたいな思いをさせたくなかった。それだけ。そしてわたしには、お金を得る手段が他になかった」

「おかしな言い方になってしまうんだけど」

美弥は興奮を静めようと努力しながら言った。

「お子さんは欲しかったんでしょう？……結婚前から。お子さんが生まれたらお金のかかる学校に行かせるつもりも……」

「なのにどうして、たいして収入が多くもない普通のサラリーマンなんかと結婚したのか、それがわからない？」

「……ごめんなさい。ご主人のことをどうこう言うつもりは」

「いいのよ」

貴子は大きくひとつ、溜め息をついた。

「矛盾してるんだから。よくわかってる。そこがそもそもの間違いなのよね……結婚相手にもっとお金持ちを選んでおけば、教育費の為に売春なんてしなくてすんだはず。まったくその通りなんだから。でもね……あの時は……夫と出逢った時は、こういう人の方がいい、本気でそう思ったのよ。つまり……面白みもないし甲斐性もそこそこだけど、誠実で真面目な人。一生、わたしだけを大切にしてくれる人がいい。そう思った。……よくある話なの。わたしその時、失恋した直後だったのよ。裏切られたの、男の人に。わたしね……恋愛に対してほとんど免疫がなかったの。こんな言い方おかしく聞こえると思うけど、わたし……男の人にあまり関心がなくて。交際、と呼べるほど深いおつき合いをしたのは、その男が初めてだった。でもね、自分の方からものすごく好きになって、好きで好きでたまらなくて、それで最後に捨てられた、っていうのなら、もっと自分に対して寛容になれたと思う。騙されたんだとしても、一時でも好きな人と、本気で惚れた人と楽しい日々を過ごせたんだったら、それはそれで、幸せだったのかも知れない。でもそうじゃなかったの。そうじゃなかったから……あんな男に騙された自分が情けなくて、赦せなかった。そんなに好きでもなかったのに、口車に乗せられて……俗っぽい言い方になるけど、文字どおり、からだを弄ばれた、ただそれだけなのよ。だから耐えられなかったの。そんな屈辱……自分の愚かさ加減に耐えられなかった。自己嫌悪の中に沈みこんで、自分はやっぱり馬鹿なんだ、顔以外に何の取り柄もない女なんだ、そう毎日毎日自分を卑下して。そんな時だったのよ、夫と出逢ったのは。夫はあなたも見た通りの、ああいう人よ。生真面目で嘘のつけない男。わたし、もう、自分の愚かさに泣くのは二度と嫌だった。だから確実な男と結婚したかったの。一生、わたしのことを大事にしてくれる男と。それに、子供の教育にそれほどのお金がかかるなんて当時は知らなかったしね。生まれた子が男の子だったら、わたしもこんなにこだわらなかったかも知れないし。女の子だったから……守りたいのよ。暖かくて明るくて、強い風にさらされたりしない環境の中で、育てたい。そう思った」

「それには公立ではだめなのね」

「馬鹿げていると思う？　くだらない？」

「わからないわ」

美弥は首を振った。

「自分には子供がいないし、今の時代、お受験の実態なんかどうなってるのか知らないもの。少なくともあたしの小説には、お受験ママは登場しないから」

美弥は肩をすくめた。貴子は小さく笑った。

「登場させないで。美弥、あなたの小説に、そんな連中は必要ないわよ。わたしも含めて、お受験ママなんてろくなもんじゃない。くだらない、見栄っ張りの俗物集団よ。非難してくれていいの。自分でもわかってる……自分のしていたことが、どれほど愚かでたちの悪い冗談だったかってことぐらい。でも……それに気づいたのは……大林が殺されたと知った時だった。それまでは必死で……なんとか娘を転校させなくて済むように、それぱかり考えて毎日暮らしていた。娘が無事に大学を出るまでは、どんなことしてでもお金を作らないと、って……わたしいったい、何歳まで売春するつもりだったのかしらね」

貴子は他人事のように言った。美弥にはもう、そんな貴子に対して、責める言葉を口に出すことはできなかった。

「でも、わたし、殺していない」

貴子は両手を膝の上あたりで組み合わせ、震わせていた。

「本当よ！　大林から、カトレア会を通さないで逢ってくれと言われた時、たまたま夫が失業していたの。夫はコンピュータ技術者だし、大林の会社にならば夫の働き口があるに違いない。どうしても夫には、前の職場と同じくらいの収入を得て貰わないと娘を転校させなければならない。それで、カトレア会には内緒で大林と個人的なつき合いを始めた。大林は優しかった。夫にはこれ以上望めないくらいの就職先を用意してくれたし、セックスをしないで食事だけのデートでも、わたしの生活を支えるお金を払ってくれた。大林は、カトレア会をやめてくれと言ってたの。それに見合ったお金は払うから、って。わたしにとって、大林は救世主みたいなものだった。それなのにどうして、わたしがあの人を殺さないとならないの？　大林が死んで、わたしは困っているのに……」

「あの晩、いったい何があったの？」

「知らないわよ！　わたしと別れた時は、大林はまだぴんぴんしていたのよ。あの日、午後から時間が空くからって大林からメールが来たの。連絡はたいてい携帯メールを使ってた。それで待ち合わせして、六本木の喫茶店で逢ったの。大林と逢う時はいつも、遅くなってもいいように、学校から戻った娘をわたしの実家に預けておくことにしていた。実家では孫が可愛いので歓迎してくれたし。夫にも実家の親にも、小学校の保護者仲間と、ボランティア活動をしていると言ってあった……それで……大林がホテルに予約を入れてあると言うので、ふたりで行ったの。チェックインの時、わたし、特に顔を隠したりはしていない……あんなことになるとわかっていたら……大林ひとりでチェックインして貰ったのに。ああでも、わかっていたらそもそも、大林と逢ったりしなかったわよね」

貴子は自分の言葉に少し笑った。

「とにかく部屋に入って、大林は忙しくて昼ご飯も食べていないと言うので、ルームサービスでサンドイッチとビールを頼んだの。大林が食べ終わるまではわたしもそばで座って、とりとめもない話をしていたわ。三十分はそうしていたと思う。それからわたし、先にシャワーを浴びて……大林もシャワーを済ませてから、もう少しビールを飲んだのよ。大林は照れ屋で、お酒が少し入らないとセックスできないタイプなの。そんなこんなで、部屋に入ってから二時間近くしてからベッドインしたんだけど……十分か十五分して、電話がかかって来たの」

「部屋に？　それとも大林さんの」

「さあ、どっちだったか……部屋の電話だった気がする。大林は忙しい人だから、どこにいてもしょっちゅう電話があるの。その時も仕事の電話だったみたいで、受け答えしている大林の顔はすごく真剣だったわ。で、電話を切ってから、急用ができたから帰ってくれないかと言われた。仕事のことで、すぐに人と会わなくてはならないので、ここに呼ぶから、って」

「その電話で相手の人を呼んでいた？」

「ううん、そんなふうには聞こえなかったけど。だから、わたしが帰ってからもう一度電話するつもりだったんじゃないかしら。とにかく帰れと言われたので、わたし、慌てて服を着て部屋を出たのよ。大林はとてもすまなそうに、またすぐに電話すると言って、お金も少しくれたわ」

「部屋を出たのは何時頃だったか憶えてる？」

「ええ。八時半をだいぶ過ぎた頃だった。あなたとホテルの玄関で会ったのも、その頃だったでしょ？」

確かに、あれは九時頃かもう少し前だった。貴子の尾行をしてふたりがチェックインするのを見てから、バーで飲んでいて佐原と出逢ったのだ。バーにいたのは二時間ほど、それからロビー横のカフェラウンジにいて、貴子が帰るのを見つけた。時間的にはほぼ、合っている。

「わたし、あんなところで美弥に会ってしまって、ものすごくびっくりしたの。それでなんだか、挙動不審に見えたでしょ？　それに急いでいたのも事実なの。本当ならば大林と情事をしてから実家に戻って、そのまま実家に泊まるつもりでいたのよ。夫にもそう話してあったし。でも思いがけず早く解放されたので、それならば娘をひきとって自宅に戻ろうと思った。娘は九時半には寝てしまうの。だからタクシーを飛ばして緑町の実家まで行って、娘を受け取ったらそのまますぐに帰らないと、娘が眠ってしまう。そう思って慌てていたの。本当にそれだけなのよ、あの後、わたし、ちゃんと実家で娘を受け取って、そのままタクシーで用賀の自宅まで戻ったわ。もちろん、大林があんなことになってるなんてまったく知らなくて……」

「いつ知ったの？」

「翌日の……お昼のニュースだったかしら。悪い夢を見ているんだ、そう思った……めまいがして熱が出て、そのまま寝込んでしまった。これで全部よ。わたしが知っていることは、全部。わたしは本当に、大林を殺していない。殺す理由がないもの。でも、自分から警察に出頭するわけにはいかない。警察にカトレア会のことを説明しないでおくなんて無理でしょう？　自分から警察に出向けば、会を裏切ることになっちゃう……捕まるしかないのよ。警察はそのうちに、わたしのことを突き止めてしまうでしょう。それから捕まるしかないの……ああ、でも、信じて貰えなかったらどうしよう！　わたしが犯人ではないって、殺してないって、警察に信じて貰えなかったら……」

美弥は、枕元に置かれたままの貴子の携帯電話を手にとった。

「ご主人から聞いた？　あたし、メールを読ませて貰ったわ。ご主人が読んで欲しいと言ったの」

貴子は頷いた。

「わたし……携帯を握ったまま失神したみたい」

「この、冬葉を名乗ってる人、ほんとにフルートの音をあなたに聞かせたの？」

貴子はもう一度、頷いた。

「でもフルートの音色なんて、みんな同じようだし……」

「わかってる。わたしもあれは、本物の冬葉が吹いた音じゃないと思う。電話口で吹いた音なのかどうかもあやしい。きっと、録音を流しただけでしょうね……それはわかってるけど、でも……怖かった。その冬葉って人は、本物の冬葉のことをよく知っているのよ。だって確かにあの曲、冬葉がよく吹いていた曲だったもの」

「アルルの女、ね。でもね、あの曲は、フルートを習い始めた人ならば誰でも練習する曲らしいわよ。とても綺麗な曲だしメロディも有名だけど、その割りには易しいから。ピアノの伴奏も簡単につけられるので、中学の合奏部では人気のある曲だし」

「でも、だからって冬葉があの曲を好きだったかどうか、推測だけでこんなこと、すると思う？　ちゃんと知ってるのよ……その偽者の冬葉は、本物の冬葉の中学時代のことをとてもよく知ってる。それってつまり、わたしや美弥のこともよく知ってる、そういうことでしょう？」

「じゃ、この偽者は、あの頃の中学の」

「同級生のひとりかも知れない。わからない……。わかっていることはひとつだけよ。偽者の冬葉は……わたしを見張っていた。わたしが大林と不倫していたことも知ってるし、あの日、大林が殺された夜にホテルにいたことも知っている。ううん、きっと、わたしがカトレア会で何をしていたかも、知ってるのよ！」

「目的がわからないじゃないの。おタカのことをつけてまわっていろいろ調べていたのが本当だとしても、いったいこの偽者は何がしたいの？　あなたを助けるなんて言い出して……どうやって助けるつもりでいるのかしら」

「嫌がらせよ、きっと」

「何のために？　この偽者の冬葉が、おタカに恨みでも抱いているって言うの？　そんな心当たり、ないんでしょう？」

「恨みを抱かれるとすれば」

貴子は、首を横に向けて美弥の目を見つめた。

「わたしたち、みんな、でしょ」

「おタカ……」

「冬葉の名前を使ってるのよ。他に考えられないじゃない」

「それじゃ、まさか……だって二十年も経ってるのよ！　それに冬葉がいなくなったのはあたしたちのせいじゃない！」

「そう思ってるのは、わたしたちだけなのよ。他の人は……世間も、学校の関係者も、みんなわたしたちの責任だという目で見ている。憶えているでしょ？　あの頃、わたしたちがどんなふうに言われ、どんな目で見られていたのか。二十年経ったことなんて関係ないのよ。わたしたちがたぶん永遠に冬葉のことを忘れられないように、他にも、冬葉のことを決して忘れない人はいるんだわ。どうして今頃になって始めたのか知らないけど、その人は開始したのよ……わたしたち六人への、復讐を」

「やめてよ！　復讐だなんて、そんな言い方しないで！　あたしたち、冬葉を虐めてなんかいなかった。冬葉をのけものにしたことなんてなかったじゃない。そうでしょう？　修学旅行の最中だって、あたしたち、楽しくやっていたじゃないの！　勝手にバスを降りてしまったのは冬葉なのよ、あたしたちが彼女を降ろしたわけじゃない！」

「信じてないのよ」

貴子は、肩を落としたまま、もう一度溜め息をついた。

「誰も信じてくれやしない……わたしたちは冬葉の失踪に責任があると思われている。冬葉が生きて現れて、わたしたちのせいじゃない、って言ってくれるまで、その誤解は永久にとけないのよ」

「そんな理不尽なこと、おタカ、本気で信じてるの？」

「本気も何も……そのメールが何よりの証拠だわ。でも、偽者の冬葉はもう、わたしに対しては何もできない。だってわたしはもう……おしまいだもの。警察がわたしのことを突き止めて、任意同行されて、犯人にされて。それで全部終わりよ」

「馬鹿なこと言わないで。あなたは大林さんを殺してないんでしょう？　だったら警察にもそう言うしかないじゃないの。日本の鑑識はすごく優秀よ、大林さんが部屋の中で殺されていたとしたら、きっと、その証拠は残っているわ。あなたはやっていないんだから、誤解はすぐにとけるわよ」

「わたしの指紋もあるし、髪の毛だって……体毛だって採取されてるわ、きっと。ビールを飲んだコップには唾液だってついてる」

「だからそれは、あなたが大林さんと部屋にいた証拠にはなっても、大林さんを殺した証拠じゃないじゃない」

美弥は立ち上がり、貴子の両手を強く握った。

「おタカ、いい？　絶対に、ヤケになったらだめよ。辛抱強く、我慢して。もしかすると、案外早く真犯人が逮捕されるかも知れないじゃない。そうしたら、警察もあなたのことは気にしないかも。そりゃ、いずれは事情聴取ぐらいされるかも知れないけど、カトレア会のことは黙っていればいいのよ。ただの、そのへんにごろごろしている不倫ってことにすれば。ご主人に知られてしまうとしても、その方がましでしょう？」

「偽者の冬葉は、何もかも知ってるのよ。またメールして来るに決まっている」

「アドレスを変えてしまいなさいよ。簡単じゃないの。無視すればいいのよ、こんな偽者のことは。あなたが相手にしなければ、たぶんこの偽者は、あたしのところにメールして来るわ。だってほら、最初にメールが来たのはあなたとあたしのところだもの。あたしは大丈夫よ、相談する相手もいるし、幸いなことに、もう警察にバレて困るような悪さはしてないから、恐喝されるいわれもない。それより、なんとかしてこいつの正体を突き止めて、冬葉のことで本当にあたしたちを恨んでいるのなら、その誤解をとかないと。ね」

貴子は、辛そうに顔をしかめながら背中を倒し、またベッドに横になった。

「美弥……あなたはどっちがいいと思う？　わたしから警察に行くべきだと思う？　大林とホテルにチェックインしたのはわたしです、って言いに」

「たぶんね」

美弥は、貴子の手をそっと撫でた。

「その方が賢明でしょうね……でも、そうしろと勧める勇気は、正直なところ、ないわ。さっきも言ったけど、真犯人がさっさと捕まってしまえば、事態は変わる。もう少しだけ、様子を見てみてもいいような気はするの。でも警察に行く気になったら、あたしにも連絡して。できるだけのことはするから」

貴子はゆっくりと頷いた。美しく整った顔だちに深い影がさして、いっそ妖しいほどの不思議な魅力を感じる。美弥にはまだ信じられなかった。どうしてこれほどの美貌に恵まれ、理知的で聡明だった女性が、簡単に売春など始めることができたのだろう。

誰とでも寝る、という行為自体に対しては、嫌悪感も抵抗も感じないし、美弥自身、酒に酔ってしまえば相手がどんな男でも、その場の流れでセックスしてしまうことはよくあった。セックスの代償として金を貰う行為も、美弥が親しい男たちから借金をしまくった行為とどの程度違うかと言われれば、たいして違いはないだろう。もっと極端に言えば、これが貴子以外の友人だったら、自分はこれほどの衝撃を感じなかった、そういうことだ。

二十年前、貴子に対しては漠然と、この女は自分とは違う世界にいる、と感じていた。泥にまみれたり地に這いつくばったり、あがいたり喚いたり、そうした行為を死ぬまでする必要のない女性。貴子はそういう女なのだと、そう思っていた。軽く微笑んだだけで、その笑顔を見る者が感心してしまうほどに綺麗な顔。けれど自分の美しさに溺れないだけの知性を持ち、抑制心を持っている強い精神。貴子は生まれながらに、人が欲する資質の中でももっとも大きなものを二つ、兼ね備えている。思春期の美弥の目には、貴子はそんなふうに映っていたのだ。

あれは錯覚だったのだろうか。ただ、貴子のことを妙な形に理想化して見ていた、それだけのことだったのか。

たぶん、そうなのだろう。貴子もただの、当たり前の女でしかなかったのだ。自分自身が、身につけてしまった虚飾をすべてはぎとってしまえばそうなるように、貴子も特別な存在ではなかった。

貴子は目を見開いたままで天井を見ている。その表情に諦めがあるように見えて、美弥は不安になった。

貴子はまだ、すべてを話してくれていない、そんな気がした。

*

鯖島豊は、自宅マンション近くの居酒屋を出て帰路についていた。ひとり暮らしになってから、夕飯を自分の部屋で食べることはほとんどなくなった。手頃な定食屋は近所にないので、居酒屋や小料理屋で済ませることが多い。偏った食生活のせいか、このところずっと、体調が今ひとつすぐれなかった。ウエストまわりが大きくなって来たようでズボンがきついのに、腕や肩の筋肉は落ちてしまったのか、上着が大きく感じられる。

いい加減に生活を立て直さないとな。

豊は溜め息をついた。このままショぼくれて人生を諦めるつもりはない。あと少し資金を貯めたら、退職して会社を興すつもりなのだ。人脈はある程度押さえてあるし、共同経営者の人選にも間違いはない。問題は、体力なのだ。小さな会社で人件費を潤沢に使うことなどできないのだから、最初から人手不足になるのはわかっている。今よりもっと、きつい日々がやって来る。

食生活と適度な運動。そう、結婚していた頃のように、自分の健康に気をつかう習慣をとり戻さなければ。つい最近、大学時代の同級生が急性心不全で死んだばかりだった。まだ三十五歳、ここで病気なんかで死んでしまえば、負け犬のまま終わり。

冗談じゃない。豊は両頬を掌で叩いて自分に気合いを入れた。能力が足りなくて負けたのならば仕方ないが、俺の場合、不可抗力のようなものなのだ。社内の派閥争いに巻き込まれるのはサラリーマンにとって、ほとんど避け難い宿命だった。そうしたことに無縁でいるということは、出世とも無縁でいるということ。少しでも上のステージを目指す以上、リスクは常に身近なところにある。

耕司はその点、俺よりも楽だな。豊は、東萩耕司の顔を脳裏に思い浮かべた。なんだかんだ言っても、警察官は地方公務員だ。よほどのことがない限り、クビにはならない。警察の機構の中では、出世というのは最初から二分された状況の中で争われるものらしい。キャリアの国家公務員と、耕司のようなノンキャリアの警察官とでは、最初から目指す高さが違う。しかも警察には、客観的に出世を決めてくれる階級試験がある。ひきかえて民間企業はどうだ。査定という制度があっても、査定するのは所詮、能力のない上司。客観的な判断など最初から期待しても無駄。

こうやって愚痴る日々もあと少しで終わりだ。どんなに小さくても、自分の城の城主となれば、不公平な査定に不満を抱くこともなくなるわけだ。

不意に、上着のポケットの中で携帯が振動した。歩きながら携帯を取り出す。メールが着信している。

『わたしを憶えていますか？　　冬葉』

なんだこれ。

　豊は少し酔っていたので、携帯の画面に並んだ文字に神経を集中しようとした。

　その文面には憶えがある。そうだ、これ、御堂原と秋芳のところに来たとかいうメールと同じ文面じゃないか？

　冬葉、つまり、小野寺冬葉。あの時、耕司やサンクマたちと話し合って、本物の小野寺のはずはないから、誰かのいたずらだろうということになったんだった。

　豊は着信したメールを自分のパソコンのアドレスに転送した。こうしておけば、メールのソースを読むことができる。アドレスはどうせ、フリーのＷｅｂメールアドレスを使ってるんだろうし、インターネット・カフェあたりから発信してるんだろう。身元を突き止めることは無理だろうが。それでも、どのあたりから発信されたかわかるだけでも、何かの手がかりにはなる。

　ふざけやがって！

『何のつもりだ？　俺たちにこんなもの送りつけて何が楽しい。俺たちがおびえるとでも思ってるのか？』

　腹立ちまぎれに返信した。それからふと、思いかえした。

　どうしてこの冬葉ってやつは、俺の携帯メールアドレスを知っているんだろう。

　留美がつきまとうようになって、以前から使っていたアドレスは変えたばかりだった。新しいアドレスを知っているのは、会社の人間が数人と、後は身内だけだ。

豊は思わず、背中を振り返った。誰かがずっと自分の背中を見つめている、そんな気がして背筋に寒さが走った。

第六章　教師

1

ドアを開ける前に、圭子はゆっくりとひとつ深呼吸した。

「暮しと健康生活」編集部。

プレートはまだ新しい。以前は料理雑誌の部門と同じ部屋に編集部があったのだが、高齢化社会に向けて福祉雑誌の充実を、という社長直々の命令が出たとかで、こうして編集部は独立し、来春には雑誌自体の大幅リニューアルも予定されている。平凡な雑誌名の代わりに、カタカナ文化になじんだ五十代くらいの「若い」老齢者にもうけそうな、洒落た雑誌にするらしい。

いずれにしても、圭子にとってはすべてが未知の世界だ。

「お早うございます」

ドアを開けて、思いきって声をあげると、組合関係の集会で話をしたことがある、高田(たかだ)、という男性編集者が気づいて片手を挙げてくれた。

「よう。やっと来てくれたんだ、井上さん」

「すみません。引き継ぎに時間がかかってしまって」

正式な辞令が出てからまだ半月、実際の引き継ぎ業務はまだ半分も終わっていない。今月いっぱいは文芸雑誌の仕事をしていてもいい、と、両方の編集長からは了解をとってあった。だが、いつまでもだらだらと文芸にいれば、それだけ未練が残って会社に来るのが億劫になる。何より、圭子が怒らせてしまった珠洲にきちんと詫びを入れ、珠洲と会社との関係を修復するまでは、異動のことは外部に伏せる、という会社の方針があった。圭子ぐらいのベテランになると、その異動は文芸業界全体の噂になる。珠洲の機嫌を損ねたから飛ばされたのだ、という流言がまわりまわって珠洲の耳に入れば、ろくなことにはならないだろう、という配慮のためだ。

それももう、なんとか片づいて、晴れて圭子は、文芸編集者としてのキャリアに終止符を打った。

「井上さんみたいなベテランに来てもらって、ほんと助かったよ。うちは独立してまだ三カ月でしょう、今までは編プロに任せてた部分が多かったから、人手不足でてんてこまいなんだ」

高田はわざわざ立ち上がり、握手の手を差し出して来た。圭子はとまどいながらその手を軽く握った。うちの会社に、こんなことする人がいたなんて、驚きだ。

「文芸と比較したら、地味かも知れないけどね」

高田は、自分の机の上から『暮しと健康生活』の先月号を取り上げ、圭子に手渡した。

「これからの時代は、逆ピラミッドだ。五十歳以上の人間が何を求めているか、それがトレンドになる。その意味では、ここは最先端なんだと言ってもいいと思うんだ」

圭子は頷いた。

「ええ。そのつもりで頑張ります」

高田はにこりとした。

「リニューアルしたら世間が驚くような雑誌になる。その点では、自信があるんだ。編集長はおおらかな人だからね、僕らのやりたいようにやらせてくれる。ここ、悪くない職場だと思うよ、ほんと」

編集長の村瀬陽子(むらせようこ)は、この会社では数少ない女性編集長で、もともとは看護師だったという変わり種だ。社内でもあまり顔を合わせる機会がなかったので、ほとんど言葉を交わしたことはないが、社創立四十周年記念パーティの時に、挨拶をした記憶があった。高田はその村瀬のすぐ下で副編集長をしているが、週刊誌から異動して来た男で、かなりのやり手らしい。文芸とは違い、この編集部は相当に癖が強そうな社員の溜まり場なのかも知れない。

とは言え、雑誌のリニューアルに向けて人員を補充しても、総勢五名というのは、人件費は割合に潤沢につかう社風にしては、少ない。今はまだ、比較的地味な雑誌だからだろう。

村瀬は昨夜から大阪に出張中で、戻りは夕方だった。圭子は、高田にくっついて午前中いっぱい過ごし、編集作業のおおまかな流れについてレクチャーを受けた。雑誌、という形式は前の編集部で作っていたものと同じなのに、作業の手順もタイムスケジュールもまったく違う。どちらかと言えば、文芸に異動する前にいたファッション雑誌に近い部分が多いが、花形雑誌だったＪＯＹ－ＪＯＹの編集部には、専属のライターやカメラマン、編集プロダクションから出向いて来ているエディターなどがひっきりなしに出入りしていて、一方、編集部員は取材だインタビューだと四六時中出歩いていて、常にばたばたと誰かが走っている足音が聞こえる騒々しさに満ちていた。ひきかえてこの部屋は、とても静かだ。

「勝手が違う？」

高田は、時折、圭子が居心地悪そうにしているのを見てとって、からかうような目で言った。

「人が少ないから、さびしいでしょ。井上さんはＪＯＹ－ＪＯＹにいたこともあったんだよね、確か」

「ええ。あそこはファッション中心でしたから、人の出入りはすごく多かったですね。でも文芸の方は、人は多いけどみんな黙々とゲラ読みですから」

「異動は何度目？」

高田は、それが癖なのか、ボールペンを小学生がするように鼻の下にのせ、転がり落ちるのを手でとめる、という動作を繰り返している。圭子は思わず笑い出しそうになった。

「えっと……三回目です。入社して配属になったのは宣伝部でした。それからＪＯＹ－ＪＯＹに移って、小説雑誌に行って、ここです」

「左遷、とか思ってる？」

高田はますます、いたずら好きの子供の顔になった。

「いいよ、答えなくて。顔を見てればわかる。第一、今のこの状況ならその通りかも知れない。俺も飛ばされて、って言うか、隔離されてここに来たから」

「隔離、ですか」

圭子の言葉に、高田は豪快に笑った。

「そう、隔離。俺ってさ、伝染病並みにやっかいだと思われてんだよね、会社には。週刊誌でも女性誌でも、暴走して編集長の進退伺い騒ぎになったから。でもクビにはできない。何しろ、クビにされるようなヘマはやんないもんな。それに俺をクビにしたりしたら、組合が大騒ぎになる。かと言って、事務方にも置いておけない。総務だの管理だの、そういうとこにもぐり込んだら何を掴まれるかわかったもんじゃないだろ？　じゃあ、ってんで、流通に飛ばされて群馬の倉庫にいたこともあるんだ。でも四カ月で編集に戻された。なんでだと思う？」

圭子は首を横に振った。皆目、見当がつかない。

「在庫管理の効率の悪さとか、天下りで来てる元下っ端官僚が、断裁処分前の在庫を新古書店に横流ししてる疑惑があるとか、あることないこと報告書にして管理部に直接送りつけてやったから」

高田は楽しそうだった。

「な、俺みたいなのは、結局、編集に置いておいて、毒にも薬にもならない雑誌を作らせてるのがいちばん無難だ、と判断されたのさ。だけど俺はここでも、ひと暴れふた暴れしてやるつもりなんだ。これからの世の中は年寄りのパワーを甘くみると痛い目に遭うんだぞ、って、世間に啓蒙（けいもう）するにはいいチャンスだもんな」

「なんだか高田さん、ワルモノぶるのを楽しんでるみたい。そんなに会社に逆らってばかりいて、疲れませんか？」

圭子は真面目に言ったのだが、高田はまた、冗談でも聞いたかのように笑った。

「疲れるもんか。これが俺のストレス解消法なんだから。井上さんだって、今度の異動には不満、持ってるわけでしょ？　誰が見たって、井上さんがここに来るってのは、あ、なんかあったな、と思うもんな。だけどここに来ちゃった以上は、ここで戦うしかないんだ。あんたならやれるよ。俺たちは少なくとも、上司には恵まれてる。村瀬さんって人は、なかなか面白い人だよ」

「ほとんどお話ししたことがないんです」

「うん、中途入社で、この雑誌が出来る時に、看護師だったのを前の編集長が引っ張った人だからね。俺たちみたいに、大学を出てのほほんと就職活動して、新聞社には落ちたけど出版社に受かったから、ま、いいか、みたいなノリで社会に出たわけじゃない。村瀬さんは看護大学出でもないんだ。個人病院で下働きみたいなことをしながら区の看護学校に夜間で通って、昔で言う準看護婦の資格をとって、何年も安い給料でこきつかわれながら、正看護婦になって、そうやって、一歩ずつ階段を上がって来た人だよ。ここに来る直前は、神奈川県の老人医療施設にいて、まだ四十になったばかりなのに婦長をしていた。いちばん下から叩きあげた人だから、俺たちなんかとは根性の入り方も違うし、第一、クビになることを怖れていない。出版社なんかクビになったって、彼女の持ってる資格があれば、日本中どこでも食べるのに困らないもんな。彼女に比べたら俺たちなんて、結局は組合を頼んでクビにならないようにこそこそたちまわってる、腰くだけだよ」

「ワルモノになったり自虐的になったり、高田さんって忙しい人ですね」

圭子の皮肉めいた言葉にも、高田はまったく動じなかった。大きくてぎょろりとした目をぐるぐる動かして、また笑う。圭子はいくらかホッとしていた。高田が会社の中では異分子と見られていることは知っていたので、謀略めいたことばかり考えている、つき合い難いネクラ男だったらイヤだな、と思っていたのだ。組合の会合で何度か話したことはあったものの、酒につき合ったこともないので性格までは掴めなかった。どうやら高田は、かなり陽性でわかり易い人間らしい。

昼食時間になって、高田は上着を肩にかけた。

「飯食ったらそのまま、印刷所にまわるんだけど、井上さんはどうする? 笹野（ささの）は仙台に出張中で明日まで戻らないけど、午後になったら三河（みかわ）が来ると思う。あ、三河はいつも午後にならないと出て来ないんだ。三河が来たら、井上さんに受け持ってもらう記事の具体的な説明をしてくれると思うから」

「わかりました」

「三河の顔は知ってる？」

「宣伝部の頃に一緒だったんです」

「あ、そんなら話が早いね。でもごめん、初日なのに昼飯もひとりになっちゃって」

「気にしないでください」

　圭子はトートバッグを持ち上げて見せた。

「今日はどんな予定になるかわからなかったし、用心してパンを買って来ましたから。電話番しながらここで食べます」

「おお、さすが。じゃ、留守番よろしく」

　高田が出て行ってしまうと、編集部にたったひとりになった。

　一度廊下に出て、エレベーターホールにある自動販売機で紙コップのカフェオレを買い、部屋に戻ってパンの袋を開けた。地下鉄の駅から会社までの途中にあるパン屋の、焼き立てのシナモンロールと野菜サンドは、圭子のお気に入りのランチだった。もう何年も、机の上で仕事をしながら昼ご飯を食べる時にはこの組み合わせでパンを買い続けている。たまに浮気心を起こして他のパンにしてみることもあるが、食べ終わると、いつものシナモンロールや野菜サンドの味が口の中に甦って来て、ああ失敗したなぁ、と思うのだ。だから最近は、新発売のパンが出た時以外には浮気はしない。

けれど今、馴染みの味を口に入れているのに、今日は、なんだか違った味に感じられる。

景色が違うのだ。六年近く見続けた文芸編集部の部屋と、この部屋とは随分違う。同じ会社の中なのに。

部屋は新しい。文芸編集部は旧館にあたる古い社屋にあるが、『暮しと健康生活』編集部は、一昨年に隣りに完成した新館の中にある。天井も壁も床も、まだ新築の印象を残している。けれど、何よりも違っているのは建物自体ではなく、編集部員の机の上に積み上げられた書類や雑誌の雰囲気だった。この部屋には、小説、と呼べるものがまったく、ない。

不意に、言いようのないさびしさが全身を包んだ。足下がぐらぐらと揺れるような、お腹の底からわいて来るさびしさだった。

自分はもう、小説の仕事ができないんだ。

それは、ＪＯＹ－ＪＯＹを異動になった時のあの悔しさとは、まったく異質のものだった。あの時の悔しさは、自分は懸命に働き、それなりに成果もあげていたはずなのに、どうして正当に評価されなかったのか、どうして異動になどなったのか、という、会社に対しての悔しさだった。が、さびしくはなかった。ＪＯＹ－ＪＯＹで取り上げられていたファッションを心の底から好きなわけではなかったし、あの雑誌自体、自分たちが作ったという愛着はあったが、冷静にみて、斬新だとも進んでいるとも思っていなかったのだ。むしろ、いい感じに中間を押さえて広範囲の読者を獲得している、「巧み」な雑誌だ、という感覚を持っていた。つまり、商品として優れている、ということだ。別にＪＯＹ－ＪＯＹではなくて、同じくらい売れている雑誌の編集部にいれば、それはそれで充分に満足していただろうと思う。

だが、小説、は違う。小説は、ただの商品とは性格の違うものだった。それは、一冊一冊、一話一話、唯一無二の「作品」だったのだ。他のものでは「代用」が不可能なもの。そして、自分は、そうした唯一無二の存在に対して、「最初の読者」だった。今まさに、そこに小説というものが生まれた瞬間に、立ち会うことをゆるされた、作者以外のたったひとりの人間だったのだ。

そこには、痺れるような快感と興奮とがあった。給料の額などでは計ることができない、喜びが。

誤字やタイプミスだらけの、生まれたての原稿。徹夜をしてそれを読みあげた時、こみあげて来る幸福感。そしてそれが傑作だと思えた時の、あの、気絶してしまうほどの悦楽。

圭子は今になって、自分がどれほど、文芸というものに耽溺（たんでき）していたか、気づいていた。

そしてそれを仕事としては、おそらく永遠に失った、この日の孤独に、呑み込まれようとしていた。

夫の裏切りが引き起こした、これが最後の悲劇なのだ。そして、たぶん、最大の。

シナモンロールを口に押し込んで、嗚咽を止めた。今になってこんなところで泣くことだけは、したくなかった。

この部屋には小説がない。

圭子は、そのことをもう一度、頭に叩きこんだ。そして、思った。

『暮しと健康生活』がリニューアルする時、この雑誌に小説を載せる。必ず。

2

「あんたまで失踪しちまったのかと、一時は本当に焦ったよ」

東萩耕司は、進藤慶太の顔を真正面から見た。かなり伸びてつんつんと毛がとがりはじめているが、元はスキンヘッドだったらしい超短髪に、くるっと形のいい頭。その下の顔は、案外に整っていて、ハンサム、と言える部類に入りそうだ。丸い形の大きな目は人なつこさを感じさせる。が、その目蓋の下にある瞳は、決してお人好しのそれではない。猛禽類を思わせる、鋭くとがった光を放っていた。

「ネイチャー雑誌の仕事もしてるなんて、意外だな。あんたはスキャンダル専門だと聞いたんだが」

「依頼が来て、スケジュールが空いてれば、どんな仕事だってしますよ。我々ライターは、贅沢に仕事を選んでなんていられないからね。特にこの出版不況で、雑誌の予算は軒並み削られてるでしょ、安い金で体力のいる取材を引き受ける俺みたいなのは、重宝がられるんです」

「それで、いい記事が書けそう? キタキツネ」

「まあね」

進藤は頭を掻いた。

「それなりに、読み手が目頭を一瞬だけ熱くする程度のもんはね」

「どうして予定の日にちゃんと宿に入らなかった?」

「間に合わなかったんです。日没まで原生林にいたもんだから、もう面倒になってさ。北海道の夜道を車で走るのは怖いもんなんですよ。何しろ、見渡す限りあかりなんかないんだから。月が出てなかったら、真っ暗闇です。なのに、道路の真ん中をキツネだのなんだの、動物がしょっ中横切る。キツネ一匹だって、スピード出してる時にはねたらものすごい衝撃ですよ。車だって壊れるし、下手したらハンドルをとられて事故っちゃう。だからね、日が落ちたら、車で長い距離を移動する気はなくなったんですよ。どうせカメラマンと二人、むさい男同士だからね、車ん中で寝たって襲われて犯される心配はないでしょ」

「熊に食われるかも知れない」

「熊はガソリンの匂いは嫌いっすよ。ねえそんなことより、まだ予定が残ってたのに無理矢理東京に戻らされたんですよ、いったい、何の話なのか、もう少しわかり易く教えくださいよ。俺、なんかの事件の容疑者なんですか？」

「いや、あんたには鉄壁のアリバイがある。だからまあ、今のところは、容疑者なんてもんじゃない。参考人として、いろいろ聞きたいだけですよ」

「何の参考人です？」

「心あたりがない？」

「あるわけないでしょ。俺はさ、誰も見てなくたって信号無視できないタイプの人間なんだから」

「正義の人ですか」

「とんでもない。ただ臆病で、警察が大嫌いなだけです」

「なるほど、だからしらばっくれていたわけだ」

進藤は、上目づかいに耕司を睨んだ。

「何を……しらばっくれてたって……」

「中谷戸秀美」

進藤の肩が、びくんと震えた。臆病で警察が嫌いだというのは、本当のことらしい。

「やっぱり、知り合いですね」

「いや」

進藤は抵抗した。

「知らないなぁ。誰です？」

「あんたは事件もののルポもやるんでしょ？　新聞くらいは毎日読むはずだ。世田谷主婦殺しの被害者の名前くらい、記憶に残ってないってのはおかしいなぁ」

耕司の言葉に、進藤は少しの時間黙りこんだ。どう切り出し、どう話したら自分にとってもっとも有利か、めまぐるしく計算しているのだろう。

「……そう言えば、そんな名前でしたね、被害者の主婦」

進藤はゆっくりと言った。

「変わった名字だな、と思ったのを思い出しましたよ。だけど、あの事件を仕事にするつもりはないんで、忘れてました。その中なんとかいう女性が、俺とどんな関係だって言うんですか？」

「それをあんたに聞きたいと思って、ここに来てもらったんです」

「聞きたいと思ったと言われても……ほんとに、ただ新聞で名前を見ただけですよ」

「それがね、そうでもないみたいなんですよ。あんたは、生きている時の中谷戸秀美と、何度か会ってるはずなんだ」

「ほう？」

進藤は、狡そうな薄笑いを唇に浮かべた。中谷戸秀美とのアバンチュールについては、他人に知られないよううまく隠していた、という自信があるのだろう。

「俺……わたしが、その女性と？　どこでです？」

「東京アカデミア、って知ってるでしょ？」

「ああ、はい」

「あんたは、そこの、プロライター養成講座で講師をしていたことがある」

「ちょっと手伝っただけですよ。講師は高村さんだった」

「高村玲子さんだね？　テレビによく出ている」

「彼女は昔、出版社の専属だったことがあってね、わたしもそこの編集部によく出入りしていたんで顔見知りなんです。で、講座を持つことになったけど、準備の時間がないって言うんで、彼女が講義する内容についての下調べとか、資料作りとかを引き受けたんです。彼女が東京アカデミアと交渉して、わたしのことは副講師ってことで、いくらか支払って貰ってたかな。まあ金額は雀の涙だったですけどね、高村さんに恩を売っておくのは悪くしくて、授業に出て来られないと思ったから」

「それじゃ、直接、授業を持ったことはない？」

「いや、一度か二度ありましたよ。高村さんがどうしても忙しくて、授業に出て来られないことがあったから。それも最初から織り込み済みで講師を引き受けてたんだけどね、彼女は。東京アカデミアとしては、彼女の名前が欲しかっただけだから、生徒さえ確保しちまえば、後は全部替え玉が授業したって気にしなかったかも知れないけど。どうせ、あの講座の講師は毎年変わるんだから。でもその割りには、高村さんはちゃんと授業してましたよ。わたしが直接授業を引き受けたのはほんとに、せいぜい二度くらいです」

「それじゃ、授業に出ていた生徒の名前を憶えるのは無理だった？」

「はい」

進藤はまた、勝ちを確信した顔で微笑んだ。

「顔すら、ろくに憶えてません。何しろ、六十人くらいいたからな、あの講座は。ライターなんて儲からない上にからだもきついし、何の保証もないし、どうしてこんなものになりたがって、わざわざ金払って授業を受けるやつがいるのか、不思議だったけど」

「しかし、あんたはその仕事を気に入ってるんでしょう？　何しろもうじき、センセーショナルな仕事をして、一気に売れっ子ライターになる予定なんだし」

「何の話です？」

「メイビーなんとかって、芸能事務所の裏話」

耕司は、進藤の顔を覗きこむようにして両手を顔の前で組んだ。

「榎一之の会社です。もちろん、知ってるね？」

「ええ、まあ」

進藤は曖昧に首を動かす。

「じゃ、榎さんがサイパンで失踪したことは？」

「……噂で、ちらっとね。だけど、失踪ってのは本当なんですか？　ただ、サイパンからどっかに遊びに出かけたままなんじゃ？　アイランド・ホッピングって、ほら、太平洋の島をほっつき歩くの、ちょっと前に流行ったんですよ。グアムを起点にするとね、たいていの島に飛行機で飛べるから。榎さん、お気に入りの女優か歌手の卵でも連れて、優雅に南の島めぐりなんかしてんじゃないのかなぁ」

「会社にも無断で？　会社の方も、社長の居場所を知らないって言うんだけどな」

「あそこは専務の三輪さんがまわしてるんですよ。榎さんはただの飾りだ。っていうか、榎さんは、自分の女のために事務所を作りたかっただけです。個人事務所を持てば、実質的には入って来る金が全部自分のものだからね。でも作ってみたら、実務を任せた三輪さんがけっこう遣り手で、いつのまにか人気タレントが何人も所属する、中堅どころの事務所に育ってた。榎さんは運がいいよ。遊んでたって、社長としての給料は入って来る」

「それにしたって、社長の居場所がわからない、連絡もつかないって言うんじゃ、まずいでしょう」

「榎さんはわがままな人だからね。連絡すると戻って来いって言われるから、黙って遊んでるんじゃないの？」

「榎さんがサイパンを出たって形跡がないんですよ。少なくとも、北マリアナ諸島連邦を出国した記録はない」

「南の島のことだよ」

進藤は笑ったが、もう余裕はなくなっていた。

「出入国管理がいい加減だって可能性もあるんじゃないの？　よく知らないけどさ。それにサイパンからなら、船で出かければ税関だって通らないで済むんじゃないの？」

「あそこは実質的にはアメリカの領土みたいなものです。そんなにずさんではないでしょう。しかし、問題は、仮に抜け道があって正規の手続きを踏まずにサイパンから他の国に渡ったとして、なんでそんな、自分の足跡を隠すような真似を榎さんがしなくてはならなかったのか、という点なんですよ」

耕司はにやりとして見せた。

「アイランド・ホッピングがしたかったのならば、堂々とパスポートを出すべきところに出してスタンプを押してもらって、出国カードも提出して出かければよかったはずだ。が、榎さんは消えてしまった。そしてあんたは、その榎さんの事務所をネタにして、芸能界の暴露記事を集めたルポを準備している」

「そんなものは」

「準備していない？　必要なら、あんたのマンションでいろいろと探させて貰ってもいいんだ。しかしお互い、余計な時間は使いたくないでしょう？　あんたは榎の周辺を洗っていた。特に榎の女関係から、あんたの爆弾ルポの目玉になりそうなネタを拾いたかった。中谷戸秀美は、榎と大学の先輩を通じて知り合った。そして男女の関係になった。一方、その中谷戸秀美は、東京アカデミアのプロライター養成講座に一時、通っていた。そしてまた、あんたはその講座でずっと下準備を手伝い、二度ばかりは教壇にも立った」

耕司は一息ついてから、声を低めた。

「これらの断片はどう繋がって、どんな話になるのか。あんたに解説して貰いたいんだけどね」

「……知らない」

進藤は、頑固そうに唇をゆがめた。

「警察の手にはのらない。そんな小出しにされた情報を適当に繋ぎあわせて、俺を殺人犯にしようとしたって、無駄だ」

「誤解して貰ったら困る」

耕司はゆっくりと言った。

「あんたは殺人の実行犯ではない。少なくとも。中谷戸秀美が殺された日、あんたには確実なアリバイがある。あんたはその時、韓国にいた。我々の調べではそうなってる。それとも、韓国にいたのはあんたの替え玉で、あんたはあの晩、日本に戻っていたのかな？」

「アリバイがあるってわかってて、どうしてさっきから、中谷戸とかいう女と俺が関係あるみたいにほのめかすんだ？　俺はそんな女、知らない。知らないと言ったら知らないんだ！　確かにあの講座の手伝いはしたが、クラス名簿だってまともに見たことはなかった。そんな必要なかったんだ。第一、俺はそれほど馬鹿じゃない。あの講座は高村玲子の講座だった。俺は高村玲子に恩を売って、少しは割のいい仕事をまわして貰いたかった。コネも使わせて貰いたかった。だから、あんな安い金でも真面目に下準備して、授業の時には原稿まで書いて臨んだんだ。そんな環境で、生徒に手出しなんてできると思うか？　俺の女癖が悪いなんてデマをどっかで拾ったのかも知れないが、俺は、女のことでトラブルを起こしたことは一度もない！　飲み屋だって女のいるとこは高いから行かないし、ソープもまっぴらだ。売春婦なんかエイズが怖くて抱けやしない。俺は、五年くらい前にエイズのドキュメント番組を作る手伝いをしたことがあるんだ。知り合いの放送作家と組んで、原稿を書いた。タイやフィリピン、インドで、売春婦がどのくらいエイズにかかってるか、あんた、知ってるか？　日本だって他人事じゃないんだ。ソープがいくら定期的に検査してるとか言ったって、検査と検査の間に感染してたらどうするよ。だから女遊びはしない。つきあう女は、身持ちが堅いやつしか選ばない。カルチャースクールで講師がひっかけたらすぐにひっかかって来る主婦なんて、売春婦よりやばいじゃないか。下手したらコンドームだって使わないぜ？　妊娠したってしらばっくれて亭主の子だと言って産めばいい、くらいのこと、そんな女なら考えるかも知れない。しかも、生徒に手出ししたことが高村玲子にばれたら、もう二度と、彼女から仕事はまわって来なくなる。勘弁してくれ、なんで俺が、そんな危ない橋を渡らないとならないんだよ！　俺は知らないよ、そんな女、知らない！」

進藤は一気に吐き出して、それから拳で机をどん、と叩いた。

耕司は身じろぎせず、進藤の顔を見つめ続けた。嘘をついているのかどうか、その顔だけで絶対だと確信できるほどには、自分はまだ、刑事ではない、と耕司は思う。だから自分の印象だけにとらわれて、先入観を持つのはかえって危険だと自覚している。刑事の勘、と世間で呼ばれているものが、大部分の冤罪の根源なのだから。

少なくとも、進藤のアリバイには策略の余地が極めて少ない。進藤が成田を出国したことと韓国に入国したことは確認がとれているし、帰国した記録もきちんと揃っている。パスポートに別人の顔を貼りつけてダミーが出入国してアリバイを偽造するという、凝ったことをした犯人というのも存在はしているが、進藤にそこまでする計画性があったにしては、中谷戸秀美の遺体はあまりにも無造作に道路に転がっていた。犯行現場がその路上であることも、鑑識の調べでほぼ確定されている。ならば、どれほど巧妙にアリバイを工作しても、現行犯で通行人に見つかってしまう危険性はあったわけだ。パスポートまでいじるほど綿密に立てた殺人計画であれば、最も重要な、犯行の瞬間、を、そんなに運任せの状態にしておくだろうか。

進藤は実行犯ではない。それだけは、確信してもいいだろう。実行犯でなければ、海外にいたというアリバイは鉄壁だし、それ自体真実だから崩しようがない。

しかし、それならばなぜ進藤は、中谷戸秀美を知っていることを、これほど頑固に否定するのだろうか。進藤が講師を務めたカルチャースクール講座に中谷戸秀美が出席していたのは事実なのだから、顔くらいは知っているとか、質問を受けたので答えたことはある、くらいのことは、認めてしまった方が自然だとは思わないのだろうか。

仮に進藤が本当のことを言っているとすれば、進藤は中谷戸秀美とは何のつき合いもなかった、ということになる。それではすべてが振り出しに戻ってしまう。が、進藤が榎を中心とした、芸能界のスキャンダルをルポにしようと狙っていたことは確実なのだ。そして中谷戸秀美の住所録には、榎とつき合いのあった女の連絡先が書かれていたことも。間に進藤を挟まないとすれば、これらの断片を繋ぎ合わせる「核」は、いったい、どこにある？

「あ」

不意に、進藤が小さな声をあげ、目を泳がせた。

「なんだ？」

耕司はすかさず身を乗り出した。

「何か、思い出したことでもありますかね？」

「あ……いえ」

進藤は目を伏せてしまった。ここだ。ここで締め上げれば、必ず何か出て来る。

「あんたは実行犯ではない」

耕司は、さらに声を低めた。

「しかし、動機は出て来るだろう……我々がほじれば。今の世の中、金を少し積めば、殺人の代行をしてくれるやつなんていくらでも見つかる。フリーライターって職業は、中でもあんたみたいな何でも屋は、やたらと顔が広くないとやっていけないんだろう？　裏の世界にだって、少しは知り合いがいるんじゃないか？　日本には死刑制度があるが、その適用範囲は極めて狭い。人をひとり殺したくらいでは、まず、死刑にはならない。死刑の次は無期懲役だが、無期とは言っても十五年もすれば出られるのが実態だ。そしてそのことは、海外にもよく知れ渡っている。中国の田舎で貧困にあえいでいるよりも、日本の刑務所の方が居心地がいいって話も聞いたことがある。そんな連中ならば、故郷の両親がお大尽の暮らしができるような金を目の前に積まれれば、十年やそこら刑務所でタダ飯を食ってもいいと思うだろうな。それだって、我々の感覚からしたらそんなにたいした金額じゃないだろう。噂では、二百万も出せば殺し屋が雇えるらしいじゃないか、大久保あたりじゃ」

耕司は、ゆっくりと言った。

「あんたなら、そういう奴らを雇うこともできるさ。……邪魔になった女をこの世から消す為に」

「そんなことしてないって！」

進藤は大声をあげた。

「なんで俺になすりつけたいんだ！　俺がそんな女殺して、何の得がある？」

「損を消したかったのかも知れないさ。どんなことにしろ、危ない橋を渡るのを手伝ってくれる人間は、後になって、損のもとになる可能性があるもんだ。たとえば、そうだな、榎に不利な情報を集めておいて、それをあんたに渡すのを拒んだ、とか？　中谷戸秀美は、あんたよりも榎の方が良くなって、あんたの企みを榎にばらしちまおうとしていたかも」

「勝手に話を作らないでくれ！　だったら榎さんの方が、よっぽど、その女を殺す理由があるじゃないか。そうだ、そうだよ、榎さんがやったんだろう。その女を殺して、それでサイパンからどっかに逃げちまったんだ！」

「つまり、あんたが中谷戸秀美とつるんで榎を陥れようとしたから、そうだな？」

「罠じゃないか！」

進藤はもう一度机を叩いた。

「俺は、中谷戸なんて女のことは知らないんだ！」

「それじゃさっき、何を言いかけた？」

「さっき、って……」

「何か思い出しただろう？　中谷戸秀美のことだろう？　なあ、進藤さん、我々は推理小説が書きたいと思っているわけじゃない。憶測だけいくら積み上げても、そんなものはただの物語だ。それはわかっている。別に、あんたをことさら犯人に仕立てないとならない理由もない。警察にも、わたし個人にも、ね。しかし、我々に対して何か隠し事をされてしまうと、疑うなと言われても商売柄、疑わないわけにいかなくなるんだ。みんなが知ってることはみんな話してくれれば、それだけ正確に物事を処理できる。そして最後に残ったもの、最後まで嘘をつこうとしたやつ、そいつが真犯人だ。そしてあんたは、そうじゃない、だろう？」

「違う。俺は誰も殺してない。そんな女は知らない」

「だったら、思い出したことは教えてくれてもいいじゃないか。あんたは殺人とは関係ないんだ、だからあんたが何を思い出そうと、それであんたが犯人にされることはないはずだ」

進藤は、それでもしばらく迷っていた。が、ようやく唇を動かした。まるで舌が鉛か何かでできているかのように、重たく、のろのろと。

「確実じゃないんだ……後になって、間違っていたってわかっても、俺を責めないでくれるか？」

「もちろん。証言の裏をとるのが俺たちの仕事で、関係者の証言の内八割は、何かの見間違いとか錯覚とか、勘違いなのさ。そんなことにいちいち腹をたてたりはしないから、安心してくれていい」

「……中谷戸、という名前だったのかどうか……でも確かに、そう呼んでいた気がするんだ。……高村さんが」

「高村玲子が？　彼女が、中谷戸秀美と何か話していたのか？」

進藤はゆっくり頷いた。

「講座が終わった後だった。俺はその日に使った資料だのスライドだのを片付けるんで、教室に残ってた。ドアが半開きだったんで、廊下が見えたんだ。高村さんが女と話していた。薄紫のセーターを着た女で、教室にも確かに、そんな色の服を着た女が座っていた気がしたから、生徒だと思った。何か質問でもあって粘ってるんだろうな、と。だけど、それは珍しいことなんだ。高村さんはテレビで顔が知られてる。あの講座も高村さん目当てで来てる連中ばかりだった。だから、個人的に質問しようとするやつは初日からたくさんいた。高村さんは、それだといつまでも帰れないからって、質問はすべてメールで受け付ける、というルールを最初の日に作っていた。専用のアドレスを用意して、講座のことで質問があればそのアドレスにメールしろ、って。もちろん、高村さんが全部読むわけじゃない。高村さんの事務所の人がメールを受信して、質問の項目別に分けて印刷する。それをまず俺が見て、俺でも簡単に答えられるものだと答えを書き込む。高村さんに直接聞いた方がいいと思ったものだけ、選んで渡していた。講座の最初に、高村さんはその、印刷された質問メールに答えを書き込んだものをメールを出した本人に返し、授業の材料になりそうなものはそのまま、題材として使った。メールに直接返事はしなかった。それをすると、文通してもらってるような錯覚を起こして、くだらないことまで毎日メールして来るバカがあらわれるから、って」

「つまり、講座の後で高村玲子が、生徒の質問を受け付けることはなかったはずなんだね？」

「普通はね。ただその時は、たまたま、高村さんの機嫌が良かったのかな、と思ったくらいで、特に気にしなかったけど。高村さんが、何度か、中谷戸さん、と名前を呼んだような記憶があるんだ。でも確かじゃない。中井さんとか、中谷さんとか、そう言ってたのか

「高村玲子とその女性が話していたのを見たのは、一度だけ？」

進藤は頷いた。

「顔は憶えてないかな」

耕司は、中谷戸秀美の写真を進藤の目の前に置いた。進藤は、それを指でつまみ、熱心に見た。

「顔は……あんまり憶えてない。半開きのドアからちらちら見ていただけだし……横を向いてた。でも、髪型はこんな感じだった。色も……なんか赤っぽかったんで憶えてる」

中谷戸秀美の行きつけだった美容院では、すでに聞き込みがされていた。中谷戸秀美は、髪全体を淡い赤色に染めるのを好んでいたのだ。ストロベリーなんとかと言う色で、けっこう流行っているらしい。赤と言っても、渋谷あたりでたまに見かける若者のような派手な赤ではなく、地の黒い色にうっすらと赤い光がかかったように見えて、品がある割りには目立つので三十代の主婦に好まれるのだと、美容師が説明してくれたのを思い出した。

写真に写っている中谷戸秀美の髪は、やわらかに赤みを帯びていた。その色を進藤が憶えているとすれば、やはり高村玲子と話をしていた女は、中谷戸秀美だろう。髪型も、女優のように大きめのウェーヴがかかったセミロングで、顔に自信のない女性ではなかなか選べないスタイルだ。耕司は、中谷戸家の捜索をした時に、クローゼットの中に薄紫色のスーツがあったのも思い出した。薄紫は、被害者が好きな色だったのかも知れない。

進藤は嘘をついていない。耕司は、そう思った。どうやらこちらの見込みは間違っていたらしい。進藤がMAIBEミュージックの取材を進めていたのは事実だろうが、その件に中谷戸秀美は嚙んでいなかったのだ。しかし、別の糸口が見えた。高村玲子。

＊

「主婦売春」

耕司が呟くと、逆井は合点した、という顔になった。

「あの高村って女は、主婦売春のルポで一躍有名になった」

「テレビで随分、特集が組まれてたな。俺も見た記憶がある。女房がこんな組織に入って売春してたらどうしよう、なんて、少しは思ったよ」

「あんたの奥さん、美人だもんな」

「そんなことはない。ブスだ。だけど、あの程度のブスだったら商売はできる。人妻ってのは、他の男の持ち物だっていうだけで、付加価値がある。俺なんかの鼻をあかしたって男を上げることになりゃしないが、人妻を抱きたがる男は、何も知らずに女房を寝とられてる馬鹿亭主の顔を思い浮かべて、溜飲を下げたいわけだ」

「しかも、女の側に罪の意識があるからな。何かで読んだことがあるが、性産業ってのは差別を商品にしてる産業なんだそうだ。昔、郭は苦界と呼ばれた。そこで働く女は、身を沈める、と表現された。そこで働く女は、金のために自分の貞操を汚しているという、罪の意識に沈んでいたわけだ。金を払ってそんな女を買う男は、そうした可哀想な女に対して優越感を持ち、その差別意識を楽しんだ。だから、今みたいに、女の方がただセックスを楽しみたいからって出逢い系サイトにがんがんアクセスして来たり、女子高校生がなんのてらいもなく、穿いているパンティを脱いでそのまま売っぱらって金に換えたりする状況の中では、男は、勃たない。差別できない女には欲情しないのが男って動物だ。まあそんな論旨だったな」

「フェミニズムってやつか?」

「うーん、よく知らんが、書いてたのは男だったぞ。社会学か何かの、大学の先生だ」

「随分と自虐的なやつだな。その先生は、金で女は買わない主義なのか」

「買えない、ってことだろう。さっきの進藤を見たろう? 売春婦を相手にすることに対して、激しい嫌悪感を示していた。フリーライターなんてそういう面はやわらかい連中なのかと思ったが、どうやら俺たちの偏見だな。ああいう、異様にがちがちと女に堅い男もいるわけだ」

「あれだって差別感覚だろう。売春なんかする女は汚いと思ってんだから、根っこは同じだ」

「どっちだっていいよ、逆井。今の我々にとっては、進藤の深層心理なんか問題じゃない。問題なのは、実際に、進藤が中谷戸秀美と関係を持っていたかどうか、それだけだ。その点で、どうやら我々の読みははずれた。その代わり、別の目が出たわけだ。高村玲子は主婦売春のルポで世間に出た。そして中谷戸秀美は主婦だった」

「榎はどう結びつく?」

耕司は立ち上がった。

「その質問には、高村玲子自身に答えて貰おう。今度こそ、突破口だ。そう信じたいね、俺は」

3

高村玲子の事務所に問い合わせると、テレビ局にいると返答された。討論番組の録画で、収録が終わるのは三時間後だと言う。だが耕司と逆井は、そのままテレビ局に向かった。時間をあけると、高村が事務所からの連絡で警察が来ることを知り、何か小細工をしないとも限らない。もちろん、今の段階ではまだ、高村玲子が事件にどう関わっているのかはまるでわからない。が、受講者からの個別の質問はメールでしか受け付けない、と徹底していたはずの高村が、他の受講生に見られる危険をおかしてまで講座が終わった後の廊下などで中谷戸秀美と立ち話をしていたというのは、かなり不自然で、耕司の勘を刺激した。単にその日はたまたま機嫌が良かったから、というのでは納得できない。

待つことには慣れていたから、収録が終わるまでの時間を苦痛には感じなかった。受付嬢に指定された応接室のソファの上で腕組みし、ひたすら考える。だが中谷戸秀美の事件について考えていると、自然、思考が流れて美弥の顔にたどり着いた。そして、鯖島豊の言葉へと。

小野寺冬葉は、担任の旭村のことが好きだったのではないか。

思い出そうとしてみても、二十年前の小野寺冬葉の顔は、朧げな記憶の中に半分溶けたままだった。どうしてもくっきりと像を結んでくれない。決して、見栄えの悪い女の子ではなかったと思うのだが、印象に残っていないのだ。修学旅行のグループ分けの時も、たまたま近くの席にいたので同じ班になった、という以上の感想を持たなかった。そう、あの時、二学期が始まってすぐ席替えがあったのだ。だから小野寺冬葉と同じ班になってからまだ日も浅かった。一学期は席が離れていて、一緒に行動することはほとんどなかったし、一、二年共に別のクラスだった。つまり……小野寺冬葉と自分とは、同じ中学に在籍していながら、遂に、ほとんど言葉を交わさずに終わってしまったのだ。

親友の豊と同じ班になれた、というのだけが嬉しくて、他のことにはあまり気がまわっていなかった。その頃、好きだと思っていた女の子は他のクラスだったし。

豊の記憶は確かなのだろうか。記憶力の良さでは昔からずぬけていた豊なのだから、記憶違いということはないのだろうが、それにしても……

小野寺冬葉が、旭村の悪口を言われてカッターナイフを握り締めた、というのは、かなり唐突な印象を受ける。そんなことをしそうなアブナイ女の子には、まったく見えなかった。

腕組みをして目を閉じ、豊が憶えていたその時の様子を思い描いてみる。

古ぼけた教室だった。あの当時で、すでに創立五十周年くらいにはなっていたんじゃないだろうか。いや、新制中学の歴史は戦後になってからだから、そんなでもないのかな？　いずれにしても、もう数年で全面的に建替えをしないとならない、そんな校舎だった。外壁のコンクリートはばらばらとはがれ、廊下のリノリウムもところどころ欠けてはがれて、走ったりすると躓いて危なかった。

教室は、四階のいちばん東の隅にあった。エレベーターなどはないから、三年になってからは毎日、階段を四階まで上がらないとならなかった。一年をいちばん上にすりゃいいんだ、と、いつもみんなで愚痴っていた記憶がある。

旭村は若い教師だった。あの当時、まだ、二十代だったはずだ。大学を出て数年しか経っていない。つまり、生徒たちと十歳くらいしか年が離れていなかったのだ。それだけに、どことなく頼り無く見えたし、生徒が馬鹿にし易い相手だった。が、顔は悪くなかった。記憶の中にある旭村の顔は、ジャニーズ系、と分類してもいいくらいだ。あれから二十年が経って記憶もかなり歪んでいるだろうから、それを差し引いて考えるとしても、女の子に人気の出るタイプの優男（やさおとこ）系だったことは間違いない。

事実、旭村のことをきゃあきゃあ追いかけ回している女子生徒がいることは知っていた。が、その割には、耕司自身の周囲の女子生徒には、旭村は人気がなかった。その理由は……理由は……

記憶をたどる。誰から何を聞いたんだったっけ？　二十年も前のことだ。それも、思春期の興奮と喧噪（けんそう）の中にひたって、毎日がのぼせあがったような状態にあった頃の記憶だ。正確なことを引き出すのは至難の業だ。

けれど、とうとう思い出した。そうだ、旭村に人気のなかった理由。彼が、担任としてはクラスメイトたちに相手にされず、あてにもされていなかった、その理由。

贔屓（ひいき）だ。

旭村は、生徒を贔屓した。あからさまに。その幼稚な態度が、生徒の反感を買っていた。が、他のクラスの生徒たちにはそのことはわからなかったかも知れない。だから旭村は、他のクラスの女子生徒には人気があったのだ。そして自分が受け持っているクラスでは、嫌われていた。小学生でも中学生でも高校生でも、生徒と呼ばれる人種はみな一様に、贔屓には敏感なのだ。贔屓は、差別である。そして差別の根底にあるものは、軽視であり、侮蔑なのだ。つまり、生徒を贔屓する教師は、心の中で生徒たちを馬鹿にし、軽蔑し、疎(うと)んじている。そのことを生徒たちは的確に見抜く。その幼稚さを憎悪する。だから、生徒を贔屓する教師は蛇蝎(だかつ)のごとく嫌われる。なのに教師たちは、生徒たちが自分に向ける軽蔑の視線に気づかない。贔屓できるという特権に酔い、矮小な権力をふりかざして、生徒という弱い立場にある者をいじめる快感に溺れているからだ。

旭村は贔屓する教師だった。贔屓されていたのは……たとえば、豊だ。鯖島は成績優秀だった。そのことを旭村は、まるで豊に心酔でもしているかのように褒めたたえた。クラスメイトたちも豊の成績が抜群なことは知っていたし認めていたが、旭村が褒めるとそんな豊が汚されるような不快感をおぼえたのだ。そう、耕司自身がそうだった。旭村に、豊のことはほっといてくれ、おまえなんかに褒められなくたって、豊が優秀なことはみんなが知ってるんだ、と怒鳴ってやりたいと何度か思った。豊自身も迷惑していた。露骨に嫌そうな顔をしたし、旭村の手が肩に触れたりすると邪険に振り払っていた。しかし旭村は気にしなかった。あの男は、まるでガキだった。

やはり、不自然だ。小野寺冬葉は、そんな旭村の正体を毎日のように見ていたはずだ。

他のクラスの女子生徒ならともかく、旭村の幼稚さを毎日見ていながら、なおかつ、悪口を言われただけでカッターを握りしめるほど旭村に夢中になっていたなんて……

だが、小野寺が旭村を好きだったのではないとしたら、どうしてその時、小野寺は怒りを剝き出しにしたのだろう？　旭村の悪口を言いながらみんなが笑っている、そんな光景は、特別に珍しいものではなかったはずなのに。

何か……間違っているのだ。

何かを、俺たちは誤解している。豊の記憶はたぶん正しい。だがその光景に対する、豊や俺の解釈に、間違いがあるのだ。

「おい」

逆井に肘で脇腹をつつかれた。

「居眠りしてるわけじゃないよな？」

「あ、すまん……他のことを考えていた。まずいな、今は世田谷の事件に集中しないとならないんだが」

「例の、昔の同級生のことか」

「うん。……失踪した担任教師のこと、話しただろ」

「ああ。成人の失踪は、大部分が事件とは無関係な家出だからなあ、俺たちが探っても見つからないとは思うが、おまえの話を聞いて、いちおう、問い合わせはしてみたよ。あの旭村とかいう男が最後に住んでいた地域の所轄に。たまたま知り合いがいてな」

「それで、なんだって？　手がかりはあるみたいだったか？」

「いいや。もう旭村の嫁さんは亭主のことは諦めてるらしい。所轄にも、法律上の手続きをするにはどうしたらいいか、聞きに来たそうだ。もともとあんまりうまくいってる夫婦ではなかったそうだし。ただ、ひとつだけ情報が拾えたよ。旭村が失踪する数日前に、交番に道を聞きに来た男がいたんだそうだ。その男が、旭村の家の住所の、ひとつ隣りの番地を書いたメモを持っていた」

「ひとつ隣りじゃ、無関係だろう」

「うん、まあそうなんだろうが、実はその、ひとつ隣りの番地ってのが、何カ月も前から更地になっている空き地だったらしいんだな。しかしそのうちに家が建って、ちゃんとまともな家族が引っ越して来たそうだから、まあ交番に聞きに来た男ってのは、その土地に家を建てようとしていた人なのかも知れない。不動産屋で更地の出物を紹介されて、何かのついでにどんなところか見学に来た、とか」

「……しかし、別の解釈もできる、ってことか」

「無理なこじつけだけどな。その男は旭村の家を知りたかったが、それを交番のおまわりさんに知られたくはなかった。だからひとつ隣りの番地なんて小細工をして探していた。もしそうだとしたら、その男は、旭村の家を探すのに、警察に詮索されたくない動機を持っていた、ってことになるわけだ……」

「どんな男だったって？」

「交番勤務のやつからまた聞きしただけらしいから、容貌まではわからない。中年とか年寄りではなかったみたいだが、すごく若いとも聞いてない。ま、この情報は気にしなくていいと思う。旭村は女房との生活に絶望して逃げ出したんだろう。今頃は、案外、隅田川の川っぷちでダンボールの中で暮らしているんじゃないか？」

「まじめに、それも考えておかないとならないかも知れない」

「探す気なのか、その消えた担任教師を」

耕司は頷いた。

「鍵はあいつが握っている、そんな気がするんだ。……小野寺冬葉の失踪そのものにも、それから……最近になって、小野寺の幽霊がメールでいたずらを始めたことにも」

「事件性があるって証拠がひとつでもあればなあ」

逆井は頭を振った。

「その小野寺って少女が殺されたとか誘拐されたとか、そんな証拠が一個でも出れば、捜査本部を作ってもらえる。たとえ時効が成立していたとしても、捜査はできるからな。新潟のほら、九年間も女の子を監禁していた男の例もある。万にひとつ、その少女がどこかで生きていたとしたら、誘拐事件はまだ継続中ってことになるから、充分、起訴もできる。せめて目撃者だ。その女の子が誰かに無理に車に押し込まれたとか、そんな場面を目撃した人間を見つけることができれば……だけど、そんな目撃者がいれば、二十年前に名乗り出ていただろうけどな」

「いずれにしても、世田谷事件の片がついたら、ちょっと専念してみたいんだ」

「休職するのか?」

「その方がいいと思う。仕事を抱えていては、無理だと思うんだ」

「今、休職なんかすると、桜田門に戻って来られるかどうかわからんぞ」

「覚悟はしてるよ」

耕司は、逆井の顔を見て微笑んで見せた。

「俺は本庁の刑事なんて柄じゃないんだ、もともと。捜査員として、特別優れた能力があるわけでもないし、三流の私大出だから、出世も先は見えてる。このあたりで、人生設計を建て直してみるのもいいような気がして、な」

「まさかあの」

逆井は複雑な顔になった。

「作家で女優の、秋芳とかって女と……なんかあった、とか?」

「まさか」

耕司は手を振った。

「向こうが相手にしてくれるわけないだろう？　ただ中学の同級生だった、ってだけだよ」

「それならいいけどな……彼女はなんたって、マエ持ちだ、交際してるとわかっただけでも、あんたは警察にいられなくなる。それでもいいくらい惚れたって言うなら、他人があれこれ言うべきことじゃないけどな、ただ、その、ああゆう芸能人は、おまえさんにはあわないと思うんだ。やっぱり派手な世界なんだろうし……」

「心配いらない」

耕司は両手で顔を撫でた。

「彼女は魅力的だ。やっぱり俺たち凡人とは違って、輝きがある。だけど、いや、だから、俺なんかじゃ、彼女を幸せにすることはできない。それくらいのことは、俺だって自分でわかってる。第一、彼女にはギタリストのカレシがいるらしい。俺はカラオケでマイク握ってもお笑い要員にしかならないような男だ、あんな女とうまくいくなんて、思ってやしないさ」

バタン、と音をたててドアが開き、丸い眼鏡をかけて短く髪を切りそろえた背の低い女の子が、ひょこっとあたまをのぞかせた。

「あの、高村先生をお待ちいただいている、警視庁の方ですか?」

喋りながら女の子の全身がやっと、ドアの内側に現れた。

「今、収録の休憩に入ったんです。十五分しかないんですけど、それでいいなら、今お会いした方がいいんじゃないかって先生がおっしゃってるんですが。収録が終わるまでですと、あと二時間はかかるので」

「それはありがたい」

耕司と逆井は反射的に立ち上がった。

「十五分でけっこうです。どこに行けばいいですか?」

「じゃ、ご案内します。どうぞ」

これがアシスタント・ディレクター、ＡＤと呼ばれる仕事の人なのだろう。耕司は、くたびれたエンジ色のトレーナーと穿き潰し寸前のジーンズにスニーカーを履いて、かなりの早足で歩いて行く女の子の背中を見ながら思った。ノーメイクだし小柄なのでとても若く見えるが、声は落ち着いているし、歩き方は堂にいっている。案外、三十に届いているのかも。映画やドラマに出て来るＡＤさんというのは、こき使われて薄給で、まるで奴隷か何かのように描かれているが、本当なのだろうか。そんな割の合わない仕事でも、テレビ局で働くのは楽しいということなのか。

　まあしかし、刑事だって似たようなものか、と、耕司は心の中で笑った。地方公務員の安い給料、スト権もなく、居住地域まで規定され、がんじがらめの警察官服務規程に従順に従うことを求められ、寝不足で休みも貰えず、日曜だって非番だって、呼び出しがかかれば文句も言えない。子供がいても、運動会だの学芸会だの父兄参観日だの、行けたためしがない、とみんな言っている。それでもなかなかやめたいと思わないのは、将来の年金のことはあるにしろ、何よりもやはり、刑事という職業へのこだわりが、みんな、強いからなのだ。

「あの、こちらです」

　テレビ局の中は迷路のようになっている。万が一、クーデターなどが起こった時でも、簡単に放送局を占拠されないよう、わざとわかりにくく作られているという話も聞いたことがあるが、その話はあやしいと思う。だが、まだ真新しい社屋なのに、確かに、階段をのぼったりおりたり何度か繰り返して、やっと目的のドアの前に着いた。紙が一枚貼ってあり、マジックの大きな字で、高村玲子様、と書かれている。単独で楽屋を使えるということは、それだけ、番組にとって高村の存在が大切だということだろう。

　女性がノックをし、失礼します、と言ってドアを開けた。

　大きな鏡がついた狭い部屋で、少し高くなったところに畳が敷いてある。真ん中に置かれたテーブルの上に、弁当の包みとアイスコーヒーらしい飲み物が置かれていた。

　女性が頭を下げて部屋から出た。耕司と逆井も頭を下げた。

「世田谷の主婦殺人事件についてですってね」

　高村玲子は、ストローから口をはなし、どうぞお座りくださいな、と手で畳の端を示した。耕司と逆井は腰をおろし、半身をねじるようにして高村の方を向いた。

　年増だが、美女だ。元はフリーライター、つまり、芸能人ではなかったのに、顔だちは素人離れしている。この顔にテレビが目をつけ、人気コメンテイターへと変身させたのだろう。目も鼻も口も、日本人らしくなく大きい。バタくさい顔、と、昔なら表現したかも知れない。眉も濃く、意志は強そうだ。

「お食事時間でしたか。申し訳有りません、よければどうぞ、食べてください」

　逆井が言ったが、高村は笑顔で首を横に振った。

「このお弁当、あまりおいしくないのよ。それにわたし、一日に一度しか食事はしないんです。収録が終わってからスタッフの皆さんと食事だから、今はいただかないの。お気になさらないで。それより、マネージャーから聞きましたけど、あの事件の被害者が、東京アカデミアでわたくしの講座を受講していたって、本当のことですの？」

「ええ、事実です。中谷戸秀美さん、とおっしゃられる方ですが」

　耕司は写真をテーブルの上に置いた。

高村玲子は写真をそっとつまんだ。が、すぐにテーブルに戻した。

「ごめんなさい、あの講座は六十人も受講生がいたものですから、ひとりひとりのお顔までは……」

「記憶にありませんか」

「ええ」

「この女性から、何か質問を受けたとか、個人的に相談を持ちかけられたといったことは？」

「進藤さんに先に事情を聞かれたのでしょう？　でしたら、質問はメールで受け付けて、書面で返答していたということは」

「聞きました。しかし、例外というのもあったんではないですか？」

「ひとりに例外をゆるすと、六十人が押し掛けて来ますからね。受講料はみんな同じですから、誰だって、自分だけ損はしたくないと思いますでしょ」

「見ていらした方がいましてね」

耕司はさり気なく言った。高村の片方の眉が、はっきりと動いた。

「……何をですか？」

「あなたと中谷戸さんとが、講義が終わったあと、教室の廊下で話をしていたのを目撃したんだそうですよ。たまたま、通りかかって」

「誰がそんなこと言ってるんですか？」

「証言者の名前は簡単に明かすことはできません。しかし、その人には嘘をつく理由はないと思えます」

「受講生の誰かですね。だとしたら、それ、あなたたち警察の気をひきたいための嘘ですわ。わたしの講座でも教えたことがあるんです。少しでもチャンスがあれば、貪欲に事件を追いかける姿勢が大事だ、って。たとえば空き巣事件の聞き込みに警察がやって来たりしたら、話を引き延ばしてできるだけいろいろ、向こうに喋らせなさい、刑事と言っても脇の甘い人はけっこういるから、世間話のついでにぽろっと情報を漏らしてくれることもあるから、って。社会面の事件を追いかける時の情報収集というテーマの時だったかしら」

「つまり、嘘の証言をしてでも警察の気をひけ、と教えられた？」

「嘘の証言をしろなんて言ってません。でも何か聞かれたら、あっさり知らないと答えないで、会話を長引かせる工夫をしなさいと教えたんです。その証言者って、廊下で話していたのが中谷戸さんだったと、はっきり明言していますか？」

「いえ……横顔が見えた、髪型と髪の色が似ていた、中谷戸さんが好んでいたと思われる色の服を着ていた、まあそんなところですね」

「でしょう？」

高村は薔薇の花を連想させる、華やかな笑顔になった。この笑顔ならば、確かに、テレビウケは抜群だろう。

「ね、明言してしまうと嘘になりますからね、そんなふうに見えた、としか言っていないはずよ。ですから、人違いなんです。わたくしがお話ししていた相手は、中谷戸さんではありませんでしたわ」

「例外はなし、ではなかったんですか？」

耕司は、なんでもない、という調子でさらりと訊いた。

「ひとりの受講生の質問を受けたら、六十人から受けなくてはならなくなる。だから質問はメールでだけ受けていた。その法則は、中谷戸さんでなくても適用されるわけですよね？　証言者が見たのが人違いで中谷戸さんではなかった、と仮定して、しかしあなたは、他の人に例外を設けたわけだ。なぜです？　そして、そのお相手のお名前も教えていただけませんか？」

高村は一瞬、口ごもった。耕司はその様子に、見慣れたものを見た。嘘をつこうとしている人間の顔。

「ですから」

高村は唇をさっと舐めた。ちろりと出た舌が、やたらと官能的だ。ローズ色にくっきりと塗られた口紅は、耐水性なのか、歯やストローについていない。

「受講生ではありませんでしたの。東京アカデミアの事務員の方でしょう。事務の人とは、よく立ち話をいたしましたから。そちらに確認されたらどうかしら。もっとも、ほんとによく立ち話はしましたからね、いつ何時に何分間わたくしと喋った、なんて証言できる人はいないと思いますけれど。なかなか事務の方と打ち合わせをする時間がとれなくて、雑務はすべて進藤さんにお任せしてしまっていたんです。ですから、たまにお顔を見れば、申し訳ないという気持ちもあって、五分でも打ち合わせをしようかと思いますでしょ？　その証言者とやらが見たというのは、その時のことですわ。中谷戸秀美さんと話をした記憶など、わたくしにはございません」

「課題のようなものは出なかったんですか？　宿題とか」

「たまに出しました。週刊誌の記事を例題にして、どんなところがその記事の欠点で、どうすればいいかというようなことをレポートにまとめさせたり、テレビ番組や映画を指定して、それを見て記事を書かせたり。最後の試験は、自分の身の回りの人にインタビューをして、記事をつくるというものでした。見出しを考え、テーマを決め、限られた字数の中で面白い読物になるようまとめるんです」

「中谷戸さんの作品はお手元にありますか？」

「いいえ」

高村は余裕を取り戻していた。

「今、思い出しました。その人は確か、講座の途中でやめてしまわれたと思います。そういう人は多いんだそうですよ、他の講座でも。特にプロライター養成講座は、一年間続くんですけど、宿題も多いしけっこう大変なんです。主婦が暇潰しに通うカルチャースクールとしては、ハードだと思います。本気でプロのライターを目指している人もいますから、そんな中に混ざってみて、遊び半分ではできないとわかると、面倒になって来なくなる。六十人のうち、終了試験のインタビュー記事が提出できたのは、四十数人だったはずです」

「世田谷の主婦殺人の被害者だとはわからなかったのに、終了試験を提出していなかったことは憶えていらしたんですね」

「意地悪な揚げ足とりをなさるのね」

ほほほほ、と、高村は、作ったような上品さで笑った。

「今、思い出したのだと申しましたでしょ。と言うのは、終了試験の作品が提出された後で、成績表をつけなくてはならないんです。採点も成績表に書き込むのも、進藤さんがしてくれましたけど、ただ、最後にわたくしがすべて目を通して、署名いたしました。その時に、受講生の名簿と名前を照らして確認するんです。六十人もいればその中には変わった名前、珍しい名字というのも何人かはいますけれど、中谷戸、というのはかなり目をひいたんです。それで、あら、この人は終了課題を提出していないのね、と記憶に残ったわけです。ですけど、世田谷の事件について特に興味を抱いているわけではありませんから、結びつかなかったんですわ、頭の中で」

隙のない説明だった。が、致命的に、嘘の匂いがした。この嘘は、この先、中谷戸秀美について何か質問されて、うっかり余計なことを喋ってしまっても、名前が気にかかっていたから勘違いしたのだとか、だから憶えていたのだ、等々、ごまかすことができるようにする為の伏線だ。

そもそも、廊下で立ち話をしたことをそこまで強く否定する理由が、彼女には説明できないだろう。受講生とちょっと立ち話をしたところを見られたくらいで、長々と弁明する必要がどこにある？

耕司は逆井を見た。逆井の目は、獰猛（どうもう）に光り始めていた。

そう、どうやら俺たちは、獲物にたどり着いたらしい。高村玲子は、中谷戸秀美と個人的な繋がりがある。そしてそのことを、絶対に警察には知られたくないと、思っている。

4

「クランク・インは来月の二十日に決まったから」

　恭子が美弥の肩を揉みながら囁いた。

「それまでに、とにかくシングル・カット二曲だけはあげておかないとね」

「二曲でいいの？　最近は十二インチだと五曲は入ってないと、満足されないわよ」

「アレンジで埋めるってことで、茂田さんとは話がついてる。美弥のコンポーズが遅れて曲が書けてないってことは、とっくに言ってあるし。いいのよ、シングルは映画の宣伝に使うからどうしても、クランク・アップまでに必要だけど、アルバムを出すのは封切りのあとだから。二曲ともサビに力の入ったのにして、リミックスを二種類ずつ、それにカラオケ用もそれぞれ。それで六曲になるでしょ」

「そういうのって、あんまり好きじゃないな。……二曲にカラオケつけて、あと、インストを入れるとかの方が」

「リミックスが入ってないと、クラブで流して貰えないでしょ。とにかく、映画のテーマにする方は、サビんとこ最高だわよ。美弥がこれまで書いた曲の中でも五本指に入る。あたし、大好きよ。でもサビだけじゃだめなんだからね、あたまと尻尾も早くつけてよね」

「友紀哉の名前、出していいんでしょ？　あのサビ、友紀哉がつくったフレーズをいじったもんだし……」

「本人が名前を出せって言ってるの？」

「そんなこと言う男じゃない」

「だったらいいじゃないの、あなたの作曲で」

「印税のこともあるのよ。そんなに簡単にいかない」

恭子は腰に手をあてて、ふん、と鼻を鳴らした。

「そうね、後でお金のことで揉めたらまずいもんね」

「違う！　友紀哉はそんな……」

「美弥」

恭子の口調は冷たかった。

「あなた、あのギタリストにはもう飽きてるんでしょ？　いいわよ、隠さなくても。あなたの目を見ればわかる。美弥はもう、あの子に恋はしてない。だけど、なんとかあの子を日のあたるとこに出してやりたいとは思ってる」

「……運がないのよ。ギターの才能もあるし、作曲の才能だって……いいアレンジャーと組めば、もっとオリジナリティが出て来ると思う。素質がないわけじゃないの。今度のサビのフレーズだって、あたしが少し変えただけでびっくりするくらいいいものになったし。

でも、ほんと、運がないの。組んだバンドがいろんなトラブルで解散したり、リードヴォーカルが勝手に独立しちゃったりして、長いこと落ち着かなかったし……」

「そういうのも、実力の内、よ。音楽業界のことはよく知らないけど、俳優の世界だって一緒。運を味方につけられるのも才能なのよ。まあでも、あなたといい仲になったってことは、あの子にも運が向いて来た、ってことなのかも知れないけど」

恭子は頷いた。

「ま、美弥の好きにしたらいいわ。どうせ印税は事務所の収入にならないからね。だけど、共作ってことで名前をクレジットに入れるなら、その前に、関係は清算しておくのよ。いい？　中途半端にしておいて、曲がヒットしてから恋人だなんて週刊誌に書かれたら、あなただって困るでしょ？　もう恋人じゃないんだし」

恭子にそうはっきりと指摘されてしまうと、反発する気持ちがむくりと頭をもたげて来る。美弥は、正直なところ、友紀哉に対する自分の心を決めかね、持て余していた。

友紀哉は優しい。そしてピュアだ。その音楽も、本人も。だが……パワーがない。繊細だが臆病だ。そして何よりも、主張が希薄だ。友紀哉のギターが海外のギタリストの模倣から踏み出せていないことは、美弥だけではなく皆がわかっている。だから個性の強いバンドでは友紀哉のギターはやっていけない。スタジオ・ミュージシャンの資質だよ、と言い放つ者もいる。それは決して非難ではない。スタジオ・ミュージシャンに必要な、音の正確さ、安定感、他のパーツをさまたげない協調性、そうしたものは貴重なのだ。だがそれだけしか持っていなければ、スタジオの外へは出られない。

けれど。

自分は、友紀哉のギターだけを愛したわけではない。才能に惚れました、などという小娘の錯覚に酔える年齢はさすがに過ぎた。どん底だった自分にとって、彼は、必要な存在だったのだ。それだけは確かなことだった。

本当に、あたしと彼とは、終わってしまっているのだろうか。

恭子の勘はおそろしく鋭い。恭子には、人の心の底を見透かす能力がある。その彼女の目は、あたしがもう、友紀哉に恋をしていないことを見抜いている。

美弥は、ひどく疲れを感じてそのままソファに横になった。FMラジオ局の廊下には人気がない。廊下に沿って並んだガラス張りの小さなスタジオのドアには、それぞれの番組が録音中であることを示すONの文字が光っている。十五分ほどのインタビューで、内容は主演映画の宣伝。曲が間に合っていれば新曲の宣伝も兼ねられるところだったのに、と恭子は朝からぼやいていた。十時にスタジオに来てくれと言われたのだが、パーソナリティの打ち合わせが長引いているとかで、ソファで待たされたきりもう二十分になる。恭子は、風邪でダウンしてしまった同僚の仕事も引き受けていて、携帯電話をかけっぱなしだった。絶え間ない恭子の指示や命令、叱責の言葉を聞くとはなしに聞いている内、美弥は言い様のない孤独感の中に沈んでいた。

友紀哉に対してもとうとう、冷めてしまった自分の心。結局、あたしはいつもこうなのだ。最後まで思いを尽くして熱くい続けることができない。

なぜか、貴子の泣き顔ばかりが目の前にちらついている。貴子はのっぴきならないところに追い込まれた。けれど、彼女に対していったい何がしてやれるだろう。

無力感で全身から力が抜けていた。と同時に、美弥はうつらうつらと眠りに引き込まれていた。

＊

美弥はゆっくりと壇上に上がった。壇、とは言っても、申し訳程度に他より五、六センチ高くなった小さなステージだ。老朽化した校舎にはそうした昔ながらの教壇が似合いだが、すぐ隣りの学区の中学は昨年建替え工事が終了し、とてもモダンな校舎に生まれ変わった。あの学校にはもう、教壇、などというものはないだろう。実際、ふざけて走り回っていた生徒が教壇に躓いて前歯を折った、などという事故もあったばかりで、父兄からは、室内はフラットにした方が安全だという意見も多く出たらしい。

それでも、教壇の上に立つと思いのほか、クラス中がよく見えた。

英語教師の勝俣は、ドアの近くに置いた椅子にふんぞり返って座っている。そろそろ定年になる勝俣の英語は、発音が大橋巨泉の英語みたいだと、美弥の父は笑ったことがある。美弥の父はイギリス留学の経験があり、確かに勝俣よりも滑らかに英語を話す。その父に小学生の頃から教わっていたせいで、美弥の英語の発音は、明らかに勝俣よりも英語らしく聞こえる。そしてそのことを誰より面白く思っていないのが、勝俣なのだ。学校の教師という連中は、どうしてこう誰もかれも、了見が狭くて卑屈なんだろう。美弥は、教師、という人種のすべてが例外なく大嫌いだった。

勝俣は底意地の悪い目で美弥を見ている。美弥がしくじればいいと思っているのが、ありありとわかる。

教室の後ろには、壁に沿ってクラスメートの保護者たちが並んで立っている。日曜参観、などというくだらない慣習は、もういい加減にやめて欲しい。たった一時間、借りて来た猫のようにおとなしくしている生徒たちの授業風景など親に見せて、いったいどうしようと言うのだろう。こんなの、ただのアリバイ作りではないか。

だが美弥には勝俣に対しての意地があった。美弥がしくじることを期待してわざわざ指名したのだろうが、そうはいかない。

美弥は深呼吸し、副読本をまっすぐに腕を伸ばして支えると、朗々と朗読した。

ただの一カ所も躓かなかったし、発音記号が頭の中に浮かんで来たほど、単語ひとつずつの発音も完璧にしたつもりだった。実際、後ろに並んだ父兄からは拍手も湧いた。美弥は顎の先を少しだけ勝俣の方に向けた。

「大変、よろしい」

勝俣は唸るように言ってから、美弥以外の誰にもわからないほど微かに、唇を歪めて笑みを漏らした。

「しかし惜しかったな。一カ所、発音に誤りがあった。LightはLだ。Rightに聞こえた。舌がきちんと上顎についていなかった」

嘘だ。美弥は反論しようとした。LとRを読み違えるなんて、そんな初歩的な誤りなど犯していたはずがない。自分の耳にはきちんと区別して聞こえていた。言い掛かりだ。だが、録音していたわけでもない朗読だった。ここで反論しても勝俣の耳がおかしい、という証拠はどこにもない。反論すれば、反抗的で生意気な娘だ、という印象だけが残る。

美弥は唇を噛んで教壇を降りかけた。その時、奇妙なものを見た。

冬葉が睨んでいる……教室の後ろ、ドアの方を。そこに立っている女性は、どことなし冬葉に面影が似ている。これまで会ったことはなかったけれど、あれが冬葉の母親か。そしてその隣りには、担任の旭村がいた。日曜参観なので、担任は登校していたが、旭村はたまたま、今日は授業を受け持っていないのだろう。

旭村は教室全体を見ている。どこに焦点が合っているというわけではなく、漠然と。冬葉は自分の母親を睨みつけている。美弥の朗読など聞いてはいなかったに違いない。そして……

冬葉の母親は……旭村を見ていた。

＊

恭子に揺り起こされて目が覚めた。夢。

美弥は呆然としていた。

確かに、今のはただの夢だ。でも……記憶でもある。そう、あたしは、あの時のことを思い出した。

あの時はその意味がわからなかった。よくある親子喧嘩でもしている最中なのだろうと思っただけだ。もともと冬葉のことに興味もなかったし、日曜参観という行事自体がとても嫌だった。地味なスーツで、それでもふだんはしていない化粧をして立っていた母の顔すら、まともに見ないままで自分の席に戻ってしまった。

けれど。

今は、くっきりと、あの場面の意味が理解できた。

「ちょっと、大丈夫？　何か飲む？」

恭子に肩を揺すられ、美弥は曖昧に頷いた。考えが錯綜してまとまらない。とりあえず、仕事が終わってから、と美弥は頭を振った。

ラジオの仕事は顔を映されないので、気分的には楽だった。声に投げやりな感じを少し残して、でも不真面目に思われないように、というのが恭子のアドバイスだったが、特につくりこまなくても、少しぶっきらぼうな口調はもう、美弥の身に染みついた芸のようなものだ。ミュージシャンとしては品行方正ではだめ、俳優としては不真面目ではだめ、そして作家としては、馬鹿に思えてはだめ。

仕事としては及第、と、恭子には誉めて貰えた。あらかじめ、質問される事柄は貰っていて、模範回答は恭子が書き入れてくれていたので、それを自分流に読むだけの仕事なのだ。他に、アドリブ的な質問もパーソナリティから出たが、功名心に先走ったタイプのパーソナリティではなかったので、下手に答えるとまずい、というような質問は出なかった。ただ、ひとつの質問だけ、美弥は声に詰まった。

「で、今、恋ってしてらっしゃいます？」

妙に明るい女性パーソナリティの声。どうしてこの女は、あたしに今、こんなことを訊くんだろう。

なんであたしは今、こんな質問に答えないとならないんだろう。苛立った。気持ちが急にささくれた。

「いいえ」

即座に答えた。そして、自分のその言葉に胸を抉られた。

「あそこは少し、思わせぶりにしといても良かったかもね」

恭子が横で言っている。

「ほら、今は恋してるか、ってあの、質問。あれ、こっちに出して貰った事前の質問内容には入ってなかったけど、アドリブかしら。それとも、わざと答えを用意させないでいて、美弥の不意をついて口を滑らそうって魂胆かな？」

「どっちでもいいわよ」

美弥はぶっきらぼうに言った。

「誰もそんなこと、興味なんて持ってない。あたしのことなんか、もうそんな対象だと思ってないわよ、世間は」

「そういう投げやりな言い方しないの。今度の映画は、その軸が一途で無鉄砲な恋、なのよ、原作を書いたのはあなたなんだから、こんなことわたしが言うまでもないけどさ。それにね、美弥ちゃん、あなたはまだまだ、ゴシップの対象にされる程度には若いのよ。そのことも自覚してちょうだい」

美弥は答えず、タクシーの揺れに身を任せた。そのうちに、また眠たさがからだを包みこむ。眠ってしまう前に、美弥は姿勢を正した。

「ねえ、恭子さん。夢で昔のことを思い出す、ってこと、よくある？」

「どういう意味？　昔のことを夢で見るか、ってこと？」

「そうだけど……どう言えばいいのかな、まったく忘れていたつまらないことを、夢の中で思い出すの。それも、鮮明に。たとえば……近所の遊び相手が持っていた人形の目が青かったとか、隣りのおじさんは腰に手ぬぐいを下げていた、とか。すごくくだらない、なんでもないことで、ずーっと忘れていたようなことを、ふっと夢に見てしまう、そんな経験、ない？」

「あるわよ、しょっちゅう。誰だってあるんじゃない？　一昨日の晩だったか、十年も前に死んだ母親が、わたしが幼稚園児の頃にホットケーキを作ってる夢を見たわ。母が死んでからどころか、たぶん、母が生きている時でも思い出しもしなかったことよ。夢の中で母親はホットケーキの粉を練りながら、鼻歌を歌ってるの。実際、その歌は母が好きでよく歌ってたのよ。ブルー・ライト・ヨコハマ。で、夢の中で、わたしはそれをごく自然に受け止めて、ホットケーキが焼けるのをわくわくしながら待ってた。食べる前に目覚しが鳴っちゃって、食べ損なったけどね」

「それって、記憶よね？　確かに経験したことなんでしょう？」

「そうだと思うけど……でも、どうかな。母は確かによくホットケーキを作ってくれたけど、それって昭和四十年代の子供のいる家庭では当たり前のことなのよ。森永ホットホットホットケーキ、ってテレビ・コマーシャルが毎日流れててね、おやつって言えば、ハウスのプリンかホットケーキ、だったから。ブルー・ライト・ヨコハマは当時の大ヒットソングで、母だけじゃなくみんな歌ってた。わたしも大人の真似して歌ってたもの。だから、その二つが夢の中で結びついたからって、それが本当に体験した場面なのかどうかはわからない。脳がいろんな記憶のディテールを寄せ集めてこしらえた、お芝居なのかも知れないでしょ」

恭子は、少し不審そうに眉を寄せた。

「だけど、なんでそんなこと訊くの？　なんか嫌な夢でも、見た？」

「嫌ってわけでもないんだけど……中学生の時、日曜参観で英語のリーディングをやらされた時のこと、鮮明に夢に出て来たの。ほら、夢ってどこかしら矛盾してるものでしょ？　それがあんまり正確だったって言うか……リアルで、それで、確かにその場面を見た、って記憶もあったものだから、夢で思い出すってこともあるのかな、って。その日曜参観のことなんて、ほんとに、二十年忘れてたのに」

「記憶ってわけではないのかもよ。美弥のあたまの中に、何かその時のことと結びつくことでひっかかってるものがあって、それで夢の中で整理しようとしてたのかも。いずれにしても、夢、ってのは、人間の生態の中でもまだ解明されてない謎の宝庫らしいわよ。我々、理科系ダメダメ人種が考えたって、夢の謎解きなんてできそうにないわよ」

だが美弥は、謎をひとつ解いた、と感じていた。そしてそれが、とても重大なことを意味している、という予感もあった。とにかく、誰かに相談しないと。ハギコー……だめ。彼はだめ。今は、だめ。貴子のことがある。ハギコーと話していて、うっかり貴子のことを喋ってしまったりしたら……貴子を裏切ることはできない。誰にも言わない、と約束した以上、あたしの口からは、絶対に言えない。言わなくても、近い内に警察は貴子のことを探り出すだろう。ホテルのフロントマンに顔を見られている以上、すでに似顔絵か何かは作成されている。貴子はあの男と何度かホテルで逢っている。目撃者は他にもいるだろう。貴子みたいな容姿の女は、ただ立っているだけでも目立つものなのだ。カトレア会とやらの規則に従って、一度逢った客とは二度と逢わない、というようにしていれば良かったのに……

やっぱり、サンクマしかいない。美弥は携帯電話を取り出し、恭子の言葉を適当に聞き流しながら、圭子に宛ててメールを打った。

「へえ、異動？」

圭子の言葉に、美弥は目を丸くしたが、すぐに頷いた。

「ま、文芸編集者も最近はよく動くからねぇ。昔は、文芸ってのは特殊で、一度はまるとずーっと文芸をやりたくなるもので、異動の辞令が出ると会社辞めて別の版元に移った、なんて話も聞くけど、今は時代が違うものね」

立場は違っても同じ業界にいる者同士、業界事情を説明する必要がないのは楽だった。

「考えないではなかったんだけどね」

圭子は素直に言った。

「それなりに実績らしきものはないわけでもないし、就職活動すれば、どっかの文芸に契約社員でもぐりこむくらいはできたかも。でもね……結局、わたしも、寄らば大樹、だから」

「圭子んとこ、待遇いいもんねぇ」

「どうせ身ひとつだし、もっと冒険した方が人生面白いとは思ったんだけど。ただ、今のとこでもね、いちおう雑誌だし、作家の原稿をとることはあるのよ。エッセイばっかりだけど。野望としては、小説の連載をやれないかなぁ、っていうのもあるの」

「暮しと健康生活、だっけ？　ごめん、読んだことはないけど、本屋さんでよく見るよ。あの手の雑誌としては売れてるんでしょ？」

「ぼちぼち。福祉関係は高齢化社会での市場が大きいから、会社としても、これから力を入れようってとこかな。もうじき全面リニューアルなの」

「だったら、サンクマのやりたいこと、できるかも知れないね。いいんじゃないかなぁ、文芸にこだわらなくって。文芸雑誌なんかなくても世の中のたいていの人は困らないけど、高齢化社会に向けた福祉とか介護の話がいっぱい載ってる雑誌はさ、社会にとって必要なものなんだし。サンクマ、会社から期待されてるんだよ、それだけ」

圭子は思わず、くすっと笑ってしまった。あの美弥が、社会にとって必要、なんて優等生な言葉をつかったのが、なんだかくすぐったかったのだ。美弥ももう若くはない。そして自分も。そう思ったら、肩の力が抜けた。

「ほんとに期待されたんなら、嬉しいけど。……でも、違うんだ。ウラはわかってるの。わたし、やっかい払いというか……飛ばされた、って言うか」

「何かミスしたの？　あ、この前の、生原稿紛失？」

「ううん、あれは解決した。あ、犯人が判ったわけじゃないけどね、ただ、謝ってゆるして貰えたから。そのことじゃないのよ。じゃなくってね……わたし、離婚するの、前に話したよね」

「ああ……うん。係争中だって」

「夫と別居した原因は、いろいろあったんだけどね、最大のものは……浮気。って言うか、あいつ、向こうに本気になっちゃって。しかも、向こうは業界の人だったの。名前は伏せとくけど。ごめん、美弥のこと信頼してないってわけじゃないいんだけど……なんか言いたくなくて」

「いいよ、別に。でも、ってことは、あたしも知ってる名前なんだ」

「うん」

「……ってことは、作家？」

圭子は頷いた。

「調停が一年近くも進まなかったのは、夫が途中で出て来なくなっちゃったからなんだけど、その理由は、相手の女がね、条件をつけ加えたかったからなのね。でも、調停で堂々と言えるような正当な要求じゃないってことは、向こうも承知してたわけ。だから、調停委員のいる前じゃなく、ウラで決着つけようとしたのね」

「じゃ、その条件ってのが……」

「そういうこと。この業界、何しろ狭いでしょう。直接の担当じゃなくても、あちこちでわたしの顔を見るのが鬱陶しい、向こうにしてみたら、そういう理屈なんでしょうね」

「だけど……身勝手な話よね、ずいぶん」

「でも正直よ。……わたしにしても、なまじ体裁(ていさい)を気にされるよりは、すっきりしたってのが本音かも。でもわたしにだってプライドがあるもん、自分から、わかりました、とは言えないじゃない。結局、向こうがうちの会社のどっか、わたしの上の上くらいのとこに直訴したんでしょうね。形の上では辞令が出て異動だから、サラリーウーマンの身としては、逆らいようがないわけ」

「サンクマは強いよね」

美弥が、溜め息を吐き出すように言った。

「あたしなら絶対、騒ぐな。騒いで喚いて、みっともない醜態を晒してると思う。浮気されたってだけでも、頭に血がのぼってる、きっと」

「狡いだけよ」

卑下ではなく、心底、圭子はそう思った。自分は、狡い。美弥のように自分に忠実には生きられない。

「自分でもわかってるの。わたしのこの狡さ……計算高さが、イヤになったんだろうな、って。向こうの女はね、どちらかと言えば天真爛漫系なのよ。天才肌で才能もすごいけど、パーティに出て来ても大きな口を開けて豪快に笑うの。美人よ、すごく。でも、ただ顔が綺麗だから惹かれたんじゃないだろうなと思う。わたしにはないものを持ってるのよ。わたしにはあんなふうに笑えない。あんなふうに……無防備に剝き出しには生きられない。わわたしの心の中には秤があって、いつも、これをこっちに載せて、あれを反対に載せたらどうなるか、って、秤にかけて考えてるのね。男の中には、女がそういう素振りをするのがたまらなくイヤだってのもいると思う」

「もういいわよ、やめて」

美弥が、ぴしゃり、と煙草の箱をテーブルに置いた。

「よそう、そんな話。浮気はした方が悪いの。された方がぐじぐじ反省する必要はないの。それ以上、ぐだぐだ考えたって仕方ないじゃない。サンクマにはそういうの、似合わないわよ。とにかく、離婚調停は終わったんでしょ？　もう、自由になれるんでしょ？」

「たぶん。まだ財産分与の計算が残ってるけど、共同名義になってるマンションの配分だけだから、すぐに済むわ。向こうは慰謝料も払うって言ってるし」

「思いっきりふんだくるのね。どうせ、サンクマの会社に手がまわせるくらいなんだから、その女って売れてるんでしょ。お金で解決するって言うなら、解決して貰えばいいわよ。ちっ、高いな、と思わせるくらいがちょうどいいと思うわ」

美弥は細身の煙草をくわえて、思いきりよく吸い込み、盛大に煙を吐いた。

「で、冬葉のことで重大なことを思い出したって、どういうこと？」

圭子が水を向けると、美弥は躊躇うような表情を見せた。

「勘違いかも知れないの。確かな証拠があるわけじゃないの」

「そんなの構わないわ。わたしたち、警察じゃないんだもの。でもわざわざわたしのこと呼び出したってことは、冬葉の失踪に関係あると思うことなんでしょ？」

「……たぶん」

美弥は歯切れ悪く言うと、ジンジャエールの入ったグラスをストローでかきまわした。美弥は、ランチのパスタも半分残している。寝不足らしく、目の下にうっすらと隈が出来ていた。

「ねえ、美弥、何か悩んでる？　すごく言い難いことなの？」

「え？」

「なんか、寝てないみたいだから」

「あ」

美弥は顔をあげて無理をするように笑顔になった。

「ごめん。これはね、仕事。ゆうべ、ずっと曲を書いてたから。映画の主題歌、サビはできてるんだけど、残りがね……でもそのおかげで、思い出したのよ。寝不足で、午前中の仕事の待ち時間に、うたた寝しちゃったの。その夢の中で、気づいたことなの」

「夢の中で……？　わたしを呼び出したこれって、夢の話をするためなの？」

「ごめん。でも、確信があるの。どうしてだかわからないけど、その夢で見たことは、ただの夢じゃなくて、忘れていたことを思い出したんだ、って、あたしにはわかったの」

「美弥、整理させて。つまり、冬葉のことで、何か忘れていた重大なことを、夢の中で思い出した、そういうことね？」

　美弥は頷いた。

「わかった。とにかく話してみて。証拠を見せろとか言わないし、そんなのただの夢だなんて、絶対、言わないから」

　美弥は、日曜参観の夢について語り出した。驚いたことに、美弥が夢で見た、というその時の光景は、圭子のあたまの中に記憶として残っていた。その日曜参観は現実にあったことだった。圭子が得意だった英語の授業で、副読本のリーディングがその日の課題だったのだ。そして美弥は、素晴らしいリーディング能力を発揮した。それは、本当に、朗読だった。ちゃんと感情がこもり、単語のひとつひとつが生きて聞く者の耳に届いた。あの時、圭子は悟ったのだ。美弥は他の子とは違う。この人には確かに、才能がある。

　ただ正しく読む、流暢に読むというだけならば、自分も負けていないという気持ちはあった。成績自体は美弥より自分の方がいいはずだ。美弥は小学生の時から英会話を習っていたと聞いていたが、それでも、総合的にはいつだって自分の方が勝っている。

　が、あの時の朗読で、才能の差は明らかだった。美弥は卒業したらロック・ミュージシャンか舞台女優になると日頃から吹聴(ふいちょう)していたけれど、それが決して、根拠のない自惚れからの高望みではないのだ、ということを、あの日、圭子は知ったのだ。

しかも、あの不愉快な、いつも生徒を小馬鹿にした顔で見ていた英語教師が、言い掛かりのようなことで美弥にケチをつけたくだりも、圭子ははっきりと憶えていた。圭子はあの時、よほど手を挙げて、先生の耳がおかしいんです、わたしにはちゃんと正しく発音されているように聞こえました、と言ってやろうかと思ったのだ。だがあの時、教室の後ろには圭子の母親もいた。目の前で娘が教師に反抗的な態度をとるのを見れば、母親はびっくり仰天し、家に帰ってからものすごく叱られる。そう思うと、手が挙げられなかった。そのことは後々まで、圭子の心に、負い目として残った。

夢の中で見たこととはいえ、美弥の描写は圭子の記憶とほぼ一致している。やはり、美弥は、単に夢を見たのではなく、思い出したのだ。

圭子は、美弥が語ったことについて、もう一度、慎重に考えてみた。美弥は辛抱強く黙ったまま、圭子の反応を待っている。

圭子は決心した。

「つまり……冬葉のお母さんが、あいつと……担任だった旭村と何かあった、そういうことなのね？」

圭子の問いかけに、美弥は少しだけ首を傾けた。

「……かどうかははっきりしない。ただ、冬葉がそう思っていた、自分の母親と旭村との関係について疑っていたのは、間違いないと思う。あの時の冬葉の目……同じ娘の立場として、あの目が意味していたことは理解できるの。あれは非難の目だった。母親ではなくて女になってしまったことを蔑み、糾弾する目だったわ」

「美弥の人間観察の目に狂いはないと思う」

圭子は静かに言った。

「そうでなければ、あんなすごい小説なんて書けないものね。でも、だとすると……冬葉の失踪の意味が、変わって来るかも知れないのよね。旭村はあの時、冬葉のお母さんとつき合ってたことは隠してた。週刊誌にすっぱ抜かれることもなかった。たぶん、冬葉のお父さんも知らなかったはずよ。知ってたら、冬葉の失踪に旭村が関係していたんじゃないかって騒がなかったはず、ないもの」

「うん……知らなかったでしょうね。たぶん、知っていたのは冬葉だけよ」

「よほど用心深く不倫していたのね。この歳になっちゃえば、当時まだ四十歳にもなってなかった女が、二十代の中学教師と不倫してたってそう驚くようなことじゃないと思えるけど、中学生の身にはショックよね。しかもそれが自分の母親だとしたら……」

「どんなに上手に隠していたって、ひとつ屋根の下で暮らしている、しかも、同じ女である冬葉の目はごまかせなかったのよ。母親の微妙な変化、恋愛をしている女特有の匂いに、冬葉は気づいていた。しかもその相手が自分の担任の旭村であることも、何かの偶然で知ったんでしょうね。あの日曜参観の日、冬葉の目つきが普通じゃないことであたし、何らかのショックは受けていたんだと思う。でもその意味がわからなかったし、あの頃のあたしは自分のことしか考えていなかったから、深くつきつめて考える前に忘れてしまったのね。それが記憶の底の底にずっと残っていて、夢で再現された……」

「ね、あの日曜参観って、確か、五月よね？　日曜参観は毎年、ゴールデンウィークの頃にやってたんじゃなかった？」

「うん、そんな気がする」

「修学旅行は秋、えっと確か十月だった。でもあの間に、冬葉が何か問題を起こしたってことはなかったわよね？」

「なかったわ。もしあったら、冬葉が失踪した時にその話が出ないはずないもの」

美弥はジンジャエールを空になるまですすってから、片手をあげてウエイトレスを呼んだ。

「チンザノ、ハーフ&ハーフ、ロックで」

頼んでから、言い訳するような目で圭子を見て微笑んだ。圭子もアルコールが欲しくなっていた。

「わたしも、カンパリソーダ、追加してください」

圭子が言うと、美弥は声を出さずに笑った。

「いいの？　午後からまだ仕事でしょ？」

「少しくらい、大丈夫。カンパリソーダで酔うほど歳くってないわ。アルコールが入らないと、ここから先には進めそうにない、でしょ？」

美弥は頷いた。その瞳に影が宿っている。美弥が心に抱いてここまで持って来た秘密は、どうやら、これだけではないらしい。

「美弥ってば、ものすごく話しづらそうな顔してるから、先にわたしの方から別の情報を提供しようかな」

圭子が少しふざけた口調で言うと、美弥は、助かった、という顔になって言った。

「別の情報って、圭子も冬葉のことで、何か摑んだのね？」

「摑んだ、ってほどのものじゃないんだけど、そうね、二つばかり。ひとつはね、一昨日だったか、サバからメールが来たのよ、会社のアドレスに」

「鯖島くんから」

「うん。サバとは、新幹線の中で偶然再会したって話、したでしょ？　実はあれから、メールは何通か交換してたの。と言っても、なんてことない世間話だけどね。あとは互いの仕事の愚痴とか、わたしがほんの少し、株式投資で遊んでるんで、サバにいろいろアドバイスして貰ったりとか。あの人、今ね、独立に向けて準備してるんですって。今の会社ではもう閑職に追いやられてて芽が出る見込みがないから、思いきって人生を変えるんだそうよ。ま、彼なら成功するかもね。何しろ、抜群にあたまがいい人だから。で、それはともかく、一昨日のメールで、ちょっと面白いこと書いて来たの。こういうのって伝染するのかしらね、サバもね、昔のことを突然、思い出したらしいのよ」

「昔のことって、冬葉に関することで？」

「そうなの。どうしていろんなこと、あの時には思い出せなかったのか、不思議よね。それだけわたしたち、冬葉の失踪のことでわたしたちのせいにされそうになって、気持ちが追い詰められていたんでしょうね」

「ほんと、ひどかったもの。校長まで疑ってたじゃない、あたしたちがみんなで冬葉をいじめたんじゃないか、って。親はあたしたちに気をつかって隠してたけど、週刊誌だとかテレビのワイドショーなんかでは、随分ひどいこと書かれたりあてこすられたりしてたみたいよ。普段から、冬葉ひとり除け者にしていたとか、修学旅行のグループ分けでも、冬葉なんかいなければいいのにってあたしたちが言いふらしていたとか。みんな事実無根もいいとこだったのに」

「だよね。確かに冬葉はおとなしかったし、無口であまり人づき合いがいい方じゃなかったけど、だからって別に、彼女がいて気分悪いなんてことなかったもん。それに旅行の途中までは、彼女、けっこうハイ・テンションで楽しそうだったじゃない？　いずれにしても、あの頃のわたしたちって、中学生の精神では背負いきれないような重荷を背負わされていた状態だったから、冬葉について何か知らないか、知ってたら言え、ってさんざ責められて、そのせいでかえって、いろんなことを思い出せなくなっちゃってた、そんな状況だったと思うんだ。でも二十年が経って、突然、冬葉を名乗る誰かがわたしたちに接触し始めた。そのことで、もう一度真剣に記憶を探ってみたら、いろいろなことがぽろぽろこぼれて出て来た、そういうことなんだと思う。サバもね、急に思い出したらしいの。修学旅行の少し前、自由行動の見学コースについて話し合っていた時のこと。休み時間だったか放課後だったかははっきりしないって書いてあったけど」

「冬葉が何をしたの？　サバは、何を思い出したの？」

「うん……実はその場に、わたしと美弥と、それにおタカもいたらしいんだけど。ただわたしは、まるで憶えてないの。放課後や休み時間に自由見学のコースについて話し合ったことって、何度もあったじゃない？　だから、どの時のことなのか、サバのメールを読んでもわからなかった。その時も、みんなで輪になって座って、ああだこうだと好き勝手に自分の意見を言ってたんじゃないかな。で、その時に、どういう流れだったのか、旭村の悪口になったんだって。でも旭村の悪口も、毎日のように言ってたもんね、だから、いつのことなのかわたしには見当がつかないの。その時は、他のクラスの女子に旭村が人気があるって話になってて、わたしたち、つまりその場にいた女の子が一斉に、気持ち悪いとか、信じらんないとか、騒いだんですって」

美弥は、目の前に置かれた大きくて背の低いグラスから、茶色の液体をぐっと飲んだ。

圭子もカンパリに口をつけた。

「旭村って、確かに、他のクラスの女子には妙に人気あったのよね。特に下の学年が旭村に熱をあげてて、二年の子とかがよく、教室を覗きに来てなかった？　朝礼の時とかに」

「そうそう。旭村の顔って、わたしはもうほとんど憶えてないんだけど、サバが書いて来たところによれば、キムタクっぽかったって。そうだった？」

「まさか、そんなに良くなかったよ」

美弥は笑った。

「でもまあ、優男、って古い言い方？　なよっとしてて、さらさらのロンゲでさ。その意味では、ジャニーズっぽかったかも。それに若かったよ。あたしらとそんなに違わなかったもん。大学出てすぐに教師になったんじゃないかな。あの頃で……二十六、七くらい？　あの学校の中でもいちばん若い先生だった。でもクラスでは人気なかったよね」

「うん、なかった。だって当たり前よ、あの人、やたら贔屓がきつかったし、気分屋でさ、虫の居所が悪いと平気で生徒に当たり散らしてたもん。あの手の、自分の気分で言うことがころころ変わったり、露骨なえこ贔屓をする教師って、いちばん嫌われるのよね。でも他のクラスの子たちにはそういう、旭村のイヤな面ってわからなかったかも」

「国語だったっけ、あの人の担当」

「そう。国語はもうひとりいたよね、おばあちゃんの先生が」

「で、サバは、何を思い出したって書いてたの？」

「うん、それがちょっと妙な話なんだけど。そうやっていつもみたいに旭村の悪口大会が始まって、あんな気持ち悪い男とつき合う女なんていないよね、みたいな話題になった時に……冬葉が、ものすごい顔でカッターナイフを握り締めてた、っていうの。それをサバがはっきり思い出したんだって」

「カッターナイフ？　どうしてそんなものを！」

「サバも、断片的に思い出しただけなんで、前後のことはわからないらしいの。どうして冬葉がカッターを持っていたのか、とか。でも、あの頃ってカッターくらい、みんな持ってたじゃない？　今みたいに、刃物を生徒が持つことに対してうるさい時代じゃなかったし。地理の授業とか、なんかの発表とか、カッターを使って紙を切り抜いたりすることは多かったもの。冬葉が暴力的な意味でカッターを持ち歩いていたわけないから、きっと、普通に筆箱の中に入っていただけだと思う」

「でも、それを握りしめていたんでしょ？　それも、すごい顔で」

「そうなの。サバの印象では、その時の冬葉はとても怒っているみたいに見えたんですって。でね、そのことを思い出して、サバはハギコーに話したらしいのよ。で、二人の間で考えた結論としては、冬葉が旭村のことを好きだったんじゃないか、って」

「まさか！　それはないと思う。ないよ、たぶん。だって旭村って、ほんと、教師としてはサイテーの部類だったもん。ちょっと窓枠にほこりが溜まったままだったのを見つけて、ほら、ヒステリックにわめき散らしたことがあるじゃない。掃除をきちんとできないのは、掃除なんかするのはみっともないと思っているからだ、とか言って」

「ああ、そうね、思い出した」

圭子はその時の、何かにとりつかれたかのような、ぎらぎらした目つきの旭村の顔をくっきりと思い浮かべることができた。

「ビルとか駅を掃除してるおじいさんとかを馬鹿にしてるだろう、おまえら、とか怒鳴ったのよね。この人、いきなり何を見当はずれなこと言い出したのかしら、って、わたし、ギョッとしたわよ、あの時。あたまがおかしくなったんじゃないか、って」

「あたしたちのこと、ブルジョワの腐った豚、とかって怒鳴ったのよ」

美弥は笑い出した。

「中学生の、それも下町の子供を相手に、ブルジョワの豚、ってのは傑作よね、今考えてみたら。たぶんあいつ、そういう言葉を誰かに向かって吐いてみたくてたまらなかったのよ。でも本当にお金とか権力を持ってる相手に向かってはそれが言えなくて、自分が支配していると思いこんでいる、立場の弱い者に向かって唾を飛ばしてたのね。あの当時はあたしたち、なんで旭村があんな、わけわかんないことばかり言ってるのか理解できなかったけど、今ならなんとなくわかるわ。あいつは遅れて来た全共闘で、自分が誰にも認められないストレスを生徒にぶつけていただけの、情けないクズ。しかもちょっと見栄えがよくて、女の子にはモテてただろうから、あたしたち、自分が担任してるクラスの女の子に総スカン食っちゃったのがどうにも我慢できなかったんでしょうね。あたし、絶対に違うと思うよ。冬葉はそんなあたまの悪い子じゃなかった。あんなサイテーの男を好きになるはず、ないよ」

「うん、わたしもそう思う。でも、サバの記憶も間違いではないと思うの。サバの記憶力は昔から抜群だったたし。サバの見た光景は記憶の通りなのよ。ただ、解釈の方向が違ったんだわ。冬葉が旭村のことが好きだったんじゃなくて、冬葉のお母さんが旭村のことが好きだったのね。で、冬葉はそのことで自分の母親を憎んでいた。……旭村のことをみんながあざ笑っているのを聞いていて、冬葉は、自分の母親が笑われているような気になったんじゃないかな」

「それで、怒りの余りにカッターを握った」

「うん、でもその怒りが、本当はどこに向けられていたのか。その時、旭村を笑っていたわたしたちに対して向けられていたというよりも、冬葉のカッターの刃先は、自分の母親に対して向けられていたんじゃないかな」

二人はしばらくの間、黙ってそれぞれのグラスから弱い酒を飲んだ。

たぶん、考えていることは同じだ。美弥も思っている……このことは、冬葉の失踪に関係していたのだ……きっと。

「このこと、サバにはメールしなくちゃ」

「あ」

美弥が顔を上げた。

「ね、それ、少しだけ待って」

「どうして？　だってサバは誤解してるのよ、他の解釈が成り立つことを教えてあげないと」

「でも、サバに言えばそれ、ハギコーに伝わるでしょ？」

「それはそうだろうけど、ハギコーに伝わったら何か、まずい？」

「ううん……まずい、と言うんじゃないんだけど」

「何よ、はっきりしないなぁ」

圭子は美弥の真意が読み取れるかと、その瞳を覗き込んでみた。美弥は長い睫毛をさっと伏せた。美弥は何かを隠している。簡単には隠し切れない、隠しておくことが苦痛であるような、何かを。

「あのね」

美弥は、小さく息を吐いた。

「あたしね……冬葉のお母さんに、会ったの」

「うそ！　どこで？　いつ？」

「あの……会いに行ったのよ、こっちから。サンクマ、憶えてない？　おだんご屋の幸恵」

「おだんご屋の幸恵、って……あ、川手さん？　確かC組の」

「うん、その川手幸恵。彼女、冬葉の親戚なの、知ってた？　ほら、修学旅行の後で、幸恵も警察に呼ばれていろいろ聴かれてたじゃない」

「……なんかそんなようなこと、聞いた憶え、あるわね、確かに」

「直接、血は繋がってなくて、親戚って言っても遠いらしいんだけどね」

「わたしたちの住んでたあのあたりって、同じ町内で結婚したり、中学の同級生同士で結婚したりする率が高かったものね。親戚が近所にたくさん住んでるのなんて珍しくなかったね」

「東京って言っても、下町のメンタリティは村社会だからね。幸恵は結婚して名前変わったけど、まだあのおだんご屋を手伝ってるのよ」

「地元にいるんだ、まだ」

「電話してね、冬葉のご両親がどこに引っ越ししたか知らないかって訊いてみたの」

「どうして？　美弥、ひとりで冬葉のこと、調べる気だったの？」

「うん……えっと、そのことについては後で話す。今は保留でいい？」

「いいけど」

「うん。で、幸恵が調べてくれて、冬葉のおかあさんが再婚して暮らしている住所は判ったの。幸恵は、冬葉のおかあさんの方の親戚だから」

「再婚……ってことは、冬葉のご両親は離婚してらしたのね」

「もうかなり前に離婚して、おかあさんの方は再婚して、今は町田市のはずれの方、横浜市との境目に住んでるの。駅で言うとね、東急の、田園都市線の、南町田」

「あ、グランベリーモールとかいう、大きなショッピングセンターがあるとこね」

「駅からすぐよ。小さいけど素敵な一戸建て。暮らし向きは良さそうだった。お子さんもいらっしゃって……変な言い方だけど、幸せな家庭、って雰囲気が溢れてた」

　圭子は、軽いアルコールのせいで少しだけ頬がほてったのを感じていた。胸の中に、複雑な酔いがまわる。あの時、冬葉が行方不明になって、紙のように白くなってしまった顔で、機械じかけの人形のように誰かの質問に答えていた冬葉の母親の顔が思い出された。

責めることなどできないのはわかっている。あれから二十年が経ったのだ。決して忘れることはできないにしても、二十年、嘆き悲しみ続けて自分の幸せをすべて諦めるのが母親だろうなどとは、とても、言えない。

それでももし、あの時、冬葉の母親が担任だった旭村と不倫していたという憶測が正しいとするなら……

それを知って悩んでいただろう冬葉の失踪が、その不倫と無関係ではないとするなら……

「おとうさんは大阪にいるそうなの。もうあまり、連絡はとってないみたいな口調だったけど、それは当然よね。でもあたし……冬葉のおとうさんにも会って、話を聞いてみたい気がするのよ。ね、冬葉のおかあさんが旭村と関係があった、ってあたしたちの仮説が正しいとすると、よ、冬葉はあの修学旅行で、自分から失踪した可能性が高くならない？冬葉はすごく悩んでいて、苦しんでいて……自分を産んだ母親のことを憎んでいた。それで……」

「やめて、それ以上言わないで、って、叫びたい気持ち」

圭子は残っていた酒をほとんど一気に飲んだ。

「でも、ここまで考えちゃったんだから、わたしか美弥のどっちかが言うことになるわよね。いいよ、美弥、わたしが代わりに言うね。冬葉は……自殺しようとしたのよ。自分や父親を裏切って女として生きている母親にあてつけ、抗議する為に。そして自分の母親をたぶらかした無責任な担任教師を窮地に陥れる為に！　修学旅行中に失踪して、自殺死体で見つかれば、当然、大騒ぎになる。二人の関係だって世間の目に晒されるだろうし、それが叶わなくても、旭村は責任を問われて教師を続けられなくなるかも知れない」

「……遺書を残したのかも知れないわね。その遺書に、二人の関係について書いておいたのかも。なのに……何かの手違いで、冬葉の遺体は発見されなかった」

「あるいは……自殺するのに失敗して、冬葉は生きている、って可能性だってあるわ。死に切れなくて……でも、母親のところに戻る気持ちにはなれなくて、そのまま失踪してしまった」

「そうならいいんだけど」

美弥もグラスを空にした。

「でも、中学生の女の子が、二十年もの間、行方知れずのままで、この国で生活していられるかどうか、よね。アメリカみたいに州を越えれば別人として生きることも不可能じゃない国ならともかく、日本は戸籍があるし、狭いし、周囲は海に囲まれていて、船に乗るか飛行機に乗るかしないと海外には出られない。家出として簡単に処理されていれば、誰も本気で探さないから見つからないで生きていけるかも知れないけど、冬葉の場合は、大騒ぎになっちゃって、顔写真だってテレビや週刊誌にたくさん載ったわ」

「それでも、可能性はあると思うのよ。もちろんひとりでは無理だけど、誰か大人が協力すれば」

「大人が……協力？」

「そう」

　圭子は空のグラスに残った氷で、カラカラと音をたてた。

「冬葉が自殺を考えて失踪したって想像は、当たっているように思うの。そして……冬葉は、たぶん、自殺には失敗したんだと思うのよ。冬葉がいなくなって世間が大騒ぎしている間、冬葉は出るに出られずにどこかに隠れていたのかも知れない。冬葉の事情を聞いた誰かが、冬葉を匿っていたとしたら、どう？　母親と担任に裏切られて傷ついた少女を、少しの間、気持ちが落ち着くまで匿ってやろうと考えた人間がいたとしても、まったくの荒唐無稽ではないでしょ？」

「でも、ただの善意の人ならば、いずれは冬葉のご両親に連絡をとっていたはずよね」

「そう。だから……ただの善意の人、ではなかったのよ。これ以上は推測どころか、妄想の範疇になっちゃうから、あまり突飛なところに考えを進めるのはやめておくけど、冬葉は命が助かった代わりに、何かとんでもないことに巻き込まれた。そんな気がするの。そして、自分の本当の名前を名乗ることができないまま、この二十年を過ごして来た。ねえ、わたし……なんだかね……あの、わたしを憶えていますか？　だったっけ、あのメール。あれを送信しているのは、冬葉本人なんじゃないか……そんな気がする」

「つまり……冬葉があたしたちに助けを求めている、ってこと？」

　圭子は頷いた。

　だが、美弥は、奇妙な顔のままで身動きせずにいる。その指には、火を点けようとしてそのままになってしまった煙草が一本、挟まれたままで揺れていた。


「サンクマ」

　美弥が、ひどく低い声で囁くように言った。

「でもあのメールの送り主は……あたしたちに、好意は持っていないわ」

「どうしてそんなことがわかるの？　あの文面からは、少なくとも敵意は感じられないじゃない」

「だけど、あなたは攻撃されたのよ、サンクマ」

「攻撃？　何の話？」

「まさか、結びつけて考えたことないわけじゃないんでしょ？　結びつけたからこそ、同窓会を招集したんでしょ？　珠洲さんの生原稿を盗んで、ひどい悪さをした犯人と、冬葉の名前であたしとおタカにメールを送りつけた犯人が、同じだと思ったんでしょ？」

「あ、あれは……」

「他に心あたりがあるの？　ご主人の浮気相手の作家が仕組んだことだとでも？」

「いろいろ考えたのよ。考えて、冬葉のことに結びつけるよりは、そっちの線の方があるんじゃないかな、って。元亭主もその相手も、業界の人間だもの。うちの編集部にだって来たことがある。内部事情に詳しくなければ、生原稿をさっと盗んで手際よく赤でズタズタにして、珠洲先生に送りつけるなんてこと、できないわ」

「でも、その件でご主人が自分がやったって認めたわけじゃないんでしょ？」

「離婚調停が終わって何もかもカタがつくまでは、殺されたって認めないでしょうね。だけど動機はあるのよ。向こうは、同じ業界でしょっ中顔を合わせるところにわたしがいるのが鬱陶しかった。わたしの方から異動願いを出させようとしていたの。でもわたしは、知らん顔していた。浮気したのは夫の方、わたしが悪いわけじゃないのに、どうしてわたしの方が逃げないとならないのよ、って、向こうの希望はわかっていたのに無視してたの。そういう時期に、あの嫌がらせはものすごく効果的だったのよ。事実、あのあとすぐに元夫から連絡があって、文芸編集者をやめてくれと言われたわ。珠洲先生の事件で、会社のわたしに対する信頼はかなりゆらいだし、噂はあっという間に業界中に広まって、わたしのキャリアにも傷がついた。そんなところに元夫から精神的な追い討ちをかけられて、わたし、自分から異動願いを出す寸前まで追い詰められたの。でもその前に、会社の方が決断しちゃったけどね。いろいろ重ねて考えると、あれは元夫が仕組んだ罠だったんじゃないか、そう考えた方がしっくり来ると思うのよ」

5

「高村玲子、クルーザー持ってましたね、やっぱり」

捜査班の中で最年少の岩崎が、受信したばかりのＦＡＸ用紙を耕司の前に置いた。

「本人は船舶免許を持ってませんが、高村の弟の高村賢吾という男が自衛隊あがりで、船舶免許一式持ってるらしいですよ。クルーザーの操縦はいつもそいつがやってます。外洋型のでかいクルーザーで、この写真で見る限り、船室もホテル並みでしょうね」

耕司は粗い写真の載った紙を見つめた。確かに、アメリカの大金持ちが所有しているような大きなクルーザーだ。

「いくら人気ライターだかコメンテイターだかと言っても、こんなクルーザーが持てるほど儲けてるのか、あの高村女史は」

「父親は上場企業の役員だったってことですから、まあ赤貧の少女時代をおくった、ってわけではないでしょうけどね。しかしこのクルーザー、業者に聞いてみたところ、セコでも一億近いだろうってことですよ。外洋型で、太平洋横断も楽勝のタイプだそうです。

……もちろん、グアムやサイパンまででしたら、何の問題もないですね」

岩崎は得意げな顔になり、唇の端だけ歪めて笑った。

「今ならまだ横浜にいますよ、こいつ。令状とってガサ、急がないと、来週には、ニュージーランドに向けて出航する予定だそうです。高村賢吾はこのクルーザーで、散骨のツアーを主催しているんです」

「散骨って、遺骨を海に撒く、あれか?」

「はい。海洋葬とかいって、人気があるみたいですね」

「墓はいらない、って考え方なのかな」

「いえ、今流行っているのは分骨ですから、墓はあるんですよ。でも故人が海が好きだったとかで、骨を海に撒いてくれという遺言を遺す人が増えているんだそうで。高村は葬儀社とタイアップしてクルーザーを貸し出し、散骨と、遺族を乗せたクルージングの企画で稼いでいるらしいです」

「つまり高村玲子がそのクルーザーを買ったのは、趣味というよりも投資ってことかな」

「でしょうね。しかしそう簡単にできる投資じゃないと思います。クルーザーが一億で買えたとしても、内装を新しくしたりマリーナの権利を買ったり、メンテナンスも大変だろうし。テレビのコメンテイターとしてどれだけ売れっ子だか知りませんが、元手はかなり持っていないと」

「元手、ね」

耕司も思わず、含み笑いした。

「そのあたりがヤマだな。ガサの令状をとるには裁判所を納得させないと」

この事件は峠(とうげ)にさしかかった。あとひと息で道は下りになり、眼下にいきなり、別の景色が見えて来るだろう。高村玲子のクルーザー。高村玲子の、金蔓(かねづる)とはいったい、何なのか。

クルーザーの捜索は不可欠だ。船内を徹底的に鑑識に調べさせれば、たぶん……

胸のポケットが短く振動して止まった。取り出した携帯にメールが着信している。

何か、腹の底がざわざわするような不安感があった。勘だ。

二つ折りの携帯を開く。登録のない発信アドレス。だが出逢い系に誘うスパムではない、と思った。タイトル欄が空欄だった。

『わたしを憶えていますか？　冬葉』

ついに来た。

耕司は思わず、笑ってしまいそうになった。

恐怖はあったが、それにも増して、敵の姿がちらりとでも垣間見えたという満足感の方が大きい。

おまえは小野寺冬葉じゃない。

耕司は心の中で言った。

おまえが誰なのか、必ず突き止めてやる。俺を甘く見るなよ。これでも俺は、刑事なんだ。

*

「やっぱりな」

耕司はダブルサイズのハンバーガーにかぶりついたまま、鯖島豊の携帯の画面を見た。

「おまえんとこにも届いたか」

「さすがに刑事ってのは図太いなあ」

豊は食欲がないのか、肉が薄っぺらなハンバーガーひとつを持て余していた。

「気持ち悪くないのかよ、これ。御堂原と秋芳んとこに届いたのを見た時には、びっくりはしたけど、まあ他人ごとだったもんなあ。実際に自分のとこにも来てみると、無気味だよ」

「本物の小野寺からだったら、確かに気色悪い」

耕司はコーラのストローを一気に吸った。

「しかしこの文面は違う。小野寺じゃない」

「なんでわかる？」

「簡単なことだ。小野寺が俺たちに向かって、自分のことを、冬葉、だなんて書くと思うか？　あの頃、他の男子はともかくとして、俺とおまえだけはクラスの女たちから総スカンだった」

「それは違うと思うけど。別に女たちに嫌われてたわけじゃなかったぞ」

「嫌われてはいなかったかも知れないが、相手にもされてなかったさ。俺とおまえは鉄道オタクでしかもホモだ、そう思われてたんだから。もっともあの当時、オタクって概念があったかどうか忘れたけど」

「俺はホモじゃなかった。好きな女はいた」

「俺だっておまえを愛していたわけじゃない。今でもノーマルだ」

耕司は笑わずに言った。豊も冗談を言っているわけではない。男同士、趣味や生き方の波長が合って親友として一緒にいただけなのに、クラスの女子から理解されずに疎外されていた、という感覚は、多少なりとも青春の傷であり、痛みなのだ。

「とにかく、本物の小野寺なら、俺とおまえに向かって自分のことをファーストネームで自称したりはしない。俺たちと小野寺とは二十年前に別れたきり。つまり小野寺の頭ん中にある俺たちの記憶は、鉄道オタクでホモっぽい、女嫌いの二人組、のはずなんだ。あの頃だって小野寺は、自分のことをファーストネームで自称したりはしなかった。だろう？　俺たちだって、名字以外の名前で呼んだことはない。このメールを小野寺本人が発信したとしたら、自分のことは、小野寺冬葉、とフルネームで書くか、ただ、小野寺、とだけ書いてるさ。こいつが誰であれ」

　耕司は携帯を振った。

「二十年前の俺やおまえ、小野寺のことについて、本当の意味では何も知らないやつなのはほぼ、間違いない」

「つまり……誰かが小野寺の名前を使って、俺たちにプレッシャーをかけてるわけか。だけど……目的はなんだ？　何の為にこんなことをする？」

「最終的な目的はわからない」

　耕司は、豊が手をつけていないポテトもつまんだ。

「しかし、当座の目的ははっきりしてる」

「当座の目的？」

「ああ。敵さんは、俺たちに、小野寺の事件を思い出させたいんだ」

「思い出させてどうするのさ」

「もちろん、調べさせたいのさ。メールでゆさぶって、俺たちあの事件の関係者が、二十年前の事件をつつきまわすのを狙ったんだ。実際、敵さんの思惑通りに、俺たちは同窓会を開き、動き出してしまった。おっと、敵、と呼ぶのはあくまで便宜上だぞ。実際に俺たちの敵なのかそうでないのかは、まだわからん」

豊はやっと、薄いハンバーガーをひとつ食べ終えた。

「なんで今頃になって、なんだろう。仮に小野寺があの失踪直後に……殺されていたとしても、殺人事件だってもう時効だろう？　いや、別に、小野寺が死んでるって確証があるわけじゃないけどさ」

「……死んでるだろうな」

耕司は、ポテトを指先で潰しながら呟いた。

「もちろん、北朝鮮による拉致事件の例もあるから、絶対、じゃない。けどなあ、北朝鮮による拉致事件は、人の少ない海岸近くで起こったか、もしくは、工作員が直接接触して騙されて拉致されたか、だろう。小野寺のケースは可能性が低いと思う。第一、もし生きていたら、なんで小野寺が名乗り出ないのかその理由がわからない」

「記憶喪失かも。記憶喪失なら、名乗り出ないだろ？」

「可能性としてはある。しかし、実際問題として、記憶喪失が二十年も続いている症例ってのがどのくらいあるのか。俺の知ってる限りでは、自分の過去を一切忘れるほどの記憶喪失がそんなに長期間続いたケースはほとんどない。たとえばほんのわずかでも思い出したら、それを手がかりにして何とかして自分の過去を取り戻そうとするはずだ。そして警察にでも相談すれば、二十年前にあれだけマスコミに騒がれた失踪事件にたどり着けないはずがない」

「外国にいるかも知れないよ。自分の過去を思い出してもどうすることもできないところに」

耕司は潰したポテトを口に放り込んだ。

「だったらいいんだけどな……俺だって、小野寺には生きていて欲しいと心から思ってるよ。だけど、そういう小説みたいな筋書きには、あまり多大な期待を抱かない方がいい。俺たちはみんな、いちばんありふれた結論をできるだけ避けて、それを考えないようにしてこの二十年を生きて来た。でももしこれが、自分とは無関係な人に関わる話なら、結論は簡単に出せていた。……小野寺がバスを降りたのは自分の意志によるものだ。小野寺には何か目的があったんだろう。その目的がどんなものかはわからない。が、結果として……小野寺は命を落としてしまった。そして小野寺の死に対して責任のある者の手で、どことも知れない山の中に埋められた。場所は京都だ。車で十五分も走れば死体を隠せる山の中に行ける」

豊は何か言いかけたが、そのまま下を向いてストローをすすった。結局、あの事件に関わった者はみな、同じ結論に達している。だが自分たちは……最後に生きていた小野寺冬葉と一緒の時間を過ごした自分たちだけは、別の結末も信じていなくてはならないのだ、と、そう自分に言い聞かせて来たのだ。

「何年か前に、比叡山で女子大生が殺されたよな。あの時は、すぐに犯人が逮捕されただろう？　小野寺の場合だって、殺人事件なら犯人は逮捕されていたんじゃないのかな」

豊は、何とかして小野寺冬葉が生存している可能性を拾い集めるように、抑揚のない声で言った。これが豊の優しさなのだ、と耕司は思った。贔屓目に見ても豊は感情の起伏が激しい方ではないし、他人に対していつも冷静で、どこかさめていて、場合によっては冷たいと思えるような印象も与えてしまう。が、本質的には、血腥いことや残虐なことが嫌いな、育ちのいいおとなしい男なのだ。豊の家に遊びに行って、廊下に現れたゴキブリを母親がスリッパで叩き潰すのを見て、しかめつらをしていた中学生の豊の顔が、耕司の目の前に浮かんだ。

「あの事件は、小野寺の場合と大きく違っていた点があった。女子大生が失踪した場所は、比叡山の横川というへんぴな場所で、バスの終点だった。そこで被害者はバスを待っていたのを目撃されていた。足取りの最終がそんな人けのない場所だとはっきりしていたわけだから、その後で彼女が関わる可能性のある人間というのは、おのずと限られて来たわけだ。最終バスが出てしまった山の中で、女子大生が何をしていたのか。ひとりでうろうろしていたわけはない。誰かが彼女と一緒にいて、その誰かの甘言にのせられて、彼女は最終バスに乗らなかった。だとしたらその誰かもまた、最終バスに乗る必要のない人物ということになる。マイカーを持っていたか、それとも、比叡山に住んでいたか。被害者の女子大生は、仏像造りを志すような真面目な女性だった。見知らぬ人間の車に乗せてもらって下山することを気楽に承知したとは思えないだろう？　被害者が心をゆるすとすればどんな人物だ？　そこから答えはおのずと出たのさ。比叡山に住みついていたニセ坊主。気の毒な被害者は、その男が本物の僧侶かまたはそれに近い人間だと勘違いしたんだ。小野寺冬葉の場合、最後に足取りが確認されたのは町の真ん中だ。周囲には無数と言っていいほどの人間がいた。しかも、バスを降りてからは誰も小野寺を見ていない。見ていたとしても気づいていない。手がかりがなさ過ぎるんだよ。もちろん、京都府警はできるだけのことをしたと思うよ。他府県の警察の事情だから根掘り葉掘り調べることはできないが、東山や比叡山、あるいは北山あたりまで、遺体を埋めたとか遺棄したとか推測される目撃証言や痕跡は捜しただろう。しかし、いかんせん、山が多過ぎる。おまけに車で三十分もあれば琵琶湖だ。おもしをつけて湖に投げ込むって手もあるし……あ、ごめん。こういう想像はするもんじゃないよな。小野寺は俺たちの同級生なんだから」

「いいけど……でも死体が出て来ていない以上、まだどこかで生きてると考えても、まったく意味がないわけじゃないよな？」

「もちろんいいさ」

耕司にしたところで、それ以上否定的なことを言うつもりはなかった。

「希望を捨てないでいるのも、大事なことだからね。それよりサバ、俺たちに届いたこのメールの送り主は、小野寺じゃない。その点はどうだ、納得する？」

「そりゃまあ、納得するよ。確かに妙だ。中学の頃にものすごく仲が良かったとしても、二十年音信不通ならば、最初の一声はかしこまって他人行儀になる方がわかる。なのに、中学の頃には俺とおまえに対して、絶対に自分のことを冬葉だなんて言わなかった女が、こういうメールの出し方をするのは不自然だ」

「こいつを送りつけて来たやつは、小野寺ではないし、今現在、生きている小野寺と近い関係にもいないと思うんだ。もし小野寺が生きていて、こいつを送って来たやつと親しい間柄なら、中学時代に俺たちと小野寺とがどういう感じでお互いを認識していたか、ちゃんと説明していたはずだ。そうすれば、名前の署名をフルネームにするくらいの配慮はできただろう」

「つまり、イタズラだ、ってことか」

「でもただのイタズラじゃない。俺たちは芸能人でもないし、こんなイタズラしても意味ないだろ。俺たちの誰かに恨みを持っているって可能性も考えられるが、だとしたらやってることがまどろっこし過ぎる」

耕司は食べ終えたハンバーガーの包みを丸めた。

「悪い、時間があんまりないんだ。歩きながら話そう」

「俺、会社の車で来てるんだ。午後は余裕があるから、おくってくよ。どこまで?」

「世田谷だけど。いいの?」

「いい。この話の続きもちゃんとしたいし」

豊はコインパーキングに車を停めていた。耕司の都合で神田で落ち合ったので、豊は車を首都高に乗せた。

「珍しく、事故渋滞がないな」

表示板には首都高の略図が出ている。赤くなっている部分が渋滞中、オレンジ色だとやや渋滞。赤い部分もところどころあるが、おおむね、順調に流れているようだ。

「昼時はぽかっと空くこともあるんだよな。そうでないと、下を使った方が早かったりするんだけど」

「高速代、俺、出そうか」

耕司の言葉に豊は笑った。

「ETCだよ。支払いは会社」

「無制限に使えるのか？」

「残念ながら、長距離は報告書が必要。でも首都高なら問題ない。警察はダメなの？　経費にならないのか？」

「いや、なるけどな」

おまえんとこみたいな大手とは違うから、と言いかけて、耕司は自重した。豊が今の会社で冷や飯食いに追い込まれてることは聞いている。豊のように、周囲が羨むようなエリート街道まっしぐらの人生を歩いて来た人間にも、挫折は起こり得るということだ。だが豊はどうやら、会社にしがみついてこれからの人生をすべて老後にしてしまうつもりはないらしい。言葉少なにではあったが、新事業の立ち上げの準備に入っているという話が出て、耕司は安堵すると同時に、嬉しかった。豊には人生の成功者になって欲しい。豊の頭脳ならば、それがふさわしいと思う。

「で、さっきの続きだけどさ」

豊の運転は性格を反映してか、慎重で落ち着いている。ハンドルを握ったままで会話を求められても、不安は感じなかった。

「俺たちにメールを送りつけているやつの正体。ハギコー、なんか見当が付いてるみたいな口ぶりだけど、どうなんだよ」

「見当が付いた、ってとこまではいかないけどな。しかし、正体を突き止める糸口はあるように思うんだ」

「糸口って?」

「順番、さ」

「なんの」

「メールが送られた順番だ。なんで全員のところに一度に送りつけなかったのか。その方が派手で効果的だろ?」

「そうかな。ひとりずつ追い詰めるみたいにぱらぱら送るってのも、無気味でそれなりの効果はあると思うけど」

「それだと、誰も騒がないってリスクも出て来るんだよ。実際、おまえんとこに最初にメールが届いていて、で、俺たちの誰もそのことを話題にしないし、同窓会も招集されなかったとしたら、おまえ、どうしてた?」

「どうしてたって……うーん……無視したかも知れない、確かに」

「だろう? ってより、俺なんかもしかしたら、冬葉って誰のことなのかわかんなくて、新手の出逢い系サイトからのメールかと思ってさっさと削除してたんじゃないかと思うよ。小野寺のことを忘れたわけじゃないけど、俺にとって小野寺は小野寺として名前と顔が記憶されているんであって、冬葉、として記憶されているんじゃないもんな。中学の時の同級生でも、女子はおろか男だって、下の名前が思い出せないやつはいるじゃん」

「それは言える。俺も、小野寺、って名字と、冬葉って名前は、すぐにイコールで結ばれなかった」

「それはつまり、俺たち二人と小野寺との関係が、冬葉、という名前だけで小野寺冬葉のことをすぐに思い出せる連中よりは希薄だった、ってことだ。俺たちのところにメールが来るのが後回しになった理由は、そこにあるんじゃないかと思う」

「要するに、犯人にとって俺たちはオマケみたいなもんだ、ってことか」

「少なくとも、俺とおまえがよく知っている人物、ということではないだろうな。順当に考えて、この迷惑なメールの犯人は、最初にメールを送りつけた二人の周辺にいる」

「御堂原か秋芳ってこと？」

「そうなるな。ほら、同窓会の時に言ってただろう、二人とも。御堂原へのメールは彼女の携帯電話に入った。御堂原は自宅にパソコンを持ってないし、ふだん、パソコンを使ってない。でも彼女、携帯でメールをやり取りしている相手はごく限られていると言ってただろう？　秋芳の方は御堂原と違って有名人だから、今の世の中、有名人の私生活なんて探ろうと思えばどんな手段でも使える。アイドルタレントなんか、電話の盗聴は当たり前、マンションのゴミ置き場に出したゴミ袋まで漁られてるって話だ。だから秋芳のメールアドレスを探り出すことは、俺たちみたいな一般人の場合より簡単なのかも知れない」

「秋芳の事務所って公式ホームページ持ってたぞ、確か。そこにアドレスとか出てるんじゃない？」

「いや、小野寺を騙ったメールは、プライベートでしか使わないアドレスに届いていたと言ってたよ。しかし、探ろうと思えば探れるだろうな。プライベートと言っても、音楽界と出版界が秋芳の主な交友範囲だろうから、その中に網を張ればメールアドレスくらいゲットできる。あるいは、秋芳自身が、ネットのアンケートとかネット通販なんかにアドレスを使って、そこから漏れたのかも知れない。いずれにしても、御堂原の場合よりは範囲を絞り込むことが難しいだろう。そう考えれば、答えは出る。この騙り野郎、ま、女かも知れないけど、とにかくこいつは、御堂原の生活の範囲に潜んでいる誰か、だと思う」

「でもそいつがどうやって、俺たちのアドレスを？」

事故渋滞がないとはいえ、自然渋滞はいつものことだ。六本木ヒルズを通過する手前で車の動きが停まり、運転に余裕の出た豊が耕司の方を見た。

「秋芳は有名人だから、インターネットでも使えばパーソナルなメールアドレスだって探り出せたかも知れない。でも俺とかおまえのアドレスは、そういう方法じゃ無理だろう?」

「方法だけ考えるなら、ないわけじゃない。俺にしてもおまえにしても、犯人から送られて来たメールが届いたアドレスは、実際に使用しているアドレスだ。つまり、そのアドレスからあちらこちらにメールが発信されているわけだ。俺やおまえの仕事関係や私生活に丹念に網を張って、その中のひとり、狙ったアドレスからメールを受け取りそうな人間と懇意になれば、アドレスを聞き出すことなんて難しくはないだろう? メールアドレスだって個人情報なんだから、無闇やたらと他人に教えていいわけはないんだが、そのへんの感覚は、たとえば電話番号なんかと比較すればみんな認識が甘い。誰それのメールアドレスを教えてくれ、なんてことはみんな気軽に言い合ってるし、そう言われればたいていのやつは、アドレスの持ち主の許可なんか得ずに教えてしまうだろうさ」

「まあ、そりゃ……でも、俺の場合は会社のパソコン宛じゃなくて、ケータイだぜ?」

「同じことだよ。サバ、おまえ、そのケータイのメールアドレスは絶対に秘密、ってわけじゃないだろう? 会社の人間とかちょっとした知り合いなんかにも、そのケータイからメール、打つだろ?」

「うん、まあそうだな。仕事の連絡なんかでも、急がない用件なら、思いついた時にケータイからメールを入れておく、ってのはよくやる」

「御堂原の場合とはそこが決定的に違う。俺のところに届いたのもケータイ宛だったが、これまで特に、アドレスを秘密にしておくという意識がなかったから、友人にも上司にも部下にもメールしてるし、なんかの懸賞募集だとか、待ち受け画面のダウンロードとか、無防備にメールしまくってたもんな。特に俺たちの親友でなくても、時間さえかければ、メールアドレスを知ることはできる。でもな、今回の場合、どうもそういう面倒なことをしたわけではない、という気がするんだ。もっと簡単、というか、直接的、というか……あの同窓会の夜、俺たち、ケータイのメールアドレスを交換し合っただろう？　御堂原のケータイに小野寺からのメールが入った、ってことで、自分たちのケータイにも同じメールが来るかも知れないという話になって」

「ああ」

車が動き出して豊は前を向いたが、大きく頷いた。

「そうだ、アドレス交換した！　俺はサンクマとおまえと、御堂原と。秋芳にも交換して貰おうかと思ったんだけど、なんかな、あいついちおう、有名人だろ。変なとこで照れちゃったって言うか。どうせサンクマが知ってるんだろうから、何かあったらサンクマに訊けばいいか、って……」

「おまえ」

耕司は豊の横顔を見た。

「サンクマとつき合い始めた？」

「よせよ。お互い、バツ一同士だぜ」

「だからぴったりじゃんか。いいよ、おまえとサンクマ、似合うと思うぞ」

「あいつ、まだ正式に離婚成立してないんだよ。だから今は、オトコの噂があるとまずいんじゃないかな。もっとも」

豊の横顔が、ほんのわずかに歪んだように見えた。

「あいつ……別にオトコ、いるみたいだった。バーで偶然、見かけたんだ。作家と一緒だったよ」

「あいつ編集者じゃん。作家と一緒なんて珍しくもないだろ。仕事の流れだよ」

「いや、雰囲気が、さ。もういいよ、サンクマのことは。それより、おまえも御堂原とアドレス、交換したのか？」

「ああ。あの時、俺の名刺の裏にケータイのメールアドレス書いて、それをみんなに回したろ。飲み会が終わるまでに全員から着信があったんで、全部登録した。御堂原のアドレスも入ってる。ってことは、御堂原のケータイには俺のアドレスが残ってるわけだ。いいか、小野寺冬葉を騙ったやつから最初にメールが入ったのは、御堂原のケータイと秋芳のパソコンに、だった。時間的にどっちが先なのかは、それぞれの受信記録を比べてみればわかるだろうが、秋芳のアドレスはネットなんかに流れている可能性があるから、騙りの犯人は、二つのアドレスをほぼ同時に知ったんじゃないかと思うんだ。つまり犯人は、専業主婦で交友関係があまり広くないはずの御堂原の、ケータイアドレスを知ることのできる立場にいる。そして俺とおまえのケータイアドレスは御堂原のケータイに記録されていることがわかった」

「そうか」

豊はまた大きく頷いた。

「騙り野郎は、御堂原のケータイをいじれるんだ！　御堂原が気づかない内に、御堂原のケータイを調べて、登録されたアドレスを盗むことができた！　……だけどそうなると……まさか、御堂原の旦那ってことか？」

「それは断定できないよ。俺たちは御堂原の私生活について、ほとんど何も知らないんだから。第一、携帯電話を盗み見るなんて、その気になれば簡単だ。御堂原には小学生の娘がいたよな？　その子のＰＴＡ関係か何かで、たとえば週に一回、会合みたいなものが開かれているとすれば、その時に、ってこともあるし、同じマンションに住んでいる主婦か何かと、ちょくちょく茶菓子でも食べてだべる習慣があるのかも知れない。とにかく、御堂原に直接確認するのがいちばんいいだろうな。サバ、おまえ、サンクマとは連絡を取り合ってるんだろ？　今の話、サンクマにしてみてくれないかな。それでサンクマから御堂原に訊いて貰うのがいいんじゃないかと思うんだ」

「聞き込みならおまえの得意技じゃんか」

「いや、俺があれこれ訊いたんじゃ、なんか、シャレにならない感じになっちゃう。自分ではそんなことないと思ってるけど、刑事の匂いってのは身に染みついてるもんなのかも知れないからな。それに、俺、今はちょっと……本業が大詰めなんだ」

「今、都内で起こってる重大事件っていうと、主婦が刺し殺されたやつと、六本木のホテルでIT成金の若い金持ちが殺されたやつ、あのどっちか?」

「言えないよ、おまえにも」

耕司は笑ってごまかした。

池尻を過ぎて、車の流れが速くなった。

「用賀で降りて、あと、どうすればいい?」

「環八に出て北へ行ってくれるか。用賀から十分くらいだ」

「了解。あのさ、これ、ただの戯れ言みたいなもんだから、あんまり真剣にとらないで欲しいんだけど」

「うん?」

「例のIT成金が殺された事件さ。今朝のワイドショー、見た?」

「いいや。ゆうべは本部に泊まりだった」

「似顔絵、出ただろ。被害者と一緒にチェックインしたって女の」

「ああ」

耕司はその似顔絵が公表される前に、ちらっと見た記憶があった。捜査班が違うし、あの事件の捜査本部は麻布警察署にあるので、詳しいことは確認していない。

「今朝のテレビでは、どのチャンネルでもその似顔絵を流してたんだけどさ。……美人なんだ、すごく。絵だから本物とはイメージが違うんだろうけど」

「なんかそんな話だな」

「とぼけてる？　それとも、ハギコーが捜査しているのは主婦殺人の方？」

「だから言えないって」

「言ったも同然じゃん」

豊は笑った。確かにその通りだ。耕司も仕方なく笑った。

「わかったよ。俺は六本木の事件は担当してない。だから細かいことは知らないんだ。ずっと別の事件の捜査本部にいるから」

「じゃあ、ま、軽く聞き流してよ。でさ、その似顔絵……そっくり、ってわけじゃないんだけど、なんとなーく、雰囲気がさ……御堂原に似てるように思ったんだ、俺」

6

豊の言葉が妙に心にひっかかっていた。もちろん、ただの思い込みだろう。美人というのは結局、どこか似ているものだという気がする。万人が見て「美しい」と感じる顔というのは、それだけ、特定の範囲に造作のぶれが集中しているということなのだから。御堂原貴子の顔は、中学生の時も今も、可愛いとか好ましいとか、愛くるしい、といった、好みが入りこむ余地のある顔ではなかった。一目見て、あ、美人だ、と思う顔なのだ。六本木の事件についてかかわる余裕は今の耕司にはない。が、似顔絵というのはたいてい、似てはいても本物より美しくは描かれない。それなのに、美人だ、と豊が感じたというのだから、ＩＴ企業の若手社長とホテルにチェックインした女というのは、きっと、かなりの美人なのだ。従って、御堂原といくらかでも雰囲気が似ている可能性があってもおかしくない。

それでも耕司は、本部の同僚に電話して、問題の似顔絵を画像にして送ってもらった。携帯の画面は小さいので細かいところまではわからないが、確かに、なんとなく御堂原貴子に似ていると思えた。

嫌な感じだな。耕司は心の中で呟いた。

この二十年、心の中で次第に風化しつつあった、あの修学旅行の記憶が、何かの陰謀のように一気に押し寄せて来て、自分たち全員を押し流そうとしているように思える。御堂原貴子については、その流れの真ん中にいる、という気がする。どうしてなのだろう。なぜ小野寺を騙る人間が彼女のすぐそばにいる可能性があり、なぜ殺人事件の重要参考人の似顔絵に、彼女は似ているのだ？　彼女はごく平凡で幸せな専業主婦、ではないのか？

気になることは多かったが、自分が抱えている仕事に神経を集中しなくては、と、耕司は携帯をポケットにしまって気持ちを切り替えた。

久我山（くがやま）にまわるという豊には、環八沿いで車をおろして貰った。目的地までは数百メートル。数分で、紺色のセダンが路上駐車している住宅地の一角に着いた。セダンの助手席の窓をこつんと叩き、ドアを開けて身をすべりこませた。

「すまなかったな。おかげで助かった。粕谷（かすや）は？」

「飯、買いに行ってます。ヒガシさん、いいっすよ、俺、このまま続けても」

「いや、ローテーションは守ろう。おまえは一度本部に戻って、クルーザーの方がどうなってるか確認してくれ」

「神田の、税理士の方はどうでした？」

「たいしたことはわからなかったが、高村玲子の資金繰りには謎が多いことは確かだな。テレビのコメンテイターだとかライター稼業の収入は、ほぼガラス張りだが、投資の方の決算がどうもあやふやだそうだ。都内にマンションを二軒所有、蓼科（たてしな）と伊豆に別荘、クルーザーにベンツ。まあそのくらいまでは、テレビタレントとして稼げない金じゃないかも知れない。印税だって入ってるだろうし、例のライター講座みたいなもんの副収入もある。

講演会も月に一、二はこなしてる。しかし、株式投資をかなり派手にやってるって話があって、その資金がどこから出ているのかが、わからない。話を聞いた有村って税理士は、高村玲子がマスコミに顔を売り出し始めた最初の頃からずっと、高村事務所の税金対策をやって来たらしいんだが、高村が株式投資を始めたとたん、特に理由もないのに契約を打ち切られたと言ってる」

「脱税ですかね」

「うーん……有村の感触では、むしろ、資金源を詮索されるのを嫌がったふうだった、と言うんだ。確かに、高村が株で動かしている金は、機関投資家並みとは言えないが、個人のマネーゲーマーとしては大きい方らしい。大物のパトロンでも付いたのか、それとも、表に出ていない副業で利益をあげているのか」

「表に出ていない副業」

まだ刑事になって二年目、地方国立大学出の佐藤は、そう言って、忍び笑いのような音を漏らした。

高村玲子には秘密の裏稼業がある。耕司も、逆井も、耕司の部下や上司も、今やそのことを確信している。そしてその裏稼業がどんな種類のものであるかも、ほぼ見当が付いている。

粕谷がコンビニの袋を下げて戻って来た。運転席の佐藤と交代し、耕司の横に座る。袋から出した握り飯を耕司の方に差し出したが、耕司は身ぶりで遠慮した。

「飯はマクドナルドで済ませた」

「マクドっすか。そう言えばしばらく、食ってねえな。学生の頃は、ほんとよくお世話になったけど」

粕谷は耕司と同じ、私大出身だ。学生の頃に柔道選手として名をはせ、本気でオリンピックを目指していたこともあったらしい。だがその割には小柄で、大きな目をぎょろっとさせた愛嬌のある顔をしている。前歯も二本、大きくて、リスを連想させる。

「捕物になるかも知れないな。俺は腕っぷしの方はからきしだから、いざって時は頼むぜ」

耕司が言うと、粕谷は瞳を輝かせた。ひと暴れしたい、とその顔に書いてある。

「応援、呼ばなくていいっすかね」

「こんな狭いとこに何台も車を停めてたら、警戒して近寄って来ないだろう」

「ま、相手はひとりですからね」

「うん。だがチャカ持ってる可能性はある。無茶は禁物だ。俺たちが怪我するだけならいいが、住宅地の真ん中でぶっぱなされたら、流れ弾で一般人に被害が出るかも知れない。できるだけ興奮させせないようにしよう」

耕司と粕谷とが目を離さずに見つめているのは、ごく普通のどこにでもある、二階建ての2×4(ツーバイフォー)の家だ。世田谷区の用賀近辺では珍しくも何ともない、建坪が二十五、六坪の、小さな前庭がついた家。所有者は都内で喫茶店を経営する四十代の女性。が、その女性には四年前まで、夫がいた。博打(ばくち)で借金を作り、会社をクビになり、あげくに恐喝事件を起こして実刑判決を受けて服役。離婚はその男が獄中にいる間に成立している。男の名は、坪内利雄(つぼうちとしお)。恐喝事件のネタは、主婦売春だった。妻がブランド物の時計欲しさに内職していた、気の毒なサラリーマンを脅したのだ。だが気の毒なサラリーマンは、会社での保身と出世のために金を工面するだろうという坪内の期待を裏切り、あっさりと妻を離縁し、辞表を提出して、警察に訴えた。いかにも素人臭い犯罪だった。

刑務所を仮出所してすぐ、坪内の消息は不明となった。が、その坪内が、榎一之が消えたホテルにいたことが判明した。榎が宿泊していたホテルの部屋から坪内の指紋が出たのだ。榎の失踪はまだ事件性があるともないとも判っていないが、サイパンの警察当局は日本から向かった捜査員に最大限協力してくれ、部屋の指紋の採取も承諾してくれた。採取できた指紋は数種類あったが、その中で榎自身のものの他に、たったひとつ、データの照合ができたのが坪内の指紋だった。ホテル側の言葉を信じるならば、客がチェックアウトしてから行われる清掃は、かなり徹底したものだということらしい。それでもなお残っていた指紋ということになると、榎の失踪直前についたものである可能性が高い。

が、これまでの捜査では、榎と坪内の接点は見つからなかった。坪内の元妻・庸子（ようこ）も、離婚してから後は一度も坪内と逢っていないし行方も知らないと言った。従ってこれまで、坪内の線を追っていた班は、壁にぶつかった状態でずっと足踏みさせられていたのだ。出入国管理記録からは、坪内が刑務所を出てから日本を出た形跡は見つからなかった。しかしそんなことは、今の日本では何の証拠にもならない。偽造ではない、本物の「他人名義」のパスポートが、金さえ出せば手に入るのだ。ホームレス人口は増加の一途をたどっており、彼らの中には、いくらでも自分の戸籍を金で売る者がいる。Aというホームレスが本籍地や氏名などの情報をBに教え、Bがその情報をもとにAに成り済まして申請すれば、Aの氏名や本籍、年齢等のデータと、Bの顔写真の付いた本物のパスポートが出来上がる。Aは死ぬまで海外旅行ができなくなるが、隅田川の川べりのダンボールハウスで生活している者にとっては、海外旅行ができないことなど何の痛痒（つうよう）にもならないだろう。

坪内の指紋が榎が泊まっていた部屋から出た、という事実は大きいが、坪内と榎との接点がわからない限りは、坪内を今回の殺人事件と結びつけて論じることもできない。坪内を追っていた班は、その点でも足踏みを続けざるを得なかった。

それが、今朝から一気に進展した。坪内が高村玲子と接点を持つことが判明したのだ。そう、坪内と榎との接点などはなくてもいい、高村と坪内との接点さえあれば、筋は読める。

坪内はまだ堅気のサラリーマンだった頃、短期間、高村玲子の同僚だったのである。高村玲子は学生時代から出版社に就職を希望していたらしい。が、新卒時点で希望していた就職ができず、一年間だけ、坪内が勤務していた印刷会社に、契約社員として勤めていた。その後、高村は、二度目の挑戦で出版社に採用され、坪内のいた会社を辞めた。たった一年間、だが接点としては充分だ。坪内が逮捕され実刑判決を受けた事件は、主婦売春という大衆ウケする要素を含んでいたので、新聞や雑誌に大きく報道された。ジャーナリストの高村がそれを目にしなかったはずはない。仮に高村が何かよからぬことを企んだとして、その仲間に引き入れるのに、刑務所を出所したばかりで仕事も金もない人間、というのはいかにも都合がいい。

坪内の居所は相変わらず不明だった。だが国内にいることはほぼ確実だった。四日前に、大井競馬場で坪内を見た者がいた。坪内が賭博（とばく）にはまっていた頃、一緒に金をドブに捨てていたギャンブル仲間だった。今朝からの精力的な聞き込みで出て来た事実だった。坪内は日本、それも東京のどこかにいる。考えられる限りの立ち回り先に、捜査員が配分された。坪内の元妻の家も、その中のひとつだ。今日から坪内の身柄を確保するまで連日、ローテーションで張り込みが行われる。元妻の家、というのは、坪内が姿を見せる可能性の順位で言えば下の方だろう。だが可能性がゼロでない以上、ここをはずすこともできない。坪内には頼れる知り合いがそんなに多くはいないはずなのだ。耕司と逆井とは、できるだけ自由に動きまわれるよう、あちこちの分担を掛け持ちでまわることにしている。夕刻までここにいて、それから所轄の応援組と交代の予定だった。


耕司は、粕谷の前に自分の携帯の画面を開いて見せた。

「これ、おまえ、見たか」

「あ、六本木のやつですね。ええ、コピーは見ました」

「どう思った？」

「どうって……美人ですよね、かなりの」

「玄人(くろうと)かな」

「さあ、どうですかね。でも玄人だったら、客と一緒にホテルにチェックインしたりはしないんじゃないすか。普通は、客が部屋に入ってから、こっそり出向くもんでしょ？」

「そうだな……しかし素人だとすると、美人過ぎる気もするし」

「人妻ですかね」

「だろうな」

「ガイシャの周辺をあたれば、すぐ出て来るんじゃないすか。自分の会社の、部下の女房とか、なんかそんなとこですよ、きっと。ＩＴ成金ってのは、人に恨まれるようなこともあるんですかね」

「さあ、皆目わからん。第一、ＩＴってなんなんだ？　何の略だか粕谷、知ってる？」

「えーっと」

粕谷は生真面目に考えてから言った。

「インフォメーションかな、Ｉは。Ｔは……テクノロジー？」

「それでどうして成金になれるんだ？」

「さっぱりわかりません」

二人は笑った。が、その直後に粕谷が首を傾げた。

「あれ？　……主任、さっきの画面、もう一度見せて貰えませんか」

耕司は携帯を開いた。

「どうした、この顔に見覚えでもあるのか？」

「いや、その……コピーを見た時は何も感じなかったんですけどね……こんなふうに小さくした方が、写真っぽくなるでしょう？　なんか俺、どこかでこの顔……えーっと……このへんまで出かかってんだけどな」

粕谷は自分の喉のあたりを手で示した。

「なんだろう、なんで思い出せないかな。でも俺、たぶん、この顔、知ってますよ」

「知人の奥さんとか、か？」

「いや、そんなんじゃないです。誰か芸能人だ」

「芸能人?」

「そうです。でもそんなメジャーじゃなくって……うーん。たぶんね、売れないで引退した芸能人ですよ、これ。俺、大学ん時社会学部だったんです。ゼミの教授が、マス・イメージの専門家で。芸能界でのアイドルを売り出す時の手法と、その効果の分析、ってのを調べたことがあるんです。成功例と、売れないで終わった例と、サンプルを取り出して、売り出しの手法を調べたり、キャッチコピーの分析をしたりするんです」

「面白そうだな」

「まあ、ミーハーな俺には面白かったですけどね。この顔、そうだ、これをもっと子供っぽくした顔が、なんか記憶にあるんです。ってことは、俺たちのグループがサンプルに選んだ芸能人の誰かだ、ってことです。いや、ただ他人の空似なのかも知れないですけどね」

「その時の資料、とってあるか? 他人の空似でもなんでも、手がかりになりそうだったら、川辺(かわべ)班に教えてやらないと」

「おんなじグループで研究してたやつと、今でもたまに飲みに行ってますから、そいつに訊いてみましょうか?」

「そうしてやってくれ」

「わかりました。あの、その画像、俺の携帯に転送してください。そのままそいつにも転送して見せます」

耕司が画像を転送すると、粕谷は素晴らしいスピードでメールを打ち込み始めた。親指の動きが絶妙だ。粕谷と自分との世代格差を感じて、耕司は内心、溜め息をついた。粕谷がメールを送った相手も、粕谷同様、信じられないような速さでメールを打ち込めるのだろう。返信のバイブレーションが、ものの二分も経たない内に、ブルブルと無気味な音を粕谷の手の中でたてた。

「あ、そうか！」

画面を見ながら粕谷が大声を出した。

「御堂貴子だ！」

「なんだって？」

耕司は驚愕して、思わず粕谷の腕を摑んだ。

「今、なんと言った？」

「御堂貴子です。みどうたかこ。まさか主任、知ってるんですか？　すっごいマイナーなモデルですよ」

「……モデル？」

「ええ。一九八〇年代の半ばに、バンビーナ・コンテスト、って美少女コンテストで優勝して、高校生でモデルになった。当時、ちょっと雑誌とかで人気が出かかったこともあったんですが、本人がね、病気がちだったとかで、ブレイクする前に引退しちゃったんです。一年ちょっとかなあ、芸能活動していたの。本人の資質が芸能界向きでなかった例として、サンプルにしたんだった。その後、大学に進学してから、女子大生向けのファッション誌のモデルをしていたことがわかってますから、細々とモデル業は続けていたのかも知れませんね。かなりの美人だったしスタイルも悪くなかったんだけど、なんて言うのかなあ、整い過ぎて面白みがないタイプだったみたいです。俺はリアルタイムでこの人の活動を知ってるわけじゃないすけど。あ、ちょうど主任くらいの年齢ですよ、この人」

「みどうたかこ、ってどんな字を書く？　本名か？」

「さあ、本名かどうかは忘れました。調べればすぐわかると思いますけど。字は、御の字の御、堂々の堂、貴族の貴に子供の子、です」

耕司は、自分の指先が細かく震えているのを隠すようにして、もう一度、携帯の画面に小さく収まった、似顔絵を見た。

他人の空似ではないだろう……サバの感覚が正確だったのだ。この女は、御堂原だ。

また、あの時の、小野寺を失った自分たちを押し流そうとする流れが、速くなった。このままだと溺れてしまう、そんな不安が耕司の心臓を締め付けた。

嫌な予感は当たった。六本木の殺人事件と御堂原とは無関係ではない。そして小野寺冬葉を騙った犯人も、御堂原のそばにいる。
耕司は、反射的に、美弥の携帯番号を呼び出していた。

7

貴子は、電源を切った携帯電話を見つめていた。掌で畳まれた、小さな四角い道具。
こんなものの為に、すべてが失われる。
何もかもが壊れてしまう。

わたしを憶えていますか？

事の始まりは、あのメールだった。美弥のところにも届いたらしいけれど、美弥は有名人だ。メールアドレスが漏れていた可能性は大きい。でもわたしの場合は違う。この携帯のアドレスを知っている人は、ごく限られている。
夫に見られることを警戒して、アドレスや電話番号の登録は最小限にしていた。けれど、記憶しているアドレスと番号は他にいくつかある。すべてカトレア会に関係するものばかり。

冬葉は生きてなどいない。いるはずがない。だからあのメールは騙りだ。悪意に満ちた、嫌がらせだ。そしてわたしに嫌がらせをする人間と言えば……

貴子はそっとベッドから降りた。ガウンを着て病室を出、ナースセンターの前を通って廊下の突き当たりへ。そこに公衆電話が二台、並んでいた。財布の中からテレフォンカードを探し出した。携帯を持つようになってから滅多に使わなくなったテレフォンカード。相手の番号は暗記している。電話番号の暗記は、貴子の特技だった。だがそのことは誰にも自慢したことがない。子供の頃から羅列している数字を記憶するのが得意だった。学級名簿に並んだ同級生の電話番号は、全員の分、暗記していた。使うことなどほとんどなかったのに。

自分には、役に立たない能力ばかり備わっている。貴子は自嘲気味にそう考える。本当に、生きていくのに役に立つ能力は、どれもこれも低いのに。

羅列した数字を記憶するコツは、語呂合わせだ。幼い頃、貴子が大好きだった叔父がそれを教えてくれて、以来、数字が並んでいると頭の中で語呂合わせを考える癖がついた。

呼び出し音四回で相手が出た。

「もしもし？　……御堂原です。貴子です」

貴子は声を低めていた。

「もしもし？　……川原(かわはら)さんでしょう？　川原さん、川原恵理(えり)さんですよね？」

それでも沈黙が続いた。ひそやかに息遣いだけが耳に届く。

貴子は息をのみ、待った。やがてしゃがれた声が返って来た。

「……何の用かしら？　あなたから電話をくれるなんて、驚かされるじゃない？」

含み笑いが漏れて来る。貴子は確信した。嫌がらせをしていたのは、この女だ。

「質問に答えて。どうして小野寺冬葉の名前を使ったの？　なぜ？」

「いきなり、何なのよ。何を言ってるんだかさっぱりわからないわ」

貴子は恵理の言葉を無視した。

「わたしに何を仕掛けるにしても、関係のない人たちを巻き込むのはやめて。小野寺冬葉のことは、あなたに触れて欲しくない問題なのよ。わたしをまだ憎んでるんなら、わたしにだけ復讐でもなんでもしてちょうだい」

「もちろん、あなたのことは憎んでるわ」

冷たい声だった。

「自分の子供を殺されて憎まない母親なんていないでしょ？」

貴子の胃が、ぐぅ、とねじれた。反論しようとしたのに、言葉が出なかった。

受話器の向こうで、恵理はくすくすと笑った。

「小野寺冬葉。それって、あなたが中学生の時、みんなでいじめて失踪させた女の子よね？　あなたって、まるで死神ね。あなたにかかわるとみんな、殺されちゃう」

「やめて！」

貴子は恵理の声を遮った。

「冬葉は生きているかも知れないのよ。そんな言い方、しないで」

「二十年も経ってるんでしょ。生きてるなら、名乗り出て来ないはずないじゃないの。あなたたち同級生にいじめられて、山の中で自殺したのよ。週刊誌にもそんなこと書いてあったんでしょ？　かわいそうに、今でもその子の骸骨が、京都の山の中で木の枝からぶら下がってるわ、きっと。いずれにしても、いきなり電話してきておかしなこと、言わないでよね。ああそうだ、さっきね、あなたの顔がテレビに出ていたわよ。似顔絵だったけど。……六本木のホテルで、殺された社長さんと一緒にチェックインした、重要参考人の顔、ですって。またあなたにかかわった人がひとり、死んじゃったのね。でも安心してちょうだい。わたしから警察に電話したりはしないから。そんなことしなくても、日本の警察は優秀だから、すぐにあなたを逮捕してくれるもの。もしなかなか逮捕してくれなかったら、少しは手伝うこともあるかも知れないけど。そうしないと、殺された人の遺族が気の毒ですものね。あなたに殺された者の遺族の気持ち、わたしが誰よりもよくわかるんだから。ま、匿名で警察に電話する、とか、その程度はしてあげないとね。ああ、そうだわ、あなた、あの服は似合わないわよ。ほらあの、六本木のホテルに着て行った、野暮ったいスーツよ。あれ、見覚えがあるわ。マックスマーラじゃない？　あなたっていつも安物ばかり着てるけど、その中ではあれ、高い方でしょ？　でも駄目よ、あの形。あなたって首が長過ぎるから、ああいう襟のスーツだと、まるでろくろっ首みたいよ。せっかく美人なんだから、もう少し、服装のセンスも良くしてよね。同じモデルクラブにいた仲間として恥ずかしいわ。あなたが逮捕されて週刊誌にあれこれ書かれる時、引き合いに出されると迷惑よ。せっかく売春してお金稼いでるんだもの、もうちょっとましな服を……」

「わたしはあなたの子供を殺してなんかいない！　あなたの子供を殺したのは、あなたの夫だった男よ！」

貴子は叫んで、受話器をガチャリと戻した。

その場にくずおれて泣いてしまいそうで、堪えるのに必死になった。看護師が奇妙な顔で注目しているのがわかる。貴子は足早に自分の病室に戻り、ベッドに倒れこんだ。

恵理は見ていたのだ。あのホテルに隆之と入るところを。恵理は、わたしを尾行していた。つきまとっていた。いつから？

川原恵理。

同じモデルクラブに所属していた、おない歳の女子大生だった。貴子とは違って、芸能界に強い憧れを抱き、女優志願だった。たった一年間とはいえ、アイドル候補として芸能活動をしていた経験のあった貴子に、初対面から積極的に話し掛け、芸能界について知ろうとしていた。だが、仕事を通じて知り合ったアパレルメーカーの若い重役に見初められ、芸能界には入らずに卒業と同時に結婚し、すぐに男の子に恵まれた。夫となった川原圭一は、三十代で一流アパレルメーカーの重役に就き、豊かな経済力で恵理を満足させた。

　それなのに。

　貴子は神に誓って、自分から川原圭一に色目などつかった憶えはない。恵理に誘われるまま、目白の高級住宅街にある新居に何度か遊びに行き、生まれたばかりの赤ちゃんを抱かせてもらい、食事を御馳走になった。それだけだった。本当に、ただそれだけだったのだ。が、川原圭一は何かを錯覚した。何度か電話で食事や観劇に誘われ、貴子は圭一の下心に気づいてそれを断った。川原圭一に対しては、ほとんど興味を感じていなかったし、恵理のことは友人だと思っていたので、裏切るようなことになるのは絶対に避けたかった。しかし、圭一の心の中に、予想を超えた妄想が育っていたことまでは、貴子にわかりようがなかった。三年後、貴子が結婚を決めた時に、圭一の妄想は限界を超えた。恵理に対して突然、離婚を申し出た。その理由は、貴子と結婚するから、というものだった。貴子自身は何も知らなかった。圭一からプロポーズされた記憶もなければ、ふたりきりでどこかに出かけたことさえ、ただの一度もなかったのだ。不倫関係などは微塵もなかったし、それを期待したおぼえもない。だが圭一の妄想の中では、圭一を諦めるために意に添わない結婚をしようとしている貴子が存在していた。そしてそんな貴子を助けるために、離婚してくれ、と圭一は言ったのだ。

恵理は貴子の言葉を信じなかった。圭一の妄想の方を信じた。恵理の憎悪は貴子に向けられ、そして、離婚は絶対にしないと叫んだ。圭一は激高し、二人は激しく言い争った。そうしたことすべてを、貴子は、悲劇が起こってしまってから聞かされた。

圭一と罵り合った恵理は、衝動的に家を飛び出して実家に帰った。だがすぐに、残して来た息子が心配になり、自分の母親を連れて目白の家へ戻った。恵理と母親とが乗ったタクシーは、自宅の近くで渋滞に巻き込まれ、動けなくなった。渋滞の原因は火事だった。そして燃えていたのは、川原家の邸宅だった。タクシーを降りて徒歩で自宅までたどりついた恵理の目に映ったのは、激しく炎を吹き上げる我が家の姿だった。数時間後、鎮火した焼跡から遺体が二体、搬送された。圭一と、まだ幼い息子の亡骸だった。圭一は、自分のからだに灯油をかぶって焼身自殺していた。そして幼い男の子は、眠ったまま煙にまかれ、一酸化炭素中毒で死亡した。

殺したのはわたしじゃない。川原圭一だ。圭一は正常ではなくなっていた。すべてはあの男の妄想から派生したことなのだ。

何度そう叫んでも、恵理は信じようとしなかった。そして今でも信じていない。
恵理は子供を失ったショックで失語症にかかり、その治療と、傷ついた心の転地療法を兼ねて、恵理の姉が暮らしているウィーンへと去った。貴子は結婚し、御堂原の姓を捨てた。

恵理がいつ日本に戻ったのか、貴子は知らない。だが、たぶん最近のことだろうと見当は付く。今さっき恵理の実家に電話して、通話が始まっていたのに沈黙があったことで、一連の嫌がらせは恵理によるものだ、と判った。恵理は言葉を取り戻し、帰国した。そして復讐を開始したのだ。まず、貴子の過去について徹底的に調べたに違いない。そして小野寺冬葉のことを知った。解せないのは、どうして恵理が貴子の携帯アドレスを知り得たのか、だが、隆之とホテルにチェックインした姿を恵理に「見られていた」ことで、漠然とだが想像はできる。恵理は、私立探偵とか調査員とか、そうしたプロを雇ったのだ。貴子と隆之の姿を実際に見たのはその探偵で、恵理は、探偵が撮影した写真でも見ただけだろう。マックスマーラのスーツ。恵理にとってはさほど高価ではない服かも知れないが、今の貴子の経済状況では、本物のマックスマーラなどとても手が出ない。あの時、着ていたのは、そっくりなデザインの二流品。もし自分の目で見ていたとしたら、恵理はそのことに気づいていただろう。プロの探偵を雇っているのならば、携帯メールアドレスを突き止められたことも納得がいく。どうやったのか方法は想像できないが、メールアドレスくらいはプロならば盗めるのだろう。

だが恵理はいったいなぜ、冬葉の名前を騙って美弥にまでメールを出したのだろう。彼女は、何をするつもりでいるのだろう……

＊

千歳烏山(ちとせからすやま)の得意先で用件を済ませ、鯖島豊はようやく会社に戻った。まだ書類仕事が朝から手付かずでほったらかしになっている。今日も残業だ。

単調な計算を電卓で叩きながら、豊はあの似顔絵のことを考えていた。美人というのは雰囲気が似ているものだ、という考え方は、確かにできるだろう。だが思い返せば返すほど、あの似顔絵は貴子の顔を描いたもののように思えて来る。もしそうだとしたら、どういうことになる？　六本木のホテルに、殺人事件の被害者と共にチェックインした、謎の女。

不倫か？

あり得ない話ではない、と、豊は思った。貴子の結婚生活が平穏無事なのかどうかまでは知らないが、あの臨時同窓会の夜、貴子に対して感じたある種の違和感が、豊の頭にひっかかっている。あれだけ綺麗な女が、なぜあんなにも凡庸で安っぽい格好をしているのか。ブランド品にデザインは似せてあるが、素材が落ちることが一目でわかる服。銀製のアクセサリーにはめこまれた、小さな半貴石。磨いてはあったけれど、踵がめくれあがっていた靴。贔屓目に見ても、金に不自由しない有閑マダムのお洒落とはほど遠い感じがした。つましい生活の中でやりくりした金で、なんとか格好だけ整えた、という印象だった。だがそれも、貴子以外の女性がそうした格好をしていたとすれば、さほど気にならなかったかも知れない。この不景気の最中、日本中の主婦がそうやってなんとかやりくりして生活しているのだと思えば、むしろ、それで当たり前なのだ。しかし、御堂原貴子にはそれが不釣り合いだと豊は思う。彼女の容姿をもってすれば、もっと裕福な結婚生活をおくることは可能だったのではないか。女の価値が容姿にしかないと思うほど自分は幼稚ではないが、男の立場にしてみれば、他の条件がすべて同等ならば、美人と結婚する方が望ましいに決まっている。

恋愛結婚なのだろうか。貴子の夫は、どこかのＩＴ企業に勤務しているという話だったが……ＩＴ企業?

偶然か、それも?

豊はほとんど無意識に、携帯電話を取り出してメールの受信簿を開いていた。

『わたしを憶えていますか？　冬葉』

　ソースがわかれば発信元の見当がつくかも知れないと、自分のパソコンを起動し、転送ずみのメールのヘッダを眺めたが、溜め息が出た。これは多分、ネットカフェからの発信だ。アドレスはフリーメール。これをたどっても、犯人まではたどり着けないだろう。このアドレスの持ち主が犯罪に関与しているとはっきりわかっていれば、警察に届け出ることはできる。警察からの要請があれば、大部分のフリーメールは、アドレス発行時の情報を提供してくれる。が、所詮は自己申告による個人情報だ。加入時の氏名すら、偽名の可能性がある。そうした方向からのアプローチには、あまり期待ができそうもない。

　むしろ、手がかりになるのは本文の方ではないか。

　その短い文面に、何かひっかかるものがあった。豊の卓越した記憶力が蓄えた過去の膨大なデータの中に、その文面とリンクしている情報が、確かにある、という気がした。

わたしを
憶えて
いますか？
冬葉

Do you remember me?

……英語劇！

豊は思わず立ち上がっていた。そうだ、英語劇だ！　思い出した！　修学旅行の直前の文化祭。ＥＳＳの出し物が英語のミュージカルで、脚本は英語教師のオリジナルだった。そのタイトルが、確か、『Do you remember me?』だった！　小野寺冬葉はＥＳＳのメンバーではなかったが、音楽部はＥＳＳとの合同発表の形で、顧問の音楽教師と生徒が劇中の歌を作曲し、小野寺たちが伴奏をつけていた。小野寺のフルートの腕前は校内でも有名だった。あの時も、確か一曲、まるまる小野寺のフルートだけを伴奏にして、女性が歌う歌があった。豊自身は鉄道研究会に籍を置いていたのだが、ＥＳＳには男子生徒が二名しかおらず、助っ人として教師に頼まれ、ちょい役を演じた。歌は下手なので台詞だけで勘弁して貰ったのだ。だが鉄道研究会の展示の為に造っていた模型が間に合うかどうかぎりぎりだったので、劇の方は練習にもろくに参加せず、ほとんどぶっつけ本番状態になってしまった。結局、台本は貰っていたのに、自分が出る役についてだけざっと目を通したくらいで、劇全体のストーリーがどんなものだったのか、細かい部分はまるでわかっていないというひどい有り様だったのだ。それでも台詞は少ししかなかったし、他のメンバーもたいして演技力があるわけではなかったので、豊の存在が劇をぶち壊したというようなこともなく、いちおうは上演が成功したはずだ。文化祭の後、顧問の英語教師から感謝され、鉄道模型の前で痛いほど握手をされた記憶がある。

豊はもう一度、携帯電話の画面を見つめた。

これは単なる嫌がらせではない。俺たちの、俺や小野寺や、ハギコーやサンクマや美弥、みんなのことをよく知っている、誰かからのメッセージだ。その誰か、は、あの英語劇を観ている。文化祭に来ている。

どうしようか？　このことを、ハギコーに教えてやるべきだろうか。もちろん教えるべきだろう。だが今は、あいつの迷惑にならないか？　殺人事件の捜査が大詰め、そんな時に、余計なことを言って煩わせるのは……

目の前の電話機がピーピーと鳴った。警備室からの内線電話だった。見回してみて、すでに同じフロアでは、自分以外の社員はみな帰宅していることに気づいた。

「はい、営業三課です」

「鯖島さん？」

「ええ、鯖島ですが」

「ヤマト機器の西脇(にしわき)さん、という方がお見えなんですけどね」

夜七時までは正面玄関から出入りできるが、それを過ぎると時間外通用口からしか、社員も来客も出入りはできないシステムになっている。来客は、目的部署と担当社員の名前を警備員に告げなくては通して貰えない。

ヤマト機器の西脇、という女性は知っていた。名刺を貰ったことがある。しかし、こんな時間に何の用だろう?

「お通ししていいですかね」

「あ、僕の方が下へ行きますが」

「なんか、お届けものがあると言っておられるんですが」

「そうですか。じゃあ、上がって来てもらってください。フロアには僕しかいませんから」

「わかりました」

豊は立ち上がり、とりあえず茶の用意をするつもりで給湯室に向かった。簡易パックをカップにセットしてお湯のボタンを押せば、コーヒーでも日本茶でも紅茶でも、簡単にいれることができる。女性なので紅茶の方が気が利いていそうに思ったが、さほど親しい人でもないので、無難に緑茶にした。カップを捜すのに手間取って、湯のボタンを押している時、背後に足音が聞こえた。

「あ、すみません、僕はここです」

　豊は声を大きくして、廊下に向かって半身を出した。

「今、お茶いれてますんで、適当にソファの方に座っていてくだ……」

　言葉がひっこんだ。喉が詰まったような感覚で、豊は思わず大きく口を開けた。

「おまえ……なんで！」

　その先は言葉にすることができなかった。いきなり、どん、と体当たりされ、後ろによろめいた。給湯室の壁に背中がぶつかる。体勢を立て直そうとした瞬間、腹のあたりに火傷（やけど）をした時のような熱を感じた。豊は下を見た。自分の腹部を、見つめた。そこに、何かが刺さっていた。黒い柄のついた、何かが。

　豊は顔を上げ、何か怒鳴ろうとした。その途端に、ぐう、という奇妙な音がして、口から何かを吐いてしまった。

　急速に全身の力が抜けていく。腰が落ち、両足が前に投げ出される。

　どこかで悲鳴が聞こえている。

　長い、長い悲鳴が……

第七章　劇

1

設備の整った病院だった。各フロアに面会室があって、自動販売機で飲み物を買うこともできる。テーブルも椅子も、洒落た喫茶店に置いてあるような、パインウッドを模した合板仕上げだった。手術室のあるフロアに入れないと言われ、圭子は外科入院病棟の指定された面会室で紙コップのコーヒーをすすっている。手術が終われば、鯖島豊の家族が持たされている呼び出し用のポケベルが鳴る仕組みだ。ポケベルとは言っても、テレビのリモコンのように大きなもので、手術が終わるとランプが点滅し、小さなブザーが鳴るようになっている。その合図があったら、家族は手術の行われたフロアに行き、まず、執刀医から経過の説明を受けることになっているらしい。

豊の両親とは初対面ではなかった。冬葉の事件が起こって、同じ班だった面々とその保護者だけが学校に呼び集められ、何度か話し合ったことがある。その時、顔を合わせて挨拶もしている。だが中学の卒業式以来御無沙汰だったので、名前を名乗られてようやく、ああ、この人たちだ、と思い出した。母親の方が豊に似て細面だ。

両親共、口数は少なかった。不安で血の気が失せてしまった白い顔で、ほとんど口をつけていないコーヒーを前に座っている。時折、夫が妻の手を握り直すのが見える。少なくとも、この夫婦は愛しあっている。圭子は、そんなことをぼんやりと考えていた。

面会室には他に、美弥とハギコーがいた。二人は寄り添うようにして、無言のまま、窓の外の夜景を見つめている。外科フロアは五階と四階だが、少し高台に立っているせいなのか、窓の外には東京の夜景が美しく広がっていた。まるで恋人同士みたいだ、と圭子は思う。いつのまにか、美弥とハギコーとはそういう関係になっていたんだろうか。でも……美弥は前科のある身の上だった。少なくとも警察官でいる限り、ハギコーは美弥と結婚することはできないだろう……まあそれ以前の問題として、美弥が結婚なんてものにまともに向き合うとは思えなかったが。同じ会社で出している芸能雑誌の編集者にちらっと聞いたところでは、美弥にはギタリストの恋人がいるらしい。さほど名の知れた男ではないので、本命ではないだろうというのが大方の見方だとかで、だから騒がれることもないらしいのだが。

でも、結婚するとかしないとかは別にして、二人の雰囲気は悪くない、と思った。美弥はとても素直な眼で、時折、ハギコーの顔を見ている。ハギコーもさりげなく、美弥の肩を遠慮がちに抱いている。

二十年が経ったのだな、と、思う。

あの頃、この二人は互いの存在を無視しようと決めている、という印象があった。喧嘩していたというわけでもなく、反目し合っていたわけでもないが、ハギコーとサバの二人と、美弥とは、相手を軽蔑し合っているようなところがあり、互いに相手が理解できず、また、理解しようともしないでいる、そんな感じだったのだ。ハギコーとサバは今で言うなら典型的な「オタク」男たちで、毎日毎日、鉄道模型とガンダムの話ばかりしていた。一方、美弥は、ロック少女で、保守的なものや体制側に立つものに対して、ことごとく反発し、世の中すべてを斜めに見ている、そんなポーズをとり続けていた。

どちらも若かったのだ。若く幼く、必死だった。自分が心地好いと感じる価値観にしがみつき、それ以外はすっぱりと否定してしまう。妥協、という言葉は、あの頃の自分たちにはとても汚らしい響きを持つ言葉だった。

こんな非常時に不謹慎だが、これで美弥がハギコーとどうかなって結果として幸せを摑むなら、怪我の功名というやつかも知れない、と圭子は小さく肩をすくめて思う。ハギコーは真面目な男だし、美弥に対して本気になれば警察官であることを諦めるくらいはしてくれるだろう。まだ三十五、再就職してできない歳でもない。仮にも警視庁の本庁勤務の刑事だったという経歴があれば、調査会社や警備会社では歓迎してくれるのではないか。美弥の方も、歌だの芝居だのの仕事を控えて、作家一本に絞れば、浮ついた世界と手が切れる。出版業界では、美弥にとっては、多才であることがむしろ障害になっていると指摘する人は多い。小説だけに専念すれば、世界に通用する作家になることもあながち夢ではないと。実際、一、二作は日本の純文学系小説が妙にもてはやされるフランスで翻訳され、なかなか評判がいい、という話は耳にしていた。

音楽は麻薬だ。音楽の世界に一度足を踏み入れた者は、そこから抜け出すことはできない、と言う人もいる。美弥も、歌をやめることは難しいかも知れない。だがハギコーのような誠実な男に本気で惚れれば、美弥だって変わるはずだ。そう、美弥はこれまで、男運がなかったのだから。榎なんとかとか言う、あの浮ついた音楽プロデューサーなんかとつき合わなければ、逮捕されることもなかったのに。

やめよう。

圭子は自分の手の甲を自分でつねった。今はサバのことだけ考えないと。サバは生と死の間で孤独な戦いをしている最中なのだ。だが圭子は、自分が今、できるだけサバのことを考えなくて済むように気持ちの上で逃避していることに気づいていた。

心配なのだ。じっとしていると気が変になってしまうのではないかと思うほど、心配だ。万が一のことなど絶対に考えたくない。だが考えまいとすればするほど、想像は悪い方向へと流れてしまう。

気がつけば、掌にじっとりと冷たい汗をかいていた。心臓の鼓動が痛く、速い。

ドアが開くかすかな音がした。自分と同じくらいの年頃の女性が入って来て、戸惑うような表情で顔を左右に向けた。そして、豊の両親の姿を見つけると、見ていてドキッとしたほど深く頭を下げた。その態度で、その女性が、豊の離婚した元妻だろうと見当がついた。

「来てくれたのね」

豊の母親が腰を浮かした。

「こんな時間に……ほんとにごめんなさいね」

女性は小走りに豊の母親に近づくと、その手を握ってもう一度椅子に座らせた。

「いえ、連絡していただけて……わたしなんかでは何の役にも立たないとは思いますけれど……」

「主人は、あなたの迷惑になるから、落ち着いてから電話すればいいと言うのよ」

豊の母親は涙声になった。

「でもね、でも、落ち着いたら、って、もしものことがあったら、ああ、そんなこと考えたくないけど、でも……」

元妻はしっかりした口調でさとすように言った。

「大丈夫ですよ」

「大丈夫です。彼は、豊さんは、風邪だってほとんどひかないくらい元気な人ですから」

利発で気の強い女。圭子は豊の元妻の性格をそう想像した。こんな時なのに喋る言葉の語尾がぼやけない。甘えのかけらも見せない。それでいて、もうアカの他人のはずなのに、この場にいることに対して自信を持っている。どんな場面であっても、自分が場違いだったり除け者だったりすることには絶対にならない、させない、そうしたプライドのある女性だ。目のさめるような美女、というわけではないが、賢さが美点となっている涼し気な顔だちだった。

圭子は、自分が理由のない苛立ちをおぼえていることに気づいて、少し動揺した。離婚は成立しているのだから、ここで元の妻がどれほど関係者としてふるまっていても、事実上は豊の親族ではなく、圭子自身と立場の上での差はないのだ。第一、どうして自分がそんなことを気にしなくてはならない？

豊は確かに、魅力のある男になった。中学の頃は、成績は抜群だけれど何を考えているのかわからないところがあり、女子に対して冷たいという印象が強かった。いつもハギコーとつるんでいて、あまりに男同士仲がいいので、見ているとイライラして来たのを憶えている。あの年頃の女の子は、みんな、男の子の視線というものが女の子にだけ注がれるのが当たり前だと思っていて、女を除け者にする男がゆるせないのだ。だからサバとハギコーとは、女子から総スカンをくらっていた。みんな、嫉妬していたのだろう。ハギコーとサバとは、自分たちだけにしかわからない楽しみを持っていて、それにひたっていた。あの当時、オタク、という言葉がすでにあったかどうかは忘れたが、オタクの幸せというのはひどく狭視野でしかも濃い。部外者にとっては、まるでマリアナ海溝を覗き込むように不可解でおっかないものに見えるのだ。鉄道模型オタクの二人が共有している幸福と時間とが、周囲の女子にとってはジェラシーを感じさせるようなものだったのだろう。

今の豊は、ある意味、普通だ。鉄道模型の趣味を捨てたのかどうかまでは聞いていないが、少なくとも、圭子を相手にしている時まで模型の話ばかりしている、というような偏りはない。エリートサラリーマンの道を突き進んでいたのが社内の派閥争いに巻き込まれて挫折して、少し自信喪失しているのかも知れないが、鼻持ちならない自信家よりははるかに感じがいい。あれから二度、他愛のないことで電話をくれたが、会話は思いのほか弾んで、気がついたら二時間近く喋ってしまっていた。

けれど、この感情は、恋愛ではない。恋愛へと発展する可能性はあるかも知れないが、今はまだ、友達の域を出ていない。それに自分には、恋人がいるんだし、と、圭子は小さく溜め息をついた。

サバの容態を悪く考えまいとすると、こんないらないことばかり考えてしまう。

「サンクマ、夕飯は食べた？」

いつのまにか、美弥と耕司が移動して来て圭子の隣に座っていた。

「あ、ううん。昼が作家さんの接待でね、ちょっとたっぷり食べちゃったから、お腹が空かなくて食べないでいたの」

「でももう、十時過ぎだよ」

「そうね……もうそんな時間か」

「手術、時間かかってるね」

美弥は眉を寄せて腕時計を睨んだ。

「そんなに難しい手術なのかなあ」

「刃物がどこまで刺さったかによるでしょうね。内臓を傷つけていたとしたら、ただ縫合するだけってわけにはいかないだろうし。ねえハギコー、犯人は捕まりそうなの？」

「うん」

耕司は両手の掌で頬をさすった。

「さっき所轄に電話して、捜査状況を教えてもらったけど、夜間窓口の警備員が犯人を見て、話もしてるんだ。サバのマンションの管理人から、サバが若い女にストーカー行為をされていたことがわかってね、その女の特徴が、警備員が見た犯人の特徴とだいたい一致することもわかった。とにかく、巨乳らしい」

耕司は小さく笑ったが、声はかすれていた。

「グラビアアイドル並のプロポーションなんで、印象に残ったみたいなんだ。管理人の話では、サバは、その女と自分とが短期間関係を持ったことも打ち明けていて、女の方が他に男をつくったんで、金も渡してきっぱり別れたのに、つきまとわれて迷惑している、と話していたらしい。サバの住んでるマンションはセキュリティはしっかりしてるんだけどね、その女は、オートロックをうまくかいくぐってはサバの部屋の前で座り込んでたり、かなりしつこかったみたいだ」

「それじゃ、そのストーカー女に刺されたわけね」

「たぶんね。刺されたのは正面からだから、サバが助かって証言できるようになれば、サバの口からはっきりしたことが聞けると思うけど」

耕司は大きくひとつ、溜め息をはいた。

「サバも水臭いよな。そんな女に追いかけられてるんだったら、もっと早く相談してくれれば良かったのに」

「恥ずかしかったんじゃない？　女性とつき合って、きれいに別れられなかったのって、あんまりかっこよくないとか思ったのよ」

美弥の言葉には、ほんの少し棘があった。美弥の心の中には、無意識であれ、豊を責める気持ちがあるのかも知れない。相手の女が相手を刺そうとまで思い詰めるからには、豊にも、相手に対して配慮が欠けていた、という落ち度があったはず。そう美弥は感じているのだろう。圭子もいつもならば、男と女のトラブルは大半が男に責任がある、と主張していたはずだ。だが今、圭子は無性に、豊を庇いたいという気持ちに駆られていた。

「警察があてになる?」

圭子は自分の口調が刺々しくなるのを抑えきれなかった。

「恋愛のトラブルに、警察が積極的に関与してくれる? 何度も警察に相談したのに相手にして貰えなくて、結局、ストーカー男に殺されちゃった女性もいたわよね? サバは、ハギコーに余計な心配と手間をかけさせたくなかったのよ。普通に警察に相談したって相手にして貰えない、なのにハギコーに相談なんかしたら、結局、ハギコーが無理しないとならなくなる。そう考えたんだわ」

「それはどうかな」

美弥はそっぽを向いてぼそぼそと言った。

「その女性を甘くみてたんじゃないかなぁ……サバってエリートサラリーマンでしょ、女の執念みたいなものと、ちゃんと向き合うのは苦手な人種だよ、きっと」

「偏見だわ」

圭子は美弥を睨みつけた。

「自由業者がそんなに偉いの？　会社人間だから情が薄いとか、女に薄情だとかって、どうして言えるの？」

「そんなこと言ってないじゃない。ただ、自分が高いところにいるって自覚がある人間は、怖いから下を見ようとしない、それだけよ。恋愛に執着して相手を刺し殺そうと考えてしまう人間がこの世に存在しているって事実に、サバは目をつぶってたんじゃないのか、そう思っただけ。ストーカーがらみの殺人事件がこんなにたくさん起こってマスコミで報道もされてるのに、友人に警察官がいて何も相談しないなんて、危機感が薄いってことでしょ？」

「だから、それが偏見なのよ！　サバは自分が高いところにいるなんて、そんなふうに思ってやしないわよ。彼だっていろいろ大変なのよ。会社に勤めるってことがどれだけ大変か、美弥にはわからないでしょ？　美弥はまともに会社に勤めた経験がないじゃないの。サバは確かにエリートだったかも知れない、だけど、エリートだから何の苦労もしなくていいってわけじゃないのよ！　サバはサバなりに、挫折して、離婚とか左遷とか経験して、ようやく新しい人生に踏み出そうとしていた時なのよ！　ストーカー行為をした女にもそりゃ、言い分はあるでしょうけど、でもね、こんなのは赦せない！　サバにも落ち度があるみたいなこと言わないでよ、美弥なんて、何もわかってないくせに！」

怒鳴りつけてしまってから、圭子はそこが病院の面会室で、自分たちの他にも豊の親族が狭い部屋の中にいることに気づいた。興奮と恥ずかしさで、首まで熱を持って真っ赤になったのが見なくてもわかった。

「サンクマ、落ち着こう」

耕司が圭子の腕をそっととった。

「苛々するのはわかるけど、俺たちが諍いしても仕方ないだろう？」

「あ」

圭子は背中に流れる冷や汗を感じ、狼狽して豊の親族の方を見た。上品な人たちだった。微かに非難の色をその表情に見せながらも、他人の話に首を突っ込む気はないらしく、聞こえなかった顔をして圭子から視線をそらす。

圭子は言葉を探したが、ごめんなさい、と言うだけで精一杯だった。圭子が椅子に座り込むと、美弥は何も言わずに部屋を出て行ってしまった。圭子はその背中に言葉をかけようとしたが、耕司に目でたしなめられた。

「わたし……ばかみたい」

圭子は自己嫌悪で、両手で顔を覆った。

「美弥にあんなこと言うなんて……美弥に悪気がないことくらい、わかってるのに」

「気が立ってるんだよ、俺たちみんな。当然だろう、友達がこんな目に遭ったんだから」

「でも、でも……美弥があんまり冷静だから……つい」

「冷静なんじゃないさ。美弥だって興奮しているんだよ。でも彼女は、同窓会のあともサバとはほとんど個人的に接触を持ってない。美弥は、サバがどうして俺に危険があることを打ち明けていなかったのか、その点に苛立ちを感じてるんだと思う。実際、俺もすごく残念だよ。確かにサンクマの言う通り、警察には民事不介入の原則がある。ストーカー行為っていうのは、民事と刑事の境界線にあるものだからね、それが明らかに犯罪行為にエスカレートするとわかっていない限りは、個人のプライバシーの範疇になっちゃうんだ。でも警察だって、長野の女子大生殺人もあったし、ストーカー行為が過激な暴力行動に発展する危険性は認識を強めてる。もしサバが相談してくれていたら、サバのマンションがある所轄にツテを頼ってでも、なんとかしようと努力はしていたと思うよ」

「……わかってる。ごめんなさい……ハギコーが相談されても何もしなかっただろうなんて、わたし、思ってない」

「美弥の言い方には問題があるけど、でも、彼女の言葉にも真実は含まれていると思う。サバはやっぱり、俺に言い難かったんだよ。サバにとって俺は、中学時代の親友だけど、今現在の親友ってわけじゃない。俺はあいつのこの二十年についてほとんど知らないんだ。それはあいつの側からも同じだ。中学の頃、サバは女の子になんて興味ないって顔をして、実にクールに生きていた。鉄道模型や鉄道のことばかりに夢中で、それでいて成績はいつもトップクラス、俺はそんなあいつをすごく尊敬していたんだ。サバも、そのことを憶えているると思うよ。なのに、別れた女につきまとわれて困ってる、なんて生臭い話を俺にしてしまえば、あの時代の俺とサバの関係が汚れる、つまらないものになる、サバにしてみたら、そんな感覚もあったんじゃないだろうか。わかるだろ、昔の知り合いにだから言えないこともある、そういうことだよ。俺たちはあの頃、なんだかんだ言っても十五歳だった。そして今はもう、三十五だ。過ぎ去ったこの二十年に、俺たちは多かれ少なかれ変化した。だけどその変化の理由の中には、昔の知り合いには知られたくないことだって含まれている。サンクマにもあるだろ、俺や美弥には話せない過去のひとつやふたつは」

「もちろん……あるわ」

「俺にだってある。サバにもあった。そういうことだよ。残念ではあったけど、サバが俺に相談しないという選択をしたんだったら、それはそれで仕方ないことだったんだ。結果としてこんなことになっちゃったけど……それは誰のせいでもないし、サバの選んだ方法の結末なんだから、俺たちがぐちゃぐちゃ考えても始まらない」

圭子は頷いた。自分でも、こんなに自分がカリカリとしていることに驚いていた。美弥は確かに会社勤めの経験がなく、その点では彼女の言葉が無神経に耳に響くのは事実だが、では自分はどうなのか。美弥のように、明日の保証が一切ない状態で、自由業者として生きた経験などはないのだ。労働組合もあり福利厚生も整った会社で、どれほど辛いことがあるにしても、とりあえず、よほどの失態がなければ明日すぐに職を失うということはない状態で、大学を出てからの十数年を過ごして来た。本やCDが売れなければすぐに無収入になってしまう厳しさとは無縁だった。世間を知らない、という意味では、自分だって世の中の半分しか知らずに生きて来たのだ。美弥は自分の知らない残りの半分を知っている。ただそれだけのことなのに。

「わたし、美弥に謝らないと」

立ち上がりかけた圭子を、耕司がそっと止めた。

「大丈夫、美弥は怒って出て行ったわけじゃないよ。サバのご家族のいるところで諍いになると迷惑だから、君の興奮がさめるまで外にいようと思っただけだろう。美弥はあんなふうだけど、神経は細かい人だから」

「ハギコー……美弥のこと、好き？」

圭子の唐突な質問に、耕司は狼狽を見せてから少しだけ笑った。

「……もちろん。彼女は俺たち同級生の中ではスターだもん。世間には、美弥と握手のひとつもできたら卒倒するほど嬉しい、なんてファンもいるんだ。そんな人に俺たち、こんなに気安く接することができるんだぜ。同級生の特権だよ」

「ごまかすのね」

圭子は肩をすくめ、微笑んだ。

「でもわたし、美弥にはハギコーみたいな男性がぴったりだって気がするよ。美弥にはね、いつもしっかり守ってくれる人が必要なんだよ、たぶん」

「今はよそう、その手の話は」

耕司は苦笑いのような表情を顔に浮かべた。

「サバが元気になったら、またみんなで飲みに行こう」

「そうね」

圭子は現実に引き戻され、肩でひとつ息をした。

「サバが元気になったら」


ピー、と小さな電子音がした。反射的に豊の両親の方を見る。父親が手にしているプラスチックカードのようなものに、緑色の光がひとつ点滅していた。

豊の両親が緊張した顔のまま、圭子と耕司に一礼して部屋を出て行った。手術が終わり、執刀医から説明を受けるために呼び出されたのだ。元妻の女性が残ったのは、連絡係としてかも知れない。

元妻は、強ばった頬で無理に笑顔をつくって圭子に微笑みかけた。気丈な女性だ、と思った。圭子が挨拶しようかどうしようか迷っているうちに、彼女の方から近づいて来て深々と頭を下げた。圭子も慌てて中腰になって頭を下げる。そのまま自然に二人で隣りあうようにして座った。

「里美と申します。……鯖島の、妻でした。すでに離婚いたしましたが」

「あ、三隅圭子です。その、鯖島さんとは中学の同級生で……あの、こちらが」

「東萩さんですよね？　鯖島からお噂を伺ったことがございます。中学の頃の親友が、警視庁の刑事をやっている、って。鯖島は東萩さんととても仲が良かったそうですね」

耕司もテーブルを挟んで向い側に腰をおろした。

「そうですね、鯖島くんとは、中学時代のほとんどの時間を一緒に過ごしていたと思います」

「やはり鉄道模型の？」

「はい。同好会に入っていました。僕らの中学は運動が盛んで、僕もいちおう野球部に籍を置いたことがあるんですが、一年のおわりくらいから鉄道模型にはまって、教師にせがんで同好会を作ってもらったんです。鯖島くんは同好会のリーダーでした。模型の知識も、模型造りの腕前も、彼にかなう者はいなかったな」

里美は懐かしそうな顔になった。

「結婚前も模型には夢中でしたわ。わたしたち、見合いで知り合ったんです。わたしの父親が鯖島の上司と知り合いで、その御縁で。交際を始めてはじめて彼の住んでいたアパートに行った時、二ＤＫのうち一部屋が鉄道模型で埋まっていたのにびっくりしたものでした。……でも、結婚を機に、模型は箱にしまっておくようになって。わたしの方から鉄道模型を集めるのをやめてと頼んだというわけではないんですよ。ただ……」

里美は溜め息をついた。

「……見合い結婚の場合、どうしても、周囲からの干渉を無視するというわけにはいきませんでしょう？　わたくしは告げ口したつもりはなくて、ただ、面白い人だなと思ったから、部屋一杯に鉄道模型があったことを父に話したんですけど……鯖島の上司はその、おたく、的な行為があまり好きではなかったらしいんです。あの会社は派閥の力が強くて、自分が所属している派閥の上に睨まれるとどうにもなりません。彼はたぶん、遠回しに、趣味にのめり込むのはたいがいにするようにと注意を受けたんでしょうね。二人の仲がおかしくなって諍いが絶えなくなった頃に、やっとそうした過去の事実を知りました。彼にしてみたら、わたしが模型に夢中になる男と結婚したくないみたいなことを言ったのだろうと誤解しても仕方がありませんね。でも結局、ひとつボタンをかけ違えてしまうと、最後まで決して、ずれが修正されることはないんです。彼はわたしのことを、男の趣味を理解しない女だと思い込み、わたしはわたしで、彼がなんでもひとりで楽しんでしまって、わたしを誘ってくれない、わたしに説明してくれないと僻（ひが）んでしまいました」

訊かれたわけでもないのに、元妻は豊との破局についてひとりで喋った。他の誰よりも豊の趣味について理解していた耕司に思いを吐き出すことで、自分が楽になれる、そう信じているかのように。

「ま、結婚生活というのはいろいろあるものだそうですね。僕なんかはまだ独身で、縁遠いのでわかりませんが。ところで今度の犯人については、心当たりは？」

耕司は彼女の告白にはつっこんだコメントをせず、事務的な口調でさらっと訊いた。下手に感情を混ぜないで質問された方が答え易い。さすがに現役の刑事だけあって、そのあたりの呼吸は見事だった。

「鯖島につきまとっていた女性らしいと、義父母が警察から聞いたようですが？」

「ええ。いちおう、それらしい女性の存在は確認されています。その女性は、あなたも知っている人でしょうか」

里美はゆっくりと首を横に振った。

「正直に申し上げて、夫婦仲が悪くなってからは家庭内別居のような状態でしたから、鯖島におつき合いしている女性がいたのかどうか、わたくしにはわからないんです。離婚協議に入ってからは特に、お互い、弱味を握られたくないという思いが強かったですし……仮に離婚前からその女性と交際していたとしても、彼も用心して、わたくしにはわからないようにしていたと思います」

「僕らが知る限り、鯖島くんは慎重な性格だし、割となんでも理詰めで考えて、無鉄砲な行動はとらないタイプだと思うんですよ。別れ話がこじれて相手をナイフで刺すような、その、情熱的であとさきを考えないような女性と交際していたというのは、僕にはその、少し納得いかない気持ちなんですが」

里美は耕司の言葉を反芻でもするようにしばらく顎を上下させていたが、やがて言った。

「……わたくしみたいな女に嫌気がさして……まったく違ったタイプの女性に惹かれたのかも知れませんわね。わたくしは……計算高い女なのだそうです、彼に言わせれば。自分ではそんなに綿密に計算して人生を生きているつもりはないのですけれど……無意識のうちに、自分にとって得か損か、そればかり考えていたのかも知れません。でも仕方ないと思いませんか？　人間は、自分が育った環境によって刷り込まれた価値観から自由になることが、簡単にはできないものでしょう。わたくしは堅実なサラリーマンの家庭のひとり娘として育ち、経済的にも不自由はしませんでしたが、過分な贅沢もいたしませんでした。冒険よりは安定、平凡でも、確実な幸福をよしとする教育を受けて育ってしまったんです。鯖島は子供の頃から学業がとてもよく出来たようですが、基本的には、下町の奔放であけすけな空気の中で育っています。ただのこぢんまりとした優等生ではなくて、どこか、いつもいたずらを企んでいるような雰囲気がありました。彼も自分では意識していなかったかも知れませんが、本当は、はめをはずして生きたいと思っていたのかも知れません」

「鯖島くんを刺したと目されている女性は、そういうタイプだったかも、ということですね」

「警察の方が義父母にした話では、とても若くて、水商売をしていた女性だということだそうです。水商売の女性にも堅実で保守的な人はもちろんいるでしょうけれど……一般的に考えて……」

「いずれにしても、犯人を逮捕してみなければ、どうしてこんなことになってしまったのか正確に理解することはできないですね。鯖島くんが自分で証言できるようになるまでは……」

ピュルルル、と遠慮がちな呼び出し音が鳴った。面会室の壁に取り付けられている内線電話だ。圭子も耕司も反射的に立ち上がったが、電話機に真っ先に飛びついたのは里美だった。

「はい、……そうですか。ホッとしました。……はい。わかりました」

里美は受話器をフックにかけ、圭子と耕司の方を見た。安堵が顔全体に広がっていた。

「手術は成功したそうです。いちおう、最悪の事態はまぬがれるだろうと。でも内臓に傷がついていたようで、術後の管理が大変になりそうだということです。これからICUに移されて、落ち着いたら外科の入院病棟に移ることになるんですって。わたくし、今から事務室に行って、入院やその他の手続きをして参ります。義父母はまだ興奮していますから、そうした手続きはやっかいだと思いますので」

　圭子は思わず、安堵で深く息をはいた。膝の緊張がとけて、床にへたりこみそうになる。里美は一礼して部屋を出て行った。本当にしっかりとした女性だ、と、圭子は半ば羨望の思いでその背中を見送った。と同時に、離婚はしても彼女は、豊とは決して他人にはなれないのだ、とも思った。

「安心したら俺、煙草が喫いたくなっちゃったよ」

　耕司が照れたように笑った。

「病院の中に喫煙所はないよね。ごめん、ちょっと外に出て一服して来る。サンクマ、どうする？　もうサバは一安心みたいだから、一度解散しようか。どっちみちＩＣＵにいる間は話もできないしさ」

「警察の事情聴取は？」

「命の危険がなくなったんなら、一般の病室に移ってからになると思うよ。会社の警備員とマンションの管理人の目撃証言が一致してるなら、サバの事情聴取は犯人を逮捕してからでもいいしね」

「そう。だったらわたし、一度帰るわ。でも明日も来てみる」

「うん。俺も時間が作れるようだったら寄る。その時はサンクマのケータイにメール入れるよ」

「そうしてくれる？　わたしもここに来る時、美弥とハギコーのケータイにメールする。

あ、貴子はどうしよう、連絡」

耕司はなぜか強ばった顔つきになった。

「御堂原、いや、今は河野だっけ、美弥から聞いたけど、なんか体調崩して入院中らしいね」

「そうみたいね。風邪をこじらせたとか」

「美弥がそう言ってた？」

「え？」

なぜそんなことを訊くの？

「う、うん。さっきここに来て最初に美弥の顔見た時、美弥の方から、貴子は風邪をこじらせて入院してるから来られないって……ハギコー、美弥からそう聞いてないの？」

「いや」

耕司は曖昧な笑顔になった。

「そう聞いたよ。じゃ、とにかく明日また、できれば会おう」

耕司は言って、片手を振ってさっさと部屋から出て行った。圭子は腑に落ちなかった。

耕司は貴子に関して、何か考えているように感じられたけれど……

2

廊下に出ても美弥の姿はなかった。先に部屋を出た耕司から、豊が一命をとりとめたと聞いて、帰ってしまったのだろうか。気まずいのはわかるけれど、顔ぐらい見せてから帰ればいいのに。耕司はああ言ったが、やはり、気分を害しているのだろう。

つっかかった自分が悪いと思いつつも、圭子は、素直に美弥に謝る気持ちが失せてしまったのを感じた。もともと耕司がいなければ、謝ろうなどと思わなかっただろう。美弥に悪気はなかったにしろ、美弥が加害者ではなく被害者の豊を責めるようなニュアンスの発言をしたのは確かなのだ。美弥は恋愛に関して常に女の側に立って考える性質なのかも知れないし、加害者が追い詰められたのには理由がある、というのもわからないではない。だが、犯罪は犯罪だ。豊には一切、責任はない。

わずかにむかっ腹を立てながらエレベーターでロビーに降りたが、正面玄関はすでに閉まっていた。時間外受付のある出入り口へと向かうと、ドアを開けたその外に美弥がいた。携帯電話で誰かと話している。病院でも最近は、このくらい大きな規模になると、場所によっては携帯電話が使用できるところもあるが、外に出てつかうのがマナーにかなっているのは言うまでもない。そうか、美弥は電話がしたかったんだ。わたしに挨拶もしないで帰ってしまう気じゃなかったんだ。圭子はひとり相撲で腹を立てたことを少し恥ずかしく思いながら、美弥にわかるよう片手を挙げて見せた。美弥は話に夢中だったが、それでも圭子に気づいて小さく手を振った。それが、バイバイ、の意味かと思って圭子は歩き出そうとしたが、美弥は慌てて、待ってて、とジェスチャーで示した。

他人の電話を盗み聞きする気はなかったので、圭子は少し離れたところで待った。だが携帯電話を耳に押し当てている美弥の顔は、不思議なほど強ばっていた。何かよくない知らせでも入ったのだろうか。

やがて美弥は、電話を切ってポケットにしまった。笑顔はなかった。

「サンクマ、今から時間、とれる？」

「え？」

「相談したいことがあるの」

「それは構わないけど……ハギコーには会った？　サバの手術、終わったのよ」

「ほんと？　それで？　サバは大丈夫？　大丈夫よね？」

「うん、まだすっかり安心はできないみたいだけど、手術はうまくいったって。今夜のところはＩＣＵに入ってて面会はできないし、一度解散ってことになったんだけど」

「そう」

美弥はようやく、薄い微笑みを口元に浮かべた。

「とにかく、よかった」

「うん。あの、相談って」

「何か食べに行こうよ。あたし、昼から何も食べてないし。サンクマも夕飯まだでしょ？」

圭子は頷いた。美弥の相談事は、立ち話で済むようなことではないらしい。

病院の敷地から出たところにタクシー乗り場があったが、診察時間も面会時間も終わっているせいか、客待ちしているタクシーはなかった。それでも、二人がどうしようかと迷っている内に、空車のタクシーがすっと乗り場に近づいて来た。

「反対方向なんですけど」

「構いませんよ。そこでUターンできるから」

「じゃ、西麻布まで。交差点のあたりでいいです」

美弥は行き先を告げると、背中をシートに預けるようにして目を閉じた。ひどく疲れているように見える。

「西麻布なんて、行くの久しぶりだな」

圭子が言うと、美弥は、あ、とからだを起こした。

「ごめん、勝手に行き先、決めちゃって。時間が遅いから、まともに食事できるとこ、あんまり知らなくて、行きつけのエスニックなんだけど」

「いいわよ、エスニック大好き。それに西麻布も好きな街だな。二年くらい前まで、気に入ってるフレンチレストランがあってね、お値段の割に味も雰囲気もすごくいいんで、女性作家を接待する時によく使ったの。でもオーナーシェフが、自分で野菜を育てたいとかって、静岡の方に引っ越ししちゃったのよ。東京の一等地でそこそこ成功していたのに、料理人って、すごいよね。お金儲けより、自分が納得できる野菜で料理が作りたい、なんて」

「物事って、極めていくとお金の問題じゃなくなるんだろうね。あたしなんかまだ、そこまで悟ってないから、本とかＣＤの売れ行きが気になっちゃうけど」

「ね、美弥」

圭子はできるだけさらりと言った。

「さっきはごめんなさい。わたし、なんか気が立っちゃって」

「あ、ううん。あたしが悪いの。言い方、無神経だった。でもサバが悪いって言いたかったわけじゃないのよ」

「わかってる。サバに気持ちの油断があったことは確かだし、どうしてサバがそういう油断をしたのかは、犯人とサバの関係がはっきりしないと、わたしたちには想像できないよね。いずれにしても、サバが元気になれば、わたしたちにとってはもう、それで充分なんだし」

「うん……男と女のことって、どんなに説明されても事実を知っても、結局、他人には理解できないことだものね。あたし、商売柄、つい気になっちゃうのよ。こんな事件が起こるとね、加害者の心理にも興味が湧いちゃって」

「そうか。そうよね……作家なんだから、それで当然ね。わたし、なんかサバのこと悪く言われたみたいに錯覚して……自分も小説の仕事していたのに、恥ずかしいわ」

「それは逆よ」

美弥は苦笑いした。

「自分の友達とか身内とか、大切な人が事件に巻き込まれたのに、仕事としての視点しか持てない方が恥だよ。だけど仕方ない……こういうの、サガ、って言うんだろうな」

美弥がまた目を閉じたので、圭子も黙ってシートに背中を預けた。美弥の相談というのを早く聞きたい気持ちはあったが、タクシーの中で話すようなことではない、というのが、美弥の沈黙から伝わって来る。

西麻布の交差点でタクシーを降り、美弥のあとについて路地を入るとすぐに、小さな灯りが木製の看板にあてられているのが見えた。時刻はすでに午後十一時を過ぎている。普通のレストランならばラストオーダーも終わっている時間だ。看板には流れるような不思議な文字で、さとりや、と書かれている。それが店の名前らしい。営業時間は午後九時から午前五時まで。こんな不思議な時間帯でもちゃんと商売になるところが東京なのだ。六本木あたりのクラブや飲食店に勤める人たちや、美弥のような自由業の人々が、遅い仕事を終えてから食事をとるには都合がいいのだろう。

上は賃貸のマンションらしいビルの地下だった。一階にはブティックが入っているようだが、とっくに閉店していて、ショーウィンドウのあかりも消えている。

店内は混雑していた。相談しながらの食事、ということで静かな店を想像していたのだが、木製の大きなテーブルのまわりに雑多な服装の人々がぎっしりと座り、笑ったり喋ったりと相当うるさい。音楽はタイの歌謡曲だろうか。

「こっち」

美弥は、圭子が少し顔をしかめたのを敏感に見てとって言った。

「奥に個室があるのよ。すっごく狭いんだけどね」

二人が店に入ったのと同時に近づいて来た男の店員は、美弥の顔を知っていた。美弥が奥を指差すと、笑顔で頷く。日に焼けたような肌色と彫の深い美しい顔だちから、インドやパキスタンの方面の人だろうと見当がついた。

店の奥、トイレの表示があるすぐ隣りにドアがあった。美弥は躊躇いなくそのドアを引っ張った。なるほど、中は個室になっている。とても狭いが、壁に沿って三方に木製のべンチがとりつけられていて、真ん中に大きなテーブルがあるので、ぎゅうぎゅうに詰めれば七、八人は座れそうだった。

「この部屋は、ほんとは物置きだったの。でも常連が仕事の打ち合わせなんかするのに貸してって言うんで、こんな個室にしちゃったんだって。知ってる客はそんなに多くないからね、たいてい、使えるのよ。遅い時間にしっかりご飯食べながら内緒話のできる店って、少ないでしょ。ここ、料理はおいしいよ。おすすめは、シンガポール風のチキンライスとか、ナシゴレンとか、グリーンカレーもイケる。平凡なメニューばかりだけど、味は現地っぽい本格派なの。辛いのが苦手なら、言えば辛さも調整してくれるし」

「西麻布にこんな店があるなんて知らなかった」

「人気はあるけど、雑誌の取材とか断ってるからね。なんでだかわかる?」

圭子が首を横に振ると、美弥は顔を近づけて囁いた。

「厨房にいるコックさんがみんな、不法滞在だ、ってウワサ。ほんとかどうかは知らないわよ。でも、そんなこと我々には関係ないものね。スタジオにこもって深夜まで録音したりすると、やれやれ終わった、となると午前二時とか三時とか。もうそれから行かれる店って、味はどうでもいい、みたいなとこばっかりでしょ。こういうまともな味の店で、朝まで営業してくれるとこは貴重なのよ」

部屋の中にはテーブルとベンチ以外ほとんどスペースが余っていないが、壁にはコートを掛けるためのフックに並んで、内線電話らしい電話機が設置されている。その下にメニューがプラスチックの薄いケースに入ってぶら下げられていた。Ａ４サイズの紙の両面に、細かい字でぎっしりと料理や酒の名前が書かれているが、どれもカタカナで、まるで意味がわからないものも多い。写真も絵もないので、どんな料理なのか見当がつかない。

「嫌いなものってある？」

「特にないけど」

「じゃ、適当に頼んでいい？」

圭子が頷くと、美弥は受話器をはずして、てきぱきと注文を済ませた。

「料理を持って来た時はちゃんとノックしてくれるのよ。音楽屋だけじゃなくて、芸能関係とか広告代理店関係とか、他人に仕事の話でも聞かれたくない、って連中が贔屓にするのもわかるよね」

「文芸とか実用書の出版には、そこまでして秘密にしないとならない仕事って、ほとんどないもんね。だから同じ業界の連中がごろごろいる喫茶店で、平気で大声出して打ち合わせしちゃったり」

美弥は、料理がある程度出て来るまでは、相談の核心に入るつもりはないようだった。

とりあえずシンハービールで豊の手術の成功に乾杯したあと、美弥の最新作について当たり障りのない会話を続けている間に、何皿か料理が並んだ。どれも大皿にたっぷり盛られている。青パパイヤと牛肉のサラダは激辛だったが、ビールによく合った。シンガポール風チキンライスも、これまで食べた中でいちばんおいしい、と思った。揚げたベトナム風春巻には、生の香菜とミントの葉がどっさりとついて来た。日本人は香菜の独特の風味を嫌う傾向があるのに、そんなことには頓着していない。幸い、圭子は香菜が平気だった。一口、ふた口食べ進む内に、思い出したように空腹感が湧いて来て、何時の間にか食べることに専念してしまい、二人の箸の動きが停まった頃には、並んだ皿のあらかたが空になっていた。

「やっぱり昼抜きでこの時間になると、お腹ぺこぺこだったね。出て来た時は絶対に食べ切れないと思ったのに」

「これ、いつもだと三人前くらいかなあ。サンクマもけっこう、食べるね」

「久しぶりよ。この頃なんか、何を食べてもおいしく感じられなくて、コンビニおにぎりとカップラーメンばっかりだったから。新しい部署では接待なんかもほとんどないし」

「ここは隠し玉だから、他の作家とは来ないでね」

美弥は笑って舌を出した。

「サンクマがカレシと来るのはOKだから」

「あ、それ、けっこう難しい注文かも。わたし、今さ……カレシって呼べそうなのって、作家がひとりだけだから」

「へえ」

美弥は笑顔のままで顔を近づけて来た。

「それは意外」

「なんで？」

「だって、サンクマはその手の冒険はしないタチのような気がしてたから。たとえばさ、そう、サバみたいな人とつき合うのがいいかな、って感じで」

「冒険、かな」

「業界が一緒だと、冒険だよ、やっぱり」

「美弥だって、今のカレシはギタリストでしょ？」

「そうだけど、音楽屋はそれがスタンダードだからねえ。ま、いっか。じゃあそのカレシだけは許可、ってことで。って、それ誰？　とか訊いたら怒る？」

「別に怒らない。でも教えない」

「ケチ」

「美弥よりは売れてないひと。エンタメの作家だから、美弥とは接点ないと思うし」

「離婚が成立したら、その人と再婚する？」

「……たぶん、しない」

圭子は残りのビールをコップから飲み干した。

「もういいよ、結婚は。よっぽどのことがない限り、二度としたくない心境なの、今はね。結婚って、するのはほんとに簡単なのに、どうして、離婚するのってこんなにエネルギーが必要なんだろうね。なんかさ、あらゆる意味で、わたし、今、くたくた」

「そっか」

美弥はテーブルに頬づえをついた。

「だったらこんな話、サンクマにしない方がいいのかなぁ。でもサンクマにしか相談できないことなんだよね」

「いよいよ核心ですね」

圭子が言うと、美弥は頷いた。

「けっこうヘビーだから覚悟してくれる?」

「うん」

「あのね」

美弥は、溜め息をひとつついて言った。

「おタカが逮捕されるかも知れない……殺人の疑いで」

圭子は、驚きのあまり言葉を出すことができなかった。ただ瞬きを何度もして、ようやく深呼吸してから言った。

「……そんな……バカなこと」

「うん。馬鹿げてる。お夕カに人なんか殺せるわけ、ない。あたし憶えてるもん。お夕カって校庭で体育やってる時に蟻を踏んじゃった、って泣きべそかいたようなひとなんだよ」

「なんでそんなことになっちゃったの！　いったい、何がどうなってるのよ、お夕カが誰を殺したって疑われているの！」

圭子は思わず美弥の腕を摑んでいた。美弥はそれを払いのけようともせず、もう一度大きな溜め息をついた。

「……何から話せばいいんだろう……あたしって、論理的に物事を説明するのが苦手なのよね。とにかく……六本木のホテルでＩＴ企業の若手社長が殺された事件は知ってる？」

「六本木のホテルで……あ、なんか新聞に出てたね。ここ数日、テレビは見てないから詳しいことは知らないけど。でもまさか、その社長をお夕カが殺したって言うの？　だって、なんで？　ＩＴ企業の社長なんかとお夕カのどこに接点が……あ、お夕カの旦那さんって確か……」

「殺された人が経営してる会社の子会社に勤めてる」

ノックの音がして、店員がデザートとコーヒーの盆を持って入って来た。その店員が食べ終えた皿やコップをかたづけてドアの外に消えるまで、二人は黙ったまま待った。

デザートは、甘く煮た豆と干した果物がたくさん載ったかき氷に、甘い植物の匂いのす蜜がかかっているものだった。氷の中には小さな餅も埋まっていた。圭子は思わず、いちばん甘そうな豆の部分を大きくスプーンにとって口に入れた。甘いものでも口にしないと、落ち着けそうになかった。

「でも被害者と直接の関係があったのは、ご主人じゃなくておタカなの」

「それって」

圭子は必死に豆を飲みくだした。

「不倫してた、ってこと？」

「まあ……そういうことね、結果的には。だけどもうちょっとその……複雑なのよ。おタカね……アルバイトに……売春してたの。被害者はそのお客さん」

今度こそ驚きの限界だった。圭子は思わず、スプーンをテーブルの上に放り投げた。

「あり得ない！　信じないわよ、そんなこと！」

理由のわからない怒りが猛烈に沸き上がり、胸のあたりがむかついた。

「なんでおタカが売春なんかしないとならないのよ！　そりゃ、今はどんな企業も大変な時だし、おタカんちも旦那の給料だけじゃやっていけない、ってことはあるのかも知れないけど、でも、あのおタカよ？　あの、御堂原貴子の話なのよ！　彼女がその気になれば、勤められるとこなんかいくらでもあるでしょう？　大学だって出てるんだし、あれだけの美貌だし……」

「美貌が役に立つ仕事って、つまり、水商売だよ、サンクマ。忘れちゃだめ、あたしたちもう三十五。いくらおタカが若く見えても、履歴書には年齢が書いてある。どんなに美人でも派遣の受付嬢に雇ってもらうのは厳しいよ。それにおタカが出たのは短大の国文科でしょう。資格も持ってなくて、三十五で、再就職の口が簡単に見つかると思う？　サンクマみたいに、有名私大を出て一流出版社に勤めていた女なら、一度家庭に入ってもなんとかなるのかも知れないけど……」

「それは……それはわかるけど。わたしだってもし、一度退社して家庭に入ったら、ブランクの後でまともに就職できないと思うけど……でも……水商売だっていろいろあるでしょう？　おタカなら、銀座とか赤坂とかだって勤められるじゃない。どうして売春なんてそんな……」

圭子は思わず涙声になった。

「そんなのって……イヤよ。あのおタカが……綺麗で、冷静で、女の子にも好かれてたあの……」

「わかってる。あたしだって、まだ信じられない。だけど、おタカが自分で打ち明けてくれた話なの。実はね、偶然あたし、六本木でおタカを見たのよ。その時、殺された男と一緒だったの。もちろんまだ生きてぴんぴんしてたわよ。不倫かな、って一目で思った。なんだかその……二人の様子に生臭いものがあって。それでね、なんとなく後をつけちゃったのよ。今になって思い返すと、どうしてあの時、そんなことしたのか自分でもよくわからないんだけど。でも、なんか、おタカの雰囲気がね……あたしの知ってるおタカじゃない、ひどく不自然に思えた。だけどあたしの知ってるおタカって、十五歳の中学生なんだよね。二十年も経てば変わるのが当たり前で、それなのにどうしてあんなに気になったのか。もしかしたら、虫が知らせた、ってことなのかも」

「じゃ……事件のあったホテルに？」

「そう。二人でチェックインした。ああ、やっぱり不倫なんだ、って思った時、あたしなんか、脱力したというか。しかもその時、たまたま知り合いがそのホテルにいて声をかけられたのよ。それで、なんとなくその知り合いとバーで飲んで、カフェラウンジに移動して……馬鹿みたいなんだけど、おタカは絶対に泊まらない、って気がしたのね。家庭を壊そうとはしない、って。それで間抜けな私立探偵みたいに、おタカが出て来るのを待つ気分だったんだと思う。自分で自分の心理状態がよくわからなかったけど」

「……二人で出て来なかった……おタカひとりで出て来た、そういうこと？」

「うん」

美弥は両手で顔を覆った。

「偶然だよって顔で挨拶したんだけど……おタカ、なんかとても焦ってて。タクシーで帰って行ったの。被害者の遺体が発見されたのは、その後のことよ」

「だけど、それだけでおタカが殺人犯だってことにはならないでしょう？　パートタイムで不倫して、女が先に家に帰るなんて状況、不自然でもなんでもないんだし」

「もちろん、そうよ。って言うか、あたしだっておタカが犯人だなんて思ってない。でも警察は、被害者と一緒にチェックインした女を捜してるの。フロントの人に顔を見られてるのよ、おタカ。一昨日くらいから、似顔絵がテレビでさかんに流れてる」

「そうなんだ……このところ、新しい編集部に替わったばかりで仕事が山積みで、毎晩遅かったのよ。夜のニュース番組にも間に合わないくらい。だからそんな似顔絵のことは知らなかった。その絵って、おタカに似てるの？」

「わかんない。あたしもテレビはほとんど見ないから、警察が公表した似顔絵は見てないの。でも問題はね……ただの不倫ならともかく……おタカは主婦売春のグループに所属してたのよ」

「それ、絶対に信じられないわよ。あり得ない！」

「信じるしかないのよ。本人がそう告白したんだもの。実はね、おタカ、自宅で倒れたの。表向きは貧血のひどいやつってことで入院したけど、ほんとは、精神的ショックで半狂乱になって、気絶したみたい。病院に入院したおタカがあたしの名前を囈言で呟いていたんで、旦那さんがあたしに連絡してくれて、お見舞いに行ったの」

「どうして美弥の名前を？」

「だから……殺人のあった夜にあたしに見られたでしょ。そのことであたしに、口止めのメールして来たのよ、おタカが。あたしはもちろん、誰にも言うつもりはなかった。たぶん、そのせいだと思う。おタカの意識の中で、あたしが秘密を守るかどうかがずっと気になっていたんでしょうね。……馬鹿だよね、おタカ。日本の警察はそんなに甘くない。あたしが黙っていたって、フロントに顔を見られた以上、その内、割り出されるに決まってるのに」

「お見舞いに行った美弥に、おタカが自分で売春のことを打ち明けたの？」

「うん。ごめん、話があとさきになるんだけど、そもそもおタカが倒れたのはね、おタカの携帯に、脅迫みたいなメールが入ったからなの」

「脅迫……」

「例のやつよ。わたしを憶えていますか、冬葉、って、あれ」

「あれがまた届いたの！」

「と言うより、あれがエスカレートした、って言えばいいかな。倒れているおタカを発見したのは隣室の奥さんで、その時、おタカは携帯を握ったままだったんですって。それで後で旦那さんがその画面を見て、おかしなメールが来てるってわかったのね。非常事態なんで、おタカを入院させてから旦那さんがメールの受信簿と送信簿を読んでみたら、わけのわからないやり取りが残っていたの。あたしも読ませてもらったんだけど、かいつまんで言えば、例の冬葉って名乗る相手が、おタカが殺人事件のあった晩に被害者とホテルにいたことを知ってるぞ、って脅してる、そんなやり取りだった。それも、親切ごかして、助けてやろうか、みたいなこと言ってるの。すごく悪意のある感じよ。おタカがパニックしたのもわかる。おタカは意識を取り戻してから、その携帯をあたしに読まれたと知って、あたしに何もかも打ち明ける決心をしたんだと思う」

「ちょっと待って。ってことは、あの、冬葉だと名乗ったやつは、おタカが被害者とホテルにいたことを知ってたのね？　だったら読めるじゃない。冬葉、だなんてとんでもない嘘ついてるけど、その相手はおタカがかかわっていた売春組織の人よ。そうでなければ、おタカが客とどのホテルにいたかなんて知ってるわけが」

「違うの」

「違う？　どこが？」

「だから……殺された男はね、確かにもともとはおタカの客だった。でも個人的におタカのことを気に入って、組織とは別に、おタカを愛人にしていたのよ」

「そんなのって……わたし、詳しいことは知らないけど、そういうのってあの世界ではルール違反なんじゃないの？　組織に知られたら、おタカがひどい目にあうんじゃ……」

「そうでしょうね。少なくとも、そんなことを認めていたんじゃ、組織売春は成り立たないもんね。でもおタカにしてみたら仕方なかったのよ。実はね、彼女の旦那さん、リストラされて失業しちゃったらしいの」

圭子はやっと腑に落ちた。

「そうか。つまり殺されたIT企業の社長ってのが、おタカのご主人が失業中だって知って、愛人契約を持ちかけたのね。お金の他に、旦那さんに就職を世話することをエサにして」

「そんなとこでしょうね。あるいはおタカの方から、背に腹は代えられなくて頼んだのか。おタカの娘さん、私立小学校に通ってるのよ。授業料の他に寄付金も必要だし、なんやかんやとすごくお金がかかるんですって。マンションのローンも残ってるらしいし」

「じゃあ……売春組織に入ったのも……お金なのね、やっぱり」

「おタカはそう言ってる。でもあたしは、他にも理由があるような気がした。あたしだって信じられなかったもの。彼女みたいな女なら、セックスしなくたって高い収入を得る道はきっとあったと思うのよ。サンクマは知ってるかな、おタカ、高校生の時にティーンズモデルとしてデビューしたの」

「ほんと？　知らなかった」

「うん、あたしも知らなかったんだけど、ほんの一年かそこら、芸能界にいたのは確かみたい。結局、芸能界の水が合わなくて一度引退して、でも学生時代に今度はモデルのバイトも始めて、そっちは何年か続いていたみたいよ」

「それはわかるよね。あの顔だもの……と言うより、あれだけの美貌でそういう世界と無縁でいたとしたら、そっちの方が不思議なくらいだし」

「だからね、お金のことだけだったら、さっきサンクマも言ったみたいに、他に方法がないわけじゃなかったと思う」

「それじゃ、なによ」

圭子は思わず声を低めた。

「お金以外に、女が自分のからだを売る理由なんてそんなにないでしょう？　ご主人との間にセックスがないとか……」

「そういうことじゃない気がするの。もしそういうことなら、おタカのことだもの、あっさりとそう言うんじゃないか、って。おタカは本当の理由を隠そうとしていたみたいにあたしには思えた。娘さんをどうしても私立の小学校に通わせたかった、って、それが理由だって言ってたけど」

「だから、他の理由って何なの？　美弥、わたしもう、混乱してあたまがパンクしそうだよ。殺人だの売春だのって、そんなこと、あのおタカとはどうしたって結びつかないもの。いくらこの二十年で変化したんだとしても、そんな……わたしたち、あの時点で十五歳だったのよ。十五歳ってことは、人間としても女としても、もうベースの部分は出来上がってる歳でしょう？　おタカは……貴子は、あんなに綺麗だったのに、少しもそれを利用して何かしようとする態度がなかった。かと言って、お高くとまっていたのとも違う。女王様にも家臣にもならない、彼女にはそういう、独立心みたいなものがあった。だから彼女は女生徒にも人気があったのよ。そりゃ人生だもの、何があるかはわからない。おタカが売春しなきゃならない状況に陥ることだって、あるのかも知れない。でも、お金が必要だとか、旦那とセックスがないから寂しかっただとか、そんなもの、彼女には似合わな過ぎるわよ！　おタカなら、お金が必要だったらちゃんと働きに出ることを考えるだろうし、旦那とセックスがないのが辛いなら、旦那にそう言うか、すっぱり離婚する。そう思わない？」

「思うけど……」

「美弥！」

圭子はもう一度美弥の腕を摑んだ。

「美弥、何か隠してる？　何か……思いあたることがあるんじゃないの？」

美弥は、なぜか泣き出しそうな顔でじっと圭子の顔を見ている。

「美弥……どうしたの？」

美弥は圭子の顔に視線を固定したままで、啜り泣きのような音をたてて息を吐いた。

「ただの想像なの。絶対、誤解しないで。証拠とか一切ないし、おタカからも何ひとつ聞いてないんだから。でも……」

「わかった。何か考えてることがあるなら教えて。それが事実とまったく違っててもいいから。今のままだとわたし、混乱して、おタカの顔見た時に何を口にしてしまうかわからない。理解できないことでも、ちょっとでも理解したいのよ」

美弥は頷いた。

「罰なのかも知れない、と思ったの」

美弥は、掠れたような小さな声で囁いた。

「罰？」

「貴子は自分で自分を罰してる。自分に罰を与えようとしている。そうなのかも知れない、って。サンクマ、あたしの小説で、『薄墨の空』ってあったの、憶えてる？」

「もちろん憶えてるわよ。あれ、I賞を受賞したやつじゃない。傑作だわ」

「ありがとう。あの作品のテーマ……子供の頃に母親に投げつけられた言葉をずっと背負って、自虐的に生きてしまう人間、だったでしょう。あれを書いた時、実際にカウンセラーに相談した人に取材して、いろんなケースを知ったんだけど……その中にね、売春がやめられない女の人がいたの。その人は恋をしたことがないの。少なくとも自分では、ない、と思いこんでた。手当たり次第に抱いてくれる男を探して、性行為のあとで百円でもいいからお金を貰わないといられない。いろいろ話を聞いていく内に、それが子供の時に母親から、あんたの目つきは嫌らしい、そのままだとあんたは売女になるよ、って怒鳴られたことが心に傷としてのこって、誰かに惹かれるたびに、自分は売女なんだ、そういう女なんだ、って思ってしまう、そういうことを話してくれたの。母親が彼女を罵倒した原因は、実の父親が、彼女と一緒にお風呂に入った時に、彼女の性器を見たことらしいのよ。彼女はそれが悪いことだなんてまったく思ってなくて、父親が見せてと言うのでお風呂で足を開いて父親に見せた。父親はそれを……少しいたずらしたらしいんだけど、それでも彼女は、それを虐待されたとは感じていなかったんですって。まだ小学校の低学年だったらしいから、無理ないわよね。親にからだを見られて恥ずかしがる年齢じゃないもの。でも父親が彼女の性器にいたずらしているところを、何げなく風呂場のドアを開けた母親が目撃した。そういう場合、責められないとならないのはもちろん父親よ。でも世間では、そうしたケースでなぜか、母親の憎悪が娘に向かうことも多い。母親にとって、娘が女としてのライバルになってしまうんでしょうね。娘が色気づいて実の父親を誘惑した、そんなふうに受け取る母親が、現実にいる。彼女の場合も、その場はいちおう父親が糾弾される形にはなったらしいけど、その後ずっと、彼女が家を出て独立するまで、母親の憎悪を様々な形で浴びせられ続けることになった。母親の前ではお洒落ひとつできなかったんですって。化粧品を欲しがっても新しい服を欲しがっても、決まって、売女になる、と怒鳴られたらしいの。中学になった頃には、彼女の下着を母親は、汚いから、って、割り箸でつまんで洗濯機に入れていた……」

「ひどい……そんなことされたら、心がズタズタになっちゃう……」

「うん。実際、ズタズタになったのね。彼女は、すべて自分が悪いんだと思い込んだ。実の父親に性器をいたずらされたのも、自分がほいほいと足を開いて見せたからだ、って。だから自分にはまともな恋をする資格がない。自分には、お金を貰って誰かれ構わずセックスさせる、そういうのがふさわしい。……彼女は中学二年の時に、同級生の半数以上と関係を持ったの。それも三百円ずつ貰って。高校生になった頃には、盛り場で実際に援助交際をしてお金を貰うようになっていた。でも不思議なことに、プロとしてそれを仕事にしようとはしなかったのね。ソープで働くみたいなことは考えもしなかったんですって。彼女にとって、売春は、嫌らしくて汚い自分を罰する手段であって、それで高額なお金を稼いだりしてはいけないこと、だったんでしょうね。……その彼女は……とても美人なの。たぶん幼い頃から大変な美少女だったと思う」

圭子は、何も言えなくなって、ただ呆然と美弥を見つめていた。

「ほんとに誤解しないでね」

美弥はもう一度、言った。

「おタカのお父さんがそんなことした、って言いたいわけじゃないの。ただ、なんかそれに近いような体験、相手は誰であれ、そんな経験を彼女はしたことがあるんじゃないか。自分には悪気がないのに、彼女の美貌が男を引き寄せてしまった。そしてその男から歪んだ欲望を押しつけられた。そのせいで、誰か他の女性を苦しめた。そんな経験があって、おタカは、そうしたことすべて、自分のせいなんだ、自分が悪いんだ、って、無意識にでも思い込むようになった。結果として、おタカの心の中で、売春して自分を汚すことで安堵する、自分を罰することで赦されたような気持ちになれる、そんな捻(ねじ)れが発生しちゃったんじゃないか。そう考えたら、なんだか腑に落ちたのよ」

美弥の想像は、ある程度当たっている。圭子はそう感じた。圭子にとってもその解釈は、妙にすっきりと納得できるものだった。それは同時に、二十年前に貴子がまとっていたあの独特の雰囲気、人並みはずれた美貌を持ちながら、硬質で不思議な距離感のあるムード、それを説明するものでもあった。

そう、あれは……

禁欲。

貴子はずっと、心の中でずっとずっと、自分を罰し続けていたのかも知れない。たった十五歳で、男の子に恋をする楽しみを捨てていたのかも知れない……

「ごめんね、話が脇道にそれたね」

美弥は、自分の頬をぱちん、と掌で叩いた。

「貴子がどうして主婦売春組織になんてかかわったのか、それはこの際、どうでもいいとは言わないけど、別の問題にした方がいいね。それより、貴子が殺人犯にされちゃうことの方が重大だから」

「そうね……で、おタカは病院で、そうしたことを美弥に打ち明けたわけね。でも殺してないんでしょう？　自分がやったとは言ってないんでしょう？」

「自分じゃない、とはっきり言った。貴子じゃないわ。貴子が部屋を出る時、被害者の社長はまだ生きてたって。あの晩、セックスの途中で被害者に電話があって、その電話で、急に人と会うことになったから今夜は帰ってくれ、と言われたらしいの。それで貴子は部屋を出た。娘さんを実家のお母さんに預けていたから、タクシーで駆けつけたそうよ」

「だったらタクシー会社から証言がとれるわよ。被害者の死亡推定時刻は絞られてるはずよ。貴子が警察にちゃんとすべて話して、ホテルから実家まで乗ったタクシーを見つけてもらえばいいのよ」

「そうなんだけど、そうすると、主婦売春組織のことも警察に言わないとならなくなるでしょ？　貴子は離婚を怖れてる。でも不倫ならまだしも、売春していたとなると……」

「殺人罪で刑務所にいくよりはましよ！　貴子が躊躇してるなら、二人で説得しよう。警察を相手に嘘なんかつき通せるはずないもの、どっちにしたって、売春のことは明るみに出るのよ」

「マスコミに書きたてられたら、娘さんが私立の学校をやめないとならなくなるわ」

「仕方ないじゃないの！　殺人者として顔も実名も新聞に書き立てられるよりはましでしょう？　そうなったらどっちにしたって、私立小学校に通い続けることなんてできないんだから。ね、美弥、貴子を説得して、自分から警察に打ち明けるようにさせないと。逮捕なんかされちゃったら、実名も顔写真も新聞に出てしまうのよ。後になってあれは間違いでした、ってことになっても、失ったものは取り戻せない。離婚は仕方ないとしても、被害者と特別な関係になったのにはご主人の就職問題だってからんでるんだもの、ご主人だって一方的に貴子を責められない点はあると思う。貴子はまだ病院なの？」

「うん。さっき本人からケータイに連絡があったの。明日の午前中に退院予定だって。でも今日、刑事が病室に来たんですって。何も知らないと突っぱねたけど、退院したらご足労願うことになると思います、と言われたそうよ」

「それじゃもう、だめよ。警察は似顔絵から、貴子のことを割り出したのよ。被害者の身辺だって徹底的に洗ってるでしょうから、売春組織のこともすでに知られてるかも知れない。下手な嘘はかえって事態をまずくしちゃう。大丈夫よ、タクシー運転手の証言さえとれれば、貴子のアリバイはきっと成立するわ。殺人犯にされることを思えば、他のことは我慢するしかないじゃないの」

美弥は頷いたものの、煮え切らない表情で空のコーヒーカップをもてあそんでいた。

「何か他に、問題があるの？」

「……問題というか……さっき言いかけたでしょう。おタカが入院したのは精神的ショックを受けたせいで、それは冬葉からの……」

「あ、そうか」

圭子はようやく、貴子のトラブルと自分たちとが結びついているのだ、ということに気づいた。

「冬葉のニセモノは、どうしておタカが殺人事件の夜に被害者と一緒にホテルにいたことを知っているのか、それが謎なのね」

「さっきおタカが電話で言ってたの。おタカには、自分を恨んでいる人の心当たりはあるんですって」

「ほんとに？」

「うん。モデル時代の知り合いで、その人の夫がおタカに勝手に片思いして、あげくに……お子さんと無理心中しちゃったって事件があったんですって。おタカはその男性とは何の関係もなかったって言ってる。それは嘘じゃないと思う。その男性は、きっと、鬱病とか他の精神的な病気にかかっていて、おタカのことは破滅する引き金になっただけなんだろうね。でも子供を失った母親が逆上して、おタカを憎むというのもわかる」

「じゃ、その女性が、ずっとおタカをつけ狙ってたりしたとか？」

「おタカはそう思ってる。電話で問いつめたけど、否定はしなかったらしいわ。裕福な家の奥さんで、ご主人が亡くなって遺産を相当相続してるらしいから、お金にモノを言わせて探偵とか雇っておタカを尾行するくらいはしただろう、って。でもね、どうしてその女性が、小野寺冬葉のことを知っているのか、それがわからないのよ」

「でもそれは……二十年前の新聞とか週刊誌を読めば」

「あたしたちの実名なんか出てないわ。未成年だったんだもの」

「学校名は出たわよ。そこからたどれば、冬葉と行動を共にしていたわたしたちのことを知るのは簡単よ」

「でも、そんな女がなんであたしのパソコンのアドレスを知ってるの？　第一、今頃になってどうして、冬葉の名前なんて使わないとならない？」

美弥の瞳には強い不安があった。圭子も背中にうっすらと寒気が走るのを感じた。

「……サンクマの、珠洲先生の原稿紛失事件だって、まだ犯人がわかってないでしょ？

……何か変よ。ただおタカを恨んでる女のやってることにしたら、辻褄が合わない。明日、おタカが退院したら、警察がおタカの家に行く。すぐに逮捕はされないと思うけど、参考人としておタカは取り調べを受けることになると思うの。おタカはね、何もかも正直に話しても信じて貰えないいんじゃないか、それを心配してるの。そして、冬葉のことを持ち出せば、あたしたちみんなが巻き込まれる、って……」

「誰かが、冬葉の失踪の責任がわたしたちにあると思ってる誰かが、わたしたちみんなの私生活を見張ってる、ってこと？　そしてわたしたちそれぞれに恨みを持ってる人間を探し出して、その人間を操って……美弥、それじゃもしかしたら……サバのことも……？　サバに未練を残していた女の子に何かでたらめを吹き込んで、その女の子がストーカーになるように仕向けて……最後にはサバを殺すように……？」

ブルルルル、と何かがテーブルの上ではねた。美弥の携帯電話だった。

「ここ、地下なのに電波、入るのね」

美弥は携帯を取り上げた。

「棒が一本だけ立ってる。これじゃ、会話は無理かも」

美弥は携帯を開いて耳に押し当てた。

「もしもし？　え？　……ごめん、電波弱いの、おっきな声出して！　あ、ハギコー？

うん……えっ？　それって何のこと？　サバがそう言ってるの？　もしもし？　ハギコー、今、どこ？　わかった、うん、今、サンクマと一緒なの。西麻布だから遠くない。行く。うん……切れちゃった。だめだわ、電波弱くて。サンクマ、ここ出よう。ハギコーがサバの病院の近くの居酒屋で待ってるって」

「どうしたの！　サバの容態が」

「サバは大丈夫。麻酔からさめて、家族の人と話をしたんだって」

美弥はテーブルの端に置いてあった伝票を摑んだ。

「でもね、なんかおかしなことを言ってるらしいのよ、サバが」

「おかしなこと？　あ、だめだよ美弥、ワリカンにして」

「わかった、後で割る」

美弥は小走りで店を横切ってレジに伝票を出した。圭子も急いであとに従った。

「あたしたちに伝えてくれって、御両親に言ったんだって」

「あたしたちって、わたしも美弥も含まれてるの？」

「うん。あの時の仲間に伝えてって。冬葉のことらしいんだけど、サバ、まだほんの少ししかしゃべれなくて、看護師さんも喋ったらだめだって止めたとかで、なんかよくわからないのよ。でもね、あたしたちに、ＥＳＳ、と伝えてくれって言ったらしいの」

「三千二百円でーす」

大きな目をした、東南アジア系の女性が元気に言った。

「ミヤさん、またねー」

「うん、また。おいしかったよ」

「ありがとねー」

店の外に出ると美弥は走り出した。

「ＥＳＳ、なにそれ。経済用語？」

「わかんない。でもあたしたちに伝えて、って言うんなら、あたしたちも知ってる略語なんじゃないかな」

「わたしたちみんなが知ってるＥＳＳって……まさか、English Speaking SocietyのＥＳＳ？」

「あ、タクシー。停まって！」

表通りに出るなり、美弥は伸び上がってタクシーを停めた。

「信濃町。Ｋ大病院の近くまでお願いします。……それしか考えられないじゃない？　少なくともあたしは、他に知ってるＥＳＳってないもん」

「でも冬葉は音楽部よ。ＥＳＳじゃなかった」

「うん。でもあたしたちの中でひとりだけ、ＥＳＳがいたのよ。あたしも今さっき、思い出した」

「ひとりだけ？　おタカは軟式テニスで、サバとハギコーは鉄道で、あたしは文芸で……あ！」

「そう」

美弥は言った。

「ナガチ。ナガチがＥＳＳだったよ」

3

「ナガチは確かにＥＳＳだったのか？」

身を乗り出した耕司に、美弥は頷いた。

「間違いないわ。何度か、ディベートの練習につき合ったことあるの、思い出した」

「でも俺」

耕司は生ビールのジョッキを持ったままで首を傾げた。

「なんか、あいつ、運動やってたような記憶があったんだけどなあ。バスケットか何か、してなかった？　あいつ、背が高かったから……」

「ダブルでやってたんじゃない？」

美弥は思い出した。あの頃からすでに、今で言う少子化現象は始まっていたのだろう。下町の公立中学も、生徒数は年々減少し、使われていない教室もあるほどだった。最盛期は一学年六クラスあったと聞いたことがあるが、二十年前のあの頃でやっと三クラス、それも、あと十人も生徒が減ったら二クラス編成になるという話が出ていた。クラブは、学校が予算を組んである公式部と、生徒が自主的に作って、顧問だけ教師が務めている同好会があったが、生徒数は減っても、廃部にするとなると生徒の反対や父兄からの抗議などでいろいろ面倒になるため、公式部の登録はひとりひとつだけ、同好会は二つまで在籍できる、というルールになっていた。グラウンドの使用や顧問の安全管理義務がある運動系の部はほとんど公式部で、放課後の教室に集まって好きなことをしているだけの文科系は、大部分が同好会だった。ＥＳＳも確か、正式には同好会だったはず。長門悠樹も、公式登録はバスケット部で、他にＥＳＳにも在籍していたのだ、たぶん。

「でも、なんでサバったら、いきなり、ＥＳＳ、なんて言葉を言ったのかしら。それもわたしたちに伝えてくれ、だなんて。サバを刺した女って、わたしたちとは無関係な人なんでしょ？」

圭子が耕司の顔を睨むように見据える。耕司は小さく頷いた。

「サバのマンションの管理人が、サバの部屋の前で騒いでいた女と話し合いをしたことがあったことがわかった。オートロックの玄関を、住人のあとについて入りこんで、コピーしたサバの部屋の鍵で勝手に部屋にあがりこんでいたのをサバが追い出して、それで警察を呼ぶ騒動になったらしいんだ。近所の交番から巡査が出向いて、女を交番まで連行して、住所氏名を聞いてる。結局、サバが合鍵を渡したことがあるのは事実なんで、痴話喧嘩ってことでそのまま帰したみたいだけど。サバの会社の警備員の証言と、その管理人の証言とはほぼ一致してるから、同じ女なのはまず間違いない」

「でも、住所や名前なんてでたらめを言ったかも」

「交番の巡査はそんなに迂闊じゃないよ」

耕司は苦笑いした。

「彼らは拳銃を持って、毎日命がけだからね。俺たちなんかよりずっと用心深い。身元を証明できるものを提示させただろうし、それを持っていなければ、親とか友達とか、とにかくその女の身元を確認できる人間に電話で連絡をつけてから帰してるはずだ。多少の嘘はついてるとしても、身元はすぐ割れるよ」

「でもサバは、ＥＳＳと伝えてくれ、と言ったんでしょ？　その女性と関係のある言葉なのだとしたら、どうしてわたしたちに伝えてなんて」

「俺も直接サバの口から聞いたわけじゃないから。でも、病室にいたサバの元の奥さんが、サバの言葉をメモしてくれてたんだ。さっき、病院で受け取って来た」

耕司は、手帳のメモ欄を切ったらしい小さな紙をテーブルの枝豆の横に広げた。

『ＥＳＳ。ＥＳＳだ。コウジにつたえて。サンクマ。ＥＳＳの。ふゆは。げいき』

「これらの言葉を繰り返して呟いていたんだそうだ。元の奥さんにはまるで意味がわからなかったけど、耳で聞こえたとおりに書いた、って言ってる」

「ちゃんと意味は通ってるわ」

圭子が溜め息のように囁いた。

「意味が通ってる……サバは、自分を刺した犯人のことを言おうとしたんじゃなくて、冬葉のことで何か思い出したのよ。何か……ＥＳＳと関係のあること。でもＥＳＳって何の略なんだろう……げいき。ゲイキ、って何かな？」

「ケーキ？　景気。計器。関係ないか……芸……芸能、じゃ音が違うものね、芸能界ならあたしと関係なくもないけど」

「ナガチはＥＳＳだった」

「でも、冬葉は音楽部よ。音楽部は公式部活動だったけど、でも冬葉が他の同好会にも所属していたなんて……そんな記憶はまったくないし……毎日あんなに一所懸命、フルートばかり吹いてた人だもの、同好会に入って他のことをする時間なんかなかったと思う」

「ちょっと待て」

耕司がビールのジョッキを、どん、と置いた。

「俺、なんか憶えてるぞ！　サバが文化祭の時、ＥＳＳのなんかを手伝ってた……あれはいつだったかな、二年の時だったか三年だったか……三年、そう、三年の時だ！　間違いない。俺たち、銀河の模型作ってたんだ、あの時の展示で」

「あれ、鉄道同好会なのに、宇宙の模型なんか展示したの？」

「違うよ、サンクマ。銀河、ってのは夜行列車だ。大阪と東京の間を走ってた。俺とサバとで夏休みから作り始めたんだけど、ほら、三年だったから模擬試験だなんだって日曜も忙しかったろ。で、文化祭のぎりぎりまで完成しなくて焦りまくってたんだ。なのにサバが、ＥＳＳに頼まれてなんかに出ることになったんだ。で、俺はむくれたんだけど、サバはほら、ああいうやつだったから、どうってことない、リハーサルと本番だけ顔出せばいいんだって笑ってた……えっと、何に出たんだったか……俺、あの年の文化祭は自分とこの展示にかかりっきりで、他の展示とかステージとか全然見てなかったんだよなあ……」

「劇！」

圭子が叫んで立ち上がった。深夜の二時前、客の姿はまばらだったが、それでも視線が集まった。

「劇よ、英語劇！　ＥＳＳは毎年、文化祭では英語劇をやってたの。あの年はミュージカル仕立てだった！　わたし、憶えてる。わたし、実行委員会にいたから、プログラム作成とかもしたし」

「でも冬葉は？　冬葉はESSといったい何の……あ！」

美弥は不意に思い出した。リハーサル光景。あの中学は、体育館の片側に舞台があり、講堂としても使われていた。美弥は軽音楽同好会、下級生の男子生徒でエレキギターを弾ける子がいたので、その子と共に三人編成のバンドを組んでいた。美弥はベースギターを担当し、他に三年生で隣のクラスの男子がドラムスで加わっていた。だがベースもドラムスも下手だった。なんとか文化祭で聴衆に聞かせるレベルにするため、音楽部でピアノが得意な女の子をスカウトし、借り物のシンセサイザーを担当して貰った。それでメロディラインがまとまったので、ぎりぎり格好がついた。美弥がかいた曲自体は好評で、文化祭のあと、展示や発表の人気投票が行われ、全体の四位と人気を集めた。その演奏のリハーサルの時、美弥は、舞台の下で冬葉がフルートを持って何かを読んでいる光景を見ていた。音楽部は吹奏楽中心に運動場で野外コンサートを催すと聞いていたので、なぜ冬葉がそこにいるのか、少し不思議に思ったのだ。その時、誰か、そばにいた生徒が教えてくれた……ESSがミュージカルやるんで、音楽部から演奏者を借りてるんだって。曲も毛利が全部作曲したらしいよ。凝ったことするよね……

「げいき、じゃなくて、げき。間違いない。あのＥＳＳのミュージカルに、冬葉は音楽部から助っ人で参加してたのよ。フルートで」

「そうだったんだ」

圭子は座り込み、顔を手で覆った。

「わたし……観てないのよ、劇。実行委員会は雑用が多くて、展示とか観てる暇がほとんどなかった」

「俺も観てない。クソ、あの劇で何かあったんだ！　ＥＳＳは女子ばかりで男が少なかったから、英語の発音が綺麗だったサバも助っ人で呼ばれた。だからサバは、あの劇を観てる」

「出てたんだもんね」

「でもそこでいったい、何があったって言うの？　文化祭の時に大きなトラブルがあった記憶なんてないし、文化祭から修学旅行までの間に問題が起こってたなんて記憶、ないわよ、わたし」

「大きな事件じゃないいんだよ。サバもずっと忘れてたんだ。それを、思い出した。サバの記憶力の良さは知ってるだろ？　あいつは、昔のことでも、思い出すとまるでテレビの画面で見てるみたいに正確に表現できる。あの文化祭の劇で、サバは何かを見たか、あるいは、気づいた。でも、気にしなかった。小野寺が失踪しても、そのことと見たものとが関係があるなんて思わなかった。だけど……今、思い出して……そしてそれがすごく重要な意味を持つと考えたんだ！」

「でも、サバが回復して話してくれないと、劇を観てないわたしたちには見当もつかないわ」

　圭子が首を横に振った。だが耕司はきっぱりと言った。

「いや、そうじゃないはずだ。……俺たちでも見当がつくと思ったから、サバは俺たちに、ＥＳＳの英語劇のことを伝えようとしたんだと思う」

「サバは瀕死の重傷を負ってるのよ。意識だって朦朧としているだろうし、そんなにはっきりとものが考えられるとは」

「違うよ。サバは、刺されてからそのことを考えていたんじゃない。たぶん、刺される前に考えていたんだ」

「どういうこと？」

「サバを刺した女は、取引先の人間の名前を騙って残業中のサバのところに押し掛けた。サバ自身、自分が刺されるなんて予想してなかった、突然の出来事だっただろう。出血のショックで意識がはっきりしないサバの頭の中には、刺された瞬間のことじゃなくて、その直前のことが記憶として残っているとしてもおかしくない。サバは残業をしながら、あの文化祭の英語劇と小野寺冬葉との関係を思い出し、そしてたぶん、サバが目撃したか耳にした情報も同時に思い出して、何か小野寺冬葉の失踪に繋がる重大なことに思い至った。そしてきっと、それを俺に、俺たちに伝えようとしていた時だったんだよ、不意の訪問者があったのは。サバは混乱して適当なことを口走っているんじゃないんだ。むしろ、今、サバの頭の中にあるのは、俺たちにそのことを伝えようという思いだけなんだ、きっと」

「だったら考えないと！」

美弥は自分の拳で自分の額を叩いた。

「考えるのよ！　サバは、ハギコーがその劇を観てなかったことは知ってる。そうじゃない？　だってハギコーが自分の代わりに、鉄道同好会の展示にはりついていてくれたことは憶えているはずだもの。だからサバが重大だと思ったことって、劇を観てなくても想像できるようなことなのよ。あたしたちでも、わかることなのよ！」

「観てなくても想像できるようなこと？」

圭子は、何かを思い出そうとするように目を細めた。

「つまり……劇の出来、不出来とか、舞台で何があったかとか、そういうことではないのよね……ちょっと待って。わたし……今、何か頭の中にひっかかってるの。わたしがあの劇にかかわったのって……プログラムの作成の時だけよ。だからその時にわたし……何か……プログラム……プログラムだから……題名？　劇の……題名！　わかった！」

「何！」

耕司と美弥が同時に圭子の腕を摑んだ。圭子は強く頷いた。

「そうよ、たぶん、たぶん間違いないと思う！　題名が問題なのよ！　あの英語劇の題名が、Remember me? とか、Do you remember me? とか、確かそんな感じだったのよ！　つまり、わたしを憶えていますか？」

「わたしを……憶えていますか……」

「メールだ！　秋芳、君のとこに来た小野寺からのメールも同じ文章だ」

美弥は頷いた。間違いない。画面に現れた文字。

わたしを憶えていますか？　冬葉

「おタカのケータイに入ったメールも同じだった！」

「じゃ、やっぱり、あのメールは本当に冬葉が出したものなの？　だって、いくら新聞や雑誌の記事を漁ったって、失踪事件があったより前の文化祭の、それも冬葉が所属していたんじゃない、ＥＳＳの英語劇の題名なんて、アカの他人が探り出せたはず、ないもの！」

「いや、小野寺じゃなくてももうひとり、俺たちのよく知っていた関係者がいるじゃないか」

耕司は厳しい顔つきで言った。

「さっき、君たちが教えてくれただろう？ 長門悠樹はESSだった、って」

「ナガチがやったって言うの？」

美弥は思わず声を大きくした。

「あのナガチが、冬葉なんて名乗ってメールを送りつけたって？ どうしてナガチがそんなことする必要があるの？ 二十年も経ってからそんなことして、いったい何の意味があるのよ！」

「落ち着け、美弥。どんな意味があるかなんて、やったのがナガチじゃなくたって皆目見当がつかないよ。俺はただ、ナガチはESSだった、そして俺たちと同じ班で、小野寺がいなくなった時、あのバスに乗っていた、その事実を無視するわけにはいかない、と言いたいだけだ。メールの文面が英語劇の題名だったってのが正確な事実なら、サバが考えたように、あの時の英語劇が、少なくとも、小野寺の名前をつかって美弥と御堂原にメールを送りつけた人間とかかわりがある、というのは確かなんじゃないか？」

「それはわかるけど、でもだからってナガチは」

美弥は言葉を切り、それから耕司の顔をじっと見た。

「……ハギコー、もう隠しておけないわ。サンクマにも聞いて貰わないと」

「美弥？」

「あの事件はどうなったの？　世田谷の主婦殺人。あなたが今、担当している事件よ。ハギコーが最初にあたしのとこに来たのは、あの事件に榎が関与している可能性があるから、だった。そしてあたしが昔、榎の女だったから。でもそれだけじゃなかった。……榎が失踪したサイパンで、ナガチにそっくりな男が榎と談笑している写真が偶然撮られていた。そうだったわよね？」

圭子が息を呑む音をたてた。

「ちょっと……なに、何の話？　殺人事件って何のこと？　ナガチが殺人事件に関与しているって言うの？」

「違うよ、サンクマ。ねえ美弥、俺の立場はわかってるだろう？　たとえ君とサンクマが相手でも、事件にかかわることをすべて話すわけにはいかないんだ」

「そんなこと言ってる場合じゃや、もうないわよ！」

美弥が怒鳴ったので、耕司は目を大きく見開いた。

「美弥、落ち着くんだ。君は……」

「あたしたち、みんな少しずつ情報を持ってるのに、それを隠してる。でも、でもね、敵が……敵なのかどうかわからないけど、とにかく姿を見せない相手は、あたしたち全員、あの時冬葉と同じバスに乗っていたあたしたちみんなに対峙（たいじ）しているのよ。だからあたしたちも、それぞれに知ってることをみんな集めて考えないとだめなのよ！　ハギコー、あなたの立場とか職業倫理とか義務とか、もちろんわかってる。わかってるわ。でも今はそんなこと、関係ない。だってあたしたちは、あなたがそうしたものに反してあたしたちに何か喋ったってこと、絶対に誰にも言わないもの。誰にも知られないなら、どんな義務に違反したってことにもならないわ。でしょ？」

「それは理屈だ。だけど俺は、仕事に対してプライドも持ってるし、義務も負ってる。誰にも知られないから喋ってもいいなんて、割り切れないよ」

「でもあたしには話してくれたじゃない！」

「だからそれは……誘い水のつもりだったんだ。君が関係してるなら、誘い水を与えてやれば何か引き出せるかも知れない。ごめん、美弥、でも、君に嘘は言ってない。君を陥れるつもりなんかこれっぽっちもない。君には絶対に、罠を仕掛けたりはしない」

「もういいのよ、そんなことどうでも」

美弥はぴしりと言って、もう一度、耕司を見た。

「あたしだってあなたを裏切ってるんだもの。あなたに隠し事、してたんだもの」

「美弥、それは……」

「いっぱいあるわ。たくさんあるのよ、あなたに話してなかったこと。あたし、知ってたの。お夕カが六本木の殺人事件の夜、あのホテルにいたことを知ってた。他にもあるわ。あたし、冬葉のお母さんに会ったの。会って話をした」

「美弥」

耕司は驚きを鎮めるように、大きく呼吸した。

「君は、探偵ごっこをしてたのか」

「ごっこじゃない！　冬葉からのメールはあたし宛に届いたのよ！　今度のことは、たぶん、全部繋がってる。だから、全部出し合ってまとめて考えないと駄目なのよ！　ハギコーが話さないならあたしが話すわ。あたしは何の義務も責任も負ってないんだから、構わないでしょう？」

「わかった」

耕司は苦い顔のまま頷いた。

「俺が美弥に話したことを、美弥がサンクマに話すことまで止める権利はないし、それで何か問題になれば、最初に喋った俺の責任だ」

「ありがとう」

美弥は圭子に向き直った。

「ナガチが殺人事件に関与しているというわけではないの。でも、ナガチは今度のことすべてに、たぶん、かかわっているとあたしは思う。だけどあたしは、ナガチを信じたい。あの頃のナガチを、サンクマも憶えてるでしょ？　彼は卑怯な人間じゃなかったし、あたしたちに悪意を抱くような人でもなかった。ナガチがどんな形で今度のことにかかわっているにしても、ナガチには、あたしたちに危害をくわえるつもりはないと思う」

「わかってる」

　圭子も、唇を噛んで頷いた。

「わたしもナガチを信じてる」

「うん」

　美弥はもう一度、耕司の顔を見てから言った。

「じゃ、話すね」

4

　途中までは美弥が話していたが、やがて耕司が口を開き、腹をくくった、というように圭子に対して世田谷の事件のことを説明した。美弥も、ナオミとそのマネージャーのこと、冬葉の母親と話をした時のことを話し、それから、貴子の不倫に気づいてあとをつけたことも話した。圭子はすべての情報を頭の中でまとめようとするかのように、黙って辛抱強く聞いていたが、聞き終えると、ジョッキに残っていた生ビールを一気に飲み干し、大きく肩で息を吐いた。

　三人の情報がすべて出そろった時、長い沈黙があった。

「いったいあたしたち」

美弥は呟いた。

「何に巻き込まれちゃったんだろう」

圭子が囁くような声で言った。

「新しく巻き込まれたわけじゃない。二十年前に、すでに巻き込まれていたのよ」

「川の上流でそっと流した笹舟。はじめのうちは、流れていることは知っていても、恐怖も不安も感じない。川は細く、底は浅く、水は澄んでいるから。わたしたちみんな、冬葉とあのバスで別れてしまった時に、笹舟に乗せられて小川に流された。でもこの二十年、周囲の景色が少しずつ変わり、川幅が太くなり、流れが速くなり、底が深くなり……水が汚れていることに、ぼんやりとしか気づいていなかった。なぜって、わたしたち、自分たちのことで目一杯で、冬葉のことを思い出す余裕なんてなかったから。仕方ないわよね、十五歳から三十五歳の二十年よ、ひとりの人間の人生にとって、もっとも変化が大きく、いろんなことが決まっていく年代だったんだもの。高校受験、新しい友達と学校、大学受験、また新しい友達と環境、就職活動、はじめての社会人生活。美弥みたいに普通の人とは違ったコースを進んでいても、基本的な変化はいっしょだったはずよ」

「笹舟が沈まないように、前に進めるようにすることしか考えられなかった、ってことだね」

「冬葉のことを忘れてしまったわけじゃない。いつだって心のどこかには、あの日のことがひっかかっていた。でも、毎日の生活の中でそのことを考える時間は、この二十年ではとんどなくなっていた。冷たい言い方だけど、それって当たり前のことよね？　そのことで、冬葉本人にだって責められるいわれはないと思う。ましてや、どんな事情があろうと、他人に非難される理由はないわ」

「とにかく、整理してみない？」

美弥は通りかかった店員に、三人分、熱い茶を頼んだ。

「アルコールはさまして。まず、いちばん気になっていることからいいかな。ハギコー、ね、おタカのとこに今日、刑事が来たらしいの。今日はまだ入院中だけど、明日、退院予定なのよ。退院したら署にご足労願うことになる、って言われたみたい。おタカは逮捕されるの？」

「あの事件の捜査本部は麻布にあるんだ。俺は担当が違うから、詳しいことはわからない。本当だよ、隠してるわけじゃない。しかし、御堂原が被害者と一緒にホテルにチェックインしたことは、麻布がもう摑んでる。ごめん、偶然だったんだけどね、御堂原は昔、モデルをしてたことがあったらしいんだ」

「あ、そのことはちらっと噂で聞いた気がする」

圭子が頷いた。

「うん、で、捜査員に、その頃の御堂原を憶えていたやつがいてね、ホテルのフロントマンから聞き描きした似顔絵で、ピンと来た、ってことなんだ。ただそうでなくても、いずれは彼女が逢い引きの相手の女だってことは割れていたろう。しかし、もちろんそれだけで逮捕はできないよ」

「おタカが殺したんじゃないわ。殺された人とホテルの部屋に入ったのは事実だけど、その人に電話がかかって来て、今日は用事ができたから、って部屋を追い出されたのよ、おタカ。それで、実家に預けてある娘さんを引き取るために、急いでタクシーで実家まで行ったんですって。ね、ハギコー、そのタクシーが見つかれば、おタカのアリバイは証明できるでしょう？　おタカの実家は墨田区、ホテルは六本木。タクシーなら、道が空いてても十五分じゃ無理よね、二十分はかかる。そのタクシーが見つかっておタカが降りた時刻がわかれば、ホテルを出た時刻もわかる。その時刻より後が死亡推定時刻なら、おタカは無罪放免よね？」

耕司は美弥の言葉を手帳に丁寧に書きつけた。

「その話、いいな、麻布に伝えて」

「もちろんよ。おタカももう覚悟はできてるみたいだったから、警察でそう話すと思う」

「詳細は憶えてないが、確か、あの被害者の死亡推定時刻は真夜中の零時前後だ」

「それなら大丈夫よ！　あたし、おタカがホテルを出るとこは見てるの。そんな遅い時間じゃなかったわ」

耕司は立ち上がり、ポケットから携帯電話を取り出しながら店の出口へと消えた。

「なんか、あれだけ食べたのにお腹空いてきた」

圭子は言って、おにぎりのセットを頼んだ。

「これでおタカが殺人犯にされることはないわね」

「うん……でも、売春の方は……」

「しょうがないじゃない」

圭子の口調は乾いていた。

「事情がどうあれ、おタカは自分の意思で売春していた。見知らぬ客とセックスした代償に貰ったお金で、彼女の生活を維持していたのよ。それがどんなに大きなリスクを抱えることなのか、わたしたちの年齢でわかっていないわけ、ないんだから。わたしね、売春って行為自体が悪いことかどうか、わからないの。世界には売春が職業として認められている国だってあるんだし、日本だって、ついこのあいだまではまったく合法だった。今だって、ソープの個室でソープ嬢がただからだを洗ってくれるだけだなんて、誰も思ってやしない。ある意味、この日本でも、やっぱり売春は合法なのよ。自分が自分できちんと納得しているのなら、自分のからだをどうつかってお金を稼ごうと、構わないのかも。だけど、それが世間に知られたらどうなるか、そのくらいのことは想像しておかないといけないことじゃない？　特におタカの場合、娘さんがいるのよ。母親が売春していたことが世間に知られて、それで娘さんがどう思うか、感じるか、そこまでちゃんと想像してから、選ぶべきだったのよ。娘に自分のしていたことを説明して、理解して貰う自信がなかったのなら、やっぱりするべきじゃなかったんだわ、売春なんて。わたし、その点だけはおタカに同情できない」

美弥は何も言えなかった。美弥自身、後から考えれば、どうしてそんなことをしてしまったのか、と唖然とするような過去を経てここにいる。確かに、その時でも理屈はわかっていた。非合法なドラッグに手を出せば、警察に逮捕された時どれほど多くのものを失うのか。リスクは目の前に、ちゃんと見えていたのだ。でも、美弥はドラッグに手を伸ばした。圭子に言わせれば、同情できない、と一言だろう。

人は、時として、愚かになる。信じられないほど愚かになるのだ。

圭子の理性が、それを拒絶している。だがそれは事実だ。

豊の事件も、圭子ならば刺した犯人の女を愚かだと切って捨てるのだろう。だが美弥は、どうしても、豊のことより犯人の女のことへと自分の関心が向かってしまうのを感じている。

耕司が戻って来た。表情は硬かったが、それでも席に座るなり、にやりと笑って見せた。

「情報源がどこなのか、ごまかすのに苦労したよ。美弥の名前を出すわけにはいかないもんな」

「あ、そうか」

美弥はようやく、そのことに気づいた。

「ごめん、ハギコー。ハギコーの立場が悪くなるかも知れないのね」

「いや、大丈夫。ネタ元を言えないネタなんて、刑事生活を数年やればみんな抱えるもんだ。とにかく、御堂原はこれで、すぐに逮捕されるようなことはなくなると思う。一度逮捕した人間を不起訴にしたり証拠不十分で釈放とかってことになると、捜査本部の黒星になるからね。だが事情聴取はまぬがれない。……売春のことも、すでに麻布の方では、被害者がカトレア会とかいうところの会員で、そこが高級売春クラブらしいということまで摑んでるよ。御堂原には、できるだけ正直に、何もかも話してしまった方が得だと耳打ちしてやった方がいいな」

「お夕カはわかってると思う」

美弥は、貴子の顔を思い出しながら言った。

「で」

圭子が、テーブルに載せられたおにぎりに手を伸ばしながら言った。

「問題は、おタカをメールでおびえさせた女よね。その女、美弥の話によれば、夫だった男がおタカに一方的に惚れて、それで拒絶されたら子供を道連れに無理心中しちゃった、そのことでおタカを恨んでいる。その点はわかる。でも、いったいどうやって、おタカの携帯メールアドレスを知ったのかしら。おタカだってそんな過去の経験があれば用心深くなっていたはずよね。そんなに簡単に携帯メールアドレスをあちこちにばらまいていたとは思えないけど。それと、その女は、おタカを脅かすのに冬葉の名前を使ったんでしょ？　その女はどうして、いろんなことを知ってるわけ？　その女が最初のメールも送ったんだとしたら、文化祭の劇の題名をどうやって知ったの？　なんだかそのへんが、すごく不思議なのよね。美弥のパソコンのアドレスだって、いくら有名人だからハッカーだとかなんだとかに狙われやすいとか言ったって、プライベートなアドレスなんか、そんなに簡単に探り出せるものかな。それと根本的に、その女は美弥に対して恨みなんか抱いてないわけだから、どうしておタカだけにメールしないで、美弥にまでしたのか」

「じっくりほぐそう」

耕司もおにぎりを手にした。

「どうせもう、帰って寝直す気分じゃないしな。このまま出勤するんなら、朝まで時間はまだある」

「わたしも、そうしよう」

圭子は肩をすくめて笑った。

「しょっちゅう、会社に泊まってるから、ロッカーの中に歯ブラシも化粧品も下着の替えも、全部一式入ってるのよ。自慢はできないけどね、女としては」

「あたしのとこに寄って、シャワーあびてから行けば。青山からなら地下鉄で会社まですぐでしょ」

「ありがと、そうさせて貰う。さて、じゃ、ひとつずつ考えるわよ。まずね、お夕カの携帯にメールしたやつと、美弥のパソコンにメールしたやつ。文面は同じだけど、この二人は別々に存在してるんじゃないか、わたしはそう思うんだけどな」

「賛成。俺もそう思う。御堂原から美弥が聞いた通りだとしたら、御堂原の携帯にメールしたのはその、無理心中で子供が死んだのは御堂原のせいだと思いこんでる女だろう。でもその女が美弥のところにまでメールする理由はない」

「わざとかもよ。本当の目的はお夕カに対する嫌がらせだけど、それをカモフラージュするためにあたしのとこにもメールした。アドレスをどうやって知ったかは、後で考えるとして」

「カモフラージュするんなら、御堂原が詰め寄った時にあっさり認めたりしないよ。その女は、御堂原を苦しめて楽しんでるんだ。そしてそれが自分の仕業だってことを御堂原が知ることが、重要だと思っているはずだ。復讐ってのは、復讐される人間に、どうしておまえは復讐されなければならないのか、それを理解させ、後悔させることにいちばん、意味があるんだから」

「なるほど」

美弥は空腹は感じていなかったので、おにぎりの皿の隅にのせてあった漬け物を指でつまんだ。

「だけど、文面が同じだ、ってことは、二人の人間が偶然、まったく別々にメールを出したわけではない、ってことよね」

「筋書きを書いて、糸をひいた人間が裏にいるわけね。少しわかって来たわ。誰だかわからないけど、わたしたちの中学時代について詳しくて、文化祭のＥＳＳの劇のことも知っている人間が、わたしたちのひとりずつについて調べて、ウィークポイントを探り出した。わたしなら仕事？　美弥は、ちょっとわからない、サバは捨てた女、おタカは不倫と売春。ハギコーに手を出さなかったのは、刑事だからでしょうね、きっと」

「メールは来たぜ」

「メールだけよ。あなたに対しては、それ以上のことはしないって気がする」

「随分、分別のあるやつなんだな」

「おそろしく用意周到で執拗で、計画的な人間よ。警察権力と直接結びついているハギコーに対する攻撃はリスクが大き過ぎると判断するはずだわ、そういう人間なら」

「あたしに関しては、もしかすると、……榎だったのかも」

美弥は言って、寒気を感じた。

「榎の失踪と今度のことも関係があるとしたら」

「榎については、ちょっとおいてくれ」

耕司が言って、ごくり、と飯を呑みこんだ。

「後でまとめて説明するよ。とにかく、サンクマの説を進めてみよう。御堂原を憎んでいる誰かに、その黒幕が何か吹き込んで、メールを出させた」

「そう。だから、何年も前の復讐を今頃、って感じになったのよ。そう考えると、サバの事件も繋がってる可能性が考えられる。その黒幕が、サバのウィークポイントを探していて、サバと別れたけど未練たっぷりの女の存在を知る。その女を、ますますサバに執着するように仕向けた。その場合、サバを殺そうとまで考えていたかどうかはわからないわね。サバを刺した女の子の執着度合いをどこまで計算に入れていたか……」

「でも、ストーカーをたきつけて煽れば、最後には暴力事件になるくらいのことは予想していただろう」

「それはね。ただ、最後にどっちが被害者になるか、そこまではわからなかったと思うのよ。なんと言ってもサバは男で、ストーカーは女の子なわけだから、力対力になったら、ストーカーの方が暴力を受けることだってあり得た。わたしね、黒幕は、むしろ、サバを加害者にしたかったんじゃないか、って気がする。命を失ってしまった場合は話が別だけど、怪我をする程度で済むのなら、加害者になるよりは被害者になった方が、社会的ダメージは少ないでしょう？　黒幕は、サバが、近いうちに会社を辞めて事業をたちあげるという情報は摑んでいると思う。もしサバが、たとえ正当防衛だったとしても、ストーカーの女の子を怪我させたり、殺してしまったとしたら。サバのこの先の人生はめちゃめちゃよ。黒幕がわたしたちを憎んでいるのは間違いない。サバが加害者となって刑務所にでも行くことになれば、それ以上の復讐はないものね」

「怖いな」

耕司は眉を寄せ、肩の上に乗っている何かをはらい落とすような仕種をした。

「どうして俺たちが、そこまで恨まれないとならないのか……小野寺の失踪に関して、俺たちにまったく責任がないとは言わないけど……」

「そんなこと言わないで。責任なんか、ないわよ！　わたしたち、冬葉に対して世間に恥じるようなことをしていたわけじゃないでしょう？　あの時、そういう偏見で報道されて、わたしたちも、わたしたちの親もどれだけ苦しんだか。いじめなんてなかったし、誰も冬葉を除け者にしてなかった」

「だけど、積極的に関心を持っていたわけでもない」

耕司は溜め息をついた。

「小野寺はいつもひとりでいた。俺の記憶にある限り、いつも、だよ。誘えば一緒になんでもする子だったけど、誘わなければひとりでいた」

「それが好きだったんじゃないの？　ひとりでいるのが好きな人間がそんなに不自然？」

「いや、確かに、小野寺は他人にかまわれるのは好きじゃなかったと思うよ。ひとりの方が気楽でいられたんだろう。でも、だからって、クラスメイトなんだから、もう少し彼女に関心を持っていたら……小野寺の失踪について、俺、正直言って、変質者の仕業だと思っていた。今度の一連のことが起こるまで、そう思っていたんだ。小野寺がどうしてあの時バスを降りたのか、それはわからない。わからないけれど、小野寺は変質者に騙されて……どこかに連れ去られて……そしてもう生きてはいない。そういう事件だったんだ、とても不幸な、だけど防ぎようのないアクシデントだったんだ、そう思っていた。でもサンクマ、君の想像どおりに、誰かが俺たちを憎んでいて、黒幕となって御堂原の不倫を探り出したり、サバの別れた女をストーカー行為に駆り立てるよう煽ったりしているんだとしたら、小野寺の失踪が、偶発的な、通り魔とか変質者による事件だとは思えない。だろう？　それが誤解だろうと何だろうと、その黒幕には、俺たちを憎む理由があるんだ。つまり、その黒幕は……小野寺がどうなったのか、今、どうなっているのか知っている、ってことにならないか？」

圭子は唇をかみ、考えこむように黙った。圭子の動揺が美弥にも伝わって来る。そう、耕司の言うとおりなのだ。誰かが冬葉の失踪について、自分たちを憎んでいるのだとしたら、憎む理由があるはず。それが誤解だろうと事実誤認だろうと、何かあるのだ。何か。そしてそれは、冬葉が、今、どこにいるか、にも繋がる問題になる。

「いずれにしても」

しばらくの沈黙ののち、気を取り直したように圭子が言った。

「黒幕に直接訊いてみないと、どうしてわたしたちがそんなに憎まれるのかはわかりそうにないわね。わたしたち、そう繊細ってわけではないにしても、ごく普通に感受性は持ち合わせていると思うのよ。なのにここでこうして三人が額を寄せあっても、心当たりがないんだから。中学生くらいの時って、自分はすぐに傷つく癖に、他人に対してはものすごく残酷で鈍感よね。自我が急速にかたまる時期だから仕方ないんだけど。だから、自分では記憶にとどめてもいないようなことでも、他人をひどく傷つけていた、結果としていじめだと言われたら弁解できないようなことをしていた、ってことはあるかも知れない。でも、今のわたしたちなら、当時のことを思い返して、ある程度客観的に考えるはずよ。それなのに、いくら考えても、冬葉をいじめていたとか苦しめていたとか、そういう心当たりって、ないんだもの」

「そういうことだな。……動機は犯人を捕まえて訊いてみるしかないわけだ。よし、その点をくよくよ考えるのはとりあえずやめよう。事実だけ相手にしよう。俺たちはどうやら、誰かに憎まれている。そしてそれは、小野寺の失踪と関連している。それだけ確認しておこう。サバの事件については、その黒幕が関与していたかどうか、推測する手立ては今のところ、ない。サバに惚れた女がひとりで起こした騒動だ、というだけかも知れない。しかし、御堂原は実際に、自分を憎んでいる女と会話をして、その女がメールを送ったことも確認している。美弥、そうだね？」

「そういうニュアンスだったと思う」

「うん。だったら手がかりは太いのが目の前にあるってことになる。その、御堂原に恨みを抱いているという女を問い詰めよう」

「正直に話してくれるかしら」

「さあな。しかし、感触はわかるだろう。そこからたどれば、案外あっさりと黒幕にたどり着けるかも知れない。早い方がいいだろうな。俺たちが想定している黒幕が、サバが刺されたことでびっくりして攻撃の手をゆるめるとは思えない。それに、御堂原が巻き込まれた殺人事件のこともある。御堂原は無実だとしても、その不倫相手が殺されたことに変わりはないんだ」

「まさか……その事件も?」

「いや、それはわからない。簡単に何もかも結びつけるのは危険だろう。けれど可能性だけは、考えておかないとならない。最悪の場合、俺たちを憎んでいるその黒幕は、すでに人を殺しているかも知れない、ってことは」

茶はすっかり冷えてしまっていた。美弥はぬるくなった薄い日本茶をすすりながら、唇の震えを止めようとした。怖かった。どうしてこんなことになってしまったのだろう。なぜ、あたしたちはこんな目に遭うのだろう。

この二十年、冬葉のことを探そうとしなかった、その薄情に対する、罰なのだろうか。

美弥の耳に、冬葉が吹いていたフルートの音が甦った。

放課後の教室で、美弥は本を読んでいた。十五歳でその本質が把握できるはずもない、マルセル・プルースト。難解というよりは、支離滅裂に思える不思議な文章。長い、長いセンテンスの中で、流れていく様々な物、色、記憶。『失われた時を求めて』という魅力的な題名にひかれて図書館で借りた。何冊もある長大な物語の、冒頭の一冊。正直、飽きていた。物語は行きつ戻りつ、だらだらと進まない。煮え切らない、情けない男が恋愛の残酷に翻弄されている。それしか理解できない。

美弥の意識は、次第に文字から離れ、音へと向かう。

目は文字を拾ったまま、耳はフルートを聴いている。

階段の踊り場だ。屋上に通じる階段の。冬葉はいつもそこで吹いていた。冷たいコンクリートの壁に音が反響し、エコーがかかる。それが気に入っていたのかも知れない。あるいは、西を向いたその踊り場から見える空に、赤い夕陽が落ちかかるのを見ながら奏でるのが好きだったのか。

記憶の中で、フルートの哀切に、ピアノの繊細でかっちりと輪郭のある音が重なる。

誰かが冬葉のフルートの伴奏をしている。誰だろう？

音楽部の誰かだ……もちろん。踊り場の下には音楽室がある。窓を開けてピアノを弾けば、冬葉のフルートに合わせられる。

上手だ。ものすごく、達者なピアノだ。あんなにピアノが上手な子って、誰だったかな？

美弥は本を閉じ、ついでに目も閉じる。

ピアノとフルートの合奏が、美弥のあたまの中にすっと流れて入りこみ、美弥は、とてもいい気持ちだ、と思う……

「ピアノ！」

美弥は、記憶の夢から覚めて叫んだ。

「以前に、冬葉のフルートにいつも伴奏をつけていた人がいたって言ったでしょ。ものすごくピアノが上手だった。中学生離れしていたわ。でも、誰だかわからなかったの。ちょっと興味を持って、音楽部の子に訊いてみたんだけど、誰も知らなかったのよ。不思議でしょう？　冬葉は毎日のように、階段の踊り場でフルートの練習をしてた。そのフルートに、音楽室のピアノで伴奏をつけている人がいたの。時々」

「それが今度のことと、何か関係があるの？」

「だって」

美弥はもどかしさに頭を何度か振った。

「不思議じゃない？　どうして音楽部の子が誰ひとり、冬葉のフルートに伴奏をつけていた人のことを知らなかったの？」

「だから、そいつは音楽部じゃなかったんだろう。小さい時からピアノを習ってて、それでも中学の部活は音楽を選ばないやつなんて、たくさんいたさ」

「並外れていたのよ！　あんなに上手なら、音楽の、ほら、あの先生、何て名前だったかしら、あのひとが声をかけないわけ、ないもの。あの先生、すごく熱心だったじゃない。合唱部も吹奏楽部もなくて、音楽部だなんてまとめられてることにいつも文句言ってたし。ちょっと歌える子には片っ端から声かけて、合唱コンクールに出るよう薦めてた……」

「毛利だ」

耕司は頷いた。

「毛利先生。えっと……毛利、なんだったかな、なんとか子。子がついた」

「まだ若かったわよね。いくつぐらいだったのかしら……あの頃で、三十前？　そこそこ美人だった記憶があるんだけど……でも生徒にはあんまり人気なかった。授業中に自分の思い通りにならないと、ヒス起こすんだもの」

「そうそう。ヒステリックだったな、あの人。怒る時は金切り声で、きんきんきん、耳に響くような。目に涙とか浮かべるし、すぐに」

「向いてなかったのよ、教師には。でも音大出て、実力が半端で演奏家としてやっていかれない程度だと、音楽教師になるしかないもんね」

耕司と圭子の言葉を聞いているうちに、美弥の心の中でひとつの確信が生まれた。

そうだ、他に考えられない。

そういうことだったんだ。

「毛利先生だったのよ」

美弥は言った。

「あれは……毛利先生だった」

「何の話？」

「だから、ピアノ。冬葉のフルートに伴奏をつけていたピアニストよ。あれは毛利先生だった。はっきり思い出した。ピアノの弾き方って、すごく個性が出るの。毛利先生が音楽の授業中にドビュッシーの『月の光』を弾いて聞かせてくれたことがあったんだけど、とても硬質な印象を受けたの。氷みたいだな、って。あたしはレッスンが厭でバイエルを卒業した程度でピアノをやめちゃったけど、『月の光』だけは弾けるの。楽譜を買って、自分で練習したから。冨田勲のシンセサイザーのドビュッシーがすごく好きで、シンセで弾いてみたくて練習したのよ。それで、楽譜を知ってたから、毛利先生のタッチが印象に残ってた。氷とかクリスタルガラスとか、そうしたものを想像させるタッチだった。それが彼女のピアノの、個性だったの。冬葉のフルートに伴奏をつけていたピアニストのタッチも、ものすごく硬質だった。あたし、どこかで聴いたことのある弾き方だなあ、とは思ったの。でも、先生が弾いてるなんて思わなかったから……生徒の誰かだと思い込んでいたんで、今の今まで気づかなかったのよ。でも間違いない。あれは毛利先生のピアノよ」

「だけど、それって別に、不自然なことじゃないでしょう？　冬葉のフルートは飛び抜けて上手で、中学生とは思えないくらいだったもの。音楽の教師なら、そんな生徒と出逢ったら、その才能を伸ばしてあげたいと思うんじゃない？　冬葉の練習につきあってピアノを弾いてあげるくらいのことは……あれ？　ちょっと待って！　もうひとつ思い出した！」

圭子は拳でこんと額を叩いた。

「わあ、不思議。二十年も忘れていたことでも、こうやって少しずつ記憶に揺さぶりをかけていくと、出て来るものなのねえ。ほら、ESSの英語劇。あれってミュージカルだったでしょ？　脚本は英会話の教師が書いたオリジナルだった、ということは、当然、中で歌われた歌もオリジナルよね？」

「あっ、そうだ、毛利先生が作曲してた！」

「そう。はっきり思い出したわ。パンフレット製作の時、それぞれの催し物をPRするページがあって、そこに書いてあった。わたしが校正したのよ。ESSの顧問だった英語の新井先生と、英会話のほら、イギリス人の、ハリスン先生。それに毛利先生が、並んで写真に写ってて、作詞はハリスン先生、作曲は毛利先生って書いてあった」

耕司が腕を組み、考えこむように首を傾ける。

「サバは、小野寺の名前を騙ってみんなに送られたメールが、あの時の英語劇の題名だと気づいた。つまり、メールを送りつけている犯人は、あの英語劇の関係者だ、と。サバは、別のことも思い出してるんだ。旭村の悪口を俺たちが言い合っていた時、小野寺はものすごい顔をしていたらしい……カッターナイフを握って。あの頃は今みたいに、中学生に刃物を持たせるな、ってうるさく言われなかったからね、ほら、何かと便利だし、俺たちもカッターは持ってたろ」

「でもそれを、旭村の悪口を言っているわたしたちに向けていた、ってことでしょう？」

「偶然かも知れないけどね。たまたま小野寺はカッターで何かしていて、旭村の悪口で形相を変えた時、その手に持っていたカッターを握り締めただけかも知れないと、サバも言ってた。ただいずれにしても、その時の小野寺の表情は、普通じゃなかったって言うんだ」

美弥は大きく溜め息をついた。隠されていたことが少しずつ、あらわになっていく。隠されていたこと……隠していたこと。誰にも知られたくないと、冬葉が思っていたこと。

「冬葉のおかあさん、旭村と何か関係があったんだと思う」

美弥は、覚悟を決めて、言った。

「あたしも憶えてるの。授業参観での光景よ。冬葉が、教室の後ろに立っていたおかあさんのこと、睨みつけていた」

「ちょっと待って、それはいくらなんでも飛躍のし過ぎじゃ……単純に、小野寺が旭村を好きだったと考えた方がよくないか？」

「それは違う」

美弥は言って、圭子を見た。圭子も頷いた。

「わかるのよ……女同士だからかな。冬葉って子は、旭村なんか好きになる子じゃなかった。あたしたちがみんなそうだったように、外面ばかり良くて見かけ倒しの旭村のこと、冬葉は軽蔑していたわ。旭村は露骨に、おタカを聶屓していたでしょ？　おタカは迷惑がっていたけど、自分が面食いだってこと隠そうともしない旭村の底の浅さに、あたしたち女子はみんなうんざりしていたのよ」

「ひどく嫌われてたんだな、旭村って」

「男子だって嫌ってたじゃない」

「まあ、そうだけど。あいつ、えこ聶屓がきつかったし、気分屋で、俺たち生徒のこと馬鹿にしてるのが見え見えだったもんな。だけど、顔は良かったろ？　他のクラスの女子にはものすごく人気あったぞ」

「だから、外面は異様にいい人だったから。他のクラスの子にはいつも愛想よくて親切で。たぶん、他のクラスの担任の目が怖かったのね。いずれにしても、あいつも毛利先生と同じだったのよ。本当は教師なんかにならない方がいい人種だった。他の仕事に就いていればもっと幸せそうにしていられたんだと思う。わたしたち、今はもう、あの時の彼らより年上だもの、いろんな事情がわかっちゃったでしょう。だから今は、同情してるわ、旭村にも、毛利先生にも。……美弥、あなたまさか……」

圭子が美弥の顔を覗き込む。美弥は黙って頷いた。

「それこそ飛躍のし過ぎなんじゃ……」

「なんだよ、おまえたち、テレパシーで会話してんのか？　俺にもわかるように説明してくれないかな」

圭子が耕司に向かって、曖昧な笑顔をつくった。

「わからない？　想像、できない？　美弥が何を考えてるのか」

「わからねえよ」

耕司はむくれた顔をして見せ、皿の上に残っていた漬け物を口に放り込んだ。

「作家先生の想像力にはついて行かれません」


「まさに、ね」

圭子はもう一度、頷いた。

「美弥だからこそ、その可能性に思い至ったのかも。わたしも今、もしかしたらそうだったかも、って思い始めてる」

「おい、いい加減にしてくれってば、サンクマ！　どうせ俺は不粋な刑事で、想像力貧困な元鉄道オタクだよ。だから降参する。降参するから、日本語で普通に説明してくれ」

「だからね……三角関係があったんじゃないか、ってこと」

「……三角関係？　誰と誰と誰の？」

「頂点は旭村。二つの底点が……毛利先生と、冬葉のおかあさん」

「……むちゃくちゃに飛躍してる」

耕司は驚きを呑み込んでから言った。

「根拠も証拠もないんだろう？」

「ないわ」

美弥は言った。

「具体的で形のあるものは、何も。でも形にならないものだったらたくさんある。授業参観での冬葉の視線。カッターナイフのこと。硬質なピアノの響き。夕暮れの放課後、階段の踊り場。夕陽でオレンジ色に染まった、銀色のフルート」

「なあ秋芳、それは小説的な発想だろう？」

「そうかも知れない。だけど……あたしには納得できるの。毛利先生にレズの気配はなかった。少なくとも、そういう気配を感じたって話は聞いたことがない。女の教師にレズっけがあれば、どんなに隠していても、女子生徒には自然とわかるのよ。男の場合と違って、それは必ずしも嫌悪感を伴うものじゃないから。ある意味、レズっけのある、若くて美人の女教師にそれらしい素振りをされるってことは、女の子にとって、名誉なんだもの」

「そういう話をされてもなあ……だけど、まあ、毛利先生が小野寺と特別な関係だったわけじゃない、ってことは、いちおう納得しておくけど」

「毛利先生が熱心に冬葉の練習につき合ったのは、もちろん、冬葉の才能を認めていたってことはあると思う。でもそれよりも、毛利先生にとっては、冬葉を味方につけておくことがとても重要だった」

「小野寺のおかあさんが恋敵だったから？」

「そう。あたし、冬葉のおかあさんと二十年ぶりに会って、強く感じたのよ。このひとは、母親である部分よりも、女である部分が強いひとだ、って。そして思い出した。冬葉のおかあさんは、絶世の美女というわけではなかったかも知れない。でも、二十年前のあのひとは、むせ返るような色気を発散する女性だった。今は再婚して、とても落ち着いていたけれど、それでも色っぽいと思ったもの。二十年前、冬葉のおかあさんは、まだ四十にもならなかったのよ。旭村との年齢差は十かそこら。よくある間違った関係になっていたとしても、おかしくはない。あるいは肉体関係まではなくて、ただ、冬葉のおかあさんが旭村に対してモーションをかけて、それに旭村が鼻の下を伸ばしていた、とかその程度のことだったのかも知れないけど。いずれにしても、冬葉は当然、それに気づいて激しく母親に反発した。そして、母親の恋敵である毛利先生と、ある意味、手を結んだのね。毛利先生は当時、三十前、旭村と同じくらいの年齢だった。ふたりとも独身、ふたりとも、教師って仕事が嫌い。そんなふたりが同じ職場で恋愛関係になるのは、むしろ自然なことよ。つまり、毛利先生と旭村とが交際していたその間に、冬葉のおかあさんが割り込んだ形になっていた」

「なんだか、やっぱり小説か何かの筋書きみたいで、俺には信じられないな」

耕司は頭を振った。

「可能性としてならば認めるよ。でも、ことは三人のプライバシーと人格にかかわる問題だからね、サンクマと美弥の気分だけで、ああだこうだと言うのをそのまま鵜呑みにはできない。旭村は失踪しちゃってるからどうしようもないけど、毛利先生だったら、所在は摑めるんじゃないかと思うんだ。教師という仕事そのものを辞めるまでは、どこに転任しても教育委員会の方で把握してるだろう。今さら俺なんかが押し掛けて行けば迷惑だろうけど、二十年前のことだから、昔話として教えてもらえるかも知れない。いずれにしたって当時、毛利先生は立派な独身で、旭村と交際していたって何ら後ろぐらいことはなかったんだから」

「でも」

圭子は、腑に落ちない、という顔になった。

「美弥の想像が当たっているにしてもはずれているにしても、ひとつ、変なことがあるのよ」

「変なこと?」

「わたし、また思い出したんだけど……冬葉の失踪事件がマスコミに報道されて学校が大騒ぎになっていた最中に、毛利先生、かなり長い間、休んでいた」

「本当か? 俺、何も憶えてないぞ」

「間違いないわ。修学旅行が終わって半月くらい経った時に、合唱コンクールの区予選があったの。音楽部もエントリーしていたから、予選の前は連日、練習していたんだけど、生徒会の部活動割り当て表に、音楽部の顧問が臨時で津和野先生になる、と書いてあった。それも、予選当日も含めて、ずっと」

「津和野先生って、教頭じゃん」

「そう、教頭。教頭が代理を務めていたってことは、学校側は毛利先生が長い休みをとることを認めていた、ってことよね? 二学期の終わり、期末試験の直前よ。三年生は年が明けると高校受験一色になっちゃうから、学校行事も二学期までにほとんど終わってしまう。そんな時に、長期休暇なんて、ふつうはとらないわ。学校が認めるとすれば、入院したとかなんとか、そういう、やむをえない事情があったってことにならない?」

「毛利先生が入院したなんて、記憶にないなあ。と言うか、俺、音楽の授業中ってあんまりまじめにやってなかったから。しかし、休んでた、ってことは、授業も他の先生がやったってことだろう？　音楽なんて特殊な授業を他の先生が代行したら、いくら俺でも記憶に残っていると思うんだが」

「二学期の後半、修学旅行のあとはスケジュールが変更、変更で、イレギュラーなことばっかりだったじゃない。推薦入試の子が半分近く授業に出てない日もあったし、体育なんかほとんど潰れて、模擬試験とか面接の練習とかにあてられてなかった？　音楽も美術も技術家庭も、そんな感じだったわよ。それに、あの頃、わたしたちの学校も荒れてたし。授業中でも廊下に出てる生徒がいっぱいいたし、音楽なんか、男子は平然とさぼってた。ハギコーもそうだったんじゃない？」

「うーん」

耕司は頭をかいた。

「そうだった、かも知れない。いずれにしても、毛利先生を探さないとならない、ってことだな」

耕司は手帳にメモしていた。

「英語劇の関係者にも連絡をとる、と。ハリスン先生は帰国しちゃったかな。新井先生は……確か、数年前に他界してるな」

「サバが喋れるくらい回復したら、英語劇で何があったのか真っ先に訊かないとね」

「あいつは回復するよ。するさ」

耕司は言って、ぱん、と掌を打ち合わせた。

その音に呼応するように、耕司の胸ポケットで携帯電話が振動する音がした。耕司は席を立ち、また店の外に向かった。


「ねえ美弥」

圭子が美弥の顔をまた、覗きこんだ。

「美弥の想像の通りだったとして、よ。それが冬葉の失踪とどうかかわって来るのか、あなた、もう何か思いついてるんじゃない？」

美弥は、唇を舐めた。

「……フィクションとしてなら」

「筋書きがつくれるのね？」

美弥は頷いた。圭子が美弥に顔を寄せた。

「話してみて。ハギコーが何と言っても、わたしは美弥の想像の大部分が当たっていると思ってる。でもその後が想像できないのよ。どうしてそれで、冬葉が失踪しないとならないのか、そこに繋がらないの」

「つくり話よ。根拠も何もない、ただの妄想」

「それでもいい。お願い、話してみて」

美弥は躊躇った。話したくない気持ちが半分、話して、圭子の反応が見たい気持ちも半分。だが結局、美弥は口を開いた。

「あたし、ね……ハッピーエンドとまではいかなくても、少しは救われる結末をずっと想像していたの。冬葉が生きている。記憶を失っているか何か、とにかく自分からは名乗って出られない状況にあるけど、冬葉は生きていて、別の名前で海外に住んでいる。そういう可能性を、ずっと考えてた」

「さっき言ってた、ナオミって人のマネージャーね？」

「うん。でもそれが荒唐無稽だってことは、自分でもわかっていたの。記憶喪失って、そんなに長期間、そんなに完璧に続くなんてこと、極めて珍しいらしいし、冬葉を海外に連れて行くとしても、パスポートをどうしたのかとか、いろいろ問題があり過ぎる。北朝鮮の拉致事件みたいに、軍が関与して工作船が使われた、なんてことでもないと、十五歳の女の子を誰にも知られずに海外に連れ出し、まったくの別人として生活させるなんて、無理よ。でもそういう結末にこだわりたかったのは、冬葉が自分の意思でバスを降りたことが明白だからだった。冬葉は自分から、修学旅行を離脱した。目的があった。だとしたら、変質者に殺された、なんて結末は考えられない。でしょう？」

圭子は黙って頷いた。美弥は続けた。

「冬葉はどうして、不意に修学旅行から離脱したのか。その点がまったく、見当がつかなかった。さっきまで」

「それじゃ、見当がついたの？」

「うん。ついた」

美弥は、また溜め息を漏らした。

「冬葉は……バスの窓から見てしまったんだと思う」

「見たって、何を？」

「だから……自分の母親を。あるいは、自分の母親と担任教師が一緒にいるところ、を」

「美弥！」

耕司が居酒屋の入り口から駆け戻って来た。顔が蒼い、と、美弥は思った。耕司の顔が蒼い。

「榎が見つかった」

耕司はとても低い声で言った。

「これから……確認に行く。榎の家族に連絡をつけて貰ってるが、君が一緒に行って確認してくれるといちばん早い」

見つかった?

確認?

美弥は救いを求めるように圭子の顔を見た。だが圭子は、美弥の言葉に驚愕し、紙のように白い顔で、きつく唇を噛みしめていた。

5

榎一之の遺体は、損傷があまりにも激しく、着衣も所持品もない丸裸だったため、身元の特定が難航していた。だが美弥にはそれが、榎であることがわかった。一目で。

美弥は、遺体の全身を覆ったシートを、足先だけめくってもらった。榎だとわかるかどうか、それで充分だった。榎の左足の甲には、子供の頃につくった火傷のひきつれがあるはずだった。ストーブの上に載っていた鍋をひっくり返して、飛び退いたけれど間に合わず、熱く焼けた鍋の底が足先を直撃した傷痕で、色はすっかり抜けて白っぽくなってはいたが、その部分だけ皮膚が固く、皺が寄り、盛り上がっていた。まだ榎と蜜月だった頃、美弥は、情事のあと、ベッドの中で、榎の足と自分の足をからませ、くだらないお喋りをだらだらとしながら、自分の足の指でその傷痕に触れるのが好きだった。色や形よりも、感触が傷痕を記憶していた。長い間水に浸かっていて、ぶよぶよにふやけて崩れかけていたその足に、ラテックスの薄い手袋を借りてはめた指をこわごわ伸ばすと、驚くほど冷たくぶよりとした感触の中に、はっきりと、盛り上がった傷痕の固さが感じられた。

正式な身元の確定には、榎のマンションからとった毛髪とＤＮＡ鑑定をするらしい。が、美弥が小さく頷くと、耕司は一瞬、天井を仰ぐような仕種をして溜め息をついた。予期していたのだ、と、美弥は思った。耕司は榎が殺されていると予期していた。


口で息をしていたが、二、三分が限界だった。遺体の安置されている部屋から飛び出すと、美弥はトイレを探して廊下を駆けた。かろうじて間に合って個室に飛び込み、胃の中のものをすっかり吐き出しても、鼻の奥にこびりついてしまった臭いは消えなかった。気持ち悪さと、吐いてしまった情けなさとで涙が頬を伝った。でも、それは悲しみではないと、美弥は自分に言い聞かせた。榎のために泣くことはもう二度としないと、榎が自分を裏切った時に心に誓っていた。それでも、一度溢れ出した涙はなかなか止まらなかった。やがて嗚咽が喉の奥からこみあげて来て、遂には、号泣となって美弥の膝は崩れた。泣くまいと歯を食いしばろうとすればするほど、言い様のない感情が腹の底から持ち上がって来て泣き声になって外に出る。美弥は諦めて、自分の感情をしばらく解放した。

どのくらいそうして泣いていただろう。とても長い時間だったように感じられたのに、腕時計を見ると、耕司に連れられてここに到着してから、まだ一時間も経っていなかった。

美弥はよろけながら立ち上がり、洗面台に顔を突っ込むようにして、あたまから水をかぶった。髪の毛までぐっしょりと冷たい水に濡らして、ようやく心が静まっていくのを感じた。

びしょ濡れの姿でトイレから出ると、スーツを着た、美弥と同じ年頃の女性が立っていた。この人も刑事だ、と、美弥は思った。

「秋芳さんですね？」

女性が落ち着いた声で言った。

「東萩から、お宅までお送りするように言い付かりました。こんなところまでお連れして、ご協力いただいておきながら、どうしても捜査本部に戻らなくてはならなくなったから、よく謝っておいて欲しいと言付（ことづ）かっています」

「あ……いいんです。わたし、ひとりで帰れます。ここ、横浜のY大の大学病院でしたよね？　タクシーでJRの駅まで行けば……」

「遠慮なさらないでください。ここからだと、青山までは乗り換えがあって大変です。車ならば高速をつかえば、この時間なら速いですから。それに、車中で、簡単にご説明するようにとも言われています。何しろ急を要する時だったので、何も説明せずに秋芳さんをお連れしてしまったみたいで。あ、運転は高機のベテランがいたしますから、絶対に安全ですよ」

女性刑事の笑顔がやわらかかったので、美弥は頷いた。

＊

「ふーん」

受話器の向こうで、圭子は欠伸（あくび）の混じった声を出した。壁の時計はもう午前六時過ぎをさしている。圭子はこのまま、会社のソファで仮眠して仕事だろう。美弥自身は午後まで仕事の予定がない。

「ごめん、仮眠するんでしょ？　また電話する」

「あ、いいのよ、いいの。気になって眠れないとイヤだし、全部教えて。その榎って人を殺したのは、ナガチじゃないのは確かなのよね？」

「確かかどうかわからないけど、ハギコーは、ナガチは無関係だろうって言ってた。警察の調査で、フルート奏者のナオミが、榎の事務所からデビューする新人歌手の曲に参加することはわかったらしいの。榎とナオミは、だから知り合いで、サイパンのホテルで偶然であって談笑していたんだろう、って」

「ナガチは？　ナオミの関係者ってこと？」

「うん。少なくとも、榎の関係者の中にナガチに似た男はいないって」

「要するに、整理すると、榎って人のことは、冬葉の問題とは無関係だったのね？」

「そうなると思う。あたしをおくってくれた刑事さんの話だと、榎が殺されたのは、高村玲子の副業と絡んだ原因だろうと捜査本部はみているみたい」

「高村玲子の副業、ね……あんなにたくさんテレビに出て稼いでいる人が、どうしてそんな、売春組織なんか作ったのかしらね。タレントの卵をコールガールに仕立てるってアイデアは、悪くないのかも知れないけど……アメリカでは、スーパーモデルを目指すモデルだけの高級売春組織が摘発されたことがあったけど。顧客がハリウッドスターとか政治家とか、セレブばっかりだったって」

「高村玲子は確かにそこそこ収入がよかったけど、投資で失敗して借金があったらしい。榎が高村玲子の副業にかかわっていて、お金のことか何かで内輪揉めしたのか、それとも自分の事務所のタレントを高村にコールガールにされてあたまに来ていたのか、どっちなのかはまだはっきりしていないけど、高村玲子にとって榎は危険な存在になっていたんだと思う。高村玲子の弟は、昔、暴力団の事務所に出入りしていたこともあって、かなり粗暴な人間みたい」

「そいつが榎を殺したってことね」

「状況からそうだとしか思えないらしい。榎の遺体はビニールシートに何重にも巻かれて、紐で厳重に縛られてた」

「どうしてその遺体、三浦海岸に打ち上げられたの？」

「高村の弟がクルーザーを持ってるのよ。所有者は高村玲子だけど、もっぱら弟が使ってたみたい。たぶん、東京湾の沖あたりで高村の弟がそのクルーザーから海に捨てたんだろうって。榎はサイパンに到着してから、北マリアナ諸島連邦を出国した記録がないの。榎がサイパンに入国する少し前に、高村の弟のクルーザーがサイパンに入港してる。たぶん、示し合わせてサイパンで落ち合う約束だったんだろうって。そこでどんなトラブルになったのかわからないけど、榎は高村の弟のクルーザーで日本に向かったのね。でも出国手続きを取らなかったってことは、クルーザーのどこかに隠れていたってことになる」

「……本人の意思で隠れていた可能性は低い、ってことね」

「榎はちゃんとパスポートを持っていたし、世田谷の主婦殺しの捜査でも逮捕状が出ていたわけじゃなかった。密出国なんかして逃げればかえって疑われる立場だった。しかも、密出国してしまったら、まともには帰国できなくなる」

「すでにまともでなかった、わけか。死体だった」

「ううん、だとしたら、東シナ海のど真ん中で捨てればいいんだから、三浦海岸に遺体が流れ着いたのは変。サイパンを出た時点で榎はまだ生きていたんじゃないかな。でも……大怪我をしていたとか、とにかく、こっそり日本に連れて帰らないとならない状態だったんでしょうね。これから司法解剖だから、まだ死因は特定できてないけど、銃で撃たれた形跡があるみたいなの。銃で撃たれた怪我人をサイパンの病院に運べば、誰が銃で撃ったか騒ぎになる。たぶん、高村の弟は、日本になら、お金でこっそりと治療してくれる医者のつてを持っているんじゃないかな。それでなんとか榎を日本に連れて帰って、治療して、あとのことはお金で解決しようとした」

「自分で銃で撃ったのに？」

「撃つつもりじゃなかったのに、はずみで撃ったとか。そのあたりのことは、警察だってわかってないのよ。高村の弟は昨日からどこかに雲隠れしてて、まだ見つかってないらしいし。いずれにしても、高村玲子は有名人で逃げ隠れできない人だから、この事件はいずれ、全容が明らかになるわ。刑事さんの話では、世田谷の主婦殺人も高村玲子の副業に関係している可能性が高いんだって。たぶん殺された主婦が、高村の弟子に芸能界の暴露記事を書く手伝いをさせられていて、それで榎と関係しているうちに、高村玲子の副業について知ってしまって、高村を脅迫したか何かして、それで殺された、なんかそんなニュアンスのことを説明されたわ。もっとも、あまり詳しいことは部外者に言えないんでしょうね、奥歯にものが挟まったみたいな話し方だったけど」

受話器の向こうで、圭子が大きくひとつ溜め息をついた。

「結局、ナガチとも冬葉とも、無関係な話だったわけね。美弥まで巻き込まれたのに」

「あたしは……榎の愛人だもの、昔の。殺された主婦が芸能界暴露レポートの材料に、榎の愛人遍歴を聞き出してメモしていたの。ハギコーがあたしに事情を訊きに来たのはそのメモのせいなのよ。でもね、ナオミと一緒に写っていたのが本当にナガチなのかどうかは、ナオミに確認するつもり。もしあれがナガチだったら、何か、あたしたちには理解のできない大きな力みたいなものが、あたしたちとナガチとを再会させようとしているのかも知れない。そう感じるのよ。ただの偶然なんだとしても、あの写真がなかったら、あたしもハギコーも、ナガチのことを思い出さなかったもの、きっと」

「ESSのこともあるし、ね」

圭子は囁くような小声で言った。

「美弥の想像は、確かにハギコーが言ったとおり、小説的な想像に過ぎない。でもわたしには、すごく納得できるの。それにナガチのことも、榎とか世田谷の殺人とは無関係でも、冬葉のことに無関係とは思えない。すべての鍵は、音楽の毛利先生が握ってる、そんな気がする。ね、美弥はナオミのマネージャーと連絡つけて、もしナガチが生きていて、連絡がつくところにいるのなら、わたしたちが会いたがっているってこと、なんとかしてナガチに伝えて貰って。もしサイパンで目撃されたのが本物のナガチなら、やっぱりすべてのことは、美弥の言うとおり、神様みたいな存在がセッティングしてることなのよ。二十年が経っちゃったけど、わたしたちの修学旅行はようやく、本当に終わりに近づいている。わたしはそう思う」

6

美弥はパソコンの前に座り、ナオミとの連絡窓口になっている田丸信一にメールを書いた。だがその内容はほとんど、ナオミのマネージャーをしている佐伯という女性に宛てたものだった。一刻も速く佐伯と連絡をつける為には、事態の深刻さをわかって貰うしかない。田丸を経由して出す以上、二十年前の女子中学生失踪事件と秋芳美弥とが関係している、という事実は、音楽界や芸能界に漏れて広まってしまうかも知れない。それでも、構わないと思った。冬葉が消えたあの時、同じバスに乗っていたことを隠すつもりはないし、隠さなければならないことでもない。あの当時も非難はたくさん浴びた。だが、冬葉は自分の意思でバスを降りたのだ。それだけは、圭子や耕司、豊それぞれが記憶の底に押し込めていた「冬葉のいる光景」の断片を繋ぎ合わせて、今や、確実になったと思う。証拠など何もない。ただの想像、妄想だと笑われるかも知れない。それでもいい。とにかく、長門悠樹を探し出すこと。彼は今度の一連の事柄に、きっと、関係している。そうとしか思えない。

美弥は、二十年前の事件について書き、その消えた少女の名前でメールが届いたことを書いた。サイパンでナオミと榎と一緒に写真に写っていた男性が、その時一緒の班にいた男の子の面影を強く残していることも書いた。そして、何より、できるだけ早く、その男性に会いたいのだ、と書いた。そう、会いたい。ただ連絡をつけるだけではだめだ。ナガチに会わないと。もちろん、佐伯という女性にも会いたい。美弥が当初抱いていた荒唐無稽な、しかし望ましい真相は、もう、手に入らないと半ば諦めてはいたけれど。

田丸信一には、メールを佐伯さんに転送してください、と、丁寧に依頼した。あとは田丸という人物が、どの程度口が堅いか、それに賭けるしかない。前回の時、田丸からの返信はとても早かった。常日頃からモバイルツールや携帯電話で、パソコンに届いたメールもチェックしているタイプなのだろう。モバイルパソコン自体をいつも持ち歩いているのかも知れない。田丸からの返事はすぐに届くはずだ。だが佐伯からは……

気を張り詰め続けた一晩が過ぎて、午後に入り、急激に眠気に襲われた。夕方から仕事なので、パソコンをネットに繋いだまま、美弥はソファに丸くなった。

メールが届いたことを知らせるチャイムで目が覚めた時、もう出かける予定の時刻にあと三十分しかなかった。それでも中腰のままでメールをチェックした。

田丸信一から返信が届いていた。

『佐伯茉莉(まり)さんにはご依頼の通りにメールを転送しておきました。返信を急いで欲しいというむねもあらためて私から書き添えておきました。佐伯さんは現在、パリにいるはずですが、ナオミのパリ公演は今日までですから、この後は二週間ほどオフになるので、もしかするとニューヨークに戻られるかも知れません。

それと、読んでもいいと書いてありましたので、転送部分も読ませていただきました。それで、もしかするとお役に立てる情報ではないかと思いましたので書き添えます。ナオミとサイパンで一緒にいた日本人男性、ということですが、我々が加藤(かとう)さんとして知っている人ではないかと思われます。加藤さんはフィリピン在住の日本人で、国籍はわかりませんが、まったく訛(なま)りのないネイティヴな日本語を話します。ナオミは国籍はアメリカですが、フィリピンからの移民の娘さんで、一族は今でもフィリピン在住です。年に数回はマニラに行き、親族と交流しています。そんな関係で、加藤さんとナオミはマニラで知り合ったようです。加藤さんはマニラの旅行社に勤務していて、ガイドや通訳などの仕事をしています。タガログ語と英語、フランス語を話します。ファーストネームは、漢字はわかりませんが、ユウキ、と言っていたと思います。ナオミは毎年一度、マニラでコンサートを開くのですが、現地での細かい仕事を加藤さんに頼んでいるようです。加藤さんの年齢は三十代半ばと聞いています。経歴はわかりませんが、フィリピンには十年以上前に移住されたようです。独身だと伺っています。

何かお役にたてばよろしいのですが。

秋芳さんの音楽活動、女優としての活躍、また執筆活動には、以前より大変感動しておりました。また私どもともお仕事で御縁があればと……』

後半は、田丸自身の売り込みが書き連ねてあった。利用するだけのようで申し訳ないと思いながらも、美弥は最後まで読まずにメールを閉じた。今は心の余裕がまるでない。来週から映画の撮影に入るのに、まだセリフもほとんど頭に入っていない。

美弥は、泣き出したくなったのを堪えた。なぜかとても不安だった。いや、怖かった。佐伯という女性が冬葉でないか、という途方もない妄想を少しでも信じていられた時の方が、ずっと気持ちは安定していた。美弥は今さらのように、自分がこの二十年の間、冬葉は生きているのだと心のいちばん深いところで思い続けていたことを知った。心の表面では、生きているはずがない、と理性が冷たい判定をくだしていたものの、そのずっと奥の奥では、奇跡を待ち続けていたのだ。冬葉は生きていて、そして、勝手にバスを降りてごめんね、と言いながら、目の前に戻って来る。そんな日がいつか来る。

今、心の底にあった温かな幻の砦(とりで)は壊れた。

冬葉は自分でバスを降りた。突然。なぜなら、冬葉自身、そんな光景を見ることになるとは知らなかったから。

バスの窓から冬葉が見たもの。見た人。それは自分の母親。

自分に黙って、母が京都に来ている。なぜ？

理由はわかっている。冬葉にはわかっていたはずだ。

冬葉は衝動的にバスを降りた。あたしたちに何も言わず。言えたはずがない。自分の母親が担任教師と、こともあろうに娘の修学旅行先で逢い引きしようとしている。そんなこと、同級生に打ち明けられたはずはないのだ。

冬葉は孤独だった。孤独にならざるを得なかった。なぜなら、同級生と親しくなっても し母親の秘密がばれてしまったら、どんな軽蔑の視線を浴びるかわからなかったから。だからひとりでフルートを吹いていた。階段の踊り場で。冬葉の孤独と苦しみを理解することができた人は、この世にたったひとりしかいなかった。母親の不倫相手の元恋人。冬葉の母親のせいで、男に裏切られた女。

ある意味、その女性と冬葉とは、同類、だった。

冬葉が階段の踊り場でフルートを吹き、その女性が音楽室の中からピアノで伴奏をつける。顔を合わせないままで、ふたりは合奏していた。

それは連帯だった。そして、互いに同情し合っていた。

それから。

それから何があったのだろう？

冬葉はバスを降りて、そしてどこに向かった？

母親のあとを追ったのだ。どこへ？

シャワーを浴びる時間はなかったので、顔だけ洗い、日焼け止めを塗っただけでジーンズとトレーナーを羽織った。メイクはテレビ局でしてくれるし、番組専属のスタイリストがいるので、着るものも借りられるだろう。深夜枠の音楽番組のゲストだった。恭子からの電話は出かける五分前にやっと携帯電話に入った。

「ごめんごめん、電話するの遅れたけど、出られるようになってる？」

「大丈夫」

「渋滞に捕まってね、まだ荻窪のあたりにいるのよ。間に合わないからタクシーで先に行って。わたしはこのまま直行するから」

「スタジオ、どこ」

「Gスタ。わかんなかったらADの誰かに訊いて」

「着るものが思いつかなかったんで、向こうで借りたい」

「わかった、スタイリストのアッコに電話入れて用意してもらっとく。録りまでには着けると思うけど、始まったら、映画については宣伝にとどめて、ネタバラシは避けてね。プロデューサーから大目玉貰っちゃうから。主題歌のCDは公開後のシングル発売だから、その前に聴きたい人は、映画の公式ホームページにアクセスしてください、って言い忘れないでよ。サビだけ聴けます、って」

「了解」

恭子は今、急に押し付けられた新人歌手について飛び回っている。事務所で引き抜きがあり、ベテランのマネージャーが辞めて大手に移ってしまったのだ。恭子は美弥を復活させてもう一度スターにするために契約で雇われていて、本来ならば他の子の面倒までみる必要はない。だが今は、緊急事態ということだ。

美弥は内心、ホッとしていた。冬葉のことがすべてかたづいて、あのメールが届く前のような日々に戻れるまでは、勘が良すぎる恭子と一緒にいると気詰まりになる。

マンションのエントランスに出て歩き出した時、背後に気配を感じた。振り返ると、佐原がいた。佐原はいつもの、屈託のない笑顔で片手をあげた。

「外出？」

「仕事です。テレビ局で」

「どこまで？　お台場？」

「いいえ、汐留」

「じゃ、送るよ。僕も出かけるから。築地と新橋をまわる予定なんでちょうどいいから」

「タクシーを使いますから」

「ま、そう言わないで」

佐原が耳もとで囁いた。

「あのホテルの殺人事件、今さっき、重要参考人の主婦が警察に呼ばれたみたいだよ。入院してた病院からパトカーで直行だ。まるで犯人扱いだ」

美弥は頷いて、佐原について地下の駐車場にまわった。設計が古いマンションなので、駐車場から直接エレベーターに乗れず、一度エントランスから外に出なくてはならない。

佐原は二台、車を持っていた。今日は仕事だからなのか、シルバーグレイのベンツのドアを開ける。隣りに置いてあるのは、黒いポルシェだ。

「君の友達のことだよね、重要参考人として警察に呼ばれた主婦って。あの時の、綺麗な女性でしょう?」

「まさか、顔がテレビで?」

「いや、まだ逮捕されたわけじゃないしね。首から上にはモザイクがかかっていた。でも病院の玄関から、警察が差し向けた車に乗るところまで映すなんて、人権侵害だな。さすがにパトカーじゃなかったけど。入院してたって、彼女、病気だったの?」

「貧血です。と言うより……心労でしょう」

佐原のベンツは青山通りに出た。渋滞というほどではないが、車はぎっしりと詰まっている。スピードは出せない。

「心労か。ま、当たり前だな。不倫相手が殺されたんだから。でも彼女は犯人じゃないね。

だって時間的に合致しない。新聞に出ていたけど、被害者の死亡推定時刻は深夜零時頃らしい。僕はあの時、時計を見てたわけじゃないけど、彼女がホテルから帰ってから僕たち、二人でラーメン食べに行ったんだったよね。計算してみると、ホテルの玄関のところで君と彼女が立ち話をした時刻は、九時にはなっていなかったはずだ。まさかあの後、もう一度ホテルに戻ったなんてことはないんでしょう？」

「実家に預けてあった娘さんをタクシーで迎えに行って、二人で用賀まで帰ったって言ってる。貴子は絶対に、人殺しなんてしない」

美弥は唇を噛んだ。

「しません。彼女自身、ちゃんと否定したもの。ホテルからタクシーを使ったんだから、タクシーの運転手が証人になるはずよ。実家に着いた時刻は乗車記録ではっきりするし」

「でも自分から出頭しなかったっていうのが、不利だな」

「できなかったのよ」

美弥は思わず顔を覆った。

「……ただの不倫ではなかったの」

「どういうこと？」

美弥は言葉に詰まり、しばらく黙った。佐原はしつこく訊くことはせず、黙ってハンドルを握っていた。だが五分ほどして、ふう、と息を吐いた。

「僕のことはまだ、信用して貰えない、のかな」

美弥は横を見た。佐原の顔に笑顔はない。

「……ひとつ、関係ないこと訊いてもいい？」

「なに？」

「佐原さん……南町田にお知り合いは？」

「南町田？　グランベリーモールがあるところだね。いいや」

「佐原さんのサンドイッチの店、支店があのあたりにあるとか」

「いいや、ないよ」

「だったら……やっぱりあたしのこと、尾行していたのね？」

今度は佐原が黙った。だがすぐに、静かに笑った。

「ばれてたか。どうしてわかったの？」

「駅で。反対方向の電車に乗ろうとしてた」

「わざわざ中央林間まで戻って小田急線で帰ったのになあ。見られちゃったのか」

「どうして？　なぜあたしのあと、つけたりしたの？」

「どうしてって」

佐原はちらりと横を見た。そしてまた微笑んだ。

「さあ、どうしてだろう……君が気になった、そういう答えではだめかな？」

「だめ。不自然だわ。あたしあの時、住所だけを頼りに知らない町に行った。小田急に乗って町田まで出て、町田からタクシーに乗ったのよ。尾行しようと思ったら、あなたも小田急にゆられてさらにタクシーでつけて来ないとならない。ちょっと気になっただけの女を、仕事をほっぽり出してそうまでしてつけまわすなんて、それじゃストーカーじゃない」

「だから、僕は君のストーカーなのかもよ」

「あなたのキャラじゃない。実業家として成功するような人はストーカーなんてしないわよ」

「そうとも言い切れないと思うけど。恋をすれば人は変るもんだ」

「ごまかさないで。あなたの目的はなに？　誰に頼まれたの？　あなた……もしかしたら、小野寺冬葉の失踪事件の関係者なんじゃないの？」

皇居前は渋滞していた。隙間なく道路を埋め尽くした車の間を、バイク便がせわしなく走り抜けて行く。

「僕は……従兄（いとこ）なんだ……冬葉の」

沈黙のあとで佐原の口から出た言葉に、美弥は驚いて口を開けた。言葉を探したが咄嗟には思いつかなかった。

「冬葉の父親が僕の父の弟なんだよ。つまり、冬葉の父親が僕の叔父さんなんだ。父は長男で冬葉の父親は三男、年齢差がちょうど十」

佐原がまた横を向いた。

「僕と冬葉との年齢差はひとまわり、十二歳だ。つまり君とも、ひとまわり違うことになるね」

「冬葉の……従兄」

「うん。でも僕は子供の頃、ずっと青森にいたからね。冬葉とは年に一、二度しか会う機会がなかったよ。それも、僕の記憶にある冬葉は、よちよち歩きの赤ん坊だ。僕が東京に出て来たのは高校に入ってからだ」

「でも……あなたの本名は小野寺ではないはず……」

「僕の母は父と離婚して、僕を連れて東京に出て来た。佐原は、母の実家の姓だ。冬葉とは、だから、高校の頃から会っていなかった。実際には同じ東京に住むことになったわけだけど、小野寺家との縁は切れていたんだ。冬葉が失踪した時、僕はもう俳優修業中だった。新聞やテレビで事件を知って、何かできないかと考えたけど、僕にできることは何もなかった。母からも、絶対に手出ししてはだめだと念をおされた。僕はようやく、映画で台詞のある役を貰ったところだった。冬葉の事件はどんなふうに発展するかわからない。ひとまわり年上の従兄とは言っても、下手にかかわったらどんな誤解を受けるかわからない……母に言われて、僕も納得してしまった。……あれからずっと後悔して生きて来たんだ。あの当時、僕にも何かできたことがあったんじゃないか、二十代で若くて、時間もあった。京都に冬葉を探しに行くくらいのことは、できたのに……」

「それじゃ」

美弥は、喉がからからに渇いているのに気づいた。まるで体内の水分が一瞬にして蒸発してしまったかのように、からだが熱く、こめかみが痛い。混乱したあたまでひとつずつ、からまった糸をほぐすようにして言葉を探した。

「それじゃ、メール……あたしにメールを出したのは……あなたなのね」

佐原は答えなかったが、代わりに、口笛を小さな音で吹いた。

アルルの女。あの曲。

「やっとわかった。冬葉を名乗る人からのメールが届いたアドレスは、あたしのプライベート・アドレスだった。マネージャーとか仕事仲間はもちろん知ってるけど、でも、公開はしていない。絶対に秘密にしていたわけでもないから、時間をかければ、あたしの交友関係をたどってアドレスを探し出すことは可能だろうけれど、でも不思議だった。どうやってアドレスを知ったのかということよりも、どうしてそうまでしてあのアドレス宛にメールを出して来たのか、そのことが不思議だったの。だってあたしの公式ファンページには、あたし宛のアドレスがちゃんと出ているんだもの。本当はあのアドレスをあたしが直接メールチェックすることはなくて、ファンページ管理を任せてる会社の人がチェックして、問題のないものだけ、事務所のパソコンに転送して貰ってるの。それも、マネージャーが読んでからでないとあたしは読めないことになってる。嫌がらせとか、あたまのおかしい人からのメールもけっこう混じってるから。でも、あの文面、わたしを憶えていますか、ただそれだけならば、途中ではじかれることなくあたしが読むことになったと思う。だって、冬葉、というのが、二十年も前に行方不明になっている人の名前だということを知らない人にとっては、なんてこともないメールだもの。でも犯人は、わざわざあたしのプライベート・アドレスを探り出して、そっちにメールして来た。どうしてなんだろう、ってずっと考えていたの」

美弥は小さく笑った。

「わかってみればなんでもないことだったわね。佐原さん、あなた、マンションのサーバをハッキングしたんでしょう?　うちのマンション、確か、数年前にケーブルテレビの配線をして、その時にインターネットの回線も入れたのよね、常時接続の。あたしも事務所のはからいであそこに引っ越しした時に、ケーブル会社と契約してアドレスをとったのよ。あのマンションでインターネットに接続してる人の大部分は、同じサーバを利用してる。常時接続の方が便利だし安いもの。ハッキングする攻撃目標がはっきりしてるんだから、マンションの住人のアドレスを割り出すくらい、ハッカーならできる、そうなんでしょ？」

「うーん、少し違う。僕はハッカーほどパソコンに詳しくないよ」

「じゃ、誰かに頼んだの？」

「いいや。もっとその……プリミティヴな方法をとった。いずれにしても非合法だけど。君の部屋の郵便受けから、毎月のネット使用料の引き落とし明細書をね、ちょっと、借りたんだ。で、ケーブルインターネットの会社に電話して、明細書に出ていたお客さま番号を申告して、ハードディスクが壊れてデータが飛んだ、パソコンにもアクセスできなくなった、新しいパソコンにメール設定をしないとならないのに、ＩＤとパスワードがわからなくなった、申し訳ないけれどＩＤとパスワードと設定データを郵送してくれないか、と頼んだ。それから明細書を君の部屋の郵便受けに戻して、また毎日郵便受けを覗いて、それらしい封書が届くのを待った。で、届いたので開いてみたら、当然ながら、君のメールアドレスが判明した」

「ひどい！　あたしの部屋の郵便受けの暗証番号をどうして知ってるのよ！」

「あのタイプの合わせ番号なんて、コツを摑めば十分で探り出せるよ。たった三桁、それも右、右、左のパターンだってわかってるんだから。古典的に聴診器を使ってもいいけど、僕は秋葉原で、専用の小道具を買ってある」

「佐原さん、あなた、俳優の修業をするついでに、こそ泥の修業もしてたの？」

「近い！　憶えてないかなあ、僕なんかに興味はなかっただろうから、あの映画、観てないよね、君。『ねずみ花火の夏』、って、金庫破りの男が主人公の映画。僕、あれに出ていて、主人公に金庫破りの極意を教える仕事師の役だったんだよ。本職の鍵職人さんについて、二カ月、みっちり修業したからね、最近のハイテクものはだめだけど、昔ふうの合わせ番号だとか、ポッチを押したりする鍵なら、たいてい開けられる」

佐原が楽しそうに笑ったので、美弥もつい、笑いを漏らしてしまった。佐原の口調には一切の悪意がない。冬葉のことで美弥たちを憎み、何らかの復讐をしようとした人間には思えなかった。

「目的は何だったんですか。あんなメールをどうしてあたしに……」

「目的」

佐原は、静かな声で言った。

「目的、か……なんだったんだろうな。僕にもよくわからない。……実はね、あのメールは、僕のアイデアじゃないんだ」

「あなたのアイデアじゃないって、つまり、あなたが考えたことではないってこと？」

「うん。君のメールアドレスを探り出す方法は僕が考えたことだけど。でもあの文面は、コピペだよ。コピー&ペースト。三カ月くらい前だったかな、僕の会社のアドレス宛に一通のメールが届いた。会社のアドレスは名刺に刷り込んで何千枚も配ってるから、誰がどんなきっかけで知ったとしても不思議はない。フリーメール・アドレスからの送信で、サーバはインターネットカフェ、Webメールだった。だから送信者は誰なのかわからない。フリーメール・アドレスの登録情報は削除されていた。返信したメールは宛先不明でリターンされた。つまりどこかの誰かが、たった一通のメールを出すためだけにアドレスを取得して、すぐにそのアドレスを捨てたんだね。そこには、僕をとても驚かせることが書かれていた。文面は正確じゃないけど、内容は思い出せる。まず、同じマンションに秋芳美弥が暮らしているのを知っているか、と質問の形で書かれていた。もちろん知っていた。君のことは何度かマンションのエントランスで見かけていたから。でも声をかけたことはなかった。僕はとっくに芸能界を引退した人間だ、いくら君の小説を原作にした映画で主演したからって、あまり気安く声をかけるのはどうかな、と躊躇ったんだ」

「違うわ。コカインで前科のついたあたしなんかと喋ってるとこを、誰かに見られたくなかったんでしょう？」

「そんな言い方しなくていいよ。今さら、そんなことで僕がびびると思う？　実業界でなんとかかっこのつく実績を残すにはね、甘ったるいことばかり言ってはいられない、週刊誌ネタになりそうな、ちょっとやばい目の橋だって何本か渡って来たんだ。コカインで執行猶予だなんて、そんなの、ハクにもならないさ。子供の犯罪だ。とにかく、そのメールにはさらにこう書かれていた。その秋芳美弥が、あなたの従妹が失踪した時、同じバスに乗っていたクラスメイトだったことは知っていますか？　と。これは知らなかった。さっきも言ったけど、僕と冬葉はひとまわりも歳が離れている上に、冬葉が失踪した当時はもう、まったく音信不通だった。冬葉のクラスメイトの名前なんて知ってるわけがない。あの当時、同じ班の同級生がなぜ冬葉がバスを降りたのに気づかなかったのか、随分いやらしい追及の仕方をしている週刊誌とかもあったけど、さすがに名前は書いてなかったしね。僕は衝撃を受けたと同時に、その君が僕の暮らすマンションに越して来たのは、ただの偶然だとは思えなくなってしまった。冬葉のために何もしてあげなかった、という僕自身の内部にずっと沈澱（ちんでん）していた後悔が、焦りになって浮き上がって来たんだ。そしてそのメールには、こう書かれていた。秋芳美弥は、小野寺冬葉のことをすっかり忘れているようです。思い出させてあげませんか？　彼女に以下の言葉を送ってみたらどうでしょう。メモにでも書いて、郵便受けに入れておくとか。彼女に小野寺冬葉のことを思い出してもらいましょう。……そのあとに、あの文章が書いてあったんだ。わたしを憶えていますか？　冬葉」

車は新橋から南へと向かっていた。もうじき汐留だ。

「メモにしようかと思ったんだけど、直筆は躊躇われたし、プリンターを使うとプリンターのくせが出るかも知れない。文面自体は脅迫でもなんでもないけど、なんだかね、やっぱりこそこそそういうことをするのは後ろめたかった。結局、メールがいちばん、送り主を特定しにくいんじゃないか、そんなふうに思ってさ。冷静になって考えてみたら、何もあんなメールを送らなくても、君に直接問いただせば済むことだったんだよね。冬葉のこと、本当に忘れてしまったのか、って。結局、僕は誰かに操られたんだろうな。雰囲気に呑まれたと言えばいいのか。僕自身がずっと抱えて来た、気の毒な従妹に対するうしろめたい気持ちが、僕の判断力を鈍らせたんだ。ほんとに……馬鹿げたことをした。郵便受けの暗証番号のことも、郵便物を盗んだりしたことも、みんなまとめて、謝罪させて欲しい。君の気が済まないなら、警察に訴えてもいいよ」

「警察なんて、あたしが自分から何か訴えると思う？　あたし、警察は大嫌いよ」

「でも刑事とは仲良しだ」

「ほんとにストーカーみたいね、佐原さん。あたしのこと、どこまで調べてるの？」

「たいして調べてないよ。君個人の秘密には興味がない、いや、失礼、興味はあるけど、それを調べるつもりはない。僕が知りたかったのは、あのメールを受け取って、君がどんな行動をするのか、だった。君は冬葉のことを思い出してくれるだろうか。思い出したとしたら、何をするんだろう。それが気になってね、可能な限り、君の行動を観察させて貰っていたんだ」

「実業家ってそんなに暇なの」

「いいや。でも仕事の方は、近頃、モバイルパソコンと携帯電話でかなりの部分までこなせるからね。あとは、信頼できる部下に任せても、ひと月くらいだったらなんとかなる。君にメールを送ってから一カ月、君を観察させて貰うことに決めていたんだ。その間に君が、冬葉に繋がる過去と接触してくれれば、自分の気が済むだろうと思っていた。あの時の同級生、同じ班だった生徒は、冬葉をいじめていたとか、仲間はずれにしていたとか、いろいろ言われていただろう？　全部の噂を信じていたわけじゃないけど、少しはいじめみたいなことがあったんだろうと思っていたんだ。中学生だと、そういうのがあって当たり前で、何もなかったと言われても信じられないから。今さら君たちを糾弾する気はなかったけど、冬葉のことをきれいさっぱり忘れているというのは、我慢できなかったんだ。もちろん、僕は愚か者だよ。誰だかわからないやつに踊らされていたわけだから」

「あたしたちが冬葉をいじめたりしてないってことは、信じてくれるの？」

「うん」

「どうして？　なぜ信じられるようになったの？」

「君たちは、本当に困惑している」

佐原は静かに言った。

「しかし怖れてはいない。君たちが後ろめたい思い出を抱いているなら、もっとおびえるはずだ。君は堂々と、冬葉の母親に会いに出かけた。もし君が冬葉を少しでもいじめていて、冬葉がいなくなったのは自分のせいかも知れないと思っていたら、今さら冬葉の母親に自分から会いに行くなんてできないはずだ。過去をほじくり返しても、忘れてしまいたい記憶がぞろりと出て来るだけだろうから。それに君たちは、僕がメールを出してすぐに集まったね。後ろめたいことがあるなら、昔の仲間と顔を合わせるのも嫌なはずだろう？だが君たちは、すぐに集まり、メールのことを相談した」

「盗み聞きしてたの！」

「いや、遠くから見ていただけさ、君たちが乾杯して、それから真面目な顔で話し合うのをね。何を話しているのかなんてわからなかったけど、僕が君にメールを送ったすぐ後だ、他の話題ってことはあり得ない」

「それだけじゃなかったのよ」

汐留タワーが正面に見えて来た。タイムアウトになってしまう。佐原とはもっと話し合わないと。

「それだけじゃないの。佐原さん、あたし、八時過ぎぐらいに仕事終わります。お願い、あとであたしの話、聞いて」

「いいけど、それだけじゃなかった、ってどういうこと？」

「メールはあたしのところだけに届いたんじゃないの。六本木のホテルで見かけた彼女……もう知ってるわよね、彼女もあのバスに乗っていた同級生よ。彼女の携帯電話にも、同じ文面のメールが届いていたのよ。あなたが出したの？　どうして貴子の携帯メルアドを知ってたの？　それに、それにサンクマも……もうひとり同じ班だった女の子も、誰かにひどい嫌がらせをされたの」

「ちょっと、ちょっと待って！」

信号で停止したのと同時に佐原は叫んだ。

「僕はメールを君にしか送っていない。あの人の携帯メルアドなんか、知ってるはずがないだろう？　それに嫌がらせってなんだ、僕は知らない。僕は君だけを観察していた。君がどんな行動に出るか確かめたかった。でも、君たちが居酒屋で集まるまでは、あの時冬葉と同じ班だった生徒の顔なんか知らなかったんだ。名前だって、君が貴子、と呼んだから彼女が貴子という名前だと今、わかっただけだよ。冬葉のクラス名簿が仮に叔父のところに残っていたとしても、僕はもう小野寺の家と縁が切れている。今さら、名簿を見せてくれなんて言い出せば、不審に思われるよ」

車が動き出す。佐原は、低い声で言った。

「つまり、僕を踊らせた誰かが、別の人間も踊らせている、ってことか。その貴子さんには、誰か別の人間がメールを出したんだな。貴子さんは、誰からメールが来たのか心当たりはないのか？」

「それは……あるみたい。以前に貴子のこと一方的に好きになっちゃった人がいて、その人には奥さんも子供もいたの。だから貴子はその人のこと相手にしなかったんだけど、その人、あたまがおかしくなっちゃって……子供を道連れに無理心中したの」

「じゃあ、その奥さんが？」

「そうみたい。でもね、その奥さんは、冬葉のこととは無縁なはずよ。あなたの場合と違って、その人も冬葉の関係者だったなんてことは……」

「別に関係者である必要はないんだよ。黒幕の目的は、君たちを追い詰めることだ。今、それがわかった。……黒幕はたぶん、時間をかけて君たちの周囲を調べ、そして君たちの周囲にいる人間の中で、簡単に踊ってくれそうな人間を選び出した。僕の場合は冬葉の直接の関係者だから、君と僕との関係が希薄でもよかった。でも貴子さんや他の元生徒たちの周辺に、僕みたいな存在がいなければ、発想を変えて、理由はどうあれ君たち元生徒に恨みとか妬みとか、ネガティヴな感情を抱いている人間を利用すればいい。小野寺冬葉の事件のことなど、深く知っている必要はないんだ。メールなんてコピペすればいいんだからね、僕がやったみたいに」

「でも……サンクマやサバ、その元の同級生たちが受けた嫌がらせってメールなんかじゃないのよ。もっと悪質よ！　サンクマは部下が担当していた作家の生原稿を盗まれた上に、サンクマの名前でその原稿にいたずらされて作家に激怒されたし、サバなんか……ストーカーまがいにつきまとわれていた元の恋人に……ナイフで……」

「殺されたのか！」

「……命は助かったけど……」

佐原は、両手でバンとハンドルを叩いた。

「……だから、黒幕としては、できれば小野寺冬葉の存在を誇示しつつ君たちを追い詰めたかったんだろうが、踊らされる方にとっては、冬葉のことなどどうでもいいわけだろう？　黒幕の想像を超えて、過激な嫌がらせに走ったんだよ。いや、想像を超えて、というのは善意に解釈し過ぎだろうな。黒幕にとっては、事態が悪い方に転がる分には構わない、ということだったのか。今さらだけど、僕も危なかったな。君たちについて誤解したままだったら、自分を抑えられずに、次の一手を打っていたかも。ねえ、君たちは心当たりってないのか？　冬葉のことで、そこまで君たちに反感を持っている人物の心当たりが」

「なぜあたしたちを恨んでるのかはわからないけど……冬葉の失踪にかかわっていそうな人のことは、思い出せたの。あたしたち、二十年前にそれぞれが見聞きしていた小さな事実を必死に思い出して、それらを繋ぎ合わせてみたら……まだあちこち欠けていて確実ではないけど、あたしたちが当時は考えていなかった人が、冬葉の失踪と繋がっていたかも知れないって」

「誰だ、それは！」

佐原は車を路肩に寄せて停めてしまった。

「誰なんだ?」

「先生。……音楽の」

美弥は車のドアを開けた。

「ごめんなさい、たぶん、もうすぐ何もかもはっきりすると思う。今夜、あたしのところに来て貰えますか? 十時頃までには必ず帰っているようにします」

「わかった。十時に行きます」

佐原は固い表情のまま、車をスタートさせた。

7

食事もせずに帰宅して、美弥はすぐにパソコンをたちあげた。予感がしていた。佐伯茉莉は連絡して来るはずだ。
『前略
田丸さんからメールの転送を受け取りました。サイパンでナオミと共にいたという日本人男性は、加藤悠樹さんだと思います。榎さんとダイアモンドホテルのロビーで偶然お会いして、お話しいたしました。榎さんとは仕事上のおつき合いがあります。が、特に親しい知り合いというわけではありません。たまたまあの時、わたしがチェックアウトの精算をしていた間、ロビーで話をしていたようです。ナオミにも確認しました。加藤さんは、フィリピンのマニラ在住で、三年ほど前から、ナオミの里帰りコンサートの企画を手伝っていただいております。加藤さん本人に先程メールを出し、秋芳さんからのメールもそのまま転送いたしました。早晩、加藤さんご本人から連絡が入ると思います。

もう一点、私が秋芳さんの昔の同級生である可能性についてですが、私はロサンゼルス生まれです。両親共に日本人であったことと、二十三歳の時から三年間、東京の音楽大学に留学しておりまして、日本語での会話や本を読むことには不自由いたしませんが、書く方は、漢字があまり得意ではなく、こうして日本語のメールソフトなど使用していると大丈夫ですが、直筆では手紙も書けません。中学三年まで日本で育っていたとすれば、こういうことはないと思います。もちろん、幼少時からの写真も持っており、自分の記憶に欠落があるとも思えませんので、そうした可能性はまったくありません。念のため、私の写真を添付いたしましたのでご確認くださいませ。

加藤さんがフルートの演奏を好きかどうか、というご質問もありましたね。加藤さんはフルートが大変にお好きです。加藤さんはマニラの旅行代理店で通訳として働いておられますが、三年前、ナオミがマニラのジャズクラブで演奏した際、加藤さんがナオミに花束を贈ってくださり、それが縁で親しくなりました。加藤さんはジャズ・フルートにはあまりお詳しくなかったようで、もっぱらクラシックのフルートを聴いておられたようです。秋芳さんのお噂はかねがね耳にいたしております。小説も英語に翻訳されたものを読ませていただいたことがございます。メールをいただけて大変に嬉しく思います。何かとても大変な状況におられるようですが、落ち着きましたら、ぜひ一度、ニューヨークにもおいでください。またナオミが東京に参ります時には私も同行いたしますので、お会いすることができれば光栄です。草々。佐伯茉莉』

日本語の手紙文のテンプレートでも使っているのか、メールの文章にしては形式が固い。だがその分、佐伯茉莉の誠実な人柄は伝わって来た。添付されていた写真は、自動展開の設定にしてあったので、文章のあとに勝手に開かれていた。

美人だった。そして、冬葉ではなかった。

フルートが好きな加藤悠樹。悠樹、という二文字で、すべてが確実になった。加藤悠樹は、長門悠樹、ナガチなのだ。ナガチは失踪したのではなく、マニラにいた。名字が違っているのは、偽名を名乗っているのかそれとも、加藤という人と養子縁組でもしたのか。

もしかすると、加藤、という名字を持つ女性と結婚したのかも知れない。

美弥はくすぐったい思いでひとり、笑った。あの頃、自分は自惚れていたんだと思う。もしかするとナガチはあたしのことが好きなんじゃないか、そう感じていたのだ。そう感じていながら、友達づき合いで押し通すのがカッコイイ、そんなふうに思っていたのかも知れない。

でも、違っていたのだ。ナガチがあたしの方を向いていてくれている、と思い込んだのは、あたしの幼いうぬぼれだった。ナガチは、冬葉のことが好きだったのだ。孤高を好んで階段の踊り場でひとり、フルートを吹いていた冬葉のことを、ずっと想っていたのだろう。ナガチがナオミや佐伯と親しくなったのは、佐伯が冬葉だったからではなく、ナガチが冬葉のフルートを忘れなかったからだ。だが、榎を通じてそのナガチの写真が自分の目に触れたのは、ただの偶然ではないと、美弥は思った。

冬葉が、みんなを結びつけようとしている。

冬葉は、戻りたいのだ。あのバスに。あたしたちのところに。修学旅行の旅程に。そう、あの時、バスを降りなければ続いていたはずの、十五歳の日々に。

冬葉の声が聞こえる。冬葉が、自分を探して欲しい、見つけて欲しい、連れて帰って欲しいと、あたしたちに訴えている。

チャイムが鳴った。十時ちょうど。美弥はドアを開けた。佐原が唇を少しゆがめるようにして、それでも微笑もうとしたのがわかった。だが美弥は、息をとめた。

佐原の後ろに、冬葉の母親と、見知らぬ男が立っていた。

＊

冬葉の父親とは面識があったはずだが、記憶にはなかった。白髪に覆われた髪と皺の刻まれた額。実際には六十代のはずだが、もっと老けて見える。それに比べると、母親の方は、先日会った時のまま、若々しい。

美弥の部屋には、ソファがひとつしかなかった。三人掛けの大きさなので、佐原と冬葉の両親が膝を揃えて座り、美弥はフローリングの上にクッションを置いて座った。市販のウーロン茶をコップに注ぎ、氷を浮かべただけのものをソファテーブルの上に出したが、三人とも手をつけようとしない。美弥は、自分の分のコップからごくごくと飲んで、ふう、と息をついだ。

「秋芳さんが南町田に出向いたのを見届けて、あの翌日、僕から叔父に電話してね、たまたま昨日から出張でこっちに来るって言うんで、どうせなら、叔母さんも一緒に、二人揃って秋芳さんの話を聴いた方がいいだろうと思ったんだ」

縁は切れているはずだったが、佐原の、叔母さん、という言葉に皮肉な響きはなかった。

冬葉の母も臆していているふうはない。元夫婦の二人も、並んでいることに特にぎこちなさは

なかった。憎悪の果てに別れたのではないのだ、と、思う。

「先日は、ごめんなさい」

冬葉の母は座ったままで頭を下げた。

「せっかくいらしていただいたのに、なんだか……わたし、冬葉のことを心配してくださっているのに、気のないようなお返事しかしていなかったですね」

「いいえ、突然押し掛けたりしたわたしの方が、ご迷惑をかけてしまって」

「決して、あの子のことを忘れたわけではないんです。でも……あの家には……冬葉の居場所はありません。あの家にいる時は、冬葉のことはできるだけ考えないようにしているんです。そうしないと、わたし、子どもの母親としてふるまうことができないと思って。秋芳さんのところにおかしなメールが届いたことは、あのあとすぐ、大阪に電話をしてこの人に伝えました」

「まさか、佐原くんがそのメールを出していたとは」

冬葉の父も頭を下げた。

「すっかりご迷惑をかけてしまいました。わたしからもお詫びします」

「もうそのことは……佐原さんとは話し合いましたから。それより、誰が佐原さんをそそのかしたのか、誰が他の同級生のところにも嫌がらせさせるように、いろんな人を巻き込

んでいるのか。渦の中心にいる人物の目的は何なのか。それを考えないといけないと思うんです。それで今夜、佐原さんともっと話し合いたいとこちらにお呼びしたんです」

「音楽の先生だ、と君は言ったね」

佐原は、四隅が黄ばんだ名簿をテーブルの上に置いた。

「叔母さんが捨てずにとっておいてくれたものです。あの時の、君たちの学校の職員名簿だ」

佐原は名簿を開いた。

「音楽は、毛利佳奈子。非常勤とある。この人のことなのかな、夕方、言いかけたのは」

美弥はゆっくりと頷いた。脳裏に、勝ち気な瞳をきらきら輝かせた、高いソプラノの声を持つ女の記憶が甦る。繊細でそれでいて力強いピアノを弾く女性だった。だが生徒に音楽を教えることを楽しんでいるようには見えなかった。いつも、眉を少し寄せ、授業中に行儀の悪い生徒を、とても冷たい表情で見つめていた。美人というのではないが、当時の美弥たちとは明らかに違う、大人の空気を持つ女だった。

美弥は冬葉の母親を見つめた。この人は秘密にし続けているのだろうか……今でも。

それを秘したままでは、冬葉は戻って来ることができない。この人に口を開いてもらうしかないのだ。

「毛利先生が冬葉のことに、どうして関係あるんですか」

冬葉の父が低い声で囁く。知らないのだ。冬葉の父は知らない。美弥は唾を呑み込んだ。美弥の口からここでそれを暴露することはできない……何ひとつ、証拠がないのに。

だが、冬葉の母親は覚悟を決めていた。美弥の瞳を真直ぐに見たまま、静かに頷いた。

「……知っていらっしゃるんですね、秋芳さん」

美弥は小さく頷いた。そして言った。

「いちばん重要な点を確認させてください。冬葉がいなくなったあの日……お母さまは、京都にいらしたんですよね？」

冬葉の母は黙っていた。佐原は声に出さず、口を大きく開けた。沈黙を破ったのは冬葉の父だった。冬葉の母親の方に向き直り、さっきよりももっと低い声で言った。

「……どういう意味だ？　あの日、おまえが京都にいたというのは、いったい……」

冬葉の母親が手をあげるような仕種をした。その掌を、ウーロン茶のコップへと伸ばす。彼女がひと口のウーロン茶を飲み終えるまで、三人は息をとめるようにして待った。

「京都に行きました。……来なければ、直接、冬葉にすべてを話すと脅されて」

冬葉の母は、深く、長く溜め息をもらした。

「旭村先生とのことは……わたくしの過ち（あやま）です。あの頃、わたくしは頭がおかしくなりかけていたんだと思います」

「やっぱり」

冬葉の父は頭を下げ、膝の上で拳を握っていた。

「やっぱり……そうだったのか……やっぱり……」

「言い訳はしないわ。でも、あなたとあの人のことがなければ、わたしだってそんな間違いを犯さなかった」

あの人、とは誰だろう。この男はかつて、自分の方が先に妻を裏切ったのだろうか。

美弥は、とても奇妙な思いで目の前のひと組の男女を見つめていた。二十年前、自分は十五歳だった。その時この二人は大人で、中学生の女の子の父と母で、男と女で、そして互いに互いを裏切っていた。

「ほんの短い間でしたけれど、わたくしは夢中になっていたんだと思います。浮かれていたのかも知れないし、夫が自分よりずっと若い女と浮気をしていることを知って、復讐してやりたいと思っていたのかも知れない。今になってみれば、ただ愚かだったとしか言えないけれど、あの時は、そうやって誰かに恋をしている自分を意識していなければ、とても生きていかれない、そんな気持ちだったの。でもすぐに後悔した。旭村先生に恋人がいたことを知って、自分が毛利先生から愛する男を奪い取ってしまったとわかったのは、熱が冷め始めた頃でした。わたくしは、何もなかったことにしたいと言ったんです。わたしには家庭と娘が、彼には恋人がいるのだから、一時の気の迷いだったと忘れたい、と。けれど、旭村先生は承知してくれなかった。なぜ修学旅行の最中にわざわざわたくしを呼びつけたりしたのか、今でもその理由はわかりません。彼にしてみれば、自分勝手に関係を終わらせて、のうのうと家庭に戻ろうとしている年上の女を苦しめたい、困らせたい、そういうことだったのかも。いずれにしても、冬葉に話すと脅されれば、従う以外に道はありません。それでも京都に泊まるつもりはなかったし、そんなことをすれば取りかえしのつかないことになるということもわかっていました。一時間だけ話をする、そういう約束で、あの日、わたくしは新幹線に乗りました」

「どちらで会う約束を?」

「真如堂です。生徒たちの見学予定には入っていないところだから安全だと、先生が指示して来たんです」

美弥は立ち上がり、リビングボードを開けて観光マップを取り出した。小説の中で舞台にしたことのある町の観光ガイドや地図がぎっしりと詰め込まれているが、京都のものはたった一冊しかない。小説の舞台に京都を選ぶ気には、どうしてもなれなかった。それでも、必要に迫られてその一冊だけ、資料として買ったのだ。

真如堂の場所はすぐにわかった。千利休の映画で境内を見た憶えがある。紅葉の名所らしい。

美弥は、真如堂の場所を示す地図を三人の前に広げ、そして指で、バスの停留所をおさえた。

「冬葉さんがバスを降りたのではないかとされていたのが、このバス停です。白川通りを挟んで、反対側に真如堂があります。……冬葉さんが突然バスを降りてしまった理由がわかったように思います……冬葉さんは、走るバスの窓から、お母さまの姿を見つけたのではないでしょうか」

「違うわ！」

冬葉の母が中腰になって叫んだ。

「そんなこと、あり得ない。あり得ません！　だってわたくし……わたくし、行かなかったんですもの。行かなかったんです……真如堂には……駅からタクシーに乗って、行き先は告げました。でも……十分ぐらい乗っていたかしら、わたくし、こんなことをしてはだめだ、と思いました。脅されたからってのこのこ京都まで出て来て、それではますますあの人は居丈高になる。抑えが利かなくなる、そう思ったんです。彼はまだ若かった。一時の感情でわたくしにのぼせあがっていたとしても、すぐに冷めて後悔するはずです。娘の修学旅行先で密会をするような真似をしていてはだめだ、ちゃんと話し合って、冷静になって貰って、きちんと別れないと……そう決心して、そのままタクシーで駅に引き返し、新幹線に飛び乗って東京に戻りました。わたくしが京都にいた時間は、改札口を出てからまた改札から入るまで、せいぜい、三十分程度です。そして一度もタクシーを降りていません。あの子がわたくしを目撃など、できたはずがないんです！」

美弥は一瞬、目眩のような困惑を感じた。今の今まで、自分の推測は正しいと確信していた。冬葉が、同級生に迷惑をかけることや、後で問題になることなども顧みずにバスを降りてしまったとすれば、自分の母親が、そこにいるはずのない母親が、女の姿で、女として、そこを歩いている、その姿を見てしまったから、それ以外にあり得るだろうか。

だが冬葉の母親は嘘はついていない。二十年も経って、今さら嘘をつく必然性がない。誰も口を開かないまま、永遠とも思える時間が流れた。だが実際には、ほんの二、三分のことだったのだろう。

美弥は、ようやく、もうひとつの結論を見つけた。

そこにいるはずのない女は、もうひとり、いた。

「毛利先生」

美弥の声は掠（かす）れていた。

「冬葉は……小野寺さんは、毛利先生の姿を見たのかも。毛利先生は修学旅行の引率（いんそつ）ではなかった。あの日、京都にいるはずのない人だった。でもその人が、歩いていたとしたら……真如堂のすぐそばを」

「どうしてですか！」

冬葉の母親の声は、金切り声に近かった。

「わたくしは確かに、旭村先生に呼び出されました。真如堂に午後二時。生徒たちの自由見学は、昼食後の午後一時から午後五時まで、その間、教師は宿にいて待機している、でも来年度の下調べに行くと口実を作れば二時間くらい抜け出せる、そう言われたんです。でも、でもそのことは、わたくしと先生と二人だけしか知らなかったはずだわ！　毛利先生がなぜ、真如堂の近くにいたりしたの……」

喋りながら、次第に冬葉の母親は膝を落とし、フローリングの床に座り込んでいた。その目は大きく見開かれている。

美弥にも今、冬葉の身に何が起こったのか、その真相が見えていた。そして冬葉の母親もまた、幻のその光景、自分の大切な、大切な娘が巻き込まれた、その大きな悲劇の光景が見えているのだ。

当惑した表情で、佐原が助けを求めるように美弥の顔を見る。冬葉の父親は顔を伏せたままだったので、その表情は読みとれない。

「毛利先生が……すべてを知っていらっしゃると思います」

美弥は、ようやくそれだけ、言った。

なぜなのだろう。

どうして、そんなことが起こったのだろう。

毛利佳奈子は、冬葉の理解者ではなかったのか？　冬葉のフルートの音色を愛し、冬葉の孤独をいたわり、冬葉の心の友として、そのフルートにピアノの伴奏をつけていたのではなかったのか。

なぜなのか。

どうしてなのか。

どうして、そんなことになってしまったのか。

すべては、毛利佳奈子の口から語ってもらう以外には、もう永遠にわからない。たぶん。冬葉は、その日、そこにいるはずのない毛利佳奈子の姿を、バスの窓から見つけた。冬葉は考えたはずだ。どうして毛利先生がここに？　どうして……そう、もちろん、旭村に会うためだ。だが旭村が毛利佳奈子を京都に呼びつけたはずはない。二人は別れていた。毛利佳奈子は、旭村に捨てられたことを冬葉に話していたに違いない。そう、もしかしたら、冬葉の母親と旭村との関係について冬葉に教えてしまったのも、毛利佳奈子だったのかも。毛利佳奈子の心の闇は、そこまで深かったのか。それが彼女の復讐だったのか。だが、悪意だけからあんなに美しい音楽が生まれるものなのだろうか。

毛利佳奈子と冬葉とは、確かに、ある種の友情で結ばれていたのではないだろうか。

冬葉は、京都の町を歩く毛利佳奈子の顔に、何を見たのだろう。

冬葉はなぜ、バスを降りて彼女を追いかけたのだろう。

旭村に呼び出されて東京からやって来るとしたら、毛利佳奈子ではなく、自分の母親だ。

冬葉はそう思った。自分の母親が、こともあろうに娘の修学旅行先で、担任教師と密会する。そしてそれを知った毛利佳奈子が、その密会現場へと向かっている。

夜叉(やしゃ)の顔で。

嫉妬に狂い、破滅へと突き進むことを覚悟した顔で。

冬葉は、助けようとしたのかも知れない。誰を？

自分の母親を？

毛利佳奈子を？

それとも……自分自身を。

電話が鳴る。

美弥の心臓が一瞬、どくっと音をたてた。金縛りが解けた直後のように、その場の全員がかたくなった筋肉をかろうじて動かして身じろぎする。

美弥はゆっくりと床から立ち上がり、子機を手に取った。

「御堂原の疑いが晴れたよ」

相手を確認することもせずに、咳き込むような勢いで耕司が言った。

「六本木の殺人事件は、別の犯人が逮捕された」

「そう」

美弥は、下半身から力が抜けていくのをなんとか保って壁によりかかった。

「……よかった」

「うん。でもな」

耕司の声がひどく沈んでいる。不安で目の前がすうっと白くぼやけた。

「……どうしたの？　おタカは無罪放免なんでしょう？　何かあるの？　ハギコー、いったいどうしたのよ？」

「……亭主だったんだ。……御堂原の亭主が犯人だった。現場に、被害者のものではない血痕が微量、残されていた。その血液を分析したところ……ＨＩＶに感染していることがわかった。……美弥、おまえ、知ってたか？　御堂原も感染している……入院中に判明した。でも残されていた血痕の血液型はＡＢ型だ。御堂原はＯ型。被害者と少しでも関係のある人間の中で、ＨＩＶに感染していてしかもＡＢ型、その条件に合致する者はひとりしかいない。御堂原の亭主だった。御堂原の亭主は、前の会社の健康診断で感染が判明して、本人に告知もされていた。前の会社をリストラされたことも、もしかするとそのことと関係があったのかも知れない。そのへんは会社側は絶対に認めないだろうからな、結局、うやむやになるだろう。だが御堂原の夫は、自分の感染のことを御堂原に黙っていた。御堂原のアルバイトのことを考えると、どっちからどっちにうつったのかは曖昧だ。いずれにしても、御堂原の夫は、御堂原のアルバイトのことを知っている。いつそれを知ったのかが、殺意と関係してくると思う。本人は後悔しているようだ。任意同行で麻布の方に呼んだら、すぐに自白したらしい。自白内容まではまだわからないが……」

壁に背中を押し付けたまま、美弥は腰を落とした。

混乱した頭の中に、なぜか笑い声が聞こえて来た。

遠い記憶の中の賑やかな笑い声だ。中心にいるのはハギコーとサバだ。二人は漫才でもするように、何かばかなことを言って周囲を笑わせている。目の前に、精進料理の膳が置かれている。修学旅行中の昼食時間だ。昼食の後、自由見学になって、夕方まで教師の目から解放されて自分たちだけで歩きまわれる。銀閣寺を見たらバスに乗って。

笑い過ぎてお腹が痛い。手を伸ばすとそこに、ナガチがいる。ナガチも何かおかしなことを言った。また笑いが爆発した。みんな笑っていた。サンクマも、冬葉も、お夕カも笑っていた。目に涙を浮かべて。

あたしたちはみんな、笑っていた。未来ははるかな長い道だ。あたしたちの目の前から遠く続いていく道だ。あたしたちは何でもできる。何にでもなれる。

おかしかった。どうしてこんなに、おかしいんだろう。笑いが止まらない。止まらない。

昼食のあと、あたしたちはバスに乗る。

バスに乗る。

バスに、乗るんだ。

終　章

1

　高村玲子が逮捕され、連行される場面が、朝から何度も繰り返して映し出されている。圭子はテレビを消して、と叫びそうになるのを懸命にこらえながら、原稿を見つめ続けた。

　圭子のいた文芸編集部は高村とかかわりはなかったが、雑誌の編集部は朝から大騒ぎになっている。寝耳に水で、高村が連載していたコラムの担当者や高村の本をつくっている最中だった担当者は、圭子のいる編集部にまでやって来て、盛大に愚痴をこぼして行った。穴埋めは大変だ。だが結局のところ、みんな面白がっている。

　直接の容疑は、管理売春での売春防止法違反。高村が主婦売春組織の元締めのようなことをしていたというのは、確かに、かなりマスコミ好みの事件だ。だが榎一之の殺害容疑も高村にはかかっている。榎を殺したのは高村の弟ということになっているが、はたして、高村は関与していないのかどうか。

東萩耕司とは、ここ二日ほど連絡がとれない。事件が大詰めになり、プライベートな事柄に割ける時間などないのだろう。だが耕司から届いた長いメールで、高村の事件と、貴子の夫の事件については概要が理解できた。

結局どちらの事件も、冬葉のこととは無関係だった。だが、榎一之と長門悠樹とが一枚の写真に写っていた偶然、そして、高村玲子の売春組織は、貴子が働いていた高級売春クラブと裏の組織で繋がるらしいということが、圭子の心に、ひとつの結論を生み出している。

冬葉が、わたしたちを呼んだ。

時効は成立している。毛利佳奈子が刑法上の罪に問われることは、もうない。それでも、彼女がすべてを話してくれるのかどうか、それはわからない。

毛利佳奈子は、まだ独身のままだった。四十歳になるまで音楽教師を続け、都内の中学校を数年おきに転勤しながら暮らし、その後は厚木市に小さな家を建て、自宅の一部をピアノ教室にしているらしい。耕司はそれだけのことを調べあげてくれた。明日、圭子は厚木へ行く。美弥も誘ったが、映画の撮影が始まっていて時間がとれなかった。鯖島豊は順調に回復している。豊を刺した女は逮捕され、二カ月ほど前からおかしなメールが携帯電話に届くようになって、それを読んでいるうちにストーカー行為に走ったと自白したらしい。

圭子自身は、なんとなく、もう何もわからなくていい、わかりたくない、という気持ちを払拭(ふっしょく)することができず、明日のことを考えると気が重かった。

貴子はまた入院した……今度は、精神科に。殺人容疑での夫の逮捕と、自分がＨＩＶに感染しているという事実が彼女を打ち砕いてしまった。売春クラブの実態については、高村玲子の方から明らかになるかも知れない。が、貴子はもう、警察の取り調べを受けられる状態ではない。

貴子の、禁欲的な自己破壊願望とでも言えばいいのか、あの不思議な衝動は、いったいどこから湧いていたのだろう。なぜあれほどの美貌に恵まれていながら、彼女は、その美貌で幸福を摑もうとすることを拒絶し、ありふれて卑小な幸福、娘を私立の小学校に通わせ続けるということだけにこだわり、すべてを犠牲にしてしまったのか。

無責任な想像で、貴子が性的に大きなトラウマを負っていたなどと結論することは簡単だ。だが、貴子自身、自分が何をしているのか、どうしてそうしているのか、わかってはいなかっただろう。

貴子からは、入院する前にたった一行、メールが届いた。圭子の携帯アドレスへ、彼女の携帯アドレスから。

『あたし、不感症だったの』

それだけ。もっと何か言葉を続けようとしたのに続けられなかったのか、他に言いたいことなど何もなかったのか。携帯電話は解約されたらしく、こちらから出した返信はリターンされた。圭子は貴子からのそのメールを、保護扱いにしている。そして時々、画面を開いて読む。

あたし、不感症だったの

何に?
何を感じることができなかったの?

その短い文章を読むたびに、圭子は泣く。どうして泣きたくなるのか自分でもわからない。だが、この世界に、それほど哀しい言葉はないように思えるのだ。

離婚は成立し、圭子は井上から三隅に戻った。新雑誌の名前も決まった。夫だった男は、売れっ子の女性作家と入籍した。

圭子にとって、今ただひとつの楽しみは、鯖島豊の退院の日を待つことだけだ。

自分でもなぜ、これほど鯖島豊の退院が待ち遠しいのか、圭子は自分の心のうつろいに戸惑っていた。そしてそうした圭子の心の変化を、圭子自身よりも先に読み取ったのは柏木だった。

いつものバーカウンターに座って肩を並べたまま、柏木は別れの言葉を口にした。

「俺は君を包みこむことも自由にすることもできないだろうな」

柏木は、珍しくカクテルグラスの細いくびをつまんでいた。

「君が正式に離婚してしまった今になって、腰がひけている」

「結婚して、なんて言わないのに。結婚はもうしばらく、こりごりだし」

「うん、わかってる。でもたぶん、だから余計に俺は苦しくなると思う。……妙な話だと思うだろうけど、俺、本心から、君と結婚したいんだ」

圭子は柏木の横顔を見た。表情はあまり変っていない。が、気のせいか、瞳が光って見えた。

「君を自分の妻だと呼んでみたい。君が毎朝、俺の朝飯をつくってくれて、君が休みの日には一緒に犬の散歩なんかに行きたい」

「あなた、犬、飼ってないじゃない」

「だから、結婚したら飼う予定なんだ」

柏木はふふ、と笑った。

「俺はいったい、君に何を期待していたんだろう。それを正直になって考えてみて、やっとわかった。俺は君に、俺の世話だけやいて貰いたかったんだ。でも君が形の上だけでも人妻だったから、そういう本音を押し殺して、バーで隣り合って酒を飲むのが似合ってる男と女を演じ続けて来た」

「なんだか……あなたの口から聞く言葉だなんて信じられない」

「だろう？　俺だって信じられないよ。いったい俺、どうしちまったんだ、ってさ。それでもうひとつ、気づいたんだ。そうか、俺は嫉妬してるんだ、って」

「嫉妬？」

「中学の同級生。昔の事件がきっかけで、逢うようになった。今、入院してる」

「鯖島くんのこと言ってるの？　彼とは……彼とは何もないのよ。ただお互いにバツイチで、それで……」

「君は気づいてない。俺といる時でも、君は十分に一度くらい、彼のことを持ち出すよ」

「でもそれは、彼が大変な事件に巻き込まれたり、昔の失踪事件の謎がほどけて来たりって、いろいろあったから」

「君は彼が好きなんだ」

柏木は、グラスの酒をすすった。

「いいんだ、それで。たぶん、君は幸せになれる。もう一度やり直せる気がするよ。一度だけ、ほら、この店で彼に会ったよね、偶然。俺はこれでもいちおう作家なんかやってるから、人の第一印象がどれだけ多くのことを物語るものなのか、その点に対しては敏感だ。彼は理知的だ。だが利己主義なところがある。なんでも理詰めで考えるけど、その実、ひどく子供じみたことも好きだ。人生に対して積極的で、挫折しても挫折しても立ち上がれる強さがある。って、ほら、君とそっくりだ」

柏木は笑った。

「君と彼とはいいコンビになれるよ。君たちみたいなタイプの人間は、自分と正反対の人間に惹かれてしまう悪癖がある。だから最初の結婚や恋愛は大失敗するんだ。そして気づく。結局、自分と似た考え方をする人間とじゃないと、うまくいかない、ってさ。俺は感情にひきずられるし、合理的にものを考えるのが苦手で、幼稚なくせに、おとなぶった行動をとりたがる。人生に対してはいつも斜めに構えていて、それでいて自己顕示欲は強く、ほんとうは成功者に憧れている。華やかで派手なものが好きで、最後にはそうした華やかなもののそばで、楽に人生を生きていきたいと考えてる。そう、俺は見事なくらい、君の前のご亭主と同じ型の人間なのさ。俺が君に惹かれたのは、君が強く輝いて見えて、仕事でも成功していて、……万一このまま売れない作家で終わっても、君と暮らせば経済的には楽ができそうだ、なんて下心があったことも事実だからね」

「そんな言い方しないで。プライドがゆるさないくせに」

「うん、たぶん、そうなったらなったで、俺は君に対して理不尽な憎悪を抱いてしまうんだろうな。ああ、もうやめておこう。とにかく、俺たちはとても楽しい時間を一緒に過ごせた。そのことは心から感謝している。だから、このまま、けっこう楽しい思い出がいっぱい残っている時に、さっぱりするのがいちばんいいんだと思うよ」

「あたし、フラれたの?」

「さあ。……君はどう思う?」

圭子は苦笑いして、自分のグラスのバーボンを飲み干した。

2

珠洲京谷と打ち合わせする、とホワイトボードに書き込んでいると、背後から高田に勢いよく肩を叩かれた。

「新雑誌の連載に、いきなり珠洲先生の小説を持って来るなんて、やっぱ君をここに引き抜いて大正解だったなあ」

「あたし、文芸を追い出されてここに流されたんですよ」

「今に誰もそんなこと思わなくなるよ。新雑誌WONDERFUL DAYSは、高齢化社会、福祉産業全盛時代のリーダーシップをとる雑誌になる。何しろ、社長がむちゃくちゃいれこんでる」

それは事実だった。『暮しと健康生活』という地味な雑誌名を、はずかしげもなくべたで大袈裟な『WONDERFUL DAYS』にしろと鶴の一声で鳴いたのは社長だったのだ。これからの時代、雑誌を買う主力年齢層は四十代以上になる。通販の購買者層とも重なるその年代の人々は、なんだかんだ言っても、健康に対する関心度が高く、本や雑誌にお金をつかうことにも抵抗が少ない。珠洲京谷は中高年層に人気のある作家で、その作家が老年期に入った男女の恋愛を赤裸々に小説にする、というだけで、すでに各方面から取材申込みが入っているほど世間の関心が高い。

だが高田に褒められても、圭子は脇腹にくすぐったさを感じるだけで嬉しさはなかった。珠洲が他の文芸誌や編集部に不義理をしてまで、新雑誌の、それも文芸とは本来無縁な健康雑誌の連載などを引き受けたのには、それなりの理由があった。

数日前、圭子は珠洲本人から呼び出され、こっそりと夕飯を共にした。そして、ある意味衝撃的な、だが呆気にとられるほど馬鹿げた事実を打ち明けられた。

珠洲の原稿を盗み、それにひどい冒瀆(ぼうとく)をはたらいた上、それを圭子の名前で珠洲に送りつけた犯人は、小野寺冬葉とも圭子自身ともまったく無関係な男だった。

「もう一年も前のことだから、すっかり失念していたんだがね」

珠洲は、いつもの堂々たる態度がすっかり消えうせた、ひどくしょげかえった声で言った。

「わたしのところに、直接原稿を送りつけて来た作家志望者がいてね。文藝年鑑に載せている仕事場の住所宛だったから、初めは素人の原稿だと思わず、解説か何かを依頼されるのかと思って読んでしまったんだ。最初から作家志望者の原稿だとわかっていれば、決して自分で読むなんてことはしなかったんだがね……こういったトラブルに巻き込まれる危険性が高いから。編集部に持ち込むならいざ知らず、面識もないのにプロの作家のところにいきなり原稿を送りつけて来るような人間は、自意識が異様に高く自我が肥大してしまっていて、自分の筆力を冷静に判断する能力を持たないことがほとんどだ。いや、妄想の世界に入り込んでいる可能性すらある。うっかり読んでしまって、感想でも求められると大変だ。だからいつもなら、封を開けずに、秘書に手紙を書かせて返送することにしているんだ。それが、本当にうっかりと読んでしまった。例によって、箸にも棒にもかからないひどい原稿だったよ。それで秘書に返送させたわけだが、封を開けて中を読んだことがばれていてね……よほど執着心の強い男なんだろう、原稿を読んだことは紙が折れていたのでわかる、なのにどうして、突っ返して来たんだ、と電話があったらしい。電話には秘書が出て、なんとか応対したようなんだが……」

「納得はしていなかった、ということですね」

「そうなんだろうな。しかし一年も経ってから仕返しするなんて、まったく、妄想というのは怖いもんだ。こんな仕事をしていて、人間心理についてはいっぱし詳しくなった気でいるけれど、まだまだ、人の心の闇は深い。とても底までは見通せないね」

要するに、その男は一年経っても作家志望者であり、珠洲に対しては恨みを抱いたままだった。そして偶然のいたずらか、その男は圭子の部下だった伊東の、大学での先輩と同級生だった。とは言え、そんな偶然は偶然とも呼べないほどいくらでもある。伊東は日本で二番目に学生数の多い大学の出身なのだ。その男は、同級生から伊東の話を聞いていて、自分の小説を読ませる相手として伊東を考えた。そして偽メールをでっちあげて伊東とアポイントメントを取った。加賀、というのは偽名らしいが、もしかしたら偽名という意識はなく、ペンネームを名乗ったつもりだったのかも知れない。首尾よく伊東を騙して編集部に案内され、作品も手渡し、満足して帰ろうとした時に、大根占が外出から戻って来たわけだ。編集部の誰かと大根占朱美が何気なく会話する。

あら、珠洲先生のとこから戻ったの？　原稿は貰えた？　ええ、ばっちりです。生原なんで緊張しちゃいますよ。そのバッグ、縦長で便利そうね。そうなんです、原稿がすっぽり入りますから。……たとえば、そんな会話。

そして朱美がバッグを丸ごと、机の引き出しにしまうのを、そいつは見た。後は簡単だったわけだ。誰も、作家志望者がぼんやりと編集部を眺めている様にいつまでも注目していたりはしない。皆が目を離した隙に、引き出しを開けてバッグから原稿らしきものを掴み出し、そのまま消えれば良かった。珠洲の生原稿を手にして、その男は復讐できる喜びに震えただろう。そして行ったわけだ。いかにも、そんな男がやりそうな、矮小な復讐を。しかも、迷惑きわまりないことに、圭子の名前を使った。

「どうして井上さんの名前でわたしに原稿を送り返したかについては、わたしにも謎だったんだがね、どうも、単純な話らしいんだ。編集部にホワイトボードがあるでしょう？　君たちが外出する際に予定を書き込んでおく、あれだ。あれを見て、井上、という名前がいちばん憶えやすかった、そういうことのようだよ。しかもあなたは、ホワイトボードにフルネームを書く癖があるそうだね」

確かに、圭子はいつも、ホワイトボードに、井上圭子、とか、井上（圭）と書いている。編集部に井上という社員がもうひとりいて、同じフロアで仕事をしているため、紛らわしいからだ。

圭子は思わず、笑い出してしまった。珠洲も苦笑いしていた。

「そんなことで名前を使われちゃったんですね、わたし。なんだか……ものすごく腹立たしい話ですけど、拍子抜けしてしまいました」

「まったく、あなたには迷惑をかけた。あのことの後、あなたが異動してしまったでしょう、僕はその……うーん、余計なことかも知れないけれど、もしあなたの異動があの事件と関係しているのならば、僕から会社にかけあってあげてもいいんだよ。あなたにとって不本意な異動だったろうし」

圭子はゆっくりと首を横に振った。

「そんなことをなさると、先生があることないこと言われてしまいます。結局、責任はうちの編集部にあったんですから。大切な生原稿を部外者に持ち去られるような失態をしてしまったんです、言い訳はできません。そしてわたしは副編集長でした。責任をとらせていただくのは当然です。それに……わたし、今は今回の人事異動について、むしろ自分にとってはラッキーだったのかも知れないと思っているんです」

「本当に？　あなたは文芸編集者として優秀だったと思うが」

「優秀かどうかはわたしが判断することではないですけど、好きだったことは確かです。わたしは、文芸というものそのものを、その……愛している、と言っていいと思います。小説や詩や……無から生まれる有の世界が、とても好きなんです。わたしにとって、誕生したばかりの小説の初稿を誰よりも先に読めるというのは、無上の喜びでした。でも……文芸雑誌の仕事ばかりが、そうした世界との接点だとは思わないんです。わたしがこれから携わっていく雑誌は、中高年の方々に読まれる雑誌です。いわば、人生の半ばから終焉にかけて、長くおつき合いしていただける雑誌です。これまでは小説など読まなかった、という方でも、リタイアした第二の人生の友に小説を選ぶ方もいると思います。小説通、だとか、本読み、だとかいわれる人ではない、これまではがむしゃらに働いて本などろくに読めなかった、そういう人たちに、小説の素晴らしさを伝えることができるのは、文芸誌ではなく、WONDERFUL DAYSだと思うんです。書評の企画や、作家先生方へのインタビュー企画など、アプローチの仕方はいろいろとあると思いますし」

「なるほど」

珠洲は安堵した顔になり、それから、自信を取り戻した高慢さを絶妙なブレンドで混ぜた笑顔で言った。

「さすがに井上さんだね。その前向きさには敬意を表したい。それに、そういうことならば、僕なりの償いもできそうだ」

「ですから、償いなんて」

「いいや、させて貰いたいね。僕だってもうWONDERFUL DAYSの読者として不足のない年齢だ。いいじゃないか、これまで小説など読んだことのない僕らと同年代の人たちに読ませる小説。面白いと言わせる小説。どうかな、あなたの新雑誌で僕の作品、連載する可能性はあるのかな？　いきなりそんな企画は無理だと言うのならば、単発のエッセイでもなんでもいい、ぜひ協力させて貰いたい」

そうして、事は収まる方向へと収まった。それだけのことだった。

あの原稿事件と冬葉とは、何の関係もなく。夫の陰謀でもなく。圭子自身は誰からも、とりあえず、憎悪されていたわけではなく。

圭子が毛利佳奈子とひとりで会う決心をしたのは、そのせいだった。貴子も美弥も豊も、攻撃されたのだ。そして耕司は警察関係者で、毛利佳奈子の攻撃対象ではなかったのだろう。

だがなぜ、自分は除外されたのか。

自分が本当に知りたいのは、冬葉についての真実ではなく、実は、そのことかも知れない。そう圭子は思った。

＊

珠洲との打ち合わせを終え、新宿駅から午後二時過ぎのロマンスカーに乗った。本厚木までは四十数分。厚木には土地勘がないので、駅前からタクシーに乗って毛利の住所を告げる。川の方に向かっているのは何となくわかるが、思っていたよりもずっと開けた都会の雰囲気のある本厚木周辺の景色が住宅地の景色に変るまで、十五分ほど乗っただけだった。カーナビをつけたタクシーだったので、所番地に該当するあたりで運転手からどうするか訊ねられた。もとより、毛利の家がどんな色形なのかは知らないのだから、とにかく車を降りて探すしかなかった。

だが迷うほどのこともなく、すぐにその家は見つかった。小さな前庭に赤い軽自動車が停められていて、そのカーポートの横に小さな看板がとりつけてある。毛利ピアノ教室。

圭子は腕時計を見た。午後三時五分過ぎ。今日は五時から生徒がレッスンに来るので、三時から五時までのあいだならば時間がとれる、と、佳奈子の代理人だという人間を通じて耕司に連絡が入っていた。刑事事件の時効は成立していても、民事裁判の対象にはなる。場合によっては弁護士をたてるつもりだと、代理人は話したらしい。そうした言葉からすでに、毛利佳奈子がすべてを認めていることは明らかだった。だが、すべて、とはいったい、なんなのだろう。圭子たちが考えていることは全部、ただの想像なのだ。本当は何があったのか。それはこれから知ることになる。

呼び鈴を鳴らすと、インターカムから女性の声で返答があった。その声を耳にした途端、圭子の脳裏にあの音楽室が甦った。二十年経っているのに、声は変わっていない。記憶の中にあったあの、美しいけれどどこか甲高い毛利佳奈子の声が、今、目の前の小さなスピーカーから流れている。

ほどなくしてドアが開いた。

「どうぞ、お入りくださいな」

圭子は自分が震えているのに気づいていた。顔を上げる勇気がなかなか湧かない。

「どうぞ、ご遠慮なく」

かすかな苛立ちを含んだ声が促した。圭子は頷いて足を進めた。狭いけれど掃除の行き届いた明るい玄関だった。靴を揃えて脱ぎ、足を床にあげたところで、すっと目の前に置かれたスリッパの若草色が目に入った。そのスリッパに添えられている手。皺の多い、とても痩せた、手。

圭子はようやく、そのひとを見た。

呪縛がとける。

毛利佳奈子はもう、あの頃の彼女ではなかった。染めていない髪は半分ほども白くなり、まだやっと五十に届くか届かないかのはずなのに、頬はたるみ、首には無数の皺が走っていた。落ちくぼんだ目と、輪郭がぼやけて乾いた色の唇。ファンデーションだけは塗っているのかシミは目立たないが、顔と首の色の差が悲しいほどくっきりと目につく。それでも、佳奈子は圭子が頭を下げてスリッパに足を入れるのを見届けるとすくっと立ち上がった。姿勢がよく、心持ち、肩がいかっている。その立ち姿はあの頃のものとそっくりだった。

「三隅さんね」

佳奈子が静かに言った。

「面影がちゃんとあるわ。あなたのことはよく憶えているのよ。真面目で頑張り屋さんで、成績も良くて積極的で。いつもクラス委員だった。生徒会の役員もしていたわね。でも」

佳奈子はくすっと笑った。

「音楽はあまり得意ではなかった……わよね？　リコーダーの試験とかは一所懸命練習してきちんと合格するんだけど……あなたの演奏は面白みがなかった。楽しんで楽器を演奏しているのではない、って、すぐにわかったわ。それで余計に印象に残っているのよ。どんなに優秀な生徒にも、ひとつくらいは苦手なものがある。それって、我々教師にとっては、なかなか楽しいことなのよ。わかるかしら、そんな気持ち」

翻弄されている、と圭子は感じた。やはり、自分には無理なのだ。たとえ何年が経っても、どれほど立場が変化しても、自分はこのひとにとって教え子であり、青臭い、子供なのだ。

居間はピアノ教室を兼ねた部屋だった。二台のアップライトピアノが壁にそって並べられ、窓際には窓枠の下まで、つくりつけの本棚が壁一面にあり、ぎっしりと楽譜や音楽雑誌が詰まっている。ピアノが並んでいる狭い空間は、ガラスに囲われた小さな部屋のようになっている。最近普及している、部屋の中に設置できる小さな防音室だった。その防音室が居間の三分の一を占めているせいで、十畳以上あるゆったりした部屋なのに、コの字型にソファが並んでしまうと他の家具が並ぶ余地がほとんどない。ピアノ教室の順番を待つ子供たちが待合室として使っているのだろう、ソファテーブルの下に置かれたマガジンラックには、漫画雑誌が数冊入っていた。

紅茶茶碗がソファテーブルの上に置かれ、佳奈子がやっとソファに腰を落ち着けるまで、圭子は黙ったままだった。そして、圭子が口を開きかけるのを制するように、佳奈子は座るなり言った。

「時間を無駄にしても仕方ないわよね。小野寺冬葉さんの消息について、電話であなたがお話しになったわたしの代理人……内縁の夫で、司法書士をしているんですが、あの斎木がご説明したことは事実です。わたくしは、小野寺冬葉さんが失踪した時の事情をすべて知っています」

「冬葉は生きているんですか！」

圭子は我慢できなくなり、大声を出した。

佳奈子は表情を変えずに言った。

「いいえ……残念ですけれど」

時が停止してしまったような気がした。圭子は、自分の体温が少しずつ下がり、やがて自分はこのままここで凍りついてしまうのではないか、と感じた。

当然、わかっていたことだった。予期していた、というのではなく、すでに、理解して納得していたことだったのだ。冬葉は生きてはいない。もうずっと……ずっと昔に……二十年も前に……

そうわかってここに来たはずなのに。それでも自分が心のどこかで、思いもかけない佳奈子の言葉を期待していたのだ、と、圭子はあらためて思った。生きていて欲しかったのだ。冬葉に。生きていて。

不意に、悲しみが激流となって押し寄せた。堪える間もなく、圭子は顔を両手でおおい、そのまま、号泣の中に沈んでいた。それまで抑えていたものが一気に溢れて流れ出した、ダムが壊れて濁流が川の何もかもを押し流していく、そんな勢いだった。実際、圭子は自分が今、激流に呑まれたのだ、と思った。二十年前にどこか遠いところで流れの方向を間違えてしまった悲しみの川に、今、溺れたのだ。

しばらく、泣いた。毛利佳奈子が目の前にいることを忘れて、ただ、泣いた。

それから、圭子は呼吸を整えた。泣いているだけでは、負け、なのだ。自分はこの人に勝たなくてはならない。

「小野寺冬葉さんを殺したのは、あなたですか」

こめかみを血が流れる騒音の中に、自分の声が無機質に響く。

「いいえ」

佳奈子の声も、奇妙なエコーをおびて聞こえた。圭子がその場にいることは忘れてしまったかのように冷静な声だった。

「それでは……旭村先生が殺したんですね？」

圭子はまだ肩でしゃくりあげながら、精いっぱいの力を振り絞って、訊いた。涙でぼやけた視界の中に、泰然としてソファに座っている佳奈子が見えた。

「いいえ」

また佳奈子が言った。そして……信じられないことに……微笑んだ。

「あなたがた、あなたやお仲間の皆さんは、たぶん、誤解しています。誰も小野寺冬葉さんを殺してなんていません」

「でも、先生はさっき、冬葉は生きていないと」

「ええ、生きてはいません。二十年前のあの日に亡くなりました。けれど誰もあの子を殺したりはしなかった。あれは……事故だったんです。悲しい事故でした」

「……事故」

佳奈子はゆっくりと頷き、ため息をひとつついて目を閉じた。

「なぜあの子があそこにいたのか……そのことだけは今でも不思議に思うんです。あの子が知っていたはずがないのに。旭村が待ち合わせていたのは、あの子の母親の方でした。あれは修学旅行の前の日の夜だったと思います。あの子から……小野寺冬葉からわたしの家に電話がかかって来ました。あの子には音楽の才能があり、わたしはその才能をとても評価していました。あの子ならば、フルートで身をたてることも不可能ではない、そう思っていた。それはあの頃のわたしのように、自分の夢に挫折して公立中学の音楽教師などで生活をかろうじて維持しているような者にとっては、信じられないほど素晴らしいことだった。考えてみてごらんなさいな。音楽の世界では早期教育がとても重要です。それなりの経済力があって幼児期からクラシックの基礎を学び、ピアノやバイオリンに親しんでいなければ、将来、クラシック音楽で身をたてることなどほとんど不可能なのが日本という国の現状です。そしてそういう恵まれた環境の子供たちは、小学校か遅くとも中学では私立に通ってしまいます。区立中学にそうした子が残っている確率はきわめて低いんです。それだけに、期待もしていなかった中学の授業で、きらめくような才能に巡りあえた時には、まさに有頂天になります。わたしもそうでした。あの子には、音楽の道に進むよう必死で説得しました。あの子はそのつもりだったと思います。けれどあの子の両親は、そんなことにはまるで興味がなかったんです。あの子の両親の仲は冷えきっていて、娘の才能について真剣に考える余裕がなかったんだわ。歯がゆい思いをしながらも、とにかく普通高校に進学してからもレッスンは続けられるように、音大時代の知りあいが開いているフルート教室を紹介してあげたりして。あの子とは、個人的に連絡を取り合う関係になっていました。でも……もうご存知よね。よりにもよって……わたしは……旭村とは結婚の約束をしていたんです。旭村は中学教師という仕事に不満を抱いており、友人のつてで小さな商社に再就職する計画がありました。その転職が首尾よくいって生活が軌道にのったら結婚する、そういう約束でした。あの年の翌春には教師を辞め、秋には結婚しようと……それなのに。あの年の春、クラス替えがあって旭村があの子の担任になって……気がついた時には、旭村はすっかり夢中になってしまっていたんです……あの子の母親に」

佳奈子の口調の中に、はっきりとした憎悪があった。二十年の歳月を経てもまだくすぶったままの、憎悪。

「ゆるせませんでした。娘のせっかくの才能を真剣に考えることすらしないのに、娘の担任教師と不倫関係になる女なんて。しかも……旭村にわたしという婚約者がいたことは知っていたはずなんです。わたしは……あんな女に、冬葉のように才能のある娘をもつ資格などない、そう思いました。それであの子をかきくどいて、なんとかして音楽の道に進ませようと前にもまして必死になったんです。……後悔はしています。いくら腹がたったからと言っても、していいことと悪いことはありました。でもあの時のわたしにはもはや、常識的な判断力など残っていなかった。わたしは怒りにまかせて、旭村と母親との関係をあの子に教えてしまいました。あの子が母親を憎み、母親よりもわたしを選んで音楽の道へと進むことが、あの自堕落な女への復讐になる、そう思っていたのかも知れませんね。なんと浅はかで、そして残酷だったんでしょう……」

「修学旅行の前の晩の電話は、どんな用件だったのですか」

圭子は、消えてしまいそうな自分の声に情けなくなりながらも、続けた。

「……母親の様子がおかしい、そうあの子は言ってました。なんだか落ち着きがなくてうわの空だ、って。あの子の口ぶりから、自分が修学旅行で留守の間に母親が家出をするつもりなんじゃないか、そう疑っているのがわかりました。あの子はうろたえていて、不安げで。わたしは……嫉妬を感じました。その頃までにはあの子はすっかりわたしになついて、母親とは口もきかない関係になっていたのに、それでもやっぱり、いざ母親を失うかも知れないという瀬戸際にはこんなに動揺するんだ。そう思うと、あの子の幼さがおぞましいような、妙な気分でした。でもせっかくの修学旅行でしょう、あの子が心配のあまり、行かない、なんて言い出してはかわいそうだし、わたしは約束したんです。留守の間、それとなくおかあさんのことに気をつけてあげる、って。三年生が四日間もいなくなると、授業の数が一気に減りますからね、わたしも翌日から二日間は授業がなくて暇だし、その後の二日間も、たいした仕事は入っていなかったんです。あの子は母親に聞かれないよう、外の公衆電話から電話して来ていました。だからあまり詳しい相談はできなくて、ただ、心配しないで旅行を楽しんで来なさいと説得しただけで終わった気がするわ。でもわたし、具体的にあの子の母親にどうやって目を配ろうかなんて考えてはいませんでした。だってそうでしょう？　あの子の母親のことなんか、どうなったって、あたしの知ったことじゃない。消えてくれればありがたいくらいのものですもの。そういう女の気持ちの底まで想像できなかったのが、あの子の幼さなんですけどね……。ところが電話を切ってから、わたしは気づいたんです。あの子の母親が本当に家出するとしたら……どこに向かうつもりなのか。翌日から四日間、旭村は京都です。まさか、とは思ったわ。まさか、娘の修学旅行先にまで押し掛けて、担任教師と……そこまであの母親がするかしら。でも一度疑問に思い出すと、心の中で疑惑はどんどん大きくふくれあがっていきました。結局、わたしは新幹線に乗ってしまった。旭村とはまだ、決定的に別れた、という感じではなかったんです。彼が夢中になっているのはあの子の母親の方なのははっきりしていましたけれど、いかんせん人妻で、それも生徒の母親ですからね。世間に知られたら教師はクビになるでしょうし、教職に未練はないとしても、離婚訴訟に巻き込まれて不倫の慰謝料なんか請求されることも考えると、何もかも捨てて、というところまでの踏ん切りはなかなかつかなかったんでしょう。そして最悪の場合でも、わたし、という予備の女があればかっこはつくし、ぐらいの気持ちだったんじゃないでしょうか。今になって思えば、あの男は、本当にいい加減でだめな男でした。あんな男にかかわったために……それが今でも、本当に悔しい」

佳奈子は一度、顔を両手で覆った。そしてすすり泣くような音をたてた。だがその手をおろした時、瞳に涙はなかった。

「いずれにしても、わたしも旭村のことを諦めてはおらず、修学旅行中の生徒の母親との密会、という決定的な場面をこの目で見れば、どちらにしても事態が進展する、そんな思いを抱いていたんです。修学旅行のスケジュールは、予備のしおりが学校にたくさんあって、わたしも一部、もらってありました。教師や生徒が何時頃にどこにいるのか、それですべてわかるようになっていました。自由行動の日、昼食のあと宿舎に戻って待機する予定の旭村に合わせて、宿舎になっている宿の近くまで行って、待ちました。密会が本当にあるとすれば、その時刻か、あるいは生徒が寝てしまった後しかあり得ないスケジュールでしたから。わたしの勘はあたり、旭村はひとりで宿を出て来てタクシーを拾いました。わたしもすぐに別のタクシーであとをつけました。その時には、密会が現実となったことでわたしのあたまは怒りと憎しみで一杯でした。二人を問い詰め、あの子の母親を破滅させてやらなければ気が済まない、そんな勢いで」

「そして、真如堂に？」

佳奈子は頷いた。

「旭村は何度も時計を見ながら境内で待っていました。でもなかなかあの子の母親は姿を見せませんでした。二十分ほど、わたしは旭村に見つからないよう隠れていて、不意に、下腹に強い痛みを感じたんです」

圭子は意外な言葉に佳奈子の顔を見た。佳奈子の顔はひどく青い。

「生理が始まったんだと思いました。実はわたし、昔から生理不順がひどくて、その頃も生理が遅れていたんですが、いつものことだったのでなんとなく油断して、用意していなかったんです。真如堂の境内には生理用品が買えそうな店はみあたりません。わたし、すごく慌ててトイレを探して駆け込み、ハンカチで応急処置をしてから境内の外で客待ちをしていたタクシーに飛び乗り、薬局かスーパーを探してくれるよう頼みました。土地勘がまるでないので、無闇と歩きまわるよりはその方が早いと思ったんです。すぐに白川通り沿いのスーパーマーケットに飛び込むことができて、なんとか生理用品を手に入れ、処置もして……またタクシーを拾おうとしたんですが、そういう時に限ってなかなか来ないんです。しかもそこからならば真如堂まで徒歩で戻れる短距離です。タクシーの運転手に嫌な顔をされることを思うと、面倒になって、歩いて境内まで戻りました」

その時だったのだ。その時、バスの中から冬葉は佳奈子の姿を見つけた。

「境内に戻ると、まだ旭村はひとりでいました。そしてわたしの見ている前で、大きくため息をついて空を見上げ、首をふり……歩き出したんです。そのまま真如堂を出て神楽岡道を下って……なんて情けない後ろ姿だろう、そう思いました。旭村は捨てられたんです。ふられてしまったんですよ、年上の人妻に。あの子の母親は結局、来なかった。わたしにはわかりました。不倫はおしまいです。ふたりの関係は終わったんです。旭村はそのまま、民家の横の細い道をのぼって吉田山に踏み込んで行きました。旭村は京都が好きでよく旅していたようで、かなり土地勘があったんだと思います。わたしはあの時はそうした地名などまるで知らなくて、ただあとをつけていただけですけど。あの小さな山が吉田山なのだと知ったのは、ずっとずっと後になって、ようやく京都という地名を聞いても心臓が痛くならないくらい、あの日のことが過去になってからのことです。旭村は藪(やぶ)を分けいって、崩れかけた展望台のようなところに出ました。今ではすっかり整備されて、大文字の送り火など見るポイントとして知られているところですけれど、あの当時はまだ、吉田山の東側はほとんど荒れるにまかせてあったんです。旭村は切り株に腰掛けて、またため息をついて……あたまを抱えて蹲りました。わたし、その姿を見たらなんだかすごくおかしくなってしまって……隠れていることができなくなって、旭村の前に立ちました。そして、あなたの恋人は来なかったわね、あなた、捨てられたのね、そう言って大笑いしてしまったんです。旭村は、突然わたしが目の前に現れ、しかもいきなり侮蔑されてカッとしたんだと思います。何も言わずにわたしを殴りました。わたしは倒れました。そしてその時、下腹に激痛が走りました。……生理が始まったのではなかったんです……流産でした」

圭子は息をのんだ。

佳奈子は青ざめた顔のまま、どこか遠いところに視線を向けている。

「……あれが天罰だったのだとしたら、いったい、誰に対してくだされた天罰だったのでしょうね。わたしは流産した。旭村は自分の子を失った。そして……悲鳴が聞こえました。悲鳴が。わたしは痛みと出血に呆然として地面に横たわっていた。だから何が起こったのか、よくわからなかったんです。誰かが駈けて来ました。セーラー服の女の子。あ、冬葉だ、そう思ったのは憶えています。冬葉は泣きわめいていました。何かとんでもない誤解をしていたんだと思います。わたしが殴られて倒れたあと血まみれになってしまったのを見て、旭村がわたしを刃物か何かで刺したと勘違いしたのかも知れません。あの子は旭村に殴りかかり、旭村は自分をかばうために腕を振り回しました。その腕があたってあの子は倒れた。わたしの上に倒れかかって来たんです。あの子は咄嗟に、わたしを避けようとしたんだと思います。自分からジャンプするようにわたしのからだに躓（つまず）き、ごろん、と地面に転がりました。そして……動かなくなってしまいました。あまりにも長いことあの子が起き上がらないので、悪い冗談でもしているのかと思いました。まさかあんなことで……ただ躓いて地面に倒れただけで……悪夢だった。旭村があの子のからだを起こした時……あの子の首に、斜めに切り落とされた細い竹が……血が、しゅう、と音をたてて吹き出していました」

言葉が出ない。

圭子は声を失っていた。眩暈がした。神に対する強い怒りだった。どうしてそんなことが、そんな馬鹿げたことが起こる?

「藪になっている荒れた場所です、折れた竹の棒などはいくらでも落ちています。でもどうして、わざわざ斜めに鋭く尖ったその先端が、あの子の喉に刺さったりしたんでしょうか。あれも……あれも天罰ですか?」

佳奈子は大きく見開いた両目から、おびただしい涙を流していた。だがその顔はひきつったように笑っている。

「あの子には何も罪はないのに、なぜあんなことが?　今でもわたしには信じられないんです。あんなことは……信じられない。あってはいけないことです。あまりにもばかげています。旭村のせいではないんです。彼の手は偶然当たっただけ、それも、たいした力で当たったのではなかった。あの子は自分からジャンプして地面に飛び込んだんです。足の間から血を流しているわたしを避けようとして。そしてたまたま、本当にたまたま、地面からつき出していた細竹の切り口の上に倒れ、自分の体重でもって喉に竹をつき刺してしまったんです。根元は腐りかけていて、首に刺さったままで簡単に地面から抜けてしまうような、そんな竹が……そんなばかばかしいものが、あの子を殺してしまいました」

言葉を失ったまま、圭子はじっとそのままの姿勢で座っていた。佳奈子の告白はあまりにも衝撃的で、凄惨で、そしてやりきれないものだった。誰にも殺意などはなかった。旭村は冬葉の母親に本気で惚れていたのだろう。だから冬葉の母親が自分の要求をはねつけて京都に来なかったことでショックを受けていた。そのショックをやわらげるために、人の姿を見なくて済む場所に向かったのだ。そこがたまたま荒れた藪の中で、誰かが何かの道具に使うためか刈り取った細竹の切り口が突き出た場所だったことには、旭村に何の責任もない。そしてもし、佳奈子が不意に出血して、その処置をするために一度真如堂を離れ、白川通りを歩いてなどいなければ、その姿を冬葉がバスの中から目撃することはなかった。しかし、妊娠している事実にも気づかないまま突然の流産に見舞われたことは、もちろん佳奈子のせいではない。そして旭村と佳奈子のあとをずっと尾行して吉田山の中までついて行ってしまった冬葉が、旭村に手を出されて倒れ、血に染まっていく佳奈子を見て、恐ろしい誤解をしてしまったことも、ただの間の悪い偶然、ハプニングでしかなかった。そのことで逆上した冬葉が旭村につかみかかり、旭村が咄嗟に防御の姿勢をとったことも責めることはできない。その手がはずみで冬葉にあたり、冬葉が倒れたことだって、その倒れた先に尖った細竹の切り口さえ突き出していなければ、後になって気にするようなことでもなかったはずなのだ。それなのに。

なぜそんな、本当にばかげたことで冬葉は命を落としてしまったのだろう。

そこに理由などはない。理由などないのだ。

人が死ぬ時は、すべて、そうなのだ。

圭子は半ば呆然として、運命の女神の所業を受け入れるしかなかった。どれほど歯ぎしりしても女神を呪っても、もう冬葉は戻って来ない。冬葉の人生は、二十年前のあの日、終わってしまっていた。

「先生の」

長く息を吐いてから、圭子はつぶやくように言った。

「先生のおからだは大丈夫だったんですか。先生が京都にいたことは結局誰にも知られなかった。つまり先生は、すぐに病院に向かったわけではないんでしょう？」

「流産も、不幸な形の出産に過ぎません」

佳奈子の口調は、圭子の背筋を震えさせるほど冷静だった。

「女のからだは、基本的には出産に耐えられるようにつくられているものです。あの時の流産は、胎児が途中で発育をやめて死亡し、胎盤ごと流れてしまう、いわゆる自然流産でした。誰かにお腹を蹴られて子宮が破裂したというようなものではなかった。しかもまだごく妊娠初期だったと思います。ですから、静かに寝ていれば、そのうちに出血は収まりました。怖いのは感染症ですけれど、その点では幸運でした」

「静かに寝ていたって……いったいどこで……」

「もちろん、その場で、です」

「その……場……」

「旭村はすぐに旅館に戻る必要がありました。あの子がグループ見学の途中でいなくなったことで、騒ぎになっているはずで、担任と連絡がつかなければ生徒がパニックします。あの当時は携帯電話なんてありませんでしたから、その点は幸いでしたけど。一刻も早く旅館に戻らないとならなかったんです」

「まさか！」

圭子は思わず声をあげた。

「まさか旭村先生は、出血しているあなたを置き去りにして……」

佳奈子は微笑んだ。凄みのある笑顔だった。

「三隅さん、あなた、憶えているんじゃなくて？　あの子がバスを勝手に降りたとわかって、旅館に連絡したんでしょう？」

「……しましたけど……冬葉がバスに乗っていないと気づいたのは、バスが空いてからだったんです。たぶん、冬葉が降りてしまってから十五分は経ってました。それからバス停で次のバスが来るのを待って、それに乗っていないか確かめて、みんなで手分けして……確かお夕カが宿にもどって先生に……途中で電話もしたはずだわ」

「御堂原貴子ね。彼女に聞いてみるといいわ。最初に電話した時は、旭村は旅館にいなかったはずよ。きっと学年主任だった伊藤先生が電話を受けたんじゃないかしら。いずれにしても、旭村が旅館に戻ったのは三時は過ぎた頃だったんじゃないかな。でもちゃんと、戻ったでしょう？　ということは……吉田山であの子の遺体と一緒に残ったのは、わたしひとりだった、ということよ。まさかも何も、それが事実なの」

「……信じられません。そんな……人がひとり死んで、その上、流産している女性がいるのに、ほったらかしにしてその場を離れられるなんて」

「流産だって言わなかったの」

佳奈子はほんの少しだけ、声を落とした。

「自分でも……流産だと思いたくなかったのかも知れない。山の中で、地面は土で腐った落ち葉も積もっていたから、流れた血は吸い込まれて、どのくらいの量の出血をしているのか見た目ではよくわからなかったはずよ。わたしはスカートを穿いていたし。普通の生理にしてはひどい、って、女ならすぐわかるけど、男性は本当のところ、生理の時に女がどのくらいの血を流すものなのか、感覚として知っているわけではないでしょ？ 旭村も、なんだかおかしいとは思ったでしょうね、でもわたしが大丈夫だと言い張ったから……」

「だからって」

「ああするしかなかったのよ。あの子は勝手にグループを離れてバスを降りてしまったわけでしょう、すぐに騒ぎになるのはわかりきったこと。旭村と長時間連絡がつかなければ、あの子の失踪に旭村が関係しているんじゃないかと言い出す人だっていたかも知れない。考えてみて。今はもう、たとえあれが殺人だったとしても時効は成立している。だからわたしもこんなことをあなたたちに話せる。でもあの時、もしわたしたちが病院にあの子を連れて行ったとしたら。事故だったなんて……あんな信じられない事故だったなんて、警察が信じてくれたと思う？ 旭村とわたしとが共謀してあの子を殺したと、みんな考えたでしょう。あの子の母親と旭村の関係だって表沙汰になっただろうし、最後は事故だって証明できたとしても、旭村もわたしもあの子の母親も、みんなまとめて破滅していた」

「毛利先生は、冬葉の才能を愛していたんじゃないんですか！　そんな、病院にも連れて行って貰えずに山に埋められてしまう冬葉のこと、かわいそうだとは思わなかったんですか？」

「死者はフルートを吹くことができないのよ」

佳奈子は唇を薄くして、かすかに笑った。

「あの子はかわいそうだった。あんな死に方をしないとならない理由は何もない。あの子に罪はなかったのに。でもね、もうすべては終わっていたの。あの子は死んでしまった。泣いたってわめいたって生き返ったりしない。すぐに病院に行けば助かったかも知れないなんて、あの時の光景を見ていないからそんな想像ができるのよ。わたしは見たの。あの子の首に細竹が突き刺さり、血が、しゅうしゅうと小さな音をたてて吹き出していたのよ。それこそ、見ている間にあの子の顔の色が紙のように白くなっていった。瞳から光が消えてしまうのに、何秒かかったかしら。何かを考える余裕もなかった。悪い夢そのものだったわ。やっと我に返った時には、もう、あの子が生きていないのは、はっきりと見てとれた。あの子はもう、喋ることも歌うことも、泣くことも怒ることも、笑うこともできなくなっていたのよ。わたしはあの子の才能を愛していました。あなたの想像しているよりも、たぶん、ずっと深く愛していたわ。あれから四十を過ぎるまで、結局、他の仕事をする気力も持てずに音楽教師を続けたけれど、あの子ほど才能を感じる生徒には、とうとう巡りあえずに終わった。……わたしや旭村のしたことが残酷だとあなたが思うなら、思ってもいいわ。今さら弁解をするつもりはありません。でもわたしは今でも、あの時はああするしかなかったのだと思っています。旭村をできるだけ早く旅館に帰し、わたしはあの子の遺体が埋める前に見つかってしまわないよう、あの子の遺体の番をする。わたしは抱きしめていたの。出血が続いて、下腹部が引き裂かれるように痛んで、何度も何度も失神しながら、ずっとあの子の遺体を抱いていました。あの子のからだから流れた血がわたしを濡らした。そしてわたしのからだから流れた血がそれと混じった。いくら言葉で話しても、あなたたちには永遠に理解できないことなのよ。あの子の命は、気まぐれな神に取り上げられてしまった。その残酷の前に、わたしにできることは、あれだけだった……抱きしめて、じっと動かずに、あの子のからだから熱がすべて消えてしまうまで、あの子が生きていた名残りが全部溶けて流れてしまうまで、抱きしめていることだけだった」

圭子はもう、佳奈子に向かって言葉を発することのすべてが徒労なのだと感じていた。

「あそこは人が来るような場所ではなかったけれど、万一ということがあるでしょう？

どのみちわたしも出血が止まるまでは動けないから、あの子のからだを抱いたまま、薮の中に隠れているしか仕方なかったわ。何度か眠っては目をさまして、夜になる頃には出血は止まっていました。下半身に力が入らなくて立ち上がるのに苦労しましたけど、しなくてはいけないことはわかっていました。その頃にはもう、あの子が失踪したことで大騒ぎになり、旭村もあの子の捜索に加わっているはずでした。待っていれば必ず、様子を見に戻って来る、そう信じていました。実際、旭村は戻って来ました。あの子を探して繁華街を捜索する先生たちと一緒に外出して、銀閣寺周辺を探すという名目で。血にまみれた服の代わりに着るようにと、自分のトレーナーとスウェットパンツも持って来てくれました。旭村は痩せていたので、彼の服ならば着てもさほどぶかぶかではなかったんです」

そう言うと、佳奈子は少し恥ずかしそうな笑みを顔に浮かべた。圭子はまた、戦慄をおぼえた。冬葉の遺体を抱きしめて何時間も過ごしていたのに、きっとこの人は、旭村の服を手渡されて、嬉しい、と思ったのだ、その時。

このひとは壊れていた。二十年前に、もう、壊れていた。

「そんなに時間はなかったので、本格的に遺体を埋める作業は後ですることにして、とりあえず、倒木のウロに遺体を押し込んで、その上に木の葉を散らしてカモフラージュしたんです。旭村は旅館に戻り、わたしは夜のうちにタクシーで大阪に向かいました。新幹線の最終が出てしまっていて東京までは戻れませんでしたし、体力的にも、遠くまで行くのは無理だったんです。でも京都で一泊してしまうと、何かの拍子にわたしが京都にいた事実が発覚してしまうかも知れないと思って。茨木市内のビジネスホテルに泊まって、翌朝一番の新幹線で東京に戻りました。自宅によって着替えだけして学校に行くと、もう、あの子の失踪のことで、学校中がひっくりかえっていた。でもその時点ではまだ、楽観視している先生も多かったのよ。何しろ思春期でしょう、毎年、家出をする子はいましたから。京都という町は、女の子にとって特別な町ですしね。ふらっとグループをはずれてほっつき歩いているんだろう、夜の河原町あたりで知りあった不良たちの家にでも泊めてもらっているんだろう、そんなふうに言い合っていました。わたしはその日の夜から熱を出してしまったの。体力的にも精神的にも限界を超えていたんでしょうね。週末だったのでそのまま丸二日寝ていて、月曜に学校に出た時に、警察が捜査を始めたと知りました。でも、わたしにできることはもう、何もなかった。それからのすさまじい嵐のような日々は、三隅さん、あなたの方がよく知っているわね。あなたたちがあんなに悪者にされてしまったのは、予想外でした。その点は、あなたたちが気の毒でした。でもね」

佳奈子はその視線をまっすぐに圭子に向けた。あまりにも強いその視線に、圭子はたじろいだ。

「やっぱり、冬葉を殺したのはあなたたちなのよ」

佳奈子は、低く静かな声で言った。

「冬葉の死にからむすべてのことが不運な偶然だったとしても、その連鎖を絶ち切るチャンスはあった。そしてそれができたのは、あなたたちだけだった。あなたたちはあの子と同じバスに乗っていた。クラスメイトとして、同じ班の生徒として、そして……友達として。違う？　もしあなたたちの中の誰かひとりでも、あの子のそばについていてくれたら……バスの中で、あの子と言葉を交わしていてくれたら。あの子は勝手にバスを降りることができなかった。バスを降りることができなければ、あたしを尾行することも、そして旭村に殴りかかることも、絶対にできなかった。できなかったのよ」

圭子はもう一度、自分が言葉を無くしたことを知った。

反論はできなかった。それは事実だった。

けれど。

けれど。

あのバスの中で、わたしはあの時、何を見て、何を考えていたのだろう。

冬葉が視界から消えた時、わたしは他の何をその視界にとらえていたのだろう。

すべてに完全であることは不可能なこと。十五歳のわたしには、不可能なことだったのに。

圭子は両手で顔を覆った。

もう涙は出て来ない。悲しみよりも強く、圭子は恐れていた。

自分が今でも生きていることの罪を、恐れていた。

「……だから……だからあたしたちに……復讐を？」

圭子は、頬を流れる涙が顎の先からぽたぽたと垂れ落ちて膝を濡らすその冷たさを感じながら、言った。

佳奈子は、ほんの短い間、笑った。冷めて乾いて、投げやりな声で。

「わたしね……もうすぐ、死ぬんです」

佳奈子の声はカサカサと音をたてる枯葉のようだった。

「六年前に卵巣癌にかかって、手術で卵巣をとったのにそれが肝臓に転移して、肝臓も半分切除したのに、また転移。この六年で五回も手術して、抗ガン剤の副作用でこんな皺くちゃのおばあさんみたいになっちゃって。それももう限界なの。お医者さんはなかなか本当のこと言ってくれなかったけれど、自分から望んで、余命宣告をして貰ったわ。あと……長く持って、一年、そう知ったのが三カ月ほど前のことよ。ちょうどその余命一年という宣告が出た日に、病院の待合室でめくっていた雑誌に、あの子が載っていた……秋芳美弥。麻薬で逮捕されて、借金漬けで、もう終わりだって言われていたのに、自分の小説が原作の映画で主演、ですって。しかも音楽活動も再開予定、新曲も出る。ああ、あの子はまたスターになるんだ、そう思った。思った途端……気が狂いそうなくらいに、腹が立ったのよ」

佳奈子はもう一度、笑った。

「わかる？　あなたにわたしの気持ちがわかる？　秋芳美弥なんて……あんな子！　あの子に音楽の才能なんてなかった。いつも教師や大人全部を馬鹿にしたような顔で、取り澄まして、わたしが金切り声を出すたびに、これ見よがしに耳を手でふさいでいた。生意気で思いあがっていて……どうしてあんな子がスターになれるの？　本当に才能があったのはあの子じゃない。冬葉よ。冬葉だった！　輝く星のような人生をおくるのにふさわしかったのは、冬葉だけだったのよ！　それなのに、冬葉は死んでしまった。あんな馬鹿げた死に方で。そう、あなたたちが冬葉をバスから降ろさないでいてくれさえしたら！　何もかも……何もかもうまくいったはずなのに。なのにあなたたちは、あの子がひとりでバスから降りたことすら気づかなかった。少しくらい……どうせわたしは死ぬんです、だったら最後に、少しくらい、あなたたちに仕返しして、もうとっくに忘れているに違いない冬葉のことを思い出させてあげてもいいんじゃないか、そう思ったの」

佳奈子の声が楽しそうに変化した。佳奈子は自慢するように顎を上にそらして言った。

「どうせ死ぬなら、貯金なんて持っていても無駄でしょう？　わたしには子供もいないし、両親ともとっくに死んでるし。だから全財産をつかって、秋芳美弥や、あなたたちのこと、調べたの。ひとりだけ、長門悠樹は海外にいるらしくてどうしようもなかったけど、他の子の情報はすぐに手に入った。お金さえ惜しまなければ、私立探偵って本当に便利な存在よね。でもね、誤解しないでね。わたし、あなたたちに具体的な危害をくわえるつもりはなかったのよ。ただ冬葉のことを思い出して、そして少し、胸の痛みを感じて欲しい、その程度のつもりだった。嬉しい偶然で、冬葉の従兄が秋芳美弥と同じマンションに住んでいることがわかったので、まずはその従兄にちょっとメールを出した。秋芳美弥が、小野寺冬葉のことを憶えているかどうか、確認してみたらどう？　というだけのメールよ。そう、わたしはただ、あなたたちに訊きたかったの。冬葉を憶えているのか、忘れていないか、って。懐かしい英語劇。冬葉が吹くことになっているフルートのソロ、あの曲を作曲していた時の幸福な気持ちは、わたしにとって、生涯の宝物よ。旭村の気持ちが自分から離れていきそうだと知って、わたしのことを憶えていて、忘れないで、そんな願いをたくしたあの曲。佐原がどうやって秋芳美弥と接触するのかなんて、興味なかった。ただ、何もなかった振りをしてのうのうと人生を続けているあなたたちという池に、小石をひとつ、投げ込んだだけのことなのよ。それで波紋がどう広がろうと、それはその池自身の責任だわ」

「でも、でもそのせいで、貴子や鯖島君はあんなことに……」

「だから」

佳奈子の声は冷たく静かだった。

「それは池自身の責任。違うかしら？」

「違うわ！」

圭子は叫んだ。

「違う！　毛利先生は、貴子のことを調べて、貴子を憎んでいる女性の存在を知った。それでその人に何か吹き込んだんでしょう？」

「吹き込んだだなんて。ただ、大昔の週刊誌の記事をいくつかコピーして、送ってあげただけよ。わたしが大切に保管していた週刊誌の。あなたたちが冬葉をいじめていて、それで冬葉が自殺するために姿を消した、まあそんな論調の記事だったかしらね。それに、佐原に送ったのと同じメールをつけた。わたしを憶えていますか、冬葉の代わりにそう訊ねてみたらどうか、って」

「どうして、どうやって貴子の携帯メールアドレスを知ったんですか?」

「わたしが? そんなもの、知らないわ。でもね、この時代、個人のプライバシーなんてその程度のものなのよ。違うかしら。御堂原貴子を憎んでいたあの女も、私立探偵を雇って尾行させていたらしいじゃない。そこまでする女なんだから、メールアドレスくらい、探り出す方法を考えるでしょ。佐原だって考えたんだし」

佳奈子は嘘を言っているようには見えなかった。と言うよりも、佳奈子にはそうしたことすべてに、もう興味がないのだと思えた。佳奈子は本当に、小石を投げ込んだだけのつもりなのだ。その波紋が広がるのを見ても、だから楽しいとか興奮するとか、そうした気持ちではなかったのだろう。

佳奈子は、寂しかったのだ。圭子には今、それがわかった。

佳奈子があたしたちに攻撃を仕掛けたのは、本当は佳奈子自身が、言いたかったからなのだ。

わたしを憶えていますか、と。

「なぜなんですか」

圭子は、顔を上げ、佳奈子をしっかりと見つめた。

「どうして先生は、わたしには何もなさらなかったんですか？　鯖島君のストーカーにも記事のコピーを送ったんですよね？」

「いいえ」

佳奈子は大儀そうに首を振った。

「あの女は……だめよ。一目見て思ったわ。昔のことなんか気にする女じゃない。自分のことしか考えてない。だから冬葉のことなんか言わなかった。ただ、鯖島豊につきまとってる女の顔が見たくて、好奇心から呼び出して会った。鯖島の叔母だって偽ってね。どんな話をしたのかも忘れたけど、なんとなくおだてて、鯖島は本当はあなたのことが好きで忘れられないんだ、みたいなことを言ったら、顔つきが変わったわ。気持ち悪いくらいに、生き生きした、って言うか」

「なぜそんな嘘を言ったんですか！　そのせいで……そのせいで、サバは……」

「贅沢よ」

佳奈子は、ぴしり、と言った。

「誰かにあんなに愛されているのに、その愛を拒絶するなんて、そんな資格、鯖島にはないわ。あなたたちの誰にも、そんな資格なんてない。冬葉は恋もしないままで死んだのよ。誰かを愛したり愛されたり、あの子はもう決してできないのよ！　なのにあなたたちが、誰かに愛されているのにその愛を拒否して、馬鹿にして、軽蔑して……そんなこと、ゆるされるわけ、ないでしょう？　鯖島だって、あの女の肉体を楽しんだのよ。だったら愛されて感謝すべきだわ。いくら馬鹿な女だからって、ゴミみたいに捨てる権利なんか、ないのよ」

佳奈子は天井を見上げ、長くひとつ、溜め息をついた。

「人の心を玩べば罰を受ける。そういうことだわ。それだけのことなのよ」

むなしさが圭子を襲った。佳奈子の心は二十年前に壊れたまま、修復されることはなかった。佳奈子は誰も愛さなかったのだろう。旭村に裏切られてから誰も。そして誰にも愛されなかったのだ。もしこの二十年の間に佳奈子の心を誰かが溶かしてくれていれば、佳奈子はもっと美しいままでいられただろうに。

「あなたに何もしなかったのはね」

佳奈子は、くく、と笑った。

「あなたが……気の毒だったからよ。だってあなた、夫に捨てられるところだったし。私立探偵が撮影したあなたの写真を見た時に、わかったの。ああ、この子はちっとも幸せじゃない。ちゃんと罰を受けてるわ、って」

笑い声が大きくなる。佳奈子は大きく口を開けて笑い出した。

「あははは、そう、あなたはみっともないくらい不幸だった。疲れきってとぼとぼ歩いて、ははは、同情したのよ、わたし。もうこの子はほっといてやろう、って。勘違いしないでちょうだいよ、東萩耕司に手を出さなかったのは、あの男が刑事だからじゃないわ。あの男は平凡過ぎて、とっかかりがなかったのよ。でもいつか見つけてついてやるつもりだった。もちろん、それまでわたしの命がもてば、の話ですけどね」

佳奈子が圭子を見た。その瞳の中に、蔑みがあった。

圭子は見返した。そして、言った。

「毛利先生、あなたは勘違いなさっていらっしゃいます。わたしは……不幸だったかも知れません。みじめだったのかも知れません。でも、人は前に進むものです。少なくともわたしは今、自分を不幸だともみじめだとも思っていません。わたしは……のうのうと、生き続けます。生きていきます。だってそれ以外に、冬葉に償う方法なんてないから……」

「虫のいいこと言わないでよ！　償いだなんて、そんな軽々しく……あの子はもう戻って来ないのよ、もう生き返らないのよ、どうやって償うって言うのよ！」

「わかりません」

圭子は言った。

「わからないんです。わからないから……生き続けて、探すしかないんです。どうやって冬葉に償えばいいのか、その方法を」

佳奈子は、冷たい目のままで圭子を見つめた。見つめ続けた。

何も言わず、まばたきもせずに、ただ、見つめていた。

3

待ち合わせはホテルのカフェにした。本当は成田空港まで行きたかったのだが、自分が何を期待してそれほど気持ちをはやらせているのか、美弥自身にもよくわからない。ただ、ナガチに会える、そのことが、ひたすら嬉しい。

耕司とふたりで緊張して並んで座っていると、妙なおかしさがあった。耕司も期待しているのだ。それが何なのかわからないままに。

約束の時刻から五分遅れて、一組の男女が二人に向かって近づいて来た。

ナガチ。

すぐにわかった。あの写真のまま、そして、記憶の中の少年がそのまま大人になり、男臭く変わっていた。

なぜか、涙が出た。懐かしさなのか他のものなのか、美弥には判断がつかない。ただ、時は今、静かに巻き戻り、自分が十五歳の気持ちを取り戻していることに、美弥は驚いている。

ナガチが立ち止まった。一緒に来た女性が頭を下げた。

「佐伯です」

「あの……わざわざありがとうございました。佐伯さんにはいろいろとご面倒をおかけしてしまって」

「いいんです。どっちみち日本に来るスケジュールになっていましたから。あの、わたしはご挨拶だけで失礼させていただきます。同級生だけでいろいろと積もるお話もあると思いますし」

「あ、でも」

佐伯は微笑んで首を横に振った。

「実は時差ボケがひどくて、少し眠りたいんです。またお夕飯の時にでもご一緒させていただきます。わたし、秋芳さんの大ファンなんですよ。ナオミとのコラボレーションのお話もさせていただきたいですし。では、そうですね、六時ぐらいにまたここで、ということにいたしましょうね」

訛りのないきれいな日本語や、清楚な感じのする日本人らしい顔立ちとは裏腹に、アメリカ人らしく、てきぱきと用件を述べてさっさと行動する。佐伯は美弥が返事をするより早く、背中を向けて歩き出していた。

「素敵なひとね」

美弥が言うと、ソファに座った長門悠樹は軽く頷いた。

「とても有能な女性だよ」

「ナガチの恋人なの？」

悠樹は笑った。

「残念だけど違うんだ。彼女はね……ナオミの恋人なんだ」

「あ」

美弥は思わず耕司の顔を見て、そして微笑んだ。音楽業界では珍しいことではない。だが警察業界ではどうなのだろう。耕司は複雑な顔をしていた。

「わたしね……あの人が冬葉なんじゃないか、と思っていたの。ハギコーからサイパンでの写真を見せられて、ナオミさんに日本人のマネージャーがついてるって知って、しかもその人もフルートを吹くって……彼女には申し訳ないけれど、今でもまだ、本当にそうだったらよかったのに、って思ってる」

三人は少しのあいだ、無言でいた。やがて耕司が静かに言った。

「京都府警から返答があった。明日、毛利佳奈子の供述した場所の捜索があるって」

「……明日」

「俺は行くつもりだよ。サンクマも来る。サバはまだ退院できないけど、連絡はした。御堂原は……彼女には、まだ、いろんなことを説明するのは無理だろうな。でもそのうちきっと、話してあげられる日が来ると思う」

「そうね……来るわよ、きっと。あたしも明日、京都に行きます。ナガチはどうする？」

「もちろん行くよ」

「でもすぐに見つかるかどうかはわからないぞ。毛利佳奈子の話のとおりならば、彼女は流産したからだで小野寺の死体を抱いたまま、山の中で数時間過ごしたことになる。まともな精神状態だったとは思えない。出血多量で自分も死ななかったのが幸運だったくらいだ」

「旭村は、そんな毛利先生を残して何食わぬ顔で旅館に戻ったのね……信じられない」

「毛利佳奈子は、出血が流産だとは旭村に打ち明けなかったんだ。生理だと言い張って、旭村に旅館に戻るよう哀願したらしい」

「だからって……だからって人間なら、ほっておける？　冬葉だって、もしすぐに病院に運んでいたら助かったかも知れないのに」

美弥の頬を今度伝った涙は、悔し涙だった。

「毛利先生自身、あの時の自分の気持ちは説明ができないとサンクマに言ったらしいよ。旭村を助けたかったというよりも、すべてのことがあまりにも非現実的で、悪夢だと思いこもうとしたんだって。眠ってしまえば何もかも元に戻る。誰にも邪魔されないで早く眠りたい、そう思った。それで小野寺のからだを抱いて、眠ったんだ……毛利先生にとっては、もしかすると、旭村よりも小野寺の方が大切になっていたのかも。俺にはなんだか、そんなふうに思える。毛利先生は、悪夢から目覚めれば小野寺が生き返る、そう信じたかったんじゃないだろうか。旭村の存在は、すでに毛利先生にとって忌まわしいものになっていたんじゃないか……」

「毛利先生だけでも助かって、まだ救われたね。そのまま二人とも亡くなっていたら……」

「でも」

美弥は悠樹に向かって首を横に振った。

「それならばもっと早く、冬葉は見つかっていた。毛利先生は冬葉の死体を隠してしまったのよ。だから今まで、冬葉は、二十年もひとりぼっちで……」

「僕のせいだよ」

悠樹は美弥を見つめたまま、言った。

「冬ちゃんの遺体がこんなに長いこと見つからなかったのは、僕のせいだ」

「ナガチ、どういうことだ?」

悠樹は耕司の顔に視線を移し、それから下を向いた。

「やっぱり旭村があらためて遺体を埋葬したんだな」

耕司は言って、頷いた。

「毛利佳奈子の言葉どおりだったとしたら、さっきも言ったように、いつまでも死体が気づかれなかったのが不思議なんだ。ほとぼりがさめてから旭村が、遺体を深く埋め直したとしか考えられない」

「でもあの騒ぎの中で、旭村がもう一度京都に行くことなんてできっこなかったわ。警察もマスコミも目を光らせていたのよ」

「いや、できたよ。旭村は誰にも疑われてなかった。思い出してみてよ、あの頃、警察も世間も小野寺の失踪は自分の意志で、そしてそれは……自殺するためだと思いこんでいたんだ。つまり……俺たちが彼女をいじめていて、それを苦にして、ってことさ。だから、待機時間に旅館を出た事実があっても、来年度の修学旅行の下調べを兼ねて真如堂を見学していた、というあいつの供述はそのまま認められた。実際、そういう予定をちゃんと学校にも提出していたしな」

「遺体を埋め直したのは毛利先生だと思うよ」

悠樹が苦しそうに言った。

「あの事件のあと、毛利先生は授業を何度も休んでる。彼女は事件当日、京都にいなかったと思われていたから世間からもノーマークだった。でも僕は、知らなかったんだ。毛利先生が事件にかかわっているなんて知らなかった。だから……冬ちゃんを殺したのは旭村だと思った。それで旭村に直談判してしまった……馬鹿だったよ。もっとよく考えて、みんなにも相談すればよかったのに……」

「旭村に、直談判だって？　ナガチ、それはいつのことなんだ？　まさかナガチ、そのせいで旭村は……」

「あの人はたぶん……自殺したんじゃないかな。僕が会いに行った直後にあの人はいなくなり、僕はそう思った。それで……何もかも嫌になって、日本を出た。冬ちゃんの事件の真相も、旭村が死んでしまったら永久にわからない、そう思った。僕は……冬ちゃんのことが好きだった。今まで隠してたけど、僕と冬ちゃんは、あの年の春から、つき合ってたんだ」

やっぱり。美弥は甘酸っぱい痛みを胸の奥に感じていた。あたしはうぬぼれていた。ナガチはあたしといちばん仲良しだって、思いこんでいた。

「でも夏休みが終わる頃から、冬ちゃんは黙りこむことが多くなって、何か悩みがあるみたいだったのに、なかなか打ち明けてくれなかった。もともと、学校では、恥ずかしいからって理由で、僕がみんなの前で話しかけたりすると怒る、そんな子だったからね。誰かとつき合ってることが自慢で見せびらかしたくて、人前でもわざとべたべたする、そんなのがふつうの中学生なのに。冬ちゃんは……おとなだった。今にして思えば、僕に母親の恥を知られることがいやだったんだろうな。冬ちゃんが失踪して、僕はすごく悩んだ。理由がわからなかった。もしかしたら僕のせいなんじゃないかとまで思った。でも……時間が経って、僕もいつのまにか冬ちゃんのことを思い出しても胸がずきずきしなくなって……でも僕はずっと情緒不安定なままで、結局、高校も途中でやめてしまった。それからいろんなバイトをして、二十代になってからは、バイト代を貯めてはバックパッカーになって東南アジアやインドをほっつき歩く生活になった。それでいくつかの言葉が喋れるようになって、日本に戻った時は通訳のアルバイトをしたりしてたんだ。そんな時に、僕の父親が死に、家を取り壊すことになった。それで僕の部屋だったところを整理していた時に、あれが出て来たんだ。……冬ちゃんからの手紙。まだ封の切っていない」

「封を切っていない……つまり、読んでなかった、ってこと？　いつ出したの、冬葉はそれをいつ、投函したの？」

「修学旅行に行く前の日の消印だった。そして届いたのはたぶん、冬葉の失踪で僕たちの周囲がひっくり返ってる時だろう。同じ班の生徒だったというだけで、僕にまで週刊誌の記者がインタビューさせろと押し掛けて来ていて、母はノイローゼ寸前になっていた。届いた郵便物をろくに確認もしないでいて、僕も何かにまぎれて封を切らないままになっちゃったんだと思う。封筒の裏に差出人の名前がなかったんで、後回しにしているうちに忘れたのかも。それは漫画雑誌の間に挟まったまま、十年も僕の部屋で忘れられていたんだ。中には見覚えのある冬ちゃんの字で、とても簡単に、自分の母親と旭村とが不倫している事実が書かれていた。そして、自分を軽蔑しないでほしい、自分は母親とは違う、って。それが冬ちゃんの、精いっぱいの告白だったんだ。自分が何に悩んでいるのか、僕に打ち明けられるぎりぎりのところだった。修学旅行の前日に投函したのは、旅行中に僕に気をつかわせないようにと思ったからだろう。僕はその手紙を読んで、あたまに血がのぼり、旭村の居場所を調べて押し掛けた」

「旭村先生の住所はどうやって？」

「バイト仲間の先輩に東京都で中学教諭になった人がいたんだ。その人に、昔世話になった先生に御礼の手紙を出したいんで、なんとか調べられないかって相談したら、二、三カ月で調べてくれたよ。公立中学の教諭は転任の記録がすべて教育委員会の方でわかるから、今現在どこの中学で教えているかは簡単に調べられるらしい。後はたぶん、その中学のつてをたどって教職員名簿か何か見せてもらったんじゃないのかな。旭村は結婚していたけど、一目見て、あまり幸せそうじゃない、って思ったよ。なんと言えばいいのか……精気に欠けていた。昔はあんなにイケメンだったのに、面影は薄かったな……」

「ひとりで旭村先生に会いに行ったのね。でも……どうしてあたしたちのことは思い出してくれなかったの」

「思い出したさ。思い出したけど……冬ちゃんは、みんなに知られたくなかったんだ。だから手紙もこっそり出したし、バスもひとりで降りた。そうだろう？　それが冬ちゃんが思っていたほど隠さないとならないようなことだったのかどうかは別として、冬ちゃんが知られたくないと思っていたんだから、僕は、誰にも言わないことにしたんだ……ごめん。今にして思えば、美弥たちに相談していたら……あんなことにはならなかったんだけど。僕はほんと、逆上していたんだね。旭村のせいだけじゃない、自分自身にも腹が立って腹が立って仕方なかった。少なくとも僕が旅行のあと、冬ちゃんからの手紙をすぐに開封していたら、冬ちゃんの失踪に旭村が関係していたかも知れないと警察にも言えた。そのことで僕は、自分を責めたかったんだ、ほんとは。でも僕の憎悪は旭村に向かってしまった」

悠樹の瞳に光るものがあった。

「僕はいきなり旭村の家に行った。しかも、あの時僕は、場合によっては旭村を絞め殺すくらいのことはするつもりだったと思う。だからわざと旭村の隣家の住所を持ち歩いて、交番の巡査の目もごまかしたつもりでいたんだ。旭村は鬱病になったとかで教職を辞め、仕事に就かずに家にいた。僕を見てすごく驚いていたよ。でも僕が、外で話そうと言うと、素直について来た。働いている奥さんが帰って来る時間が近いとか言ってたな。僕は、旭村の家の近くの公園で、あんたが冬ちゃんを殺したんだろうと責め立てた。旭村は否定したけど、その顔は真っ青だったよ。結局、その場で旭村の首を絞めることもできず、僕は旭村に、自首しろと迫った。そのために三日やるけど、三日経ってもあんたが警察に行かなければ、冬葉の手紙を持って僕が警察に行く、そう言った」

　悠樹は、ゆっくりと息をついた。

「そして……僕が旭村のところを訪ねた数日後、旭村は失踪した。それを知った時、僕は……僕は自分が、旭村を殺してしまったんだ、と思った。旭村は自殺したんだ、と。もうたくさんだ。もうまっぴらだ。僕は日本から逃げ出し、実家とも昔の友人とも連絡を絶った。心の中で、僕もまた、死んだ気になっていたんだ……身勝手で無責任だよね。しかも僕は結局、ちゃんと生きていて、向こうの生活になじみ、仕事もして……たまには笑ったり楽しんだりしながら今まで生きてしまった。死んだ気になったなんて、どのツラ下げて言ってることなんだか……」

「旭村先生の口から、毛利先生のことは出なかったのね」

「出なかった。旭村は……言い訳はひとつもしなかったよ。僕がいきりたって喋っている間、ただ黙っていた。僕が警察に行く、と言っても、じっとうつむいていただけだった。あの男をゆるすつもりはないけど、でも、彼は彼で、冬葉のことで長いこと苦しんでいたのかも知れない。だから僕が押しかけた時、もうそれ以上苦しみたくない、と考えたんだろうな」

「あたしは……やっぱり理解できない」

美弥は唇を嚙んだ。

「毛利先生のしたことも理解できない。たとえ助けてあげることはできなくても、自分たちが殺したんじゃないなら、どうしてすぐに冬葉を病院に運んであげなかったのか……こっそり遺体を埋めてしまうなんて、そんなことしたら冬葉のご両親にとってどれだけ残酷なことになるか、大人だったのに考えつかなかったなんて思えないのよ。警察に疑われる、殺人の罪を被せられる……それは確かに、すごく怖いことだと思う。でも……遺体を埋めて知らないふりをし続けることだって……怖いわよ、ふつうなら、怖いと思うわよ」

「でも、実際にそうやって埋められてしまう遺体はあるんだ」

悠樹はゆっくりと首を横に振った。

「理解なんて永遠にできないよ。できっこない。旭村も毛利先生も、あたまがおかしくなっていたんだ。そう思うしかない。彼らのしたことに意味を見出そうとすることは間違いなんだ。冬葉は何か理由があって、あんな目に遭ったわけじゃない。そう考えると、冬葉にも落ち度があったって話になってしまう。違う、そんなんじゃないんだ。冬葉は……不幸な巡り合わせで、事故死した。でもそれを目撃していた二人の人間のあたまがおかしくなっていた」

「冬葉の死は……ただの……ただのハプニングだった。やっぱり、そういうことなの？　それでいいの？　そう思うしかないの？」

美弥は顔を覆った。言い様のない悔しさがある。悲しいのではなく、悔しい。

誰にもどうすることもできなかった、そう言われてしまうと、全身の力が抜けてへたりこみそうだった。

「さからえないの？　……あたしたち、運命にはさからえない、結局、そういうことなの……」

「いや」

耕司の腕が、美弥の肩を抱いた。

「さからうさ。さからってあがいて……冬葉の分まで、もがいて生きよう。他にどうしようもないし、な」

美弥は、耕司の手を握った。大きな手だ。太い指だ。耕司はこんなに大人になった。男に、なった。ニキビづらで電車の話ばかりして……少年だったのに。ほんとうに、少年だったのに。

目の前にナガチがいる。あの頃から背は高かったけれど、肩幅はこんなに広くなかった。彼も少年だった。ただの、男の子だった。

生き続けたんだ。美弥は思った。自分たちは二十年、生き続けて来た。たったひとつ、確かなことはそれだけだった。何が変わったのか、あるいは何も変わっていないのか、わからない。わからない。けれど、二十年、自分も、ナガチもハギコーもサバもサンクマも、そして、おタカも、生き続けて来た。

それを続けるしかないのだ。断ち切られてしまった冬葉の人生は、そのまま、自分たち六人の、冬葉を失ってしまった人生へと、繋がっているのだから。

「川原恵理が、窃盗を自供したよ」

耕司が不意に、思い出したように言った。

「川原恵理って、おタカを憎んでいた？」

「うん。彼女が雇ったのはまともな私立探偵じゃなくて、なんでも屋みたいなやつだったんだ。金を積んで、御堂原の携帯からデータを盗ませていた」

「そんなこと、できるんだ」

「パソコンがあれば簡単だよ。携帯のデータをパソコンに移すソフトは普通に市販されてるしな。御堂原のマンションに忍びこんで、充電器にささっていた携帯のデータを盗んだんだ。携帯に登録してあった中に、サバと俺のアドレスもあった。川原恵理は、御堂原からの電話につい逆上してしまい、そのせいで御堂原が入院したと知って焦ったんだな。御堂原の尾行を探偵に頼んでいたことが警察にわかったら、殺人事件の関係者にされてしまう、と思ったらしい。それでめくらましのつもりで俺やサバにもメールを送りつけたんだ。御堂原の電話に調子を合わせたけれど、本当は何も知らなかったんだ、と言い逃れするつもりでいたらしい。俺やサバにもメールが届けば、他に脅迫者がいる印象を強められると思ったんだろう。余計なことをしたせいで、窃盗の証拠を残すことになったわけだ。ついでに、川原恵理は、御堂原の……非合法なアルバイトについて知った時、それを亭主に密告したことも告白した。匿名の手紙を書いたそうだ。しかし、亭主がＨＩＶに感染していて、そのことと妻が売春をしていた事実とが結びつけば、大変なことになるかも知れないとまでは思っていなかったそうだ。御堂原が離婚され、娘の親権も失うことになればいい、そのくらいのことを期待していたんだろうに、まさか殺人が起こるとはね」

「でも……そのひと、気の毒ね。おタカを逆恨みしてたのはひどいと思うけど、自分の子が父親の無理心中に巻き込まれて死んだりしたら……あたしも、誰かを恨まないと生きていられないかも」

「生きていくために、憎悪が必要だったんだろうね」

ナガチが静かに言った。

「憎しみだけが、生きるよすがだったのかも。なんとなくわかる。旭村が失踪して、たぶん自殺したんだろうと思った時、僕、生きていること自体がむなしい、そんな気になったんだ。あのとてつもない無力感、喪失感は……人の命を奪うブラックホールみたいなものだ。その黒さを見なくて済むように、憎悪の赤い色を求める気持ちは、わかる」

「俺は、同情しない」

耕司は言った。

「俺の仕事では、そういう人間をいっぱい見るんだ。全員に同情していたら、俺自身のあたまがおかしくなる。ただ、祈ること、願うことはできるよ。川原恵理も……それから、御堂原も、立ち直って新しい人生を取り戻してくれることを、願うことだけは」

＊

「友紀哉！」

部屋の前に、ドアにもたれて座っている男の姿に、美弥は驚いて駆け寄った。が、すぐに笑い出した。

友紀哉はうたた寝していた。鼻から、小さな、しゃぼん玉のようなものをぶら下げて。

また鍵をなくしたのだろうか。何本預けても、すぐになくすんだから。不用心でしょうがない。友紀哉のせいで部屋の鍵を替えるのは、次回で三度目になる。オートロックのエントランスは、誰かのあとについて入ることができる。けれど、あたしがいなければこうして廊下で待つしかない。だったら携帯に電話の一本もしてくればいいのに。

友紀哉にはこういうところがある。なんだかやってることがちぐはぐで、幼いのだ。

美弥はしゃがみこんで、友紀哉の顔を見つめた。

可愛い、と思った。

そして、弱い、と。

耕司に比べて、なんて細い指だろう。なんて細い肩だろう。

友紀哉が目を開けた。

「あ、お帰り」

にこり、と微笑む。それからポケットを探った。ｉＰｏｄを取り出し、イヤホンを突き出す。

「できたんだ。これ、聴いて」

美弥はイヤホンを耳にねじこんだ。

流れ出したメロディに、美弥は驚いた。

「すてき」

心から、そう思った。

「すてきだよ、友紀哉！　これ、すごい！」

「サビだけだけど」

友紀哉は嬉しそうな笑顔になった。

「自信あんだ。これなら使えそうでしょ？　美弥、歌詞、つけてくれる？」

「もちろん！　あたしにやらせて。これ、すごくいい！　最高！」

「なんだかさ、ここんとこ、美弥、元気なかったから、俺、ちょっと気張らないとな、と思ってさ、三日寝ないで、ようやっとできた。これで映画用のシングルの次にシングルカットできるやつ、できそうだろ？」

美弥はしゃがみこんだままで、友紀哉を抱きしめた。

「ありがとう、友紀哉。嬉しいよ。嬉しい」

「明日の下北のライヴ、どうする？　タモツんとこのバンドが出るんだけど」

「あ、明日は」

美弥は、小さく首を横に振った。

「ちょっとね……京都に行くんだ。日帰りのつもりだけど、ライヴには間に合わないと思う」

「京都？　……何しに？」

「うん。……あのね……昔の友達に会いに行くの。中学ん時の。ずっと遠くに行っててさ……遠いところに……それで明日、帰って来るから」

「ふうん」

友紀哉の瞳が、少し、揺れた。不安げに。

「ねえ美弥……戻って来る？」

「え？」

「だからさ……ここに……戻って来る？　って言うか……その……俺んとこに」

「ばか。当たり前じゃん」

美弥は友紀哉の肩に顔をうずめた。たまらなく、泣けて来た。

あたしはやっぱり、ここがいい。

あの大きな、しっかりとした肩や太い指、力強くて健康的で、そして……正しいひとの胸よりも、ここが、いい。

あたしの世界は、ここにある。

ここ、だけに。

4

朝からの小雨が次第に強くなっていた。バスの窓から見えた鴨川の水面が、驚くほど道路の近くまでせり上がっていた。絵はがきや写真で見慣れた、おだやかな川の光景が、一変しようとしている。まもなく、激流がこの川を流れ去り、北山に降った雨は一気に淀川へと押し流されてしまうのだろう。

バスは加茂大橋を渡り、今出川通りを東に向かう。北白川のバス停留所で、耕司がチャイムを鳴らした。駅からタクシーに乗らずにバスでここまで来たのは、耕司の希望だった。理由は特に言わなかったが、誰も反対はしなかった。

美弥は、数日前に見舞った時の、貴子の瞳を思い出した。光の消えた、力のないその瞳には、いったい何が映っていたのだろう。貴子は、美弥が何を話しても、ただ微笑んでいた。言葉を理解しているのかどうかわからない。ただ、とてもおだやかな表情をしていたのが、美弥にとっては救いだった。

圭子は東京からずっと、帰国したばかりのナガチと話し込んでいる。

バスが停まり、四人はゆっくりとステップを降りた。

今出川通り側の参道下には、警察の車が何台か停まり、立ち入り禁止の黄色いテープが張られている。耕司が警察官と言葉を交わし、手招きした。

傘をさし、四人は吉田山の東側につくられた階段をのぼって行く。二十年前にはなかった石段だ。あの当時はまだ、吉田山の山頂から東側は、ゴルフ場計画が頓挫して放置されたままになっていた。その後、民間会社が買い取って、古い建物を修復してギャラリーを造り、展望台も整備し、すっかり綺麗になっている。

ギャラリーの建物がある周辺には大勢の捜査員がいて、降りしきる雨の中を動きまわっている。捜査員の間に挟まるようにして毛利佳奈子の背中が見えた。殺人についても、そして当然死体遺棄についても時効は成立している。佳奈子はもう犯罪者として裁かれることはない。だがその背中は、決して自由ではなかった。佳奈子は遠いあの日からずっと、この場所にしばられて生きていたのだ。

耕司が捜査員と何か言葉を交わし、三人のところに戻って来て言った。

「探し始めてからもう四時間になるけど、まだ見つからない。やっぱり毛利先生は、あのあと、何日かしてまた京都に来て、夜中に穴を掘り直して遺体を埋めたみたいなんだが、真夜中で真っ暗だったので場所が特定できないんだ。でも最初に遺体を隠した倒木の残骸らしきものはわずかに見つかったそうだ。ほぼ土に還って消滅していたけど、靴がその土の中から掘り出された。……昔の女子生徒が履いていた、スクール靴の片方だ。合成皮革なんで腐らずに残っていた」

「冬葉は、もう見つからないのかしら」

圭子の言葉に、耕司は小さく首を振った。

「どうかな。この山は小さな丘みたいなものだから、捜索範囲はたかが知れてるけど、二十年前の遺体だと、白骨化した上に骨もばらばらに散逸してるかも知れない。毛利先生がすごく深いところに埋めていてくれれば、あるいはまとまって骨が出てくれるかも知れないけどね。靴のもう片方とか服の残骸が一緒に見つかれば、身元が特定できる」

美弥は、そっと毛利佳奈子の背中へと視線を向けた。佳奈子は赤い傘をさしていた。そうだ、毛利先生は赤い色が好きだった。赤いポロシャツを着てピアノに向かっていた姿が、思い出された。

あの、硬質で清楚なピアノの音。高い理想と誇り、そしてそれをけむたがる幼稚な生徒たちへの拒絶感で満ちていた、冷たい音。

だが冬葉のフルートの伴奏をしていた時だけは、その音は邪心のない澄みきった世界の音だった。

あれは、ひとつの恋愛の形だったのだ、と美弥は思う。

毛利佳奈子は、冬葉という少女の持つ才能に恋をしていた。その才能を永遠に失った魔の午後、この小さな山の中で、彼女はどんな気持ちで、冬葉の骸を抱いていたのだろう。

視界の隅に、初老の男女の姿があった。冬葉の両親だった。ふたりは、並んで立っている。だがその視線は決して交わることなく、ふたりの間には、数十センチほどの空間があいている。

永遠に縮まらない距離が、そこにはある。

どちらにより多くの罪があるのか、美弥にはわからない。最初に妻を裏切った夫にか、それとも、その裏切りでできた心の隙間を埋めるために、娘の担任と情を通じてしまった妻にか。

ふたりは、自分たちが決してゆるされないことを知っている。そしてまた、ゆるされたいとも思っていない。

雨に濡れて、蠟人形の肌のように現実離れした質感を伴ったふたりの顔は、ただひたすらに、捜査員が背中を縮めているあたりへと向けられている。

遠くで叫び声があがった。捜査員たちが一斉に走り出した。傘を手にしたままで耕司やサンクマも駈けていく。ナガチが振り返り、美弥を呼ぶ。

「人骨らしいものが見つかったみたいだ！」

美弥も走った。人の輪をかき分け、耕司に手をひかれて最前列へと出る。捜査員が深く掘った穴の中にしゃがみこんでいる。そのうちのひとりが、何かをつまみあげ、取り囲んだ人々に見えるように上にかざした。

それが何なのか、美弥にはわからなかった。くすんだ灰色の、泥にまみれた何かの破片にしか見えなかった。

それでも、その時、美弥の耳には聞こえたのだ。はっきりと。

ただいま。ごめんね、心配かけて。

冬葉が言った。

「お帰り」

美弥は声に出した。

雨の中に、やわらかく、フルートの音が流れていた。

あとがき

単行本刊行時にはあとがきをつけなかったので、これが初めての、本作品についての「あとがき」となります。

本作品を読まれた感想は、おそらく様々ではないかと思います。過去の同級生失踪事件とかかわった者たちそれぞれの視点で読み返していただくと、さらに多様な感想を抱いていただけるでしょう。あえて、どの登場人物が主人公、という感覚は持たず、それぞれの人物に思いをはせていただければ幸いです。

わざわざ「あとがき」をつけたのは、作中に出て来る、少女が放課後にフルートを吹く場面について、一言、懐かしい思い出を記しておきたくなったからなのです。

わたしが中学に入学した時、いつも放課後になると、どこからともなく美しいフルートの音色が聞こえて来て、不思議に思っていたのですが、それが、一級上の男子生徒が吹いていたと知って、とても驚きました。わたしが在学していたのはごく当たり前の地元の公立中学で、その男子生徒も、英才教育を受けたわけでもなく、両親が音楽家だったわけでもありませんでした。中学に入って初めてフルートに触れた生徒でした。それなのに、わずか一年と少しで、本当に見事な演奏者になっていたのです。

その中学に吹奏楽部はありませんでしたが、生徒の数人が自発的にクラブを作ってフルートやトランペットなどを練習していました。その男子生徒のフルートに、いつも合わせてフルートを吹いていたもう一人の男子生徒は、ピアノも上手で、二人で「アルルの女」を聴かせてくれました。

二人とも、卒業後に音楽の道に進んだ、という記憶はありません。おそらくは普通の高校に進学したと思います。そして今でも音楽を続けているのかどうか、それも知りません。

ですが、きっと、二人はフルートを手放してはいないように思います。もうそろそろ貫禄のある「おじさん」になっているはずの二人が、それでも休日にはフルートを吹いている、そんな光景を想像すると、とても心が温まる気がします。

作中の少女は不幸でした。でも、夏の赤い夕暮れが染め上げる階段に座ってフルートを吹いていたあの二人の少年は、元気に、幸せに暮らしていると信じています。

二〇〇九年二月

解説——九〇〇頁一気読み必至、柴田ミステリの最高峰

村上貴史

■断言

文庫で九〇〇頁。

大作である。

だが、この分厚さにひるまないで戴きたい。むしろ、札束だと思い、薄いより分厚い方がずっと嬉しいと、そう考えて戴きたいのだ。

この『激流』という小説を読み終えた方なら既におわかりだろうが、各ページがとにかく読者を愉しませてくれるのである。

だからこそ分厚さが嬉しい。

一切の退屈とは無縁。物足りなさとも無縁。満腹必至、満足必至。クオリティの高さで知られる柴田よしきのミステリ作品のなかで最高峰と呼ぶべき一冊なのだ。

■緑子(りこ)

一九九五年に、村上緑子という刑事を主人公とした『ＲＩＫＯ　女神(ヴィーナス)の永遠』によって

第十五回横溝正史賞を受賞してデビューした柴田よしき。彼女はその後、『聖母（マドンナ）の深き淵』（一九九六）『月神の浅き夢』（九八）と、緑子のシリーズを書き継ぐ。このシリーズは、緑子本人はもとより、彼女が属する警察組織や、あるいは犯罪にかかわる人々の心をきっちりと描ききった骨太の警察小説である。

　このシリーズが刊行されていた頃、警察小説としては、大沢在昌の『新宿鮫』シリーズ（一九九〇年に開始）や髙村薫の合田雄一郎シリーズ（一九九三年の『マークスの山』でスタート）が主なシリーズであった。現在では有数の警察小説作家として知られる佐々木譲も冒険小説から時代小説に軸足を移したばかりであり、横山秀夫はデビュー前（一九九八年に『影の季節』で登場）といった状況だったのだ。そんな時期に、柴田よしきは、新人でありながら抜群の描写力とストーリーテリングの巧みさを備えた才能として現れた。つまり、日本の警察小説史において、極めて重要なプレイヤーとして登場したのだ。

　だが、御存知の通り、柴田よしきがそのポジションに安住する作家でないことはすぐに明確になる。村上緑子シリーズの第二弾と第三弾のあいだに発表された作品、すなわち作家柴田よしきとしての第三作からの三冊は、まるで傾向の違う作品だったのだ。

　第三作『炎都』（九七）と第五作『禍都』（九七）は妖怪あり宇宙生命ありのパニック伝奇小説とでも呼ぶべきエンターテインメント巨篇であり、それらにはさまれた第四作『少女達がいた街』は、一九七五年の渋谷を中心にした一六歳の少女達の日々にひそんでいたミステリを二一年後から照射するという技巧的なミステリであった。

さらに、村上緑子第三弾『月神の浅き夢』に続いて発表した第七作『柚木野山荘の惨劇』(九八、後に『ゆきの山荘の惨劇』と改題)は、本格ミステリであった。それも、探偵役が猫の正太郎という――。第八作『フォー・ディア・ライフ』(九八)では、新宿の無認可保育園の園長にして私立探偵という花咲慎一郎のシリーズを開始し、第九作『RED RAIN』(九八)では近未来を舞台にしたSFと、執筆ペースといい内容の幅広さといい、当初の警察小説の枠組みを忘れさせるほどの書きっぷりであった。

そしてその勢いで書き続けた柴田よしきが、デビュー一〇周年となる二〇〇五年に発表したのが、本書『激流』である。

■激流

墨田区K中学三年A組。

京都への修学旅行において、班に分かれて行動する時間があった。

第二班は、三隅(みすみ)圭子を班長、そして長門悠樹を副班長とする七人組であった。同性すら見とれるほど美しい顔をした御堂原(みどうはら)貴子。フルートを極めて上手に吹くという点を除けば、とにかくおとなしいだけの小野寺冬葉。鉄道という共通の趣味を持つ東萩(ひがしはぎ)耕司と鯖島(さばじま)豊。

そして自分は特別でなければならないという強い意識を持った秋芳美弥。

A組二班の七人は、全員揃って京都の路線バスに乗り込んだ。確かに七人で乗り込んだのだが、途中で冬葉がいないことに気付いた。他の六人は、バスの混雑のせいで冬葉が降りる姿を見ていない。他の客に混じって自分の意思で降りたのか。それとも？六人は次の停留所で降りて冬葉の姿を探すが、彼女は姿を現さない。夜になっても宿に戻らなかったし、修学旅行が終わっても東京に戻らなかった。学校にも家にも……。

柴田よしきの巨篇『激流』は、こんな序章で幕を開ける。実に巧みなオープニングといえよう。九〇〇頁を支える重要な登場人物達を紹介しつつ、そこに衝撃的な出来事を絡める。この冒頭の二〇頁足らずで、柴田よしきは読者の心をがっちりとつかまえてしまうのだ。

そしてはじまる第一章。中三だった三隅圭子は、既に三五歳となっている。そう、A組二班のメンバーは、冬葉の事件から二〇年の時を経た存在として読者の前に登場するのである。その間に彼等が積んできた経験や、その結果である現在が、（連絡が取れなくなっているという長門を除いて）実にきめ細かく本書では描写されている。

村上緑子シリーズの脇役であった麻生龍太郎がスピンオフして『聖なる黒夜』や『所轄刑事・麻生龍太郎』で主役を務めたことが示すように、とにかく柴田よしきの人物造形力は抜群である。その彼女がたっぷりと筆を費やしてA組二班の面々を描いているのだから、その点だけでも読み応え抜群である。特に美弥が経験してきた大きな波にそれを感じる。

また、刑事として一人前の男になった東萩耕司の現在の姿も印象深い。

そんな彼等の現在が、圭子の日常に忍び寄る悪意や、あるいは美弥の近くで発生した殺人事件、そして、冬葉を名乗る怪メールを絡めて語られている本書。いやが上にもページをめくる気持ちがかきたてられようというものだ。もちろん、柴田よしきは読者のそのページをめくりたいという欲求に応えるだけの、あるいはそれ以上の展開を次のページに用意している。まず途中で本を手放せなくなるだろう。

そうやって話が次々と連鎖していく本書の完成形は、すべての要素がピタリとはまり、一枚の絵に完結する本格ミステリとは、だいぶ異なるものである。一つのピースも余らせずに綺麗な長方形を描くのではなく、むしろ、床に落ちたケーキであるとか、壁面に飛び散った血しぶきであるとかに似ている。中心に冬葉、その周囲にA組二班の面々、そしてA組二班の各自の周囲に、またそれぞれの関係者。そんな具合に、時に人間関係は交錯しつつ、あるいは直接的な関係がないままに、全体を形作っているのである。その個々の人間は、前述したようにしっかりと造形され、それぞれの重みを備えている。その人物達が、あえてスクウェアな形を狙わずに、しかし十二分に周到な計算を持って配置されているのが本書なのである。だからこそ全体の存在感が圧倒的なのだ。

そして、結末で明かされる真相も、その圧倒的な存在感に相応(ふさわ)しいものである。悲劇的でありながら現実的。そしてきっちりとした説得力。(物語の疾走感に引きずられて)九

○○頁を読んできた読者の期待を裏切らない結末が、本書には確かに備わっている。

■集大成

さて、『激流』の中心人物の一人、三隅圭子は、出版社で編集者を務めている。彼女は本書で、とある原稿盗難事件に関連して謂れなき非難を受けることになるのだが、その編集者像とどこか通底しているのが、『Ｍｉｓｓ　Ｙｏｕ』（九九）に登場する有美という編集者だ。有美は圭子より約十歳年下だが、事件に巻き込まれた編集者の――単なる登場人物しての編集者という職業ではなく、新たな物語が誕生する瞬間に立ち会う編集者としての心を踏まえた――物語として、本書同様に愉しめるはずだ。

昔の仲間が再会し、事件の解決に協力するという図式は、『桜さがし』（二〇〇〇）でも愉しめる。『桜さがし』の主役達もやはり中学の同級生という設定で、その一〇年後を、恩師を交えて描いた連作短篇集である。司法試験を目指して弁護士事務所でアルバイト中の歌義、人材派遣会社に登録して働くまり恵、大学の文学部を中退し、農学部畜産科に入り直した綾、そして一流企業に勤める陽介。彼等四人が出会う事件を、そして彼等が抱えた恋と恋の思い出を、この『桜さがし』は瑞々しく綴っている。『激流』の根っことして位置付け得るこの『桜さがし』にも、是非ともお目通し戴きたい。ちなみに四人の恩師として登場し、謎解きに多大な貢献を果たしているのが、浅間寺龍之介。猫探偵正太郎シリーズでもおなじみの人物である。そちらのファンにも見逃せない一冊だ。

また、過去と現在を鮮やかに対比させ、過去の事件を解きほぐすという点では、柴田よしきの代表作の一つ『少女達がいた街』が容易に想起される。一九七五年の渋谷を中心に描かれるノンノとナッキー、そしてチアキ達の青春劇と、一九九六年の視点で描かれる謎解き。二一年前の事件の真相をアクロバティックかつトリッキーに解明する一方で、その二一年間の重みをもしっかりと描いている。特に後者は本書との顕著な共通点といえよう。

さらに、美弥のかつての性関係や、東萩の刑事としての活躍は、柴田よしきのそもそもの原点である『ＲＩＫＯ』を源としているし……といった具合に、本書に関連する柴田よしきの作品を紹介していくときりがない。裏返していえば、本書は柴田よしきのミステリ作品の、現時点での集大成なのである。


だから繰り返す。

文庫で九〇〇頁。

その分厚さがたまらなく嬉しい一冊だ。


（この作品は２００５年10月徳間書店より刊行されました）

徳間文庫

激流（げきりゅう）下

2009年3月15日 初刷
2010年4月10日 4刷

著者 柴田（しばた）よしき
発行者 岩渕徹
東京都港区芝大門二―二―二〒105―8055
発行所 株式会社徳間書店
電話 編集〇三（五四〇三）四三五〇
販売〇四八（四五一）五九六〇
振替 〇〇一四〇―〇―四四三九二
印刷 本郷印刷株式会社
製本 ナショナル製本協同組合

ISBN978-4-19-892944-2 （乱丁、落丁本はお取りかえいたします）